Die Sportjournalistin Karina und ihr Freund Tim, Ex-Profifußballer und Sportlehrer, haben schon einige Hochs und Tiefs miteinander erlebt, bis aus ihnen ein Paar wurde. Inzwischen leben sie seit drei Jahren zusammen und haben einen ebenso alten gemeinsamen Sohn. In ihrem Alltag als berufstätige Eltern sind sich die beiden aber ziemlich abhandengekommen. Tim beichtet Karina nach einer Klassenfahrt, dass er ein Verhältnis mit einer Kollegin hat. Karina tröstet sich mit ihrem Chef, mit dem sie schließlich sogar eine gemeinsame Zukunft plant – bis sie den schwierigsten Tag ihres Lebens erlebt.

Sabine Leipert, geboren 1973 in Bünde, Westfalen, studierte Theater-, Film- und Fernsehwissenschaft sowie Anglistik und Romanistik in Köln und Paris. Sie arbeitete als Regieassistentin beim Fernsehen und schreibt seit einigen Jahren Drehbücher für Fernsehserien und Filme. Sabine Leipert lebt mit ihrer Familie in Köln. Im Fischer Taschenbuch Verlag erschienen ihre Romane ›Wackelkontakte. Kein Sex geht gar nicht‹ und ›Geheimnummer. Kein Sex nach Plan.‹
www.sabineleipert.de

Unsere Adresse im Internet: www.fischerverlage.de

Sabine Leipert

Seiten wechsel

Roman

Sex und hopp

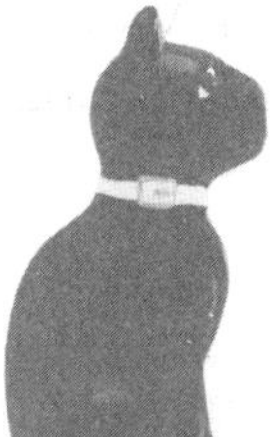

Fischer Taschenbuch Verlag

FSC
www.fsc.org
MIX
Papier aus verantwortungsvollen Quellen
FSC® C083411

Originalausgabe
Veröffentlicht im Fischer Taschenbuch Verlag,
einem Unternehmen der S. Fischer Verlag GmbH,
Frankfurt am Main, März 2012

Satz: Pinkuin Satz und Datentechnik, Berlin
Druck und Bindung: CPI – Clausen & Bosse, Leck
Printed in Germany
ISBN 978-3-596-19130-7

Die Stadt der Liebe

Ich war gerade dabei, die letzten Karten von Kais neuem Autoquartett unter dem Sofa hervorzuholen, als ich Tims Blick im Nacken spürte. »Ich muss dir was sagen.« Schon krampfte sich alles in mir zusammen. Wie ich diesen Satz hasste. Er bedeutete nie etwas Gutes. Oder hatte schon jemals jemand so begonnen und dann hinterhergeschoben: »Du siehst heute verdammt gut aus, obwohl du einen Sechzehnstundentag hinter dir hast, von dem du die eine Hälfte im Auto und die andere damit verbracht hast, die Trümmer hinter unserem Chaos-Sohn in Grenzen zu halten«? Gab es irgendeine Situation, in der diesem Satz zwangsläufig und ganz automatisch eine positive Nachricht folgen musste? Wenn ja, auf jeden Fall nicht heute und nicht hier. Ich drehte mich nicht um, sondern sortierte weiter Kais Kartenspiel nach den Marken der Autos, weil ich ahnte, was Tim mir sagen musste. Seit er die Wohnung betreten hatte, hatte ich so ein Gefühl. Tim benahm sich irgendwie anders. Aber er sagte einfach nichts. Er stand nur da und starrte mir in den Na-

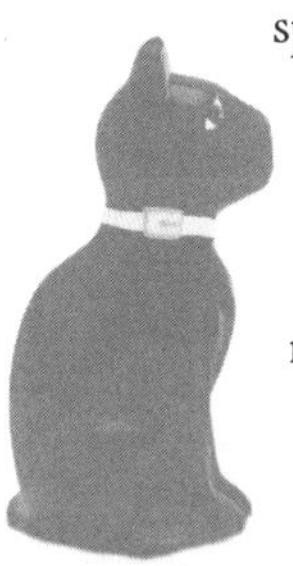

cken. Vielleicht musste er auch nichts mehr sagen, weil mit diesem einen Satz bereits alles gesagt war. Er kam gerade von einer zehntägigen Klassenfahrt aus Paris zurück. Die Stadt der Liebe, Rotwein, schicke Französinnen. Es war etwas passiert in Paris, und ich brauchte nicht viel Phantasie, um zu ahnen, was. Ich räusperte mich, weil ich Angst hatte, meine Stimme würde versagen. Dann fragte ich leise: »Mit wem?«, weil es komischerweise die einzige Frage war, die mir in den Sinn kam, obwohl ich inständig hoffte, dass es die falsche war. Aber als Tim darauf immer noch nichts sagte, wusste ich, dass ich richtig lag. Meine Augen füllten sich mit Tränen und ich konnte nicht mehr erkennen, ob ich jetzt einen Mercedes oder einen BMW in der Hand hielt. »Mit meiner Kollegin. … Sarah«, erlöste er mich schließlich. Ich nickte und legte das Kartenspiel zur Seite. »Ich … ich habe dir von ihr erzählt, sie unterrichtet Französisch …« Was sicherlich hilfreich war, wenn man eine Klassenfahrt nach Frankreich machte. »… und Musik«, fügte Tim leise hinzu, als würde das die Sache besser machen.

Jetzt drehte ich mich zu ihm um. Ich nickte immer noch, als ich ihn anschaute. Ich konnte nichts anderes tun, als ziemlich dämlich nicken. Dann ging ich wortlos an ihm vorbei zur Garderobe, nahm meine Jacke und öffnete die Wohnungstür.

»Wollen wir nicht darüber reden?«, fragte Tim irritiert.

Ich schüttelte den Kopf und zog die Tür hinter mir zu.

Am Ende dieses langen Tages war ich auch nervlich am Ende. Ich hatte Kai in den Kindergarten gebracht, war in die Redaktion gefahren, hatte ein anstrengendes Interview geführt und eine noch anstrengendere Pressekonferenz besucht, hatte Kai vom Kindergarten abgeholt und zu meiner Mutter gebracht, war wieder in die Redaktion gefahren, hatte meinen Artikel über die offensichtlichen Differenzen zwischen Kölns neuem Fußballtrainer und dem Vereinsmanagement geschrieben, Kai von meiner Mutter abgeholt, war mit ihm einkaufen gegangen und irgendwann viel zu spät nach Hause gekommen. Ich hatte aufgeräumt, Abendbrot gemacht, Kai vergeblich erklärt, dass er seinem Vater auch noch morgen früh sein neues Auto zeigen konnte, und mit ihm schließlich Karten gespielt, um ihn bei Laune zu halten. Ich hatte mich auf Tim gefreut, darauf, ein Glas Wein mit ihm zu trinken, und wer weiß, vielleicht hatte ich mich auch irgendwie auf Wiedersehensex gefreut, auch wenn wir beide vermutlich viel zu müde dazu gewesen wären. Ich wollte mit ihm die wenigen Minuten, die uns vom Abend noch übrig blieben, genießen. Aber ich wollte jetzt ganz bestimmt nicht mehr reden.

Im falschen Film

Aus Reflex stieg ich in die Bahn, um zu Tina zu fahren. Weil ich immer zu Tina fuhr, wenn ich ein Problem hatte. Aber als ich schließlich vor ihrer Haustür stand, fiel mir auf, dass ich auch mit ihr nicht reden wollte. Ich wollte heute gar nicht mehr reden, nachdenken oder mich bemitleiden. Ich wollte einfach nur abschalten und entschied mich schließlich dafür, ins Kino zu gehen. Mit etwas Glück hatte die Spätvorstellung noch nicht begonnen.

Ich war eigentlich nie viel ins Kino gegangen, und seit Kais Geburt hatte ich auch nicht mal mehr die Filme gesehen, die man unbedingt gesehen haben musste. Aber in diesem Moment erschien es mir wie eine gute Idee. Ich hatte keine Ahnung, was zur Zeit lief, als ich die im nüchternen Fabriklook gehaltene Vorhalle des Arthouse-Cinemas betrat. Ich betrachtete kurz das Programm, ohne danach schlauer zu sein. Sehr originell waren die Filme offenbar nicht gerade, denn was auch immer mich erwartete, es hatte mindestens ein Herz im Titel. Ich ließ mir von der gelangweilten Kartenverkäuferin eine kurze Inhalts-

angabe geben. Offenbar hatte ich die Wahl zwischen einsamen französischen Herzen, die sich schon seit zehn Minuten ihr Leid klagten, und vermutlich für den Rest des Films auch nichts anderes tun würden, oder einsamen amerikanischen Herzen, die am Ende des Films wahrscheinlich glücklicher sein würden als ihre französischen Kollegen. Ich wählte die leichte Happy-End-Variante, auch wenn das bedeutete, dass ich noch eine Viertelstunde Werbung über mich ergehen lassen musste. Mit den Franzosen war ich für heute definitiv durch.

Zehn Minuten später bereute ich meinen Entschluss schon wieder. Nicht nur, dass ich mein Eis bereits vor der Eiswerbung aufgegessen hatte und die spärlichen Besucher, die sich mit mir auf die etwa dreihundert Sessel verteilten, längst ahnen ließen, dass der Film nicht gerade ein Anwärter auf die Top Ten war. Zu allem Überfluss erwies sich meine Vorstellung, im Kino abschalten zu können, als absoluter Trugschluss. Man konnte sich nirgendwo besser bemitleiden als in einem dunklen Kinoraum, besonders, wenn einem die Werbung im Minutentakt schöne, glückliche und verliebte Menschen vorgaukelte. Deos, Autos, Jeans. Alles machte so unwiderstehlich, dass sich jeder auf der Stelle seiner Klamotten entledigen musste. Und schon wanderten meine Gedanken wieder zu Tim und seiner Kollegin. Als sich auf der Leinwand dann auch noch zwei makellose Körper wegen einer albernen Flasche Mineralwasser durch kunstvoll drapierte Laken wälzten, hatte ich die Nase voll vom Kino. Ich stand auf und versuchte, im Dunkeln auf dem Weg nach draußen nicht über die Treppenstufen zu stolpern. Stattdessen stolperte ich über eine achtlos zur Seite gestellte Tasche.

»Verdammt!«, entfuhr es mir, als mich der Taschenbesitzer gerade noch davor bewahrte, nähere Bekanntschaft mit dem Boden zu machen.

»Tut mir leid«, sagte die männliche Stimme.

»Können Sie Ihre dämliche Tasche nicht woanders hinstellen? Die Fluchtwege müssen schließlich freigehalten werden.«

»Sicher. Ich wusste ja nicht, dass Sie auf der Flucht sind, Frau Schneider.«

»Äh, und woher kennen Sie bitte meinen Namen?«

»Aus Ihrer Personalakte.«

Das Fragezeichen in meinem Gesicht wurde größer, bis die Becks-Werbung den Kinoraum ein wenig erhellte und ich den bösartigen Taschen-in-den-Weg-Steller erkannte. Es war Hannes Jost, mein Chef.

»Unbequemer Sessel, aufdringlicher Sitznachbar, Mundgeruch?«, fragte er, während Joe Cockers »Sail Away« mit albernem Hip-Hop verjüngt wurde.

»Äh, was?«, fragte ich irritiert, weil ich es immer noch nicht fassen konnte, dass ich ausgerechnet meinen Chef angemotzt hatte. Was hatte er überhaupt um diese Uhrzeit im Kino und dann auch noch in einem mittelmäßigen Hollywood-Streifen zu suchen?

»Ich meine ja nur, der Film hat noch nicht angefangen, und Sie sind schon auf der Flucht«, präzisierte Herr Jost seine Frage. Er hatte wirklich einen eigenartigen Humor, aber das war mir schon bei der Arbeit aufgefallen. Die meisten meiner Kollegen konnten nichts damit anfangen – und im Moment war ich mir nicht sicher, ob ich nicht auch dazugehörte.

»Ach so, ja, ähm, nee, ich bin nicht … ich bin allein. Ich … ich … wollte mir auch nur noch etwas Popcorn holen.«

Auffordernd hielt er mir seine Jumbopackung entgegen. »Mein Abendessen. Aber ich würde es notfalls mit Ihnen teilen.«

Okay. Das war jetzt wirklich komplizierter, als es ausgesehen hatte. Wie sage ich meinem Chef Adieu, ohne unhöflich zu erscheinen? Und vor allem, ohne ihn gleich in die Tiefen meiner Beziehungsprobleme einweihen zu müssen. Ein unvorhergesehener Arbeitstermin schied definitiv aus, da die Morgenausgabe schon im Druck war, wenn sogar unser Ressortleiter Feierabend machte.

»Gesalzen, nicht gezuckert«, bekräftigte er seine Einladung.

»Ja. Gut. Danke«, sagte ich leise und wünschte, dieser schreckliche Abend wäre endlich überstanden. Stattdessen war ich jetzt gezwungen, Smalltalk zu betreiben, denn während ich noch mit meinem Schicksal haderte, eröffnete mein Chef das Gespräch schon mit einem lockeren Kommentar zu dem Film.

»Er ist nicht so schlimm, wie der Titel vermuten lässt.«

»Sie haben ihn schon gesehen?«

»Zweimal. Zugegeben, so gut ist er auch wieder nicht. Aber den französischen Film habe ich schon dreimal gesehen.«

»Dreimal?! Ähm, haben Sie noch keine Wohnung in Köln gefunden, oder …?«

»Doch, doch«, lachte er. »Gleich hier in der Nähe. Aber im Kino kann ich nach der Arbeit einfach am besten abschalten.«

»Verstehe. Sie gehen also jeden Abend ins Kino?«

»Nicht jeden. Ich bin schließlich kein Freak.« Er grinste mich an und wusste, dass ich ihn genau dafür hielt. Zusammen mit dem Rest unserer Redaktion, die ihn bereits als pedantischen Workaholic abgestempelt hatte. Er war morgens immer als Erster da und verließ die Redaktion als Letzter. Er schaffte es, neben seiner Cheftätigkeit täglich noch ein bis zwei gut recherchierte Artikel zum Sportteil beizutragen und hatte eine wöchentliche Kolumne im Kommentarteil. Er wusste alles und kannte jeden. Er las, wenn er nicht schrieb, oder besprach, wenn er weder las noch schrieb. Ich hatte ihn nie in der Kantine zur Mittagspause angetroffen und ihn höchstens mal bei einem Kaffee und Brötchen in seinem Büro erwischt, während er Artikel redigierte, schrieb oder las. Und wenn andere Leute nach sechzehn Stunden Arbeit geschafft ins Bett fielen, ging er ins Kino und schaute sich dreimal hintereinander denselben Film an. Doch, ja, er war eindeutig das, was man gemeinhin als Freak bezeichnen konnte. Anscheinend hatte er meine Gedanken gelesen, denn er fühlte sich genötigt, eine Erklärung abzugeben.

»Also gut, wenn Sie mich nicht verraten, vertraue ich Ihnen ein Geheimnis an, okay?« Bevor ich einwenden konnte, dass das gegenüber seiner Untergebenen nicht unbedingt ratsam war, fuhr er fort: »Eigentlich müsste ich ungefähr jetzt vom Stepper zur Drückbank wechseln. Und damit mein persönlicher Trainer mich nicht findet, verstecke ich mich im Kino.« Smalltalk mit ihm war wirklich nicht einfach. Ich sah meinen Chef reichlich verwirrt an, und sofort war Herr Jost bereit, mehr über sein ominöses Geheimnis preiszugeben.

»Ich habe mir vorgenommen, endlich nicht mehr nur über Sport zu berichten, sondern ihn zur Abwechslung auch selbst zu betreiben und einen Jahresvertrag bei dem Fitnesscenter nebenan abgeschlossen. Dann habe ich das Kino dahinter gesehen, und das war es dann, mit meinen guten Vorsätzen.«

Ich starrte ihn immer noch wie eine komplette Idiotin an, und wenn ich nicht langsam etwas Konstruktives zu unserer Unterhaltung beitrug, musste ich mir vermutlich bald Sorgen um meinen Job machen.

»Okay, Sie halten mich immer noch für einen Freak«, erriet Herr Jost meine Gedanken, und ich beeilte mich zu sagen:

»Nein, ich überlege nur, was die größere Tortur ist, eine halbe Stunde Stepper oder dreimal hintereinander ein französischer Film.«

»Für mich das erstere. Sport ist nicht so mein Ding.«

Und wieder konnte mein Gesichtsausdruck kein besonders intelligenter sein.

»Überrascht Sie das?«, fragte er, als wäre er nun seinerseits über meine Reaktion überrascht.

»Na ja«, stotterte ich. »Ihnen eilt irgendwie ein anderer Ruf voraus.«

Immerhin sprach ich gerade mit dem hochgelobten neuen Leiter unserer Sportredaktion. Mit dem Mann, der für seine WM-Berichterstattung mit so vielen Preisen überhäuft worden war, dass er es jetzt sogar wagte, aus Berlin direkt in den Kölner FC-Moloch hinabzusteigen. Eine Herausforderung, die er bisher mit Bravour meisterte, obwohl sie schon viele gestandene Fußballexperten an den Rand eines Nervenzusammenbruchs gebracht hatte, denn in keiner anderen deutschen Stadt wurde ein Verein von seinen Fans so sehr geliebt und gehasst wie hier. Ich durfte also durchaus annehmen, dass Sport bei ihm mehr hervorrief als Fluchtreflexe ins nächste Kino. Aber Herr Jost wischte seinen guten Ruf mit einer Handbewegung beiseite. »Ich wollte nie Sportredakteur werden, geschweige denn der Chef dieser verrückten Abteilung, sondern Filmkritiker. Insgeheim warte ich immer noch auf einen Anruf von meinem Kollegen beim Feuilleton der *Zeit.*« Während ich noch überlegte, ob ich dieses Geständnis irgendwie gegen ihn und für eine Gehaltserhöhung verwenden konnte, drehte er den Spieß um: »Und Sie?«

»Äh, ich? Ich kenne leider keinen bei der *Zeit.*«

Er lachte wieder. Gott sei Dank. Ganz so doof fand er unsere Unterhaltung wohl doch nicht. »Nein, ich meine, wollten Sie immer Sportjournalistin werden?«

»Um Gottes willen, nein!«, platzte es aus mir heraus, und im nächsten Moment war mir klar, dass das sicherlich zu den Dingen gehörte, die man seinem Chef besser verschwieg.

»Äh, also nicht immer, als Kind wollte ich natürlich Tierärztin werden, oder Astronautin, na ja, was man als Kind ebenso werden will.«

Zum Glück schmunzelte mein Chef nur bei diesem ungeschickten Versuch, über meinen Fauxpas hinwegzutäuschen. »Sie können ruhig ehrlich sein, ich bin nicht im Dienst. Um einen Filmklassiker zu zitieren, quid pro quo. Ich habe Philosophie und Medienwissenschaften studiert und nebenbei über die berühmten Jahreshauptversammlungen der Kaninchenzüchter berichtet, von denen es übrigens gar nicht so viele gibt, wie immer behauptet wird. Nicht gerade die typische Sportreporter-Karriere.«

»Englisch und Französisch auf Lehramt, abgebrochen«, gab ich notgedrungen zu und geriet schon wieder in Bedrängnis. Meinen beruflichen Werdegang konnte man kaum mit einer klassischen Karriereleiter vergleichen. Eher mit einem verzweifelten Hangeln von einem Rettungsseil zum nächsten. Schon der Einstieg in den Journalismus war reiner Zufall, denn dass ich nach meinem abgebrochenen Studium überhaupt bei einem

Kölner Kulturmagazin gelandet war, hatte ich einzig und allein der Tatsache zu verdanken, dass ich mir an diesem schicksalhaften Abend in der Kneipe den Herausgeber dieses ambitionierten Blattes geangelt hatte. Genausogut hätte er ein Meeresbiologe sein können, dann würde ich jetzt vielleicht in der Nordsee herumtauchen und Wasserproben entnehmen.

»… na ja, und dann haben sich durch einen zufälligen Kontakt überraschend ein paar Türen geöffnet.«

Herr Jost verkniff sich einen Kommentar und fuhr fort:

»Ich habe in der Schule das Sportabzeichen nicht geschafft.«

Allmählich machte mir das Spiel Spaß, und ich überlegte, womit ich das toppen könnte.

»Ich habe mir selbst ein ärztliches Attest geschrieben, das mich ein halbes Jahr vom Sportunterricht befreite.«

Ihm fiel kein Konter mehr ein. Ich hatte gewonnen und war ganz offensichtlich in seinem Ansehen gestiegen. Er lächelte mich an, und ich merkte plötzlich, dass ich schon fast zehn Minuten nicht mehr an Tims Seitensprung gedacht hatte. Leider fing in diesem Moment der Film an, dabei hatte ich jetzt sogar eher Lust, unsere Unterhaltung fortzusetzen. Aber das wäre wohl etwas unhöflich gegenüber den wenigen anderen Besuchern im Kino gewesen. Stattdessen stotterte Hugh Grant auf der Leinwand seiner neuen Bekanntschaft etwas vor, die wiederum ihrer letzten Liebschaft hinterhertrauerte, und ich war im dunklen Kinosaal wieder mit mir und meinem Beziehungsproblem allein.

Ich hätte Tim gar nicht erst mitfahren lassen dürfen. Verdammte Klassenfahrten. Dabei wusste doch jeder Siebtklässler, dass sie nur eine Erfindung gelangweilter Lehrerinnen und Lehrer waren, damit sie endlich mit ihren Kollegen ins Bett springen konnten. Angeregt von zu viel Wein, rustikaler Jugendherbergsatmosphäre, Erinnerungen an die eigenen Klassenfahrten. Tim hätte niemals mit nach Paris fahren dürfen. Zumal er noch nicht einmal Französisch sprach. Sein Englisch war schon kaum zu verstehen, wieso war ich also so blauäugig an die Sache herangegangen? Die Antwort lag auf der Hand: weil Tim eben nicht zu der Sorte Lehrer im Kollegium gehörte, die bei der erstbesten Gelegenheit mit der Französischlehrerin ins Bett gingen. Weil Tim mir noch nie Anlass zur Eifersucht gegeben hatte. Weil Tim treu war, mich liebte, zu mir gehörte. Was also hatte dieser Seitensprung zu bedeuten? Warum hatte Tim das getan?

Plötzlich war dieses beklemmende Gefühl in der Magengegend wieder da. Breitete sich in alle Richtungen meines Körpers aus, bis mir ungewollt ein lauter Seufzer entfuhr.

»Alles in Ordnung?«, flüsterte Herr Jost.

»Ja«, erwiderte ich. Aber als die spärlichen Zuschauer im Saal in Gelächter ausbrachen und selbst mein Chef zum dritten Mal über den gleichen Witz lachen musste, wusste ich, dass ich im falschen Film war. Nein, Kino eignete sich ganz und gar nicht, um sich von Beziehungsproblemen abzulenken. Erst recht nicht, wenn man in einer Beziehungskomödie saß.

Ich entschuldigte mich kurz bei meinem Chef, ohne eine weitere Erklärung abzugeben. Dann ergriff ich zum zweiten Mal die Flucht aus dem Kinosaal.

Dieses Mal mit mehr Erfolg. Zumindest hatte ich das Kino schon hinter mir gelassen und das angrenzende Fitnesscenter erreicht, als Herr Jost mich einholte.

»Ich bin ein Idiot«, rief er mir zu.

Ich atmete tief durch und bemühte mich, ein freundliches Gesicht aufzusetzen, als ich mich zu ihm umdrehte. »Ich bin einfach nur müde.«

»Und ich zwinge Sie mit meiner Jumbo-Popcorn-Packung dazu, mir Gesellschaft zu leisten. Es tut mir leid. Ich bin wirklich ein Idiot, warum haben Sie mir das nicht gesagt?«

»Na ja, weil Sie auch irgendwie mein Chef sind.«

»Ja, man hat es nicht leicht an der Spitze. Keiner ist ehrlich zu einem.«

Er sah mich prüfend an und mir war klar, dass er mir meine Ausrede nicht abnahm. »Wollen Sie darüber reden?«

»Besser nicht.«

»Weil ich Ihr Chef bin, oder ein Idiot?«

»Beides.«

Er bewies Humor und lachte über meinen ernst gemeinten Scherz.

»Gott sei Dank. Ich bin ohnehin nicht gut im Trösten. Berufskrankheit – fehlendes Taktgefühl.«

Tja, was sollte man dazu sagen. Am besten gar nichts. Ich versuchte mich unauffällig aus der Affäre zu stehlen. »Also gut. Dann werde ich mal … bis morgen.«

Doch kurz hinter dem Fitnesscenter schloss mein Chef wieder zu mir auf und fragte: »Haben Sie vielleicht Lust, noch auf ein Glas Wein mit zu mir zu kommen?«, als wollte er damit sein mangelndes Taktgefühl unter Beweis stellen.

»Wie bitte?« Seine Frage wäre von einem Fremden schon unverschämt genug gewesen. Das hatte mir zu einem erfolgreichen Abschluss dieses miserablen Tages gerade noch gefehlt.

»Sie verstehen jetzt wahrscheinlich, was ich eben mit der Berufskrankheit meinte, oder?«

»Allerdings. Wenn Sie mit Ihrer Einladung das meinen, was ich darunter verstehe.«

»Gut, dann lassen Sie mich die Frage etwas genauer formulieren: Ihnen geht es offensichtlich nicht gut, und ich kann Ihnen mit meinem fehlenden Taktgefühl nicht helfen. Aber ich fühle mich irgendwie schuldig, Sie aus dem Kino vertrieben zu haben. Was ich also anbieten könnte, und das absolut ohne Hintergedanken, wäre, dass wir zu mir gehen – meine Wohnung ist gleich um die Ecke –, eine Flasche Wein köpfen und auf gar keinen Fall das machen, was Sie gerade befürchtet haben.«

»Und was machen wir dann?«

»Steif auf dem Sofa sitzen und ein hundert Prozent sentimentalitätsfreies Programm im Fernsehen anschauen.«

Okay, der Kerl verstand es, mich zu überraschen. Eine Unterhaltung mit ihm war wirklich alles, nur nicht langweilig.

»Danke, aber ich denke, das wäre in dieser Situation gerade nicht so klug.«

»Sicher. War nur ein Angebot. Schönen Abend noch.«

Quid pro quo

»Französisch, Italienisch oder Spanisch?«

»Entscheiden Sie.«

Ich kannte mich ziemlich gut. Gut genug, um zu wissen, dass ich in derartigen Situationen noch nie das getan hatte, was klug war. Für Tina war es jetzt zu spät und für Tim noch zu früh. Ich hatte ihn noch nicht einmal eine Stunde zappeln lassen, das war eindeutig zu wenig. Was also sprach gegen ein Gläschen Wein bei einem netten Gespräch mit meinem Chef?

Die Tatsache, dass es nicht bei einem Glas bleiben würde, vermutlich, und dass es dementsprechend vielleicht auch nicht bei dem Gespräch bleiben würde, und vor allem die Tatsache, dass er mein Chef war. Aber das alles verdrängte ich erst mal und ließ den Abend auf mich zukommen.

Herr Jost hatte nicht gelogen. Seine Wohnung war nicht mal fünf Minuten vom Kino entfernt. Soweit man von einer Wohnung sprechen konnte. Im Grunde bestand sie aus zwei großen Etagen einer ehemaligen Fabrik, die durch eine enge Wendeltreppe verbunden waren. Und genaugenommen wohnte er dort auch noch nicht richtig. Denn außer einem Stapel Umzugskartons, der uns am Eingang empfing, verloren sich in seinem »Wohnbereich« lediglich ein abgenutztes Ledersofa und ein überdimensionaler Flachbildschirm. Kein Regal, kein Tisch, keine Arbeitsecke. Dafür eine noble Edelstahl-Einbauküche in der anderen Ecke des Raumes, mitsamt Hightech-Kochinsel, hinter der mein Chef gerade auf Tauchstation gegangen war, auf der Suche nach dem versprochenen Wein.

Ich wusste nicht, ob ich meine Entscheidung schon bereute, oder einfach nur auf die nächste Überraschung gespannt war. Auf jeden Fall war ich nervös. In erster Linie wohl auch, weil es nichts gab, womit ich mich ablenken konnte. Keine Fotos oder Bilder an den Wänden, keine Bücher, CDs, Zeitschriften. Ein Mönch war besser eingerichtet. Jetzt verstand ich, warum er seine Abende lieber im Kino verbrachte.

»Setzen Sie sich doch«, kam es von der Küche herüber. »Viel Auswahl haben Sie ja nicht.«

Ich setzte mich aufs Sofa. Herr Jost kam mit zwei Gläsern Rotwein dazu, die er mangels Tisch auf einem Küchenhocker abstellte. Keine Entschuldigung oder Erklärung, die über den ersten abschreckenden Eindruck der Wohnung hinweghelfen sollte. Schließlich hatte er mir einen Rotwein vor dem Fernseher versprochen. Und dafür waren alle Utensilien vorhanden.

Wir stießen an, und mein Chef ließ es gar nicht erst zu dem peinlichen Moment kommen, der nach dem ersten Schluck in der Regel entstand. Er schaltete den Fernseher an. Dann reichte er mir die Fernbedienung. »Sie haben die Probleme. Sie entscheiden über das Programm.«

Lachend fing ich an, durch die Sender zu zappen.

Nachdem wir die ersten dreiunddreißig hinter uns hatten, hatten wir unsere Weingläser bereits geleert und noch immer nichts Geeignetes gefunden.

»Tut mir leid, ich würde Ihnen ja gerne einen Filmabend anbieten, aber meine DVDs sind irgendwo da drin. Zusammen mit dem DVD-Player.«

Er deutete entschuldigend auf die meterhohe Kartonwand im Eingangsbereich.

»Wie lange sind Sie jetzt eigentlich schon in Köln?«

Er winkte ab, während er uns nachschenkte.

»Ja, ja, ich weiß. Aber ich habe längst aufgehört, Zeit in den herkömmlichen Kategorien zu messen. Wochen, Monate, was bedeutet das schon in unserem Job. Ich rechne nur noch in Sommer- und Winterpausen der Bundesliga. Vorausgesetzt es steht keine WM, EM oder Olympiade an.«

»Okay, dann hatten Sie aber trotzdem eine ganze Winterpause lang Zeit, um sich einzurichten.«

Er war letztes Jahr im Herbst gekommen, als Udo ganz überraschend seinen Abschied genommen hatte. Aus familiären Gründen, was jeder von uns nachvollziehen konnte. Udo hatte drei Kinder, zwei Hunde, eine Ex- und eine schwangere Frau. Hannes Jost war der Wunschkandidat unseres Chefredakteurs gewesen. Aber keiner hatte damit gerechnet, dass er den Job tatsächlich annehmen würde. Im Gegenteil, viele meiner Kollegen hatten sich selbst Hoffnungen auf den Posten gemacht. Ich dagegen war realistisch genug gewesen, um mir als einzige Frau in der Sportredaktion keine Chancen darauf auszurechnen. Deswegen konnte ich Herrn Jost auch relativ unvoreingenommen begegnen, während meine Kollegen an ihrem Neid noch immer zu knabbern hatten.

»Sie sind kurz vor der Winterpause gekommen«, wiederholte ich noch mal. »Also hatten Sie einen ganzen Monat, um die Kartons auszupacken.«

»Glauben Sie mir, ohne Winterpause säßen wir jetzt auf dem Boden und würden die weiße Wand anstarren.«

»Wie bitte, Sie haben ein Sofa und einen popeligen Fernseher aufgebaut? Das ist alles?«

»Nicht ganz. Ich habe mein komplettes Schlafzimmer eingerichtet, aber ich würde vermutlich wieder die falschen Signale aussenden, wenn ich Ihnen das jetzt zeige.«

»Ja, allerdings.«

Ich schüttelte lachend den Kopf und nahm einen Schluck aus dem Weinglas.

»Und seit wie vielen Winterpausen sind Sie inzwischen beim Tagesblatt?«

»Vier. Nein, Moment …« Ich rechnete nach und erschrak. Waren es jetzt sogar schon … »Fünf, glaube ich, ja, letzten Winter waren es fünf. O Gott, ich mache diesen Job schon fast fünfeinhalb Jahre.«

»Nicht schlecht für eine, die nie Sportjournalistin werden wollte.«

»Allerdings. Es sollte eigentlich nur eine Zwischenstation sein. Unglaublich. Kai ist schon drei geworden, dabei weiß ich noch, wie ich mich hochschwanger auf die Tribüne quetschen musste. Auf schwangere Sportjournalistinnen ist dieser Arbeitsplatz eindeutig nicht ausgerichtet.«

»Kai ist also Ihr Sohn?«, fragte Hannes interessiert. Ich nickte und wünschte mir, ich hätte das Thema nicht angeschnitten. Bei dem Gedanken an Kai lag mir Tims Geständnis von vorhin noch einmal doppelt so schwer auf der Seele. Kai verließ sich auf uns. Darauf, dass wir zusammenblieben, für ihn da waren. Wir hatten eine Verantwortung ihm gegenüber. Warum setzte Tim das alles so leichtfertig aufs Spiel?

»Ich habe Angst, dass ich ihm nicht verzeihen kann«, rutschte es mir ohne Vorankündigung heraus. Tränen stiegen mir in die Augen. Natürlich wusste ich, dass so etwas mal passieren konnte. Dass kein Mensch sein Leben lang treu sein kann. Trotzdem bekam ich diesen Gedanken einfach nicht aus dem Kopf.

»Was ist, wenn ich ihm nicht verzeihen kann?«, fragte ich meinen Chef jetzt direkt, dabei war mir selbst klar, dass es Blödsinn war, ausgerechnet ihn um Rat zu fragen. Von seinem fehlenden Taktgefühl mal abgesehen, wusste er schließlich noch nicht mal, von wem ich sprach und was passiert war. Aber die Sorge um Kai und die möglichen Konsequenzen von Tims Fehltritt hauten mich plötzlich um, zusammen mit dem zweiten Glas Wein, das ich inzwischen getrunken hatte.

»'tschuldigung.« Ich schüttelte den Kopf, aber ich konnte meine Tränen nicht mehr zurückhalten. Herr Jost reichte mir stumm ein Taschentuch. Als ich mich wieder ein bisschen beruhigt hatte, räusperte er sich leise. Er zögerte.

»Ich wünschte, ich könnte Ihnen jetzt irgendeinen wertvollen Rat geben, aber glauben Sie mir, es gibt einen Grund, warum ich mit fast vierzig noch Junggeselle bin.«

Er sagte tatsächlich Junggeselle, nicht Single, und komischerweise konnte ich in diesem Moment nur daran denken, dass er sich selbst bei einem gemütlichen Gespräch auf dem Sofa und nach zwei Gläsern Wein immer noch unheimlich gewählt, ja fast altmodisch ausdrückte. In den Redaktionssitzungen, die er regelmäßig mit druckreifen Sätzen führte, hatte ich mich manchmal gefragt, ob er immer so gestochen sprach. Jetzt wusste ich es.

Offenbar hatte ich ihn ziemlich erstaunt angestarrt, denn er fühlte sich genötigt, eine Sache klarzustellen: »Nein, ich bin nicht homosexuell, falls Sie das gerade überlegt haben. Ich werde von meinen Freundinnen einfach nur schneller rausgeworfen als die Trainer beim FC.«

Jetzt musste ich doch lachen. »Danke, es ist immer tröstlich zu hören, dass andere noch schlechter dran sind als man selbst.«

Er schenkte mir noch einmal nach, und ich nutzte die Gelegenheit, ihn näher zu betrachten. Bis jetzt hatte ich ihn immer nur als Chef, nie als Mann mit Freundinnen, Beziehungsstress und dem ganzen Drumherum gesehen, weil er immer wie eine Maschine wirkte. Immer gut gelaunt, immer hochmotiviert, immer am Arbeiten.

Dabei war er durchaus attraktiv. Schlank, nicht sportlich wie Tim, das hatte er eben schließlich selbst zugegeben, aber trotzdem schlank. Vermutlich eher von zu viel Stress und zu unregelmäßigen Mahlzeiten. Er hatte kurze, lockige schwarze Haare, durch die nicht nur die ersten, sondern auch schon die zweiten Grauen durchschimmerten. Und er hatte überraschend sanfte Gesichtszüge, dafür, dass er einen so wichtigen Posten innehatte. Für seinen Stress und sein Arbeitspensum wirkte er sowieso überraschend jugendlich. Leicht gebräunt, trotz Bürojob, gut rasiert, trotz langem Arbeitstag. Die Krawatte hatte er abgelegt und die Ärmel von seinem Hemd hochgekrempelt, aber sonst hätte er jederzeit so ins Büro gehen können.

»Sie machen das doch ganz gut«, sagte ich, um meinen kurzen melodramatischen Ausrutscher zu überspielen.

»Was?«

»Das Trösten, trotz Berufskrankheit.«

»Ja? Ich gebe mir auch wirklich Mühe, nicht zu taktlos zu sein.«

»Danke.«

»Es ist ja nicht gerade so, als wäre mir Ihre Gesellschaft unangenehm.«

Er lächelte mir zu. Ich lächelte zurück. Und dann wurde ich taktlos. Als er mir mein volles Weinglas reichte, beugte ich mich mit eindeutigen Absichten zu ihm herüber, obwohl ich es besser wusste. Aber mit einem Viertelliter Wein und einer gefährlichen Mischung aus Trauer und Wut intus war meine Hemmschwelle inzwischen gen Null gesunken. Ich küsste ihn. Es störte ihn nicht. Er erwiderte den Kuss.

»Nur fürs Protokoll: Das hier …«, er deutete zwischen uns beiden hin und her, »war ganz und gar nicht meine Absicht, als ich Sie zu einem Glas Wein eingeladen habe.«

»Meine auch nicht, als ich Ihre Einladung angenommen habe.«

Und schon lagen wir knutschend auf dem Sofa. Als wir uns schon fast unserer Klamotten entledigt hatten, fragte er plötzlich: »Sind Sie sicher, dass wir das tun sollten?« Aber wir wussten beide, dass es eine rein rhetorische Frage war. Sie musste zur Beruhigung des Gewissens einmal gestellt werden, mehr nicht. Dementsprechend erwiderte ich wahrheitsgemäß: »Ich bin mir sogar ziemlich sicher, dass wir das nicht tun sollten!«

Und dann taten wir es. Schnell, unromantisch, auf dem Sofa.

Noch während wir es taten, bekam ich Tim gegenüber ein schlechtes Gewissen. Zum Glück bewies mein Chef danach so viel Taktgefühl, mich mit meinen Gewissensbissen allein auf dem Sofa übernachten zu lassen.

Tagesunordnungs-punkte

Als ich am nächsten Morgen aufwachte, war Hannes schon in der Redaktion und ich viel zu spät dran. Er hatte einen Zettel auf der Sofalehne hinterlassen. »Guten Morgen, ich wollte Sie nicht wecken. Kaffee ist in der Küche. Bis später.«

Eine unproblematische Nachricht. Bis auf diese letzten beiden Worte. Normalerweise hätte ich mich so schnell wie möglich verdrückt und den Kerl, mit dem ich mich über meine Beziehungsprobleme hinweggetröstet hatte, nie mehr wiedergesehen. Das war etwas komplizierter, wenn dieser Kerl der eigene Chef war.

Vor allem, wenn man viel zu spät zur Arbeit kam, mitten in die Redaktionssitzung platzte und seinen One-Night-Stand am Morgen danach im Kreis des versammelten Kollegiums wiedersah. Hannes hätte mir einen Spruch oder wenigstens eine kleine ironische Bemerkung über meine Verspätung reindrücken müssen, schon um nicht aufzufallen. Aber entweder, die Meinung seiner Mitarbeiter war ihm vollkommen egal, oder er war

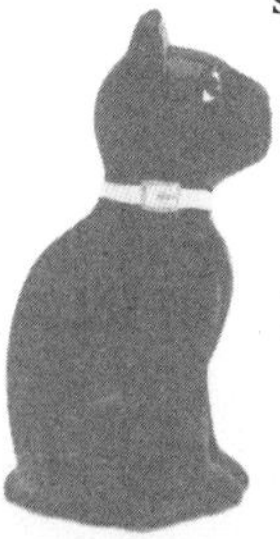

einfach nur schlecht im Lügen, denn er nickte mir unangebracht freundlich zu.

»Ähm, tut … tut mir leid. Ich hab …«, stotterte ich, ohne den Satz zu einem Ende zu bringen.

»Verschlafen, kein Problem.«

Ich schaute ihn entsetzt an und hatte das Gefühl, jeder Einzelne in der Redaktion wusste spätestens jetzt Bescheid.

»Kommt … kommt nicht wieder vor.«

Hannes wirkte etwas irritiert, als ich zu meinem Platz ging und krampfhaft seinem Blick auswich. Zum Glück waren die wichtigsten Punkte in der Besprechung bereits abgehakt, denn ich wusste bald nicht mehr, wo ich hinschauen sollte, um Hannes nicht angucken zu müssen. Es half trotzdem nichts, denn als alle wieder zurück zu ihren Arbeitsplätzen strömten, rief er mich zu sich.

Meine Ausweichmanöver waren ohnehin albern. Ich konnte schließlich nicht den ganzen Tag vor ihm weglaufen, geschweige denn den Rest meines Angestelltendaseins in dieser Redaktion. Warum es also nicht gleich hinter sich bringen? Je schneller, desto besser.

»Morgen.« Ich versuchte, möglichst neutral zu klingen.

»Guten Morgen. Sie haben es ja eben nicht mitbekommen, aber wir wollen zum Ende der Saison ein großes Feature starten. Eine Woche lang eine Doppelseite, jeder Verein, wo er herkam, wo er am Ende steht, Rückblick, Zukunftsaussichten, Abgänge, Zugänge, die ganze Palette. Suchen Sie sich Ihre Lieblingsvereine aus. Die endgültige Zuteilung ist morgen.«

Arbeit. Natürlich. Er wollte nur über die Arbeit reden. Er war eben ein Vollprofi. Im Gegensatz zu mir.

»Klingt gut, ich denke drüber nach.«

Ich drehte mich erleichtert zur Tür.

»Ach und …, Frau Schneider?«

Oder nur ein halber Vollprofi?

Ich wurde rot. »Ja?«

»Sind Sie noch an der Trainerkrise dran? Wir sollten da morgen auf jeden Fall nachlegen.«

»Ach so, ja sicher, du … du … meinst, äh, Sie meinen das … das Interview gestern. Ja, kein Problem. Ich hake da noch mal nach.«

Während ich noch überlegte, ob es eine allgemein akzeptierte gesellschaftliche Regel gab, die es erlaubte, seinen Chef zu duzen, nachdem man mit ihm geschlafen hatte, sah Hannes mich prüfend an. »Sie machen sich doch keine Gedanken wegen gestern Abend, oder?«

Zumindest war Herrn Jost eine derartige Regel nicht geläufig. Wir blieben also beim Sie.

»Nein, überhaupt nicht«, erwiderte ich übereifrig. Das war eine glatte Lüge. Man ging nicht einfach so mit seinem Chef ins Bett und dann zur Tagesordnung über, das musste selbst er wissen. Und wenn ich nicht so viele andere Probleme gehabt hätte, über die ich mir Gedanken machen musste, wäre mein Ausrutscher mit ihm Punkt eins auf der Tagesordnung gewesen. Aber so lächelte ich ihn an, als wäre nichts gewesen.

Er nickte. »Gut. Das ist gut.«

»Ja.«

Wir standen uns etwas unentschlossen gegenüber.

»Alles klar. Also dann …«, er lächelte mir zu.

»Ja, genau. Der Artikel, du … du … äh. Sie haben ihn heute

Mittag auf Ihrem Schreibtisch. … Ich meine, bildlich gesprochen. Er ist natürlich im Computer, im Netz, äh, also auf dem Server, wie alle anderen Artikel … auch.«

Ja, das klang souverän. Ich denke, jetzt hatte ich auch meinen Chef davon überzeugt, dass ich mir absolut keine Gedanken mehr über letzte Nacht machte.

Zu viel Paris

Neun Mailboxnachrichten und fünf SMSe hatte Tim mir hinterlassen. Alle mit dem gleichen Inhalt. »Bitte ruf mich an.« Ich wollte aber nicht am Telefon mit ihm darüber reden. In der Hinsicht war ich altmodisch. Ich wollte es direkt und persönlich, ohne modernes Kommunikationsmittel als Gefühlspuffer. Den Streit, die Tränen, die Versöhnung. Also beeilte ich mich mit der Arbeit und ging in meiner Mittagspause nach Hause, um mit Tim zu reden. Er kam direkt zur Tür gestürmt, als er meinen Schlüssel hörte.

»Gott sei Dank. Ich habe mir schon Sorgen gemacht. Ich habe Tina angerufen, deine Mutter, deinen Vater. Ich habe Gott und die Welt verrückt gemacht. Wo warst du denn die ganze Nacht?« Tim empfing mich in einem ziemlich aufgelösten Zustand.

»Woanders.«

Er warf mir einen merkwürdigen Blick zu, und ich hatte sofort das Gefühl, dass er Bescheid wusste. Er kannte mich eben viel zu gut. Ich zuckte mit den Schultern und ging ohne eine weitere Erklärung an ihm vorbei in die Wohnung. Tim folgte mir. Ihm war anzusehen, dass er genauso schlimme Stunden hinter sich hatte wie ich. »Es tut mir so leid, Karina.« Er wartete gar nicht erst, bis wir das Wohnzimmer erreicht hatten, er wollte es sofort loswerden. »Ich wollte dir nicht wehtun, wirklich nicht.«

Ich blieb stehen und atmete tief durch. Eigentlich hatte ich mir vorgenommen, nicht so schnell nachzugeben, aber als ich Tim da so stehen sah, völlig am Boden zerstört, tat er mir mehr leid als ich mir selbst. Trotz seiner ein Meter neunzig wirkte er in diesem Moment irgendwie zerbrechlich. Wir sahen uns schweigend an.

»Ich weiß«, flüsterte ich schließlich.

»Ich … ich …« Tim rang nach Worten, aber ich wollte nur noch, dass er mich in den Arm nahm, dass wir alles andere vergaßen, seine Französischlehrerin, Hannes, die blöde amerikanische Liebeskomödie.

»So etwas kann eben passieren«, kam ich ihm schließlich zu Hilfe, um ihn und auch mich endlich von diesem Drama zu erlösen. »Zu viel Wein, zu viel Paris … Es war ein Ausrutscher, eine Nacht.«

Er sah mir lange in die Augen und ich dachte, dass er mich durchschaute, weil ich ihn viel zu leicht davonkommen ließ. Aber das war es nicht.

»Es war nicht nur eine Nacht, Karina.« Er hatte Mühe, es auszusprechen, presste es hervor, als hätte er dabei Schmerzen. Als hätte er sich an diesen Worten die Zunge verbrannt. Und plötzlich war mein Kopf leer.

Mit einem Mal herrschte Stille im Raum. Absolute Stille, kein Ton, keine Bewegung, nur Tims schwerer Atem und mein pochendes Herz. Minutenlang konnte ich mich nicht bewegen, geschweige denn etwas sagen. Ich konnte nur Tim entsetzt anstarren, weil mir klarwurde, dass unsere Zukunft nicht mehr in meiner Hand lag. Ich hatte es mir zu einfach vorgestellt. Die Frage war nicht, ob ich ihm verzeihen konnte, denn dazu war ich nach gestern Nacht mehr als bereit. Die Frage war, ob Tim sich überhaupt verzeihen lassen wollte. Ob er mich noch wollte.

Bis eben hatte ich es für einen einfachen Seitensprung gehalten. Aber die Verzweiflung, die ich in Tims Stimme hören konnte, machte mir Angst. Er hatte mit seiner Kollegin geschlafen. Und zwar nicht nur, weil ihnen bei zu viel Rotwein und dem Anblick des Eiffelturms die Hormone durchgegangen waren. Es war kein Ausrutscher gewesen. Er hatte mit ihr mehr als nur eine Nacht verbracht. Vielleicht sogar jede Nacht. Und vielleicht hatte es auch schon lange vor Paris angefangen. Aber genauere Details ersparte er mir zum Glück.

Ich räusperte mich. Aber meine Stimme war immer noch belegt, als ich Tim fragte: »Liebst du sie?« Ich versuchte, seinen Blick einzufangen, aber er schaute auf den Boden – und schwieg. Sein Schweigen war unerträglich. Er hätte »Nein« sagen müssen, und zwar sofort, wie aus der Pistole geschossen, ohne darüber nachzudenken. Nachdenken bedeutete *Ja*, auf jeden Fall nicht *Nein*, meinetwegen bedeutete es auch *Ich weiß es nicht*, aber auch das hieß über Umwege wieder *Ja*, zumindest war es kein eindeutiges *Nein*.

Ich spürte, wie sich mein Magen zusammenzog. Wie mir die Luft wegblieb. Ich schaute Tim nicht mehr an, als ich mich sagen hörte: »Ich hole nach der Arbeit ein paar Sachen ab.« Dann ging ich fast mechanisch zur Wohnungstür.

»Nein, warte, Karina.« Er klang verzweifelter als ich, dabei hatte die Entscheidung doch bei ihm gelegen. Er hätte einfach nur nein sagen müssen. Er lief mir hinterher und fasste mich fest an den Schultern, als wollte er mich zum Bleiben zwingen. »Lass uns doch bitte in Ruhe darüber reden.«

Ich sah ihn an und spürte bereits die Tränen in mir hochsteigen. »Nicht jetzt.« Jetzt wollte ich einfach nur weg. So schnell wie möglich verschwinden. Am liebsten gleich komplett von der Erdoberfläche. Nichts mehr sehen müssen, besonders Tim nicht. Nicht nachdenken müssen, mir nicht um Kai Sorgen machen müssen. Einfach nur verschwinden.

Tim wandte getroffen seinen Blick ab. Dann fragte er, ob er etwas für mich tun könnte, wahrscheinlich aus reinem Schuldgefühl.

»Ja. Du kannst mit Kai zum Spielplatz gehen, wenn ich nachher vorbeikomme«, erwiderte ich eiskalt. Aber nur, weil ich Angst hatte, jeden Moment in Tränen auszubrechen. Ich rettete mich in meinen Wagen. Dann verschwamm alles vor meinen Augen.

Don't shit where you eat

»Nein?!«

»Doch!«

»Scheiße.«

Tinas Blick fiel auf meine vollgestopften Taschen und den Koffer, als sie mir spätabends die Tür öffnete. Ich hatte mehr eingepackt als nötig. Aber ich war zu durcheinander gewesen, um mir Gedanken darüber zu machen, was ich überhaupt brauchte.

»Ich hatte so gehofft, das hätten wir endlich hinter uns, Schätzchen.«

»Frag mich mal.«

Es war nicht das erste Mal, dass ich vollbeladen bei Tina Unterschlupf suchte. So lange ich zurückdenken konnte, war sie immer die erste und einzige Anlaufstelle für mich gewesen, wenn ich nicht mehr weiter wusste. Wenn wieder einmal eine Beziehung zu Bruch gegangen war. Wenn ich gehen musste, weil immer ich diejenige war, die ging. Gehen erleichterte mir den Neuanfang.

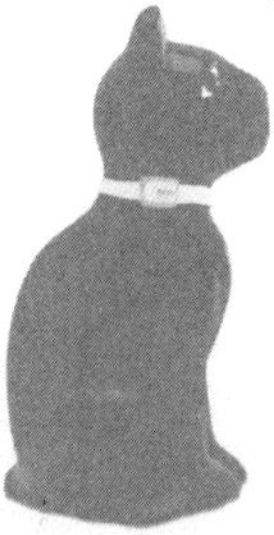

Ich ging. Tina gab mir ein Dach über den Kopf. Ich war am Boden zerstört. Tina baute mich wieder auf. Ich hatte die Probleme. Tina die Lösungen. So war es schon immer gewesen. Und komischerweise war es auch nie anders herum. Tina hatte keine Probleme. Und wenn, dann hatte sie sie schon gelöst, bevor ich überhaupt eingreifen konnte. Wenn es in ihrer Beziehung krachte, dann war kurz danach alles nur noch besser. Und wenn es in ihrem Beauty-Salon mal nicht gut lief, hatte sie eine geniale Geschäftsidee, die alles übertrumpfte.

Sie war obenauf, während ich mich eine Etage weiter unten durchwurschtelte. Manchmal hatte ich fast den Eindruck, dass wir eine Art symbiotisches Verhältnis hatten. Alles, was in Tinas Leben perfekt lief, und das war im Grunde alles, endete bei mir früher oder später in einem Fiasko. Wo immer sie Erfolge verbuchen konnte, musste ich Verluste hinnehmen, wahrscheinlich schon allein, um das universelle Gleichgewicht wiederherzustellen. So gesehen hatten Tim und ich nie eine Chance gehabt, denn Tinas Ehe mit Aygün war bombenfest. Und wahrscheinlich war ich auch nur deswegen jetzt wieder ohne Zuhause, weil Tina sich soeben von ihrem Ersparten ein eigenes kleines Reihenhäuschen mitten in Ehrenfeld gekauft hatte. Vielleicht wäre mein Leben viel besser verlaufen, wenn ich Tina damals im Kindergarten nicht kennengelernt hätte. Vielleicht hatte sie aber auch einfach nur Glück und ich Pech. Es war reine Spekulation. Tatsache war, dass Tina immer für mich da war. Auch jetzt.

»Was ist passiert?«, fragte sie, während sie mir half, die Taschen reinzutragen.

»Klassenfahrt.«

»Nee, ne? Doch nicht Tim?«

Der Vorteil an unserem symbiotischen Verhältnis war, dass sie mich ohne viel Worte verstand.

»O doch! Mit der Französischlehrerin«, presste ich hervor, denn mein Koffer war wirklich verdammt schwer geworden.

Tina ließ die Taschen fallen und nahm mich wortlos in den Arm. Aber ich konnte nicht mehr weinen. Ich hatte mein komplettes Kontingent an Tränen schon in der Mittagspause vergossen und war danach wie ausgepresst zurück in die Redaktion gefahren. Ich hatte nur das Nötigste erledigt und war froh gewesen, dass mein Chef den ganzen Nachmittag über einen Termin außer Haus hatte.

»Und was ist mit Kai?«, fragte Tina vorsichtig.

Ich schüttelte nur stumm den Kopf. Tim hatte Wort gehalten und war mit Kai zum Spielplatz gegangen, während ich meine Taschen gepackt hatte. Er hatte Kai erklärt, dass ich überraschend für ein paar Tage verreisen musste, was unser Sohn schon von mir kannte. Ich war froh und traurig zugleich gewesen, dass ich ihn heute nicht mehr sehen würde. Tina half mir, meine Sachen unter das Dach zu tragen. Ihr Haus war noch eine halbe Baustelle. Sie hatte es für einen guten Preis bekommen, aber dafür musste es auch von Grund auf renoviert werden. Das Dachgeschoss diente zur Zeit hauptsächlich als Abstellfläche und Müllhalde, solange die unteren Etagen fertig gemacht wurden. Aber innerhalb weniger Minuten hatten wir den gröbsten Müll beseitigt und genug Platz für eine Matratze und meine Taschen geschaffen.

»Sorry, aber hier hast du wenigstens deine Ruhe. Unten wirst du jeden Morgen um sieben von den Handwerkern geweckt.«

Ich streckte mich müde auf der Matratze aus. »Ach was, das ist perfekt.«

Tina setzte sich zu mir.

»Willst du reden?«

»Nein, noch nicht. Danke.«

»Dich betrinken?«

»Nein.«

»Das wird schon wieder, Karina. Vielleicht braucht ihr nur ein bisschen Abstand.«

Ich schüttelte den Kopf.

»Abstand ist nicht das Problem. Wir hatten genug Abstand. Zu viel. So viel, dass er vor lauter Abstand mit seiner Kollegin ins Bett gehen musste, nur um mal wieder etwas Nähe zu bekommen.«

Tina legte sich jetzt neben mich und starrte mit mir an die Dachschräge über uns, an der immer noch ein paar Fetzen Siebziger-Jahre-Tapete hingen.

»Ich hab's vermasselt, Tina. Und das Schlimmste ist, ich habe keine Ahnung, wie ich es besser machen kann. Ich kann mich nicht noch mehr aufteilen. Kai, der Job, meine ständigen Kurztrips zu irgendwelchen wichtigen Veranstaltungen. Tim ist einfach viel zu kurz gekommen.«

Jetzt kamen mir doch wieder Tränen. Ich setzte mich auf und suchte in meinen Klamotten nach einem Taschentuch. Tina strich mir tröstend über den Rücken. »Hey, jetzt schlaf doch erst einmal eine Nacht drüber. In ein paar Tagen seid ihr wieder ein Herz und eine Seele, ganz bestimmt.«

Ich schnäuzte mir die Nase und schüttelte den Kopf. »Nein, dieses Mal nicht. Ich kann einfach nicht mehr. Ich habe noch nicht einmal die Kraft, geschweige denn die Zeit dazu, um Tim zu kämpfen.«

Tina wirkte plötzlich geschockter als ich. Sie hatte schon viele Beziehungsprobleme mit mir und für mich bewältigt. Aber in ihren Augen waren Tim und ich immer ein Traumpaar geblieben. Vielleicht auch, weil bei uns alles eine Nummer größer und intensiver war als bei ihr und Aygün. Jetzt war ich kurz davor aufzugeben, und selbst Tina wusste darauf nichts mehr zu erwidern, außer: »Wir sollten uns jetzt doch betrinken, findest du nicht?«

»Ich muss morgen fit sein bei der Arbeit.«

»Mein Gott, dein Chef wird es jawohl kaum persönlich nehmen, wenn du mal in den Seilen hängst.«

»Da wäre ich mir nicht so sicher.«

Ich biss mir auf die Lippe. Aber zu spät. Schon ahnte Tina, dass die Geschichte mit Tims Seitensprung noch nicht zu Ende war. Ich konnte ohnehin keine Geheimnisse vor ihr verbergen. Früher oder später würde es mir rausrutschen, warum also nicht gleich:

»Ich habe mit ihm geschlafen.«

»Nein.«

»Doch?«

»Wann?«

»Na gestern, wann sonst?«

»Ich fasse es nicht. Warum bist du nicht gleich zu mir gekommen?«

Tinas Mitleid verwandelte sich für meinen Geschmack viel zu schnell in Misstrauen. Ich befürchtete schon, sie würde sich auf Tims Seite schlagen, und versuchte daher, möglichst verzweifelt zu klingen.

»Ich wollte einfach nur alleine sein.«

»Aha, na das ist dir dann ja hervorragend gelungen.«

»Ich konnte ja nicht ahnen, dass ich meinen Chef im Kino treffen würde.«

»Okay, aber es ist immer noch ein weiter Weg vom Kinosessel in sein Bett.«

»Zweihundert Meter.«

»Hä?«

»Es sind gerade mal zweihundert Meter vom Kino zu ihm nach Hause.«

»Klar, da konntest du einfach nicht widerstehen, was?«

»Es reicht, Tina, ich bin hier immer noch die Betrogene und im Gegensatz zu Tim weiß ich, wo die Grenze ist.«

»Scheinbar nicht. Die ist nämlich in der Regel *vor* dem Chefbüro!«

Ich funkelte Tina wütend an, aber sie hob verteidigend ihre Hände. »Ich meine ja nur … mein Grundsatz am Arbeitsplatz, ›Don't shit where you eat.‹«

»Sehr witzig. Du hast es ja auch einfach als deine eigene Chefin.«

Wir sahen uns herausfordernd an und prusteten zur gleichen Zeit los. Wir lachten, bis wir uns völlig außer Atem wieder nebeneinander auf die Matratze sinken ließen. Genau das hatte ich gebraucht. Einen ordentlichen Zoff mit Tina. Jetzt ging es mir schon viel besser.

»Na, Gott sei Dank«, sagte Tina erleichtert. »Einen Moment lang dachte ich wirklich, zwischen dir und Tim wäre es vorbei.«

Ausweichmanöver

Und wenn es doch vorbei war? Ich traute mich nicht, es herauszufinden, und steckte mein Handy daher jedes Mal wieder weg, wenn ich mich in einem Anfall von Verzweiflung dazu durchgerungen hatte, mit Tim Klartext zu reden. Solange keiner von uns das Wort ausgesprochen hatte, war die Trennung auch nicht real. So lange war noch alles in der Schwebe, und alles war möglich. Tim konnte zugeben, dass seine Französischlehrerin ein riesiger Fehler gewesen war und zu mir zurückgekrochen kommen. Er konnte einsehen, dass Sarah außerhalb von Paris und unter normalem Schulneonröhrenlicht betrachtet überhaupt nicht sein Typ war, und dann zu mir zurückkommen. Es gab sogar die Möglichkeit, dass Sarah in Tim nicht mehr als eine kleine Klassenfahrtaffäre gesehen hatte und ihn zu mir zurückschickte. Und natürlich gab es die andere Möglichkeit, die ich mir lieber nicht ausmalen wollte.

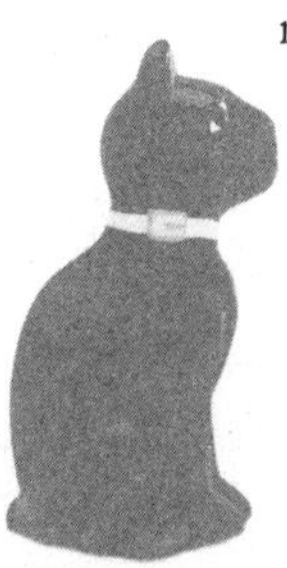

Tims Affäre war bitter. Aber sie tat nicht ganz so weh, solange wir uns in diesem Schwebezustand befanden. Deswegen versuchte ich, diesen Zustand so lange wie möglich aufrechtzuerhalten. Ohnehin war ich mir nicht sicher, ob ich diejenige war, die anrufen musste. Sicher, ich war gegangen. Ich hatte Tim und Kai zurückgelassen. Ich hatte Tims Gesprächsangebot ausgeschlagen. Aber das alles war schließlich nur eine Reaktion auf seine Affäre gewesen. Er hatte den Fehler gemacht. Nicht ich. Also sollte er auch gefälligst den ersten Schritt in Richtung Versöhnung tun.

Aber auch Tim ließ sich Zeit damit, sich bei mir zu melden. Zu viel Zeit, als dass ich das Gefühl hatte, er würde mich ernsthaft vermissen. Anfangs dachte ich noch, er nehme Rücksicht. Um mir Gelegenheit zu geben, mit seinem Geständnis klarzukommen, den Vertrauensbruch zu überwinden. Aber je mehr Tage vergingen, in denen ich vergeblich auf eine Nachricht von ihm wartete, desto nervöser wurde ich. Gut möglich, dass ich es nicht ernst gemeint hatte mit der Trennung, aber Tim vielleicht schon. Und wenn ich genau darüber nachdachte, hatte er auch allen Grund dazu. Unsere Beziehung war nicht gerade rosig verlaufen in den letzten Monaten. Sie hatte eindeutige Abnutzungserscheinungen gezeigt. Nicht, dass wir uns viel gestritten hätten. Im Gegenteil, Streit wäre vielleicht noch ein klares Lebenszeichen unserer Partnerschaft gewesen. Nein, wir hatten angefangen, nebeneinander zu leben statt miteinander. Mein Job war stressig und zeitaufwendig. Ich war selten vor acht zu Hause, manchmal sogar erst um Mitternacht, verbrachte meine Wochenenden meistens in der Redaktion und hatte frei, wenn Tim arbeiten musste. Tims Referendariat war auch nicht gerade ein Zuckerschlecken, auch wenn ihm die Arbeit als Lehrer gut gefiel. Ständig gab es irgendwelche Unterrichtsproben vorzubereiten, Seminare zu besuchen, und wenn jemand im Kollegium krank war, musste Tim als Erster einspringen. Und dann war da schließlich noch Kai. Mit Kai hatte sich alles geändert. Er war unser Ein und Alles, klar, aber er forderte auch viel von uns. Er war ein kleiner Rabauke, der von morgens bis abends unter Strom stand. Er rannte, kletterte und quasselte in einer Tour, und wenn er mal still war, dann konnte man davon ausgehen, dass er gerade irgendeinen Unfug anstellte. Man konnte ihn keine Minute aus den Augen lassen. Genaugenommen waren Tim und ich längst nur noch damit beschäftigt, unsere Termine untereinander und auf Kai abzustimmen. Tim lieferte ihn auf dem Weg zur Arbeit im Kindergarten ab. Wenn ich ihn dann nachmittags wieder abholte und mit ihm auf den Spielplatz ging, war Tim oft noch in der Schule. Seine Sportstunden fanden meistens nachmittags statt. Wenn Kai und ich nach Hause kamen, reichte es gerade mal für ein kurzes Hallo, bevor ich wieder in die Redaktion hetzte und Tim das Abendprogramm für Kai bestritt. Und wenn ich nach Redaktionsschluss nach Hause kam, lag Kai schon im Bett, ich war todmüde und Tim entweder zum Fußball verabredet oder mit der Vorbereitung seiner nächsten Unterrichtsstunden beschäftigt. Unsere Tage waren von morgens bis abends durchorganisiert und vollgestopft. Da blieb wenig Zeit für Zweisamkeit. Ich konnte mich nicht mehr daran erinnern, wann Tim und ich das letzte Mal zusammen etwas unternommen hatten, ohne Kai. Auch mit Kai war unser letzter Familienausflug verdammt lange her. Dieses Nebeneinanderherleben hatte sich ganz langsam in unseren Alltag geschlichen. War heimlich in unsere Beziehung gekrochen und hatte sie von innen ausgehöhlt. Und jetzt hatte Tim offenbar die Notbremse gezogen. Er wollte mehr. Er brauchte mehr. Und im Grunde brauchte ich auch mehr. Ich brauchte Tim.

Eine Woche lang herrschte absolute Funkstille zwischen uns. Eine quälend lange Woche, in der ich Kai schmerzlich vermisste und nicht wagte, ihn anzurufen, aus Angst, dann auch mit Tim reden zu müssen. Eine elendig lange Woche, in der ich meine Beziehungsprobleme noch nicht einmal mit Arbeit ersticken konnte, weil im Büro das andere Problem auf mich lauerte. Ich wich Hannes aus, so gut ich konnte, und versuchte, unsere Gespräche auf ein Minimum zu reduzieren. Nicht dass er mich bedrängte. Im Gegenteil, er verlor kein Wort über diese Nacht und schien auch nicht das Bedürfnis zu haben, unser privates Verhältnis in irgendeiner Form zu vertiefen. Aber allein seine Anwesenheit im Büro, und die war als Ressortleiter kaum zu vermeiden, bereitete mir ein schlechtes Gewissen. Ich hätte mich bei ihm entschuldigen müssen oder wenigstens erklären müssen, was mich in dieser Nacht in seine Arme getrieben hatte. Aber schon beim Gedanken an ein derartiges Geständnis schoss mir das Blut ins Gesicht, und deswegen zog ich es vor zu schweigen. Tina hatte mal wieder recht behalten. Mit meinem Chef ins Bett zu gehen war so ziemlich das Dümmste gewesen, was mir in dieser Nacht hatte einfallen können. Jetzt musste Hannes nur mit irgendeinem Auftrag oder einer simplen Frage an meinen Schreibtisch kommen, und schon wurde ich rot und fing an zu stottern.

Ich ärgerte mich selbst am meisten über mein unprofessionelles Verhalten, schließlich machte Hannes es mir wirklich leicht. Aber am Ende blieb mir nichts anderes übrig, als so wenig Zeit wie möglich in der Redaktion zu verbringen.

Es war zum Verrücktwerden. Bei Tina wüteten die Handwerker, zu Tim konnte ich (noch) nicht zurück, und im Büro erinnerte mein One-Night-Stand und Chef in Personalunion mich ununterbrochen an mein schlechtes Gewissen. Ich hatte kein Zuhause. Und so meldete ich mich schließlich freiwillig, als es darum ging, für eine ziemlich langweilige Vorberichterstattung nach Österreich zu reisen. Auch wenn das bedeutete, Kai eine weitere Woche lang nicht sehen zu können. Wenigstens konnte ich so etwas Abstand zwischen mich und meine Probleme bringen.

»Dreizehn!«

»Was?«

»Dreizehn Mal hat Tim in der letzten Woche bei mir angerufen, weil er dich nicht erreichen konnte und sich irgendwie Sorgen gemacht hat, Schätzchen. Kannst du mir das vielleicht mal erklären?«

Ich hatte noch nicht einmal den Flur betreten, als Tina mir meine Probleme schon wieder unter die Nase rieb. Wie immer, wenn sie so in Fahrt war, ließ sie mir nicht einmal Zeit zum Luft holen, geschweige denn für eine Erklärung.

»Lass mich mal raten, der Empfang in den Bergen war so schlecht, dein Akku alle oder der Barkeeper im Hotel so süß, dass Tim dir inzwischen egal ist?«

Ich stellte auf Durchzug, während ich meine kleine Reisetasche die Treppen zum Dachgeschoss hochtrug. Tina lief mir hinterher.

»Ich verstehe es nicht, Karina. Tagelang heulst du mir die Ohren voll, ›warum ruft Tim nicht an, wieso meldet er sich nicht‹, und dann ruft er endlich an, und du hast nichts Besseres zu tun, als ihn abzuwürgen?«

Es stimmte. Tim hatte ausgerechnet in dem Moment angerufen, als ich mein Hotelzimmer in Österreich erreicht hatte. In dem Moment, als ich die denkbar größte Entfernung zwischen uns gebracht hatte, klingelte mein Handy. Die drei großen Lettern auf dem Display blinkten mich anklagend an. TIM. Und ich bekam kalte Füße. Was, wenn Tim sich endgültig von mir verabschieden wollte, und ich hing in einem abgelegenen Sporthotel jenseits von Gut und Böse fest und konnte ihn nicht vom Gegenteil überzeugen? Was, wenn er sich mit mir versöhnen wollte und ich nicht zu ihm konnte, um ihm bei einem romantischen Candlelight-Dinner in die Arme zu sinken? Egal, wie ich es drehte und wendete, ich hing in Österreich fest, und er war in Köln. Keine gute Ausgangslage für ein klärendes Gespräch. Ich hatte bei jedem einzelnen seiner unzähligen Anrufe mit Bauchschmerzen und trockener Kehle das Display betrachtet, mein zittriger Zeigefinger nur Millimeter von der grünen Taste entfernt. Und dann hatte ich die rote gedrückt. Jedes Mal.

»Ruf ihn an! Jetzt! Sofort!« Tina baute sich in ihrer vollen Körpergröße von einem Meter achtzig vor mir auf und setzte ihre Widerstand-zwecklos-Miene auf.

Ich stammelte: »Aber was ist, wenn …«

»Nein, kein Wenn und Aber. Jedes Mal, wenn ihr beide ein Problem habt, schaltest du auf stur. Es ist ohnehin ein Wunder, dass ihr zwei noch zusammen seid. Aber dieses Mal mache ich das nicht mit. Dieses Mal geht es nämlich nicht nur um dich und Tim und eure dämlichen Machtspiele. Es geht auch um Kai.

Deswegen rufst du Tim jetzt auf der Stelle an, und ihr schafft das Problem aus der Welt, verstanden?«

»So einfach ist das nicht.«

»O doch.« Tina schnappte sich mein Handy und hatte Tims Nummer gewählt, bevor ich es ihr aus der Hand reißen konnte.

»Ach, guck mal, so einfach ist das, Tim hat sogar eine Kurzwahltaste. Die Eins.«

Ich funkelte Tina böse an und legte auf, bevor die Verbindung hergestellt war.

»Ich kann ihn nicht einfach so anrufen.«

»Und wieso nicht?«

»Weil ich ... weil ich ... Angst davor habe, was er sagen könnte.«

Das konnte Tina zumindest nachvollziehen, wenn sie es auch nicht als Argument durchgehen ließ. Sie setzte sich schon weniger furchteinflößend zu mir aufs Bett und legte ihren Arm um meine Schultern. »Was soll er schon sagen, Karina? Es ist Tim. Er liebt dich.«

Ich schluckte. »Da bin ich mir eben nicht mehr so sicher.«

Tina sah mich mitleidig an. »Dann musst du es herausfinden. Aber das hier ist einfach kein Zustand, glaub mir.«

»Und wenn ich es nicht herausfinden will?«

»Tja, dann musst du dir ab morgen eine andere Unterkunft suchen! Tut mir leid. Gute Nacht.«

»Wie bitte? Du schmeißt mich raus? Das ist Erpressung!«

Aber Tina ging, ohne ein weiteres Wort zu verlieren. Ich starrte ihr entsetzt hinterher. Sie konnte so unglaublich gemein sein, wenn sie es gut mit mir meinte.

Saved by the bell

Kai strahlte über das ganze Gesicht, als er mich vor dem Tor des Kindergartens sah. Nach meiner Österreichfahrt hatte ich einen Tag frei, und normalerweise waren meine freien Tage für Kai reserviert. Es kam selten genug vor, dass ich den ganzen Nachmittag mit ihm verbringen konnte, ohne Termindruck und Handy am Ohr, und sogar abends noch Zeit hatte, ihm eine Gutenachtgeschichte vorzulesen. Noch länger wollte ich darauf nicht verzichten. Und nach viel Hin und Her hatte ich Tim schließlich per SMS mitgeteilt, dass ich Kai heute vom Kindergarten abholen würde.

»Mami, Mami, du bist wieder da!« Er schlang seine dünnen Ärmchen um meinen Hals. Ich drückte ihn fest an mich. Als er mich aus seinen großen grünen Augen ansah, Tims Augen, kamen mir die Tränen. »Warum weinst du, Mama? Musst du wieder verreisen?«, fragte er.

Ich riss mich zusammen und schüttelte den Kopf. »Nein, mein Schatz. Ich muss jetzt nicht mehr verreisen.« Kai fand das gut und wollte ein

Eis. Ich kaufte ihm zwei Kugeln statt einer und als er mir schließlich mit seinem Schokoladenmund von der Rutsche aus zuwinkte, wurde mir klar, dass Tim und ich unserer Beziehung eine zweite Chance geben mussten. Kai hatte es verdient.

»Karina?!«

Tim war überrascht, als ich zusammen mit Kai die Wohnung betrat und nicht gleich wieder abhaute. Ich konnte nicht sagen, ob er sich freute. Aber er war überrascht.

»Hallo.«

»Wie geht es dir?« Seine Frage war ehrlich gemeint.

»Beschissen!«, war meine genauso ehrliche Antwort.

Er nahm mich in den Arm. Wir hielten uns lange fest, ohne ein Wort zu sagen, bis Kai aus seinem Zimmer zurückkam, um mir zu zeigen, was er mit seinen Duplo-Steinen gebaut hatte. Tim und ich rissen uns zusammen und bis zu dem Augenblick, als Kai schließlich im Bett lag, schien alles wie früher zu sein. Ich schmierte Kai sein Leberwurstbrot und las ihm zum zigsten Mal die gleiche Geschichte vor. Tim half ihm beim Zähneputzen. Und dann brachten wir ihn zusammen ins Bett. Es war schon fast unheimlich, wie gut Tim und ich darin waren, uns vor Kai nichts anmerken zu lassen.

Aber sobald er im Bett war, war die Routine vorbei. Wir starrten uns hilflos an. In der Bewältigung von Affären hatten wir keine Routine.

»Möchtest du was trinken?«, fragte Tim schließlich, um überhaupt irgendetwas zu sagen. Es war eine komische Frage, schließlich wohnte ich hier auch irgendwie und hätte mir selbst etwas zu trinken holen können. Aber ich bat um ein Wasser und folgte

Tim in die Küche. Wir setzten uns mit unseren Wassergläsern bewaffnet gegenüber an den Küchentisch. Keiner wagte den Anfang zu machen. Wir mieden unsere Blicke.

»Ich wünschte, ich könnte das alles rückgängig machen, Karina«, sagte Tim schließlich ganz langsam, so als müsste er jedes Wort sorgfältig auswählen. »Es tut mir so leid.«

Ich fing seinen Blick ein und versuchte herauszufinden, was genau er damit meinte. Tat es ihm leid in dem Sinne, dass er mich zurückwollte? Oder bedeutete es vielmehr, dass es ihm leidtat, dass es zwischen uns vorbei war? Sein Gesicht gab nicht wirklich Aufschluss darüber, und so musste ich wohl oder übel etwas konkreter werden.

»Ich weiß, dass es dir leid tut, Tim. Aber wie geht es jetzt weiter … mit uns?« Ich wagte kaum, es zu fragen. Aber wir konnten uns nicht ewig mit der Vergangenheit herumschlagen. Was passiert war, war passiert. Für mich zählte jetzt nur noch, was danach kam.

Tim sog hörbar die Luft durch die Nase ein. Das war immer ein Zeichen dafür, dass er nicht wusste, was er sagen sollte. Dass ich den ersten Schritt machen musste. Ich versuchte, in seinem Gesicht zu lesen, wie beim Pokern. Ich wollte wissen, was für Gedanken ihm gerade durch den Kopf gingen, um die größtmögliche Sicherheit zu haben, dass er meiner Meinung sein würde. Es war nicht einfach, ich war nicht eine von denen, die sich an den letzten Strohhalm klammerten, die um Liebe bettelten. Betteln hieß, sich eine Blöße geben, mehr noch, das Innerste nach außen kehren, die Stelle, an der man am verletzlichsten war. Aber ich wagte es trotzdem.

»Wir müssen etwas ändern, Tim. Das weiß ich. Unsere Beziehung war nicht gerade die beste in letzter Zeit. Aber selbst in schlechten Zeiten wie diesen ist sie besser als alles, was ich vorher erlebt habe. Ich finde, wir beide sollten es noch mal versuchen. Kai ist es wert, es zu versuchen. Wir sind es wert …«

Er nahm meine Hand. Ich spürte Tränen in mir hochsteigen und schluckte sie zusammen mit den letzten Worten herunter. Ich konnte nicht mehr weiterreden.

Tim blickte auf und sah mich ebenfalls aus tränenverhangenen Augen an. Ich hing an seinen Lippen. Mein Magen verkrampfte sich, während ich darauf wartete, dass er mich endlich erlöste.

Aber stattdessen wurde er erlöst – vom Klingeln seines Handys. Wir zuckten beide zusammen. Es klingelte wieder. Tim wollte es ignorieren, aber der fröhliche Klingelton passte so gar nicht zu unserer verzweifelten Stimmung. Schließlich zog er es aus seiner Hosentasche. Und allein an der Art, wie Tim auf das Display schaute und dann schnell den Anruf wegdrückte, merkte ich, dass sie es war.

Ich zog meine Hand aus seiner zurück und stand auf. Ich wusste auch, wann ich verloren hatte. Ich hatte hier nichts mehr zu suchen.

»Warte, Karina.« Tim sprang hektisch auf.

»Ihr trefft euch also immer noch?«, sagte ich merkwürdig ruhig, während ich meine Jacke anzog.

»Nein!« Ein Blick von mir genügte, und Tim brach ein. »Ja, wir haben uns getroffen. Zum Reden. Mehr nicht.«

Ich schüttelte den Kopf. Ich legte hier einen astreinen Seelenstrip hin, während Tim schon längst dabei war, seine Affäre in eine handfeste Beziehung zu verwandeln. Wie hatte ich nur so falsch liegen können? »Willst du denn mehr? Mit ihr?«

»Nein«, antwortete Tim eilig, nur um dann leiser und ehrlicher hinzuzufügen: »Ich weiß es nicht, Karina.«

Ich nickte leer. Mir fiel nichts mehr ein, was ich noch hätte sagen können. Ich hatte mein Pulver verschossen und das Ziel damit deutlich verfehlt.

Tim griff wieder nach meiner Hand und hielt sie fest. Aber es fühlte sich nicht mehr echt an. Meine Hand war ein Fremdkörper in seiner, sein Griff verkrampft. Er sah mich verzweifelt an, und ich hatte das Gefühl, ihm ging es im Moment fast schlechter als mir. Er sprach ganz leise.

»Ich weiß einfach nicht, was mit uns los ist. Ich habe versucht, es in den letzten Wochen herauszufinden, aber ich weiß es einfach nicht. Wir sind manchmal so weit voneinander entfernt.«

Völlig betäubt stand ich vor ihm. Jedes seiner Worte zerriss mich innerlich, bis ich das Gefühl hatte, dass nur noch meine Hülle übrig war.

»Und Sarah war gerade in der Nähe?«, sagte ich tonlos. Ich wollte nicht zynisch werden, es rutschte mir einfach nur so raus.

»Nein.« Tim war völlig durcheinander. »Erst haben wir ja nur geredet. Aber dann … Mit ihr war alles plötzlich so unkompliziert«, versuchte Tim sich und mir zu erklären, was nicht zu erklären war. »So leicht, so … so …«

»So wie es mit uns beiden mal war«, beendete ich seinen Satz und schaute verletzt auf den Boden. Ich wusste, was Tim meinte. Aber nicht, wie ich uns dieses Gefühl zurückgeben konnte. Tim wollte mich in den Arm nehmen, aber ich schüttelte den Kopf. Er ließ seine Arme kraftlos sinken. So standen wir uns minutenlang gegenüber. Keiner sagte ein Wort. Keiner bewegte sich. Es war schlimm. Schlimmer als jeder Streit. So schlimm, dass ich mir wünschte, wir würden im Streit auseinandergehen. Dann hätte ich Tim wenigstens hassen können. Aber er sah mich hilflos unter Tränen an. »Ich will dich nicht verlieren, Karina.«

Ich erwiderte seinen Blick und schüttelte dabei fast unmerklich den Kopf. »Das reicht nicht, Tim.«

Ich wusste nicht, wie ich überhaupt noch die Kraft aufbrachte, aufrecht zu stehen, geschweige denn zu reden. Ich musste mich regelrecht überwinden, unser Gespräch zu Ende zu bringen und nicht einfach so aus der Wohnung zu fliehen.

»Ich ziehe aus«, flüsterte ich schließlich. Vielleicht war es feige, aber ich sah keinen anderen Ausweg. Ich brauchte jetzt einen Schlussstrich. Einen klaren Schlussstrich. Ich wollte die Sache zu Ende bringen. So zögerten wir die Schmerzen nur unnötig hinaus.

»Was?« Geschockt sah Tim mich an. Er wollte es nicht wahrhaben. Dabei hatten wir uns die letzten Wochen beide ununterbrochen mit ein und derselben Frage beschäftigt. War unsere Liebe noch stark genug für einen Neuanfang? Sie war es nicht. Und ich zog auf meine Art die Konsequenzen, die Tim im Grunde schon mit seiner Affäre gezogen hatte. Langsam ging ich zur Tür, jeder Schritt tat körperlich weh. Ich wollte sie nicht öffnen, denn öffnen würde heißen, dass ich sie auch schließen musste und dass es dann kein Zurück mehr gab. Tim dachte ähnlich und hielt die Tür zu, bevor ich die Klinke runterdrücken konnte.

Er kämpfte mit sich. Wir wussten beide, was es bedeutete, wenn ich jetzt ging. Wir sahen uns stumm an. Wenn er mich jetzt in den Arm genommen hätte, mich geküsst hätte, mich festgehalten hätte … Aber Tim ließ mich gehen, und ich zog die Tür hinter mir zu.

In Trümmern

Ich hatte keine Ahnung, wie lange ich schon stumm in meine muffige Matratze hineingeheult hatte, als Tina plötzlich neben mir stand.

»Heute Abend betrinken wir uns aber!«

Sie hatte zwei Flaschen Wein und ihre komplette Spirituosensammlung dabei und stellte sie neben mir auf.

»Komm her, Schätzchen!« Sie nahm mich in den Arm und ich ließ meinen Tränen weiter freien Lauf. Bis Tinas Bluse durchnässt und ich völlig ausgelaugt war.

»Rot, weiß, Bacardi, Baileys oder selbstgebrannter Birnenschnaps?«

»Was macht am schnellsten betrunken?«, fragte ich.

»Eine ordentliche Mischung aus allem, würde ich sagen.«

»Okay, dann mal los!«

»Wir arbeiten uns einfach von rechts nach links durch.«

Tina war vermutlich die einzige Freundin, die bereit war, sich wegen meines Liebeskummers einen heftigen Kater anzutrinken. Wir stießen mit einem Schluck Bacardi für den Einstieg an.

»Auf die Französischlehrerin. Auf dass ihr beim Essen die Froschschenkel im Hals stecken bleiben!«

Wir leerten die Gläser in einem Zug und nahmen uns den Rotwein vor.

»Darauf, dass sie beim Staubwischen in die Spitze ihres Miniatur-Eiffelturms fällt!«

Als wir beim Weißwein angekommen waren, spielten wir mit unseren Trinksprüchen das makabre Spiel »Wie bringe ich Tims Geliebte am originellsten um?«

»Darauf, dass sie sich beim Geigenspielen mit dem Bogen die Kehle durchschneidet.«

»Spielt sie überhaupt Geige?«

Dafür, dass wir schon beim fünften Glas und vierten Getränk angekommen waren, nahm Tina es aber ganz schön genau.

»Sie ist Musiklehrerin. Die spielen immer Geige.«

»Stimmt. Runter damit.« Wir schüttelten uns, als wir das Glas mit dem selbstgebrannten Schnaps in einem Zug vernichteten.

»Wie sieht sie überhaupt aus?«, fragte Tina plötzlich, als wäre es wichtig zu wissen, wen wir hier die ganze Zeit wieder und wieder ins Jenseits beförderten.

»Na, wie soll sie schon aussehen? Groß, blond, mit vollen, sinnlichen Lippen, blassem Teint und einer sexy Stimme, die mindestens drei Oktaven umfasst.« Vor meinem geistigen Auge war Tims Neue eine perfekte Mischung aus der jungen Catherine Deneuve und Anna Netrebko. So perfekt, dass ich mit meinen ein Meter fünfundsechzig, meinen rostfarbenen, nie zu bändigenden Spiralen auf dem Kopf, den Hunderten von Sommersprossen im Gesicht und fünf Kilo zu viel auf den Hüften, ein Andenken an die Schwangerschaft mit Kai, nicht den Hauch einer Chance gegen sie hatte.

»Und wenn schon. Darauf dass sie sich bei Beethovens Neunter einen Knoten in die Zunge singt und daran erstickt!«

Aber plötzlich hatte ich keine Lust mehr auf unser Spiel. Tinas Frage hatte mich ins Grübeln gebracht. Was genau war es wirklich, was diese Sarah für Tim so anziehend machte? Was machte sie für ihn interessanter, begehrenswerter, aufregender als mich? Es war die ewige Frage »Was hat sie, was ich nicht habe?«, die mich mit einem Mal nicht mehr losließ.

Tina bemerkte meine Abwesenheit und drückte mich tröstend an sich. »Hey, denk gar nicht erst darüber nach. Du wirst es nie herausfinden.« Sie hatte mich mal wieder durchschaut und drückte mir ein Glas Weißwein in die Hand. »Heute trinken wir, Schätzchen. Und morgen sieht die Welt schon wieder ganz anders aus!«

Das tat sie auch. Vor allem, weil sie sich zunächst auf die nagelneue Kloschüssel in Tinas nagelneuem Bad beschränkte. Mir war kotzübel, und ich hatte unglaubliche Kopfschmerzen. Aber noch nie war mir ein Kater so egal gewesen wie heute. Es war schon halb neun, in einer halben Stunde würde Hannes die morgendliche Sitzung anberaumen, als ich wieder ins Bett kroch und meinen Kopf unter dem Kissen vergrub, um den Lärm der Handwerker auszublenden. Die Sitzung war mir egal, die Arbeit war mir egal, Hannes war mir egal. Alles war mir egal. Und wenn ich es mir hätte aussuchen können, wäre ich für den Rest meines Lebens liegen geblieben. Aber Tina, die ewige Karrierefrau, die es schaffte, trotz drei Komma fünf Promille Alkohol im Blut ihren Laden pünktlich zu öffnen, nötigte mich dazu, mich zumindest krankzumelden.

»Jost«, meldete Hannes sich auch noch persönlich an Stelle seiner Sekretärin und erinnerte mich damit gleich noch an einen weiteren Grund, für immer im Bett zu bleiben.

»Ja, hallo, hier ist Karina«, krächzte ich. »Äh, Schneider, Karina Schneider.«

Stille am anderen Ende der Leitung. Ich sah irritiert auf mein Handy, ob die Verbindung noch stand.

»Guten Morgen, Frau Schneider«, sagte Hannes schließlich. »Wollen Sie mir vielleicht noch mehr mitteilen als Ihren Namen?«

Toll, absolut gelungener Einstieg. Ich räusperte mich und ließ dem Räuspern vorsichtshalber einen kleinen Hustenanfall folgen.

»Äh, ja, ich bin krank.«

»Allerdings, das ist nicht zu überhören.« Irrte ich mich, oder schwang da ein Hauch von Sarkasmus mit?

»Das heißt, ich werde wohl heute nicht zur Arbeit kommen können.«

»Schade!« Na, aus dem Mann sollte man mal schlau werden.

»Ist es sehr schlimm?«

»Ja«, rutschte es mir heraus. »Ich meine, nein, eine Erkältung. Leichte Grippe vielleicht.«

»Damit ist nicht zu spaßen. Dann erholen Sie sich erst mal. Nehmen Sie sich den Rest der Woche frei.«

»Ähm, danke.« Ich wurde das Gefühl nicht los, dass Hannes
mich von vorne bis hinten durchschaute. Wieso gab er mir sonst

einfach so eine Woche frei? Weil er wusste, dass man für Liebeskummer kein ärztliches Attest bekam?

»Also, gute Besserung, oder was man sonst eben in so einer Situation wünscht.«

Er hatte mich durchschaut. Definitiv.

Ich blieb tatsächlich den ganzen Tag im Bett. Aber gegen Abend fiel mir die Decke auf den Kopf. Ich wollte nicht mehr mit mir allein sein und über Tim nachdenken. Ich wollte mich ablenken, und Alkohol kam dafür nur bedingt in Frage. Auch Tina war an diesem Abend keine große Hilfe, nachdem sie den ganzen Tag völlig verkatert in ihrem Schönheitssalon gestanden hatte. Sie fiel todmüde ins Bett. Ich wanderte etwas planlos durch ihr Haus, und als mein Blick auf die vielen kleinen Baustellen in Küche, Wohnzimmer, Flur und Arbeitszimmer fiel, hatte ich endlich eine Idee, wie ich die Zeit totschlagen konnte. Denn davon hatte ich jetzt ungewollt viel zu viel.

Bis zum nächsten Morgen hatte ich ein komplettes Konzept für Tinas Haus erstellt. Ein kleiner Durchbruch hier, eine neue Wand da, ein paar Deckenverkleidungen und schon würde aus dieser Bruchbude eine halbe Villa. Als ich Tina und Aygün mein Konzept beim Frühstück präsentierte, waren die beiden allerdings nicht so begeistert, wie ich gehofft hatte.

»Schätzchen, weißt du eigentlich, wie viel mich jede Stunde kostet, die ein Handwerker in meinem Haus verbringt?« Das war für Tinas Verhältnisse sogar überraschend diplomatisch ausgedrückt. Auch wenn es übersetzt bedeutete, deine Vorschläge sind unbezahlbar, total verrückt und überhaupt, kümmere dich doch erst mal um deine eigenen Baustellen. Aber ich wusste, dass man bei Tina immer etwas beharrlicher sein musste als bei anderen.

»Wer redet denn hier von Handwerkern? Selber machen!«

»Wie selber machen, wer soll denn das selber machen?«

»Na ich, wer sonst?!«

Tina und Aygün sahen mich gleichermaßen entsetzt an. »Du?«

»Ja, als kleiner Dank dafür, dass ihr mich bei euch aufgenommen habt.«

»Das geht in Ordnung, Schätzchen. Dafür musst du dich gar nicht bedanken, ehrlich nicht.«

»Ach was, das würde mir echt Spaß machen. Ich fahre gleich mal in den Baumarkt.«

»Nein!« Tina sprang entsetzt auf und hätte sich zur Not vermutlich sogar vor mein Auto geworfen. »Musst du nicht eigentlich arbeiten?«

»Ich kann nicht.«

»Ich weiß, dass es schwer ist, sich jetzt auf die Arbeit zu konzentrieren, Süße, aber glaub mir, es ist jetzt wirklich das Beste für dich. Du musst dir nur einen Ruck geben.«

»Ich kann aber nicht, weil mein Chef mir freigegeben hat.«

Tina sah vor ihrem geistigen Auge ihr Haus schon in Trümmern liegen.

»Soll ich vielleicht mal mit ihm reden?« Sie musste tatsächlich sehr verzweifelt sein.

»Bin ich wirklich so eine schlechte Handwerkerin?«, fragte ich entrüstet.

»Nein, Süße, es ist nur …« In Tina rang ihr Drang, die Wahrheit zu sagen, sichtbar mit ihrer Pflicht als meine beste Freundin, meinen emotionalen Schrägstand nicht noch zu verschlimmern. »Es ist nur nicht nötig, dass du uns im Haus hilfst. Das wäre in deiner jetzigen Situation bestimmt nicht ratsam.«

Das war deutlich. Und noch deutlicher war, dass ich vor lauter Arbeitsstress offenbar verlernt hatte, nichts zu tun. Ich war so sehr gewohnt, keine Zeit zu haben, dass ich mir schließlich meinen Laptop schnappte und in die Redaktion fuhr. Hannes sah mich überrascht an, als ich pünktlich zu unserer Sitzung auf meinem Stuhl Platz nahm.

»Alles in Ordnung?«, fragte er mich anschließend, und ich versuchte, möglichst überzeugend zu wirken, als ich ihm klarmachte, dass meine Erkältung schon nach einem Tag wieder abgeklungen sei. Zum Glück wurde ich von einem Kollegen gerettet, der Hannes dringend wegen eines Artikels sprechen wollte. Ich verzog mich an meinen Schreibtisch und versuchte, mich auf die Arbeit zu konzentrieren. Aber kaum hatte ich meinen Laptop hochgefahren, bekam ich Tim nicht mehr aus dem Kopf. Ich hatte ein besonders witziges Foto von ihm und Kai, auf dem sie mir ihre vom Eis knallrot gefärbten Zungen entgegenstreckten, als Bildschirmhintergrund eingestellt, und so starrten mich die beiden, die bis vorgestern noch die wichtigsten Männer in meinem Leben waren, ununterbrochen an. Schon kamen mir wieder die Tränen. Ich wühlte in meiner Tasche nach einem Taschentuch. Als ich wieder unter dem Schreibtisch auftauchte, stand Hannes erneut vor mir. Ich beeilte mich, meine Tränen wegzuwischen und schnäuzte mir besonders laut die Nase.

»Ist wirklich alles in Ordnung?«, fragte er besorgt.

»Ja«, erwiderte ich kurz angebunden und tippte wahllos, um meine Arbeitswut zu unterstreichen.

»Sie können sich wirklich ein paar Tage freinehmen, wenn Sie wollen.«

»Nein«, entfuhr es mir ein wenig unfreundlicher, als es dem Chef gegenüber angebracht war, vor allem, wenn er einem freiwillig freigab. »Ich weiß, wie stressig es zum Saisonende immer wird«, fügte ich beschwichtigend hinzu und sah demonstrativ auf meinen Bildschirm.

»Gut, also dann.«

Ich nickte ihm zu, aber in Wirklichkeit fiel es mir schwer, jetzt über Meisterschaftsspekulationen, Verletzungspausen und sonstige Banalitäten zu berichten.

Als Tim mir kurz darauf eine SMS schickte, dass wir uns absprechen sollten, wie wir es Kai beibringen würden, floh ich auf die Damentoilette. Mit »es« meinte Tim das unausgesprochene Wort, die Trennung, und ich hatte keine Ahnung, wie wir sie Kai beibringen sollten. Ich schluchzte eine Weile leise vor mich hin und versuchte anschließend, mein gerötetes Gesicht mit kaltem Wasser wieder auf Vordermann zu bringen. Vergeblich, aber ich hatte schon fast eine halbe Stunde auf der Toilette zugebracht und konnte nicht noch länger warten. Also ging ich mit gesenktem Blick zurück zu meinem Schreibtisch und rannte Hannes dabei direkt in die Arme. Als er mich zum dritten Mal fragen wollte, ob alles in Ordnung sei, platzte mir der Kragen.

»Nein, es ist nicht alles in Ordnung!«, kam ich ihm zuvor. Hannes spürte, dass ein Ausbruch kurz bevorstand, und zog mich in sein Büro, bevor ich mich vor der versammelten Mannschaft lächerlich machen konnte.

»Es ist überhaupt nichts in Ordnung. Tim hat sich in seine Französischlehrerin verliebt, weil sie so unheimlich unkompliziert, locker und natürlich supermusikalisch ist. Deswegen haben wir uns vorgestern getrennt. Deswegen habe ich mich danach betrunken, und deswegen hatte ich gestern einen Riesenkater und konnte nicht zur Arbeit kommen, aber das ahnten Sie wohl schon. Weil es nämlich eine absolute Frechheit von Ihnen war, mir danach auch noch freizugeben, damit ich mich auch bloß nicht bei der Arbeit von meinen Beziehungsproblemen ablenken kann, sondern stattdessen das Haus meiner Freundin in Trümmern legen muss. So, jetzt zufrieden?«

Hannes wirkte ein wenig überrumpelt, aber dafür, dass er sich als Chef gerade einen ziemlich unangebrachten Wutausbruch seiner Mitarbeiterin hatte anhören müssen, antwortete er überraschend freundlich: »Wenn es Ihnen jetzt bessergeht, ja.«

Ich holte tief Luft. »Ja, ich glaube schon.«

»Gut, dann frage ich ab jetzt ganz bestimmt nicht mehr, wie es Ihnen geht.«

»Ja, das wäre sehr nett.«

»Kann ich sonst noch etwas für Sie tun?« Er lächelte mich an, und kein Zucken in seinem Gesicht verriet, dass ich mich vor ihm mal wieder hochgradig lächerlich gemacht hatte. Er schien meine Probleme wirklich ernst zu nehmen.

»Ja, Sie können mich ab heute mit Arbeit zudecken, das würde wirklich helfen.«

»Ich denke, auch das lässt sich machen.« Er sagte es so ernst, dass ich gegen meinen Willen grinsen musste. Hannes schmunzelte jetzt auch. »Obwohl ich zugeben muss, dass es das erste Mal ist, dass mich ein Mitarbeiter darum bittet.«

Wir lachten beide kurz auf. Offenbar hatte mein Ausbruch nicht nur mir, sondern auch meinem Verhältnis zu meinem Chef gutgetan. Ich fühlte mich in seiner Gegenwart mit einem Mal nicht mehr so verkrampft. Bis ich den Fehler beging, mich bei ihm für die besagte Nacht zu entschuldigen.

»Wieso entschuldigen Sie sich dafür?«, fragte Hannes ernsthaft überrascht. »Haben Sie sich etwa deswegen mit Ihrem Freund gestritten?«

»Nein, nein, überhaupt nicht. Es hatte nichts damit zu tun. Nicht direkt auf jeden Fall. Indirekt natürlich schon. Aber Sie waren nicht der Auslöser ... eher die Folge. Deswegen war es auch nicht richtig von mir. Es war ein Fehler. Es tut mir leid.«

Hannes lächelte mir aufmunternd zu. »Ich bin schon groß, ich kann damit umgehen.«

Ich nickte und wandte mich erleichtert zur Tür. Aber gerade, als ich dachte, ich hätte zumindest ein Problem aus der Welt geräumt, schob Hannes noch hinterher: »Falls es Sie beruhigt, es war nicht gerade ein Fehler, den ich bedaure.«

Nein, es beruhigte mich ganz und gar nicht. Es beunruhigte mich vielmehr. Denn schon wurde ich wieder rot und wünschte mir, ich hätte das Thema nie angesprochen. »Ja, ähm ... gut, dann wäre das ja geklärt.«

Ich verließ fluchtartig sein Büro und hatte das ungute Gefühl, mit meinem plötzlichen Bedürfnis, mein Gewissen erleichtern zu wollen, alles nur noch schlimmer gemacht zu haben

Mutterinstinkt

Ohne Tinas Hilfe hätte ich die nächsten Wochen nicht überstanden. Sie regelte alles für mich. Sie holte die Dinge aus Tims Wohnung, die ich brauchte, und vereinbarte mit ihm, dass ich alles Übrige erst mal da lassen konnte, bis ich eine neue Wohnung gefunden hätte. Tina teilte Tim mit, wann und wie lange Kai bei mir blieb, wenn ich frei hatte, und brachte Kai sogar zu ihm zurück, weil ich noch nicht in der Lage war, ihm selbst gegenüberzutreten. Tina richtete mein Dachgeschosszimmer für mich ein und gestaltete mein Freizeitprogramm. Tina tröstete mich, wenn ich mir mal wieder sicher war, dass ich ohne Tim nie wieder glücklich werden würde. Und sie gab mir einen Tritt in den Hintern, wenn mir alles egal war und ich mich nur noch selbst bemitleidete. Jahrelanges Training hatte Tina zur perfekten Lebensberaterin für mich gemacht. Nur bei einer Sache konnte sie mir nicht helfen:

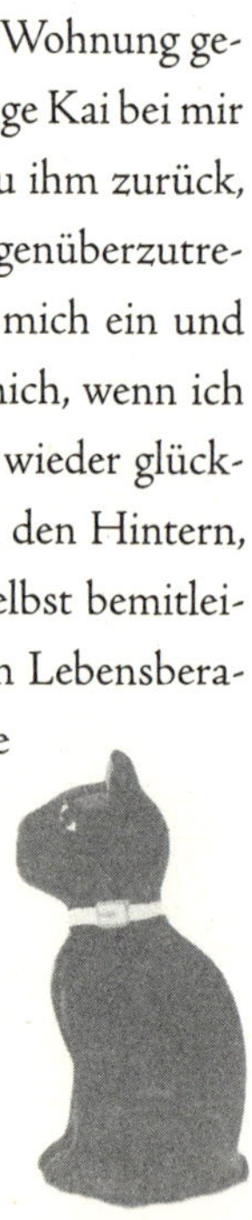

»Hallo, mein Kind, erinnerst du dich noch an mich? An die Frau, die dich nach achtundvierzig Stunden Wehen und einem schmerzhaften

Kaiserschnitt zur Welt gebracht hat?« Meine Mutter. Ich hätte es schon an dem aufdringlichen Klingeln des Telefons auf meinem Schreibtisch erkennen müssen. Sie war gerissen. Sie rief extra nicht auf meinem Handy an, weil sie wusste, dass ich nicht abnahm, wenn ich ihren Namen auf dem Display sah. Beim Telefon an meinem Arbeitsplatz dagegen hatte ich keine Chance, dafür riefen dort einfach zu viele Leute an, als dass ich die Nummern so schnell auseinanderhalten konnte.

»Nein, an die Geburt im Speziellen erinnere ich mich nicht, aber ich hätte auch so gewusst, dass du am Apparat bist, Mama.«

»Gut. Ich wollte nur sichergehen. Schließlich höre ich schon seit Wochen nichts mehr von dir. Wie geht's meinem kleinen Wonneproppen?«

»Gut, Kai geht's gut.« Es war nur eine Frage der Zeit, bis sie sich nach Tim erkundigen würde und ich ihr die Wahrheit über mein desaströses Liebesleben erzählen musste. Ich suchte nach einer Ausrede, um das Gespräch abzuwürgen, als ich Hannes auf meinen Schreibtisch zukommen sah. Zum ersten Mal seit langem war ich ihm für seine Anwesenheit dankbar.

»Hör zu, Mama, uns geht's gut. Ich muss weg, mein Chef ...«

»Ja, ja, ich weiß, du bist ja ständig auf dem Sprung. Ich wollte euch drei auch nur zum Essen einladen. Es gibt etwas zu feiern. Passt es euch am Sonntagabend?«

Wie machte sie das nur? Hatte sie ein Gespür dafür, dass etwas im Argen lag, und überlegte sich stundenlang zu Hause die ideale banale Frage, die sie wie nebenbei fallenlassen konnte, nur um am Ende geschickt an die eigentlich gewünschten Informationen zu kommen?

Ich schwieg. Sie hatte mich in der Falle.

»Oder lieber Montag?«, fragte sie noch unschuldiger.

»Wir haben uns getrennt«, sagte ich leise. Es war das erste Mal, dass ich das Wort aussprach. Es hörte sich fremd und unwirklich an.

»Was?«, kam es ungläubig aus dem Hörer.

»Tim und ich sind nicht mehr zusammen. Ich bin ausgezogen«, sagte ich etwas deutlicher und war versucht, den Hörer aufzulegen, weil ich wusste, was folgen würde.

»Was ist passiert?«, fragte sie, nur um sich gleich darauf selbst die Antwort zu geben. »Ihr habt euch gestritten! Hast du Mist gebaut? Du hast ihn doch nicht etwa betrogen, oder? Und ich dachte, dieses Mal würdest du es endlich länger mit einem Mann aushalten! Karina, das kannst du Tim nicht antun. Und Kai, hast du denn auch nur eine Sekunde mal über Kai nachgedacht …«

Ich legte auf. Meine Finger zitterten. Aber ich versuchte, mir nichts anmerken zu lassen, als Hannes endlich an meinen Schreibtisch trat. »Letzter Spieltag dieses Wochenende. Schreiben Sie den Rückblick?«

Ich sah ihn verdattert an? Den Rückblick? Normalerweise rissen sich alle darum, weil man sich im Rückblick so wunderbar sarkastisch über die Kuriositäten der Saison auslassen konnte. Und am Ende schrieb ihn doch immer Michael, unser dienstältester Redakteur, weil keiner sich traute, ihm den Artikel streitig zu machen.

»Aber schreibt den nicht immer …?«

»Interessiert mich nicht, wer den immer geschrieben hat. Ich bin neu hier.« Hannes lächelte mich an. »Also?«

In dem Moment klingelte es wieder, aber dieses Mal erkannte

ich die Nummer. Ich nahm ab und legte wieder auf, ohne mich zu melden. Hannes sah mich irritiert an.

»Ist privat«, versicherte ich ihm schnell. »Meine Mutter.«

Er nickte, aber es war deutlich, dass er mit seiner Mutter wesentlich freundlicher umging.

»Also, wollen Sie?«

»Ja, und ob!«

»Gut.«

Na also, ging doch. Gespräche mit dem Chef konnten so einfach sein, wenn man nicht immer daran dachte, dass man mit ihm geschlafen hatte.

»Ich will was Bissiges, Humorvolles«, erklärte Hannes schon halb im Gehen. »Und nehmen Sie ja kein Blatt vor den Mund. Aber da brauche ich mir bei Ihnen ja keine Sorgen zu machen.«

Und wenn am Ende nicht immer diese kleinen Seitenhiebe kämen. Ich versuchte, darüber hinwegzuhören, und gratulierte mir stattdessen lieber zu diesem überraschenden Sieg über Michael, der ebenso langweilig redete, wie er schrieb. Er war studierter Sportwissenschaftler mit Doktortitel und ließ das Dr. vor seinem Namen in jedem seiner sorgfältig gewählten Wörter mitschwingen. Vermutlich waren Hannes Dr. Michael Hölzers Artikel ebenfalls zu langweilig. Ja, ganz bestimmt. Hoffentlich. Oder hatte er mir den Rückblick nur gegeben, weil ich mit ihm im Bett gewesen war? Ich wischte die Zweifel daran, dass ich Hannes möglicherweise nicht ausschließlich mit meinen journalistischen Fähigkeiten überzeugt hatte, schnell beiseite. Nein, ich hatte mich auf eine faire Art durchgesetzt. Ich hatte schlichtweg gewonnen, weil ich die besseren Artikel schrieb.

Es klingelte wieder, und dieses Mal rief ich wütend in den Hörer: »Hör auf mich anzurufen, Mama, hör auf, mir Vorwürfe zu machen, hör am besten auf, meine Mutter zu sein, okay!«

»Es tut mir leid.«

Einen Moment lang war ich mir nicht sicher, ob da wirklich meine Mutter am Apparat war.

»Was?«

»Ich weiß jetzt, was passiert ist, und es tut mir leid, dass ich eben so aufbrausend war, Karina. Wie geht es dir denn?«

Ich schüttelte entgeistert den Kopf. Es war immer wieder erstaunlich, wie schnell meine Mutter an Informationen kam, wenn ihre Neugier geweckt war. Und es war noch erstaunlicher, wie schnell Chris, Tims bester Freund und zugleich mein vierunddreißigjähriger Stiefvater, mit Informationen herausrückte, über die er Stillschweigen bewahren sollte, sobald meine Mutter ihn auch nur ein bisschen unter Druck setzte. Mir war es ein Rätsel, wieso Tim seinem Freund immer noch intime Details über unsere Beziehung anvertraute. Aber das war ab jetzt schließlich auch nicht mehr mein Problem.

»Wie soll es mir schon gehen?«, erwiderte ich immer noch ziemlich feindselig.

»Hör zu, du und Kai, ihr kommt am Montagabend zu uns. Dann können die beiden Jungs spielen und wir quatschen mal ganz in Ruhe, okay? Und keine Widerrede, ich will endlich mal meinen Enkel wiedersehen.«

Ich nickte stumm ins Telefon und legte auf. Wie nah Sieg und Niederlage doch immer wieder beieinanderlagen.

Komplizierte Gleichungen

Kai freute sich wie ein Schneekönig, als er sah, dass es bei Oma Spaghetti gab, und hörte auf zu fragen, warum Papa nicht mitkommen konnte. In der Theorie hatte er Tims und meine Erklärungen zwar verstanden und nach einigen Tränen scheinbar auch verdaut. Aber die Praxis sah bei ihm nun mal anders aus. Dass ich nicht mehr bei Tim und ihm wohnte und auch nicht mehr zurückkommen würde, hatte in seinen Augen rein gar nichts damit zu tun, dass Tim nicht mit zur Oma kommen konnte. Ich begrüßte meine Mutter müde und war froh, nicht mehr Kais bohrenden Fragen ausgeliefert zu sein. Ein Besuch bei Oma und Opa übertraf immer alles. Bei Oma gab es meistens irgendetwas zum Naschen und Opa, na ja, der war schließlich selbst noch ein halbes Kind. Chris verstand sich gut mit Kai. Manchmal hatte ich fast das Gefühl, er sah in ihm eine Art Ersatzkind für das, das er verständlicherweise mit meiner Mutter nie haben würde, weil sie mit ihren achtundfünfzig nun endgültig aus dem Alter heraus war. Auch wenn

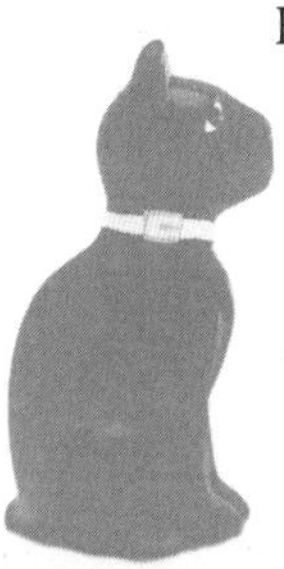

sie wesentlich jünger aussah und absolut fit war. Fitter als ich auf jeden Fall, so oft, wie sie zwischen Küche und Esszimmer hin und her sprang, bis endlich alles auf dem Tisch stand. Allerdings hätte nach diesem Wochenende wohl auch Mutter Teresa fitter gewirkt als ich, und die war bekanntlich schon tot. Der letzte Bundesligaspieltag forderte noch einmal alles von der gesamten Sportredaktion, und von mir ganz besonders, weil ich mich neben dem Alltagsgeschäft auch noch Tag und Nacht mit der Recherche für meinen Rückblick beschäftigt hatte. Ich wollte die Chance, die Hannes mir gegeben hatte, nutzen und am Ende hatte sich die Mühe gelohnt. Bis auf einen mürrischen Seitenblick von Dr. Michael Hölzer erntete ich von meinen Kollegen ausschließlich Lob dafür. Auch wenn sich der eine oder andere wunderte, dass ausgerechnet ich, als einzige Frau in der Redaktion, diesen beliebten Artikel hatte schreiben dürfen. Heute hatte ich frei gehabt und versucht, mich mental auf den Besuch bei meiner Mutter vorzubereiten. Ich hatte keine Lust, über Tim und mich zu reden, aber das war vermutlich das Einzige, worüber meine Mutter reden wollte. Doch zu meiner Überraschung hielt sie sich zurück.

»Ich werde die erste Rektorin der Kölner Uni«, versuchte meine Mutter schließlich das Abendessen zu retten, das als Feier geplant war, aber eher einem Leichenschmaus glich. Der Einzige, der den ganzen Abend unbeirrt und fröhlich vor sich hin plapperte, war Kai, der es genoss, die Nudeln mit lautem Schlürfen, ohne zu kauen, hinunterzuschlucken. Selbst Chris, eigentlich eine zuverlässige Frohnatur, war den ganzen Abend überraschend
 still gewesen. Als Tims bester Freund fühlte er sich vermutlich mitschuldig an unserer Trennung. Er musste lange vor mir von

Tims Zweifeln, vielleicht sogar von Sarah gewusst haben, deswegen traute er sich kaum, mich anzuschauen. Die Ankündigung meiner Mutter nahm er als willkommene Ablenkung und gratulierte ihr noch einmal überschwänglich und mit drei fetten Küssen zu diesem sensationellen Schritt auf der Karriereleiter. Als ich die beiden so glücklich zusammen sah, wurde ich neidisch. Hätte mich jemand bei ihrer Hochzeit vor drei Jahren gefragt, wie lange ihre Ehe halten würde, ich hätte ihnen keine drei Monate gegeben. Und das nicht nur wegen des beträchtlichen Altersunterschiedes. Auch sonst hatte ich selten zwei Leute gesehen, die gegensätzlicher waren als meine Mutter und Chris. Sie, die trockene Mathematikprofessorin mit der perfekten Karriere, die nun mit achtundfünfzig ihren Höhepunkt erreichte. Er, der ewige kleine Junge, der alles ausprobierte und nichts zu Ende brachte. Meine Mutter hatte ihr ganzes Leben der Wissenschaft gewidmet, für sie zählte nur der Fortschritt. Chris hatte sich mal als American Footballer, mal als Journalist für Trendsportarten, dann wieder als Fotograf ausprobiert und machte seit einiger Zeit eine Ausbildung zum Erzieher, wahrscheinlich angeregt durch Kai. Aber auch da gab ich ihm nicht allzu lange. Trotzdem, die beiden waren zusammen, und sie waren glücklich. Im Gegensatz zu Tim und mir. Sie teilten ihr Leben miteinander. Ihre Probleme, ihre Erfolge. Plötzlich sehnte ich mich danach, Tim von meinem gelungenen Saisonrückblick zu erzählen. Anfangs hatten wir jedem meiner größeren Artikel gemeinsam entgegengefiebert und sie manchmal sogar mit einem Glas Sekt begossen. Irgendwann war meine Arbeit dann zur Normalität geworden. Bei Tim das Gleiche. Wenn er zu Beginn seines Referendariats eine Lehrprobe hinter sich gebracht hatte, stießen wir darauf an. Aber bald wusste ich nicht mal mehr, wann er welche hatte. Vielleicht war das das Geheimnis, warum Mamas Beziehung noch funktionierte und meine nicht. Sie konnte Karriere machen, sie konnte tagelang im Seminarraum über irgendwelchen Formeln hängen, Kongresse besuchen, Politik machen, ja sogar den wichtigsten Job an der Uni ergattern, solange sie es nur mit Chris teilte.

»Das ist toll, Mama. Das ist wirklich toll.« Ich rang mir ein Lächeln ab und gratulierte ihr aufrichtig, als sie plötzlich anfing zu weinen und in die Küche flüchtete. Chris und ich sahen uns verdattert an. Selbst Kai war Omas Verhalten nicht ganz geheuer. »Was hat Omi?«, fragte er zwischen zwei Nudeln.

Chris kam mir zu Hilfe. »Hey, Kleiner, was hältst du von einem Wettessen. Wenn du gewinnst, lasse ich dich vielleicht an meine neue Playstation.«

»Au ja!«

Im Normalfall hätte ich diese pädagogisch äußerst bedenklichen Vorschläge von Chris sofort unterbunden, aber dieses Mal ließ ich es durchgehen und sah lieber nach, was mit meiner Mutter los war.

Sie stand in der Küche und versuchte, in einem Anfall von ziellosem Aktionismus Ordnung in das Chaos aus Töpfen, Pfannen, Gemüse- und Nudelresten zu bringen, während sie sich gleichzeitig die Nase schnäuzte.

»Es ist meine Schuld, oder?«, fragte sie, ohne sich zu mir umzudrehen.

»Dass Tim mich betrogen hat?«, fragte ich ungläubig. »Eher unwahrscheinlich.«

»Dass deine Beziehungen immer wieder zerbrechen.«

Wie schaffte sie es, die Schuld großzügig auf sich zu nehmen und mir trotzdem gleichzeitig einen Vorwurf unterzujubeln?

»Nein, ich glaube nicht, Mama. Es sei denn, du hast auf irgendeine mysteriöse Weise dafür gesorgt, dass Tim mit der Französischlehrerin auf Klassenfahrt geht.«

Aber meine Mutter ließ das nicht gelten.

»Ich war dir einfach kein gutes Vorbild. Ich habe damals alles falsch gemacht, als dein Vater …«

Ihre Stimme wurde von einem weiteren Tränenschwall erstickt. Gleichzeitig wischte sie immer wieder über die einzige freie Stelle auf der Arbeitsplatte. Ich nahm ihr den Lappen aus der Hand und führte sie zu dem kleinen Tisch, der in der Küche stand. Dann drückte ich sie in den Stuhl und goss ihr und mir ein Glas Rotwein ein.

»Mama, deine Trennung von Papa hat nichts mit mir und Tim zu tun. Du glaubst doch sonst auch nicht an diesen ganzen esoterischen Quatsch.«

»Ich habe dir aber nie gezeigt, wie man richtig mit Beziehungsproblemen umgeht.«

»Ich war ein Teenager, ich wollte nur Probleme haben und nicht wissen, wie man damit umgeht.«

Es munterte meine Mutter immer auf, wenn sie über meine wilden Jahre herziehen konnte. Auch dieses Mal.

»Ja, allerdings. Du warst ein Teenager. Und zwar einer von der ganz schlimmen Sorte.«

Sie lächelte mir zu und wir stießen auf meine schlimmen Teenagerjahre an.

»Kai scheint es auf jeden Fall besser wegzustecken als du damals«, sagte sie, und ich musste schlucken.

»Er ist noch zu klein«, erklärte ich leise. »Er versteht es noch nicht.« Und damit ich selbst nicht auch noch in Tränen ausbrach, suchte ich mir schnell ein anderes Thema. »Die Spaghetti waren lecker.«

»Du hast ja kaum etwas gegessen.«

»Ich hatte nur keinen Hunger.«

Liebeskummer schlug mir immer auf den Magen. Ich beneidete die Leute fast, die sich nach Trennungen mit einem Liter Schokoladeneis darüber hinwegtrösten konnten. Ich brachte wochenlang keinen Bissen herunter. Meine Mutter musterte mich.

»Du solltest aber mal wieder mehr essen, Karina.«

»Ach was, ein paar Kilo weniger tun mir sowieso ganz gut.«

»Mensch, Tim konnte so gut kochen.«

Sicher, das war natürlich das Schlimmste an meiner Trennung von Tim. Er konnte kochen und ich nicht. Ich verdrehte genervt die Augen. Irgendwie kam sie von jedem Thema wieder auf Tim zurück.

»Vor Tim bin ich auch nicht verhungert.«

»Und du meinst nicht, dass ihr euch noch mal zusammenraufen könnt?«

Langsam hatte ich das Gefühl, wir hatten unsere Rollen vertauscht. Eigentlich sollte ich diejenige sein, die am Boden zerstört war und von ihr aufgemuntert werden musste. Ich war die Tochter. Sie die Mutter. Konnte sie nicht wenigstens jetzt mal ein Vorbild sein?

»Nein«, sagte ich deutlicher als nötig. »Tim liebt mich nicht mehr. Punkt, aus, vorbei!«

»Hat er das gesagt?«, fragte meine Mutter überrascht.

Ich starrte eine Weile in mein Weinglas und schüttelte schließlich den Kopf. »Nein, aber er hat mich gehen lassen.«

Genau das war der Punkt. Er hatte mich nicht zurückgehalten. Er hatte nicht versucht, meinen Entschluss zu ändern. Fast so, als wäre er dankbar dafür gewesen, dass ich ihm die Entscheidung abgenommen hatte.

Meine Mutter nickte traurig.

»Ach, Schatz, Liebe ist einfach eine komplizierte …«

»… Gleichung. Ja, ich weiß.« Das hatte sie mir schon damals nach der Scheidung meiner Eltern immer wieder vorgeleiert, denn für sie als Mathematikerin bestand das Leben nur aus endlosen Gleichungen, Formeln, Kurvenrechnungen. Liebe war von zu vielen Faktoren auf beiden Seiten abhängig, hatte sie erklärt. Die Wahrscheinlichkeit, dass die Gleichung aufging, war sehr gering. Einer liebte zu viel, der andere zu wenig. Irgendwo war immer ein Faktor X, der sich nicht berechnen ließ. Der ganz plötzlich auftauchen konnte. In meinem Fall hieß der Faktor X Sarah.

»Wann hast du denn aufgehört, Papa zu lieben?«

»Nie.«

Ich verschluckte mich am Rotwein. »Wie bitte?«

»Ich habe ihm nachgeweint, ihn gehasst, ihn verflucht. Aber das waren auch nur andere Formen von Liebe. Dann habe ich es aufgegeben und ihn wieder geliebt.«

»Na klasse. Das sind ja tolle Aussichten.«

Meine Mutter grinste mich plötzlich an.

»Sex hilft.« Ich verschluckte mich ein zweites Mal. Das war bestimmt nicht das, was ich von meiner Mutter als Vorbild hören wollte.

»Erst mal nur Sex, dann kannst du dich auch irgendwann neu verlieben.«

Was denn, Sex hoch x gleich neue Liebe? Diese Gleichung hatte sie mir nach ihrer Scheidung definitiv verschwiegen.

Ein Mann für zwischendurch

Tina dachte offenbar genauso. Vielleicht hatte sie auch nur Angst um ihren Garten. Auf jeden Fall zwang sie mich, mit ihr die Clubs unsicher zu machen, als sie mich eines Abends bei der Gartenarbeit erwischte.

»Um Gottes willen, was machst du da?«

»Ich zupfe Unkraut.«

»Nein, du rupfst Löcher in meinen Rasen. Okay, Karina, es reicht!«

»Nur noch diese Stelle, sonst ist bald alles wieder voll.«

»Sagte die Spezialistin für Wald- und Wiesenpflege. Mensch, guck dich doch mal an!«

Ich schaute verdutzt an mir herunter. Na und, dann hatte ich eben etwas Erde an den Knien, das gehörte zur Gartenarbeit nun mal dazu.

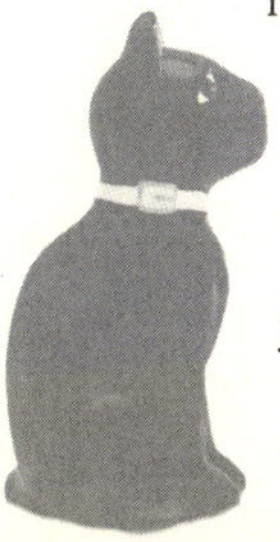

»Du arbeitest im Garten. Karina, du hasst Gartenarbeit. Du hasst Blumen gießen, und am allermeisten hasst du Unkrautzupfen. Du ziehst dich jetzt auf der Stelle um, und wir gehen tanzen!«

»Sind wir dafür nicht langsam zu alt?«

»Dafür hat der liebe Gott die Ü-30-Partys erfunden, Schätzchen.«

»O nein!« Ich sah Tina ungläubig an. »Das ist nicht dein Ernst.« Nachdem ich als Studentin zum Spaß mal eine Ü-30-Party besucht hatte und mir wie eine Urwaldforscherin vorgekommen war, die mitten im Dschungel auf eine noch unentdeckte Spezies gestoßen war, hatte ich mir vorgenommen, lieber Kontaktanzeigen aufzugeben, als jemals zu diesen verzweifelten Leuten zu gehören. Eine Ü-30-Party war wie Rudis Resterampe für schwer Vermittelbare. Eine schlecht kaschierte Kontaktbörse für alle, die sich nicht über den normalen Weg oder wenigstens das Internet in einer Partnerschaft eingefunden hatten. Ich hatte mich vor gerade mal acht Wochen von Tim getrennt. Ich gehörte definitiv noch nicht auf Rudis Resterampe.

»Oder willst du dich lieber in der Disco von Zwanzigjährigen angraben lassen, die mit ihren Kumpels gewettet haben, wer die Omi da am schnellsten rumkriegt?!«

Tina hatte wirklich eine drastische Art, mir meine aussichtslose Situation vor Augen zu führen.

»Und bemüh dich gar nicht erst, dich in Jeans und T-Shirt zu verstecken. Ich suche dir ein schickes Outfit raus.«

Ich wusste jetzt schon, dass der Abend ein Desaster werden würde.

Bei Ingo, dem fünfundvierzigjährigen Maschinenbauingenieur, hatte Tina endlich ein Einsehen. Nachdem ich vorher schon Jürgen, den siebenunddreißigjährigen Banker, Thomas, den neununddreißigjährigen Controller, und Flo, den fünfundzwanzigjährigen Afrikanistikstudenten, der die Party lediglich wie ich damals als große Freakshow betrachtete, in die Flucht geschlagen hatte. Bei meinen Feldstudien vor zehn Jahren hatte ich mal die Theorie aufgestellt, auf Ü-30-Partys träfe man nur ehemalige BWL-Studenten und Banker an. Aber das stimmte nicht. Es gab auch einsame LKW-Fahrer, Computerexperten, Gärtner, Sozialarbeiter, Maurer, Pädagogik-Langzeitstudenten und Arbeitslose. Und alle waren bereit, einem in weniger als fünf Minuten ihre komplette Lebensgeschichte zu erzählen. Als Ingo mich nach meiner Nummer fragte, trat ich Tina so heftig vor das Schienbein, dass sie aufschrie, bevor sie den abgemachten Spruch zum besten gab: »Dein Babysitter hat gerade angerufen, die Zwillinge schreien schon die ganze Nacht, und der Älteste hat Fieber.«

Drei Kinder reichten in der Regel. Aber bei Bedarf hätte Tina auch noch zwei nervige Teenager aus erster Ehe hinterhergeschoben.

»Darf ich jetzt nach Hause?«, fragte ich Tina müde.

Sie gab sich geschlagen.

Aber nur, um in den nächsten Wochen nichts unversucht zu lassen, mir geeignete Kandidaten für die Sex-ohne-Liebe-Phase zu suchen.

Vergeblich. In Kneipen traute sie sich mit mir nicht mehr, nachdem ich ihre Anweisung »Du trinkst, ich rede« zu genau genommen und den aufdringlichen Kerl, den Tina für mich ausgesucht hatte, nach fünf Kölsch mit einer schallenden Ohrfeige abserviert hatte. Ins Fitnesscenter, Tinas Meinung nach die Kontaktbörsen des 21. Jahrhunderts, wollte sie mich nicht mehr mitnehmen, nachdem ich mich allzu laut über die aufgeblähten Gockel an den Hantelstangen lustig gemacht hatte und diese schon gedroht hatten, ihre künstlichen Muskeln an uns auszutesten. In der Sauna war es mir zu heiß, im Theater zu langweilig, auf Konzerten zu laut. Ich war undankbar, das wusste ich. Aber ich war noch nicht bereit für den Mann für zwischendurch.

Entspannungsversuche

Dachte ich. Bis Hannes mich eines Nachmittags in sein Büro rief. Es war nie gut, in sein Büro gerufen zu werden. Er war nicht die Sorte von Chef, der seine Ansagen vom Schreibtisch aus machte. Wenn er etwas wollte, dann kam er in der Regel zu uns. In sein Büro gerufen zu werden bedeutete meistens, dass er etwas unter vier Augen besprechen wollte, und das wiederum waren ausschließlich die unangenehmen Dinge. Kritik an einem Artikel, negative Leserreaktionen auf schlampige Recherche, im schlimmsten Falle Kündigung, denn Hannes war immer noch dabei, das Ressort umzustrukturieren, und hatte von oben dafür freie Hand bekommen. Dementsprechend ernst schaute er mich auch an, als ich sein Büro betrat. Ich war mir keiner Schuld bewusst, außer dass ich mich in letzter Zeit in der Redaktion etwas rar gemacht und mehr von unterwegs gearbeitet hatte. Vor allem, um mehr Zeit mit Kai verbringen zu können, aber nicht zuletzt auch, um Hannes aus dem Weg zu gehen. Ich fand Gespräche mit ihm immer noch unangenehm und irritie-

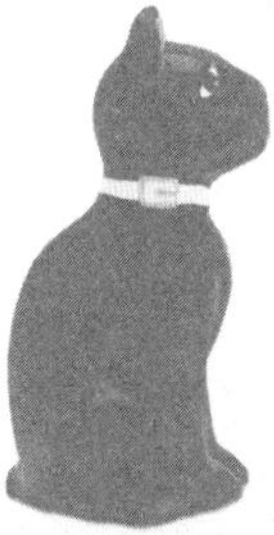

rend, weil ich dabei ununterbrochen daran denken musste, dass er mich näher kannte, als es für einen Chef gut war.

Er bot mir einen Stuhl an, und ich setzte mich etwas verkrampft auf den äußersten Rand. Er konnte mich jetzt nicht rausschmeißen, nicht jetzt, ich brauchte die Arbeit, sie war doch im Moment das Einzige, was mich noch am Laufen hielt, mich von meinem Trümmerhaufen, genannt Privatleben, ablenkte. Nervös sah ich ihn an und brachte kein Wort heraus.

»Ich habe das Gefühl, unsere berufliche Zusammenarbeit hat in den letzten Monaten ziemlich unter diesem ›Fehler‹, wie Sie es nannten, gelitten«, eröffnete er schließlich in einem ernsten Tonfall das Gespräch.

Zum Beweis wurde ich rot und wusste erst recht nicht mehr, was ich sagen sollte.

»Ich habe lange nachgedacht, und mir ist nur eine Lösung eingefallen«, fuhr er fort und sah mich bedeutungsschwanger an. Ich riss überrascht die Augen auf. Wie bitte? *Dafür* musste ich gehen? Für meinen Ausrutscher, den er überhaupt erst eingeleitet hatte, weil er mir im Kino seine Tasche in den Weg gestellt hatte? Das war ungerecht, nein sogar diskriminierend, meinen männlichen Kollegen hätte das schließlich nie passieren können.

»Ich soll kündigen?«, fragte ich mit kaum kaschierter Verzweiflung in meiner Stimme.

»Sie sollen mit mir ausgehen.«

»Wie bitte?«

»Ja, damit Sie Ihre Schuldgefühle endlich loswerden.« Er besaß tatsächlich noch die Unverschämtheit, mich anzulächeln.

»Meine Schuldgefühle?«

»Ja, weil Sie mich nur benutzt haben, um es Ihrem Ex heimzuzahlen. Und noch dazu ohne Erfolg, wenn ich so direkt sein darf.«

War er jetzt ein riesiges Arschloch oder auf eine merkwürdige Art schon wieder charmant? Ich konnte mich nicht so recht entscheiden und sah ihn entrüstet an.

»Es muss ja nichts Großes sein«, schränkte er schnell ein. »Kino, Kneipe, oder mal einen Kaffee zusammen, natürlich nicht in unserer Kantine.«

»Sie meinen das jetzt wirklich ernst?«

»Ja, natürlich.« Er setzte sich an seinen Schreibtisch und wirkte so, als würde er mit mir seine Anmerkungen zu einem meiner Artikel durchgehen. »Ich weiß, Ihre Trennung ist noch nicht so lange her, und ich will mich auch nicht aufdrängen. Wie gesagt, es geht mir nur darum, diese komische Spannung zwischen uns ein bisschen zu lösen. Ich halte Sie nämlich für eine gute Journalistin und möchte ungern, dass diese Geschichte weiterhin unsere Zusammenarbeit belastet.«

»Kino!« Vor lauter Erleichterung, nicht gefeuert worden zu sein, war es mir schneller rausgerutscht als gewollt. Er sollte schließlich nicht denken, ich wäre zu allem bereit, nur weil er mein Chef war.

»Kino. Ausgezeichnet. Da müssen wir uns noch nicht einmal unterhalten. Heute Abend?«

Jetzt hatte er es aber ziemlich eilig. Ich sagte zu und hatte ein ungutes Gefühl bei der Sache. Bevor ich sein Büro verließ, vergewisserte ich mich lieber, ob ich ihn auch richtig verstanden hatte: »Also, nur um das noch mal klarzustellen, das ist keine Verabredung.«

Hannes sah mich fragend an, und ich war gezwungen, eine

freundliche Umschreibung für »Ich gehe nicht mit Ihnen ins Bett« zu finden. Denn damit hätte ich ihm wieder etwas unterstellt, was Angestellte ihrem Chef nun mal nicht unterstellen sollten, zumindest nicht ohne ihren Anwalt. Verdammt, hätte ich doch nur auf Tina gehört und die Finger von diesem Kerl gelassen. »Ich meine, es ist keine Verabredung im klassischen Sinne«, brach ich mir einen ab. »Zwischen Chef und Mitarbeiterin, also Mann und Frau …«

Jetzt hatte Hannes verstanden und grinste mich frech an. »Abgesehen davon, dass Sie eine Frau sind und ich ein Mann und Sie sich gerade mit Ihrem Chef fürs Kino verabredet haben, ist das die deutlichste Nichtverabredung, die ich jemals mit einer Frau und Mitarbeiterin hatte, ja!«

Manchmal wünschte ich mir, er würde sich nicht immer so kompliziert ausdrücken.

Hannes war spät dran. Ich stand ungeduldig im Foyer und überlegte, was ich von dieser Nichtverabredung halten sollte. Vielleicht hätten wir unser angespanntes Arbeitsverhältnis doch eher auf andere Art bereinigen sollen, als an den Ausgangspunkt des Verbrechens zurückzukehren. Aber jetzt war es zu spät. Hannes kam gerade durch die Schwingtür gehetzt und sah sich suchend um. Ich winkte ihm kurz zu.

»Tut mir leid. Die Ergebnisse kamen so spät rein. Haben Sie die Karten schon geholt?«, fragte er.

»Äh, nein, ich dachte, das ist Ihre Aufgabe.«

»Weil ich der Mann bin oder der Chef?«, stichelte er.

»Weil Sie mehr Geld verdienen.«

»Höre ich da etwa einen Vorwurf heraus?« Er lachte. »Normalerweise bestehe ich bei Nichtverabredungen ja auf getrennte Kassen, aber ich will dieses Mal nicht so sein.«

Ich schüttelte ungläubig den Kopf, musste aber zugeben, dass es funktionierte. Meine Anspannung war im Nu verflogen, und als wir vollbeladen mit zwei Flaschen Bier und einer Jumbopackung Popcorn in den Kinosesseln Platz nahmen, konnte ich wieder mit ihm plaudern, ohne rote Wangen und Schweißausbrüche zu bekommen.

»Und wie oft haben Sie diesen Film schon gesehen?«

Hannes winkte ab. »Nicht oft, höchstens dreimal. Aber außer, dass es die schizophrene Schwester war, ist mir nie etwas von dem Film in Erinnerung geblieben.«

»Nee, ne? Sie haben mir jetzt nicht gerade das Ende verraten, oder?«

»Als würde es Ihnen heute Abend ernsthaft um den Film gehen.«

Ich sah ihn entgeistert an. Er schaffte es, mich immer genau dann aus dem Gleichgewicht zu bringen, wenn ich mich gerade mit dem Gedanken angefreundet hatte, seine Gegenwart wieder unproblematisch zu finden.

Er lachte mich gut gelaunt an. »Oder liege ich falsch?«

»Ich gucke mir gerne Thriller an«, erwiderte ich möglichst überzeugend, dabei hatte ich den Film nur ausgewählt, um nicht wieder in einer amerikanischen Liebeskomödie mit ihm zu landen. Die erschien mir für eine Nichtverabredung etwas ungeeignet.

»Wirklich? Ich hätte Sie mehr in die Ecke französischer Autorenfilm gestellt, aber so kann man sich irren.«

»Wie kommen Sie denn darauf?«

Er zuckte mit den Schultern. »Sie reden gerne und viel. Sie haben diesen dunklen, leicht melodramatischen Blick, als würden Sie das Gewicht der Welt mit sich herumtragen, und Sie laufen gerne, vor allem weg, vor allem vor mir. Also bei einem Remake von *Außer Atem* wären Sie meine erste Besetzung.«

Amüsiert sah ich ihn an. Mit einem französischen Autorenfilm war ich noch nie verglichen worden, auch wenn mir die Treffsicherheit seiner Beschreibung ein wenig Unbehagen bereitete.

»Das wäre aber ein schlechter Film.«

»Ich würde ihn mir trotzdem anschauen.«

Flirtete er jetzt etwa mit mir?

Er lächelte mich an. »Mehrmals, versteht sich.«

Ja, er flirtete mit mir. Eindeutig. So eine Unverschämtheit!

Während ich noch überlegte, wie ich ihn auf elegante Weise an unsere Abmachung erinnern konnte, beugte er sich zu mir herüber und gab mir einen Kuss. Leicht und zärtlich, als wäre es das Normalste auf der Welt.

Nein, er flirtete nicht mit mir. Er hatte die Stufe im Schnellvorlauf durchschritten und war direkt zur nächsten übergegangen.

Völlig perplex sah ich ihn an. »Ich dachte, das sollte ein Abend zum Entspannen werden.«

»Ich bin unheimlich entspannt, und Sie?«

»Ich dachte, Ihr Plan war, den ursprünglichen Zustand zwischen uns wiederherzustellen.«

»Ja, das war mein Plan. Aber bei der Umsetzung improvisiere ich gerne mal. Tut mir leid. Popcorn?«

Er hielt mir allen Ernstes die Popcorntüte hin, als wäre nichts gewesen. Ich nahm mir stumm eine Handvoll und steckte mir ein

Popcorn nach dem anderen in den Mund, ohne Hannes aus den Augen zu lassen.

»Ich versichere Ihnen, ich überfalle Sie nicht noch einmal. Sie können ruhig zur Leinwand schauen. Der Film hat schon an…«

Aber bevor er den Satz zu Ende gesprochen hatte, küsste ich ihn zurück.

Wir verpassten den Anfang des Films und nach einigen Minuten intensiver Knutscherei, die von unseren Sitznachbarn mit zunehmendem Kichern und Räuspern bedacht wurde, beschlossen wir, dass uns auch der Rest des Films egal war.

Ich stellte fest, dass es sogar weniger als zweihundert Meter vom Kinosessel in sein Bett waren.

Büro und Bett

Dieses Mal hatte Hannes keine Hemmungen, mir sein Schlafzimmer zu zeigen, und ich fand sein Bett auch wesentlich bequemer als das Sofa. Es ging ihm also nur um Sex, dachte ich. Na gut. Wenn ich mich schon mit jemandem über Tim hinwegtrösten sollte, dann bitte schön mit Stil. Hannes war schließlich keine schlechte Wahl. Er wusste offenbar genau, was er wollte und wie er es bekam. Er war ein guter Küsser, das war mir schon beim letzten Mal aufgefallen. Dass der Sex mit ihm auch nicht so übel war, hatte ich letztens dagegen kaum wahrgenommen. Dafür war ich in Gedanken zu sehr mit Tim beschäftigt gewesen. Auch jetzt war es komisch, jemand anderen als ihn im Arm zu haben. Nach über vier Jahren Sex mit Tim hatte sich mein Körper auf ihn eingestellt. Meine Hände kannten jeden Zentimeter seiner Haut, meine Lippen seine Küsse. Mit Hannes war alles anders. Gut, aber anders. Es war mein erster bewusster Ich-will-Tim-vergessen-Sex und währenddessen dachte ich an nichts anderes als an Sex mit Tim.

»Ist alles in Ordnung?« Hannes strich mir sanft durch die Haare, nachdem wir eine Weile schweigend nebeneinander gelegen hatten.

Ich nickte und lächelte ihn schwach an. »Ich muss nur mal eben für kleine Sportjournalistinnen.« Das stimmte zwar nicht, aber seine Geste war mir mit einem Mal zu vertraut. Sex meinetwegen, aber Zärtlichkeit danach, ohne mich.

»Gerade aus, dritte Tür links.«

Schnell zog ich mein T-Shirt über und schlüpfte aus dem Bett. Ich blieb bestimmt eine Viertelstunde im Bad und wanderte anschließend noch eine Weile durch das weitläufige Loft, das immer noch erschreckend leer und unbewohnt wirkte, in der Hoffnung, Hannes wäre eingeschlafen, wenn ich zurückkam. Dann konnte ich ihm schnell eine belanglose Nachricht hinterlassen und mich heimlich aus dem Staub machen. Ansonsten wäre es wohl etwas unhöflich, nach dem Sex gute Nacht und tschüs zu sagen. Wir hatten ja kaum fünf Sätze miteinander gewechselt. Leider war Hannes hellwach, als ich wiederkam, und las. Ich blieb unschlüssig vor dem Bett stehen.

»Ich wollte gerade einen Suchtrupp nach Ihnen losschicken.«

Wie bitte? Wir waren immer noch beim Sie? Ich musste gegen meinen Willen lachen.

»'tschuldigung, ich weiß ja, dass Sie aus Berlin kommen und dass man da etwas distanzierter miteinander umgeht als hier im Rheinland, aber eine Frage würde mich schon interessieren«, sagte ich, während ich nach einer Ausrede suchte, nicht zurück zu ihm ins Bett steigen zu müssen. »Nach dem wievielten Mal duzen Sie Ihre Bekanntschaften in der Regel?«

Hannes lachte.

»Ich dachte, Sie fänden es komisch, wenn ich Sie im Büro plötzlich duze.«

»Ja, aber ich finde es erst recht komisch, wenn Sie mich im Bett siezen.«

»Gut, dann trennen wir ab jetzt einfach Büro und Bett.«

Ich sah ihn verdutzt an. Hieß das etwa, er wollte auch weiterhin Büro und Bett mit mir teilen? Zumindest bei Letzterem waren wir an einem heiklen Punkt angekommen. Ein Two-Night-Stand war gerade noch vertretbar. Wenn er auch nicht zur Entspannung zwischen uns beitragen würde. Aber ab dem dritten Mal würde unser Verhältnis schon fast Züge einer wie auch immer gearteten Beziehung annehmen, und dazu war ich weiß Gott noch nicht bereit. Hannes bemerkte mein Zögern. »Oder soll ich dich bei der Arbeit auch duzen?«

»Was? Äh, nein, ich finde die Regelung gut. Soll ja schließlich keiner denken, dass du mich bevorzugst, nur weil ich ...« Ich brach ab. Ja, was eigentlich, ›mit dir ins Kino und anschließend ins Bett ging, mich von dir abschleppen ließ, mich bei dir ausheulte ...‹ Ich hatte keine Ahnung, was ich hier eigentlich machte. Und welche Pläne Hannes hatte.

»Warum kommst du nicht zurück ins Bett und wir üben noch ein bisschen.«

Also gut, Hannes' Pläne für den heutigen Abend waren damit erst mal geklärt.

»Das Duzen, meinte ich natürlich.«

»Natürlich.« Ich lächelte ihn flüchtig an und tat so, als würde ich mich für seine Büchersammlung interessieren, die mangels Bücherregal einfach in drei großen Stapeln neben dem Bett stand. »Du solltest wirklich mal anfangen, deine Wohnung einzurichten. Immerhin ist gerade Sommerpause.«

Hannes zog sich theatralisch die Bettdecke über das Gesicht.

»Wusstest du, dass du da hinten noch eine komplette Zweitwohnung samt Mini-Küche und Badezimmer hast?«

»Nein, den Südflügel habe ich noch nicht erkundet. Ich fühle mich wohl hier, in diesem Zimmer, in diesem Bett. Und mit dir würde ich mich hier drin noch wohler fühlen.«

Langsam fielen mir keine Ausreden mehr ein, die mich von seinem Bett fernhalten konnten.

»Aber du könntest da dein Büro einrichten, oder einen Hobbyraum.« Ich wünschte, ich hätte so viel überschüssigen Platz. Denn allmählich fiel mir in Tinas Dachgeschosszimmer wortwörtlich die Decke auf den Kopf. Jedes Mal, wenn unten gehämmert oder gebohrt wurde, bröckelte über mir wieder ein bisschen Putz von den schrägen Wänden. Die Handwerker wischten meine Bedenken mit der Standardbemerkung beiseite, dass so ein Haus eben lebte. Ich dagegen fand viel mehr, dass dieses Haus verweste. Und wenn das Gerippe endgültig in sich zusammenfiel, wollte ich nicht darunter begraben sein.

»Mein Büro ist in der Redaktion und ich habe keine Hobbys«, erstickte Hannes meine Smalltalk-Bemühungen gleich wieder im Keim.

Ich wanderte kopfschüttelnd zum Geländer, von wo aus man den Rest des Lofts wunderbar überblicken konnte. Sein Schlafzimmer nahm die ganze obere Etage ein und war etwa halb so groß wie der untere Wohn- und Essbereich. Es wirkte tatsächlich wohnlicher als der Rest des Lofts, Hannes hatte sogar ein Poster von einem mir unbekannten Fotografen an die Wand geheftet, aber gemütlich war anders. Außer einem überdimensionierten Schrank und dem stilvollen Doppelbett war auch diese Etage leer.

»Du könntest echt viel aus diesem Loft machen.«

»Also gut, wie wäre es mit übermorgen?«, murmelte Hannes unter der Bettdecke.

»Was übermorgen?«

»Na, Baumarkt, Ikea, das Abrisskommando? Keine Ahnung, du bist offensichtlich die Expertin, also musst du mir helfen.«

Da war es also. Das dritte Mal. Hannes wollte sich mit mir verabreden, und dann auch noch zum Einrichten der Wohnung. Ganz klar, Hannes wollte mehr. Mehr als ich auf jeden Fall, was nicht schwer war, da ich im Grunde doch gar nichts von ihm wollte und auch jetzt nur hier war, weil er mich mit seiner Nichtverabredung überrumpelt hatte.

»Ich kann nicht!«, platzte es etwas schärfer als geplant aus mir heraus.

Hannes sah mich überrascht an.

»Kai«, stammelte ich zur Entschuldigung. »Kai bleibt ein paar Tage bei mir, deswegen habe ich mir freigenommen und deswegen kann ich nicht mit dir … Ähm, tut mir leid.«

Hannes warf mir einen prüfenden Blick zu. Ich hatte das Gefühl, dass er mehr verstand, als ich damit sagen wollte. Er nickte enttäuscht. Ich setzte mich auf die Bettkante und zog mich hektisch an.

»Ja, deswegen muss ich jetzt leider auch nach Hause. Es ist schon spät. Tim bringt Kai morgen ziemlich früh vorbei. Er hat Prüfungen und muss lernen, und Kais Kindergarten ist zu, wegen der Ferien und …« Ich plapperte nervös vor mich hin, dabei machte Hannes keine Anstalten mehr, mich ins Bett zurückzuziehen. Im Gegenteil, er stand ebenfalls auf, zog sich an und begleitete mich wortlos zur Tür. Dort verabschiedete er mich höflich, ohne Kuss oder Umarmung.

Unbelügbar

Ich fühlte mich wie gerädert, als ich am nächsten Morgen um sieben in Tinas Küche taumelte und mir einen Kaffee eingoss.

»Na, war wohl etwas später gestern Nacht, hm?«, zog Tina mich auf, bevor das Koffein überhaupt meine Blutbahn erreicht hatte. Ich hatte nach dem Abend mit Hannes kein Auge zugetan. Stattdessen hatte ich ernsthaft in Erwägung gezogen, meinen Job per E-Mail zu kündigen. Denn wie ich es auch drehte und wendete, ich hatte alles nur noch schlimmer gemacht. Mir fiel kein Ausweg ein, der es mir ermöglichte, meinem Chef nach diesem peinlichen Abgang noch als Mitarbeiterin unter die Augen treten zu können, und keine kostspielige Identitätsumwandlung beinhaltete.

»Wer war denn der Glückliche?«, bohrte Tina weiter, vermutlich, weil sie wusste, dass ich so früh am Morgen am leichtesten zu löchern war.

»Wieso, ich war im Kino, sonst nichts.« Ich nahm einen großen Schluck Kaffee und hoffte,

meine hämmernden Kopfschmerzen würden davon endlich verschwinden.

»Mmh, Kino. Alleine?«

Mein Gott, sie war ja schlimmer als meine Mutter, damals, als ich über jeden meiner Schritte peinlich genau Auskunft geben musste, und das nur, weil ich mit fünfzehn zweimal von der Polizei nach Hause gebracht worden war.

»Ja«, murmelte ich, aber als Tina mich über ihren Tassenrand hinweg streng ansah, revidierte ich meine Aussage schnell. »Nein.«

»Womit wir wieder beim Anfang wären. Mein Gott, Karina, ich hab nicht ewig Zeit. Natürlich warst du nicht alleine im Kino, sonst würdest du nämlich nicht klammheimlich mitten in der Nacht die Treppen hochschleichen. Also, wer ist denn nun der Mann für zwischendurch?«

»Du kannst an meinem Gang erkennen, dass ich mit einem Typen im Kino war?« Ich wusste zwar, dass es zwecklos war, vor Tina etwas verbergen zu wollen, aber ich hatte ihre Technik bislang nie wirklich durchschaut. Sie grinste mich an.

»Nein, aber daran, dass du mein Parfüm benutzt hast. Das ganze Bad roch gestern Abend danach.«

Sie war gut. Sehr gut sogar. Ließ mich erst in eine komplett falsche Richtung tappen, damit ich quasi von selbst alles zugab, nur um dann die Falle zuschnappen zu lassen.

»Also, ich warte.« Sie schaute ungeduldig auf ihre Uhr.

»Ich war mit meinem Chef im Kino. Jetzt glücklich?«

Offenbar nicht, denn Tina sah mich entsetzt an. »Das gibt es doch nicht, Schätzchen, ich dachte, das Thema hätten wir geklärt!«

»Wir wollten ja auch nur unsere Zusammenarbeit entkomplizieren. Mehr nicht.«

»Indem ihr noch mal miteinander schlaft. Toller Plan.«

Jetzt sah ich sie entsetzt an. Das konnte sie nun wirklich nicht an dem Parfüm gerochen haben.

»Und woher weißt du, dass ich mit ihm geschlafen habe?«

Trotz ihrer Entrüstung konnte Tina die Genugtuung über ihre erfolgreiche Strategie nicht ganz verbergen. »Weil du es mir gerade gesagt hast.«

Ich verdrehte die Augen. Sie war nicht nur gut. Sie war unbelügbar. Tina schlug mir mit der flachen Hand vor die Stirn.

»Karina, ehrlich«, zischte sie mir wütend zu. »Du weißt, dass ich eine große Verfechterin von ›Ich tröste mich mit irgendeinem süßen Kerl über meine letzte Trennung hinweg-Sex‹ bin …« Ich nickte müde, denn darunter hatte ich die letzten Wochen nun wirklich gelitten. »Aber doch nicht mit dem eigenen Chef. Auch noch zum zweiten Mal. Weißt du eigentlich, was das bedeutet?«

»Eine Gehaltserhöhung?«, fragte ich vorsichtig. Aber Tina war jetzt nicht zu Scherzen aufgelegt. Sie wollte mir schon wieder einen Klaps auf die Stirn geben, aber dieses Mal sah ich den Angriff kommen und wich aus. »Ich weiß ja, dass ich Scheiße gebaut habe.«

»Aber?«, fragte Tina leicht genervt und ich sah sie verdutzt an.

»Ja nichts aber. Ich habe Scheiße gebaut. Punkt.«

»Schön, na dann sieh mal zu, wie du aus diesem Punkt ein Komma machst. Ich geh duschen.«

 Während ich noch darüber nachgrübelte, was sie mir damit sagen wollte, klingelte es, und das nächste Problem wartete an der Tür auf mich. Ich sprang entsetzt auf. »Mist. Das ist Tim mit Kai. Viel zu früh. Kannst du mal aufmachen, Tina?«

Aber Tina war unerbittlich. »Wer mit seinem Chef ins Bett gehen kann, kann auch seinem Exfreund die Tür aufmachen«, rief sie mir von der Treppe aus zu und zwar so laut, dass ich befürchtete, Tim könnte es durch die Haustür hindurch hören.

Ich sah entsetzt an mir herunter. Ich trug immer noch meinen Schlafanzug, oder, um genau zu sein, ein uraltes löchriges T-Shirt eines U2-Konzerts, das ich mal vor zwanzig Jahren besucht hatte, und eine ausgeleierte Jogginghose, die mit Kaffee- und Zahnpastaflecken besudelt war. An meine wirr abstehenden Haare durfte ich gar nicht denken. Ich war nicht einmal annähernd in einem Zustand, in dem ich Tim zum ersten Mal seit unserer Trennung gegenübertreten konnte. Es klingelte noch mal, Tina zog lautstark die Badezimmertür hinter sich zu und ich hatte immer noch keinen Plan B. Es war ja nicht so, dass Tim mich nicht schon tausendmal in diesem Aufzug gesehen hätte. Aber mein Aussehen strahlte nun mal nicht die Selbstsicherheit und Überlegenheit aus, die man gegenüber einem Ex-Freund in der Regel ausstrahlen sollte. Ich hätte ihm frisch geduscht, fröhlich und wie aus dem Ei gepellt gegenübertreten müssen, aber nicht in dieser Trauermontur, die ihn nur noch mal darin bestätigte, wie richtig es doch gewesen war, mich zu verlassen. Es klingelte ein drittes Mal. Tim musste uns gehört haben. Er wusste, dass ich da war, und mit etwas Pech wusste er jetzt auch, dass ich mit meinem Chef geschlafen hatte. Es gab keinen Ausweg. Ich musste ihm, so wie ich war, die Tür öffnen. Ich tapste barfuß in den Flur. Tim erschrak regelrecht, als ich die Haustür schließlich abrupt aufriss, weil ich es schnell hinter mich bringen wollte. Um die Demütigung perfekt zu machen, hatte er nichts Besseres zu tun, als einfach nur verdammt gut auszusehen. Seine braunen Haare trug er jetzt nach einigen fehlgeschlagenen Versuchen einer halblangen In-Frisur wieder kurz, so wie ich es am liebsten mochte. Er hatte eine von diesen Jeans an, die so weit und maskulin geschnitten waren, dass sie im Grunde nur Sportler tragen konnten, ohne albern zu wirken, und dazu ein lässiges Kapuzenshirt. Er wirkte größer, kräftiger, jugendlicher, als ich ihn in Erinnerung hatte, vielleicht auch nur, weil ich unbewusst versucht hatte, ihn in meiner Erinnerung so unattraktiv wie möglich zu machen. Und zu allem Überfluss lächelte er mich mit seinem Tim-Lächeln an, das immer etwas schüchtern und daher einfach unglaublich süß war. Keine Regung in seinem Gesicht verriet, dass er meinen Aufzug unangebracht fand.

Mir fehlten die Worte. Aber zum Glück kam Kai direkt in meine Arme gelaufen und bohrte seinen Kopf so heftig in meinen Bauch, dass mir ohnehin die Luft zum Sprechen wegblieb. »Mami, Mami!« Ich ging in die Knie und drückte ihn an mich. Dann blinzelte ich Tim gegen das grelle Sonnenlicht an.

»Entschuldige, sind wir zu früh?«, fragte er, und ich versuchte, nicht ganz so übernächtigt zu wirken.

»Nein, nein, überhaupt nicht. Ich bin nur … es war …« Ich verstummte, weil ich ihm schlecht den Grund für meinen desolaten Zustand nennen konnte und wohl auch nicht musste. Zum Glück rettete Kai uns aus dieser unangenehmen Situation. Er hielt mir ein riesiges Paket unter die Nase.

»Mami, baust du das Piratenschiff mit mir auf? Das hat Sarah mir geschenkt.«

Ich sah überrascht auf, und sofort fühlte Tim sich genötigt, die Angelegenheit herunterzuspielen.

»Ich wusste nicht, dass sie ihm das Schiff gekauft hat. Ich weiß, wir hatten gesagt, dass er dafür noch zu klein ist. Ich habe ihr gesagt, dass sie ihm nichts schenken soll, aber … na ja.«

Ich nickte, aber es interessierte mich nicht im Geringsten, was wir gesagt hatten oder was er Sarah gesagt hatte oder was Sarah selbst möglicherweise gesagt hatte. Das Einzige, was mich interessierte, war die Tatsache, dass Sarah, die ominöse Sarah, Kai überhaupt etwas geschenkt hatte. Dass sie in Kais Leben getreten war und mit diesem einfachen Geschenk deutlich gemacht hatte, wie ernst es zwischen Tim und ihr inzwischen war. Diese Feststellung haute mich vollkommen um, wie eine lange einstudierte Rechts-Links-Kombination. Ich hielt mich nur noch mühsam auf den Beinen, während Kai mir das riesige Paket zeigte und bettelte, dass wir es jetzt gleich sofort aufbauen müssten.

»Ja, natürlich, Schatz, das machen wir sofort. Bring es doch schon mal ins Wohnzimmer, ja?«

Kai gehorchte glücklich. Tim und ich sahen uns unbeholfen an.

»Du musst es nicht aufbauen, wenn du nicht willst. Ich kann es auch wieder mitnehmen, und …«

»Nein, kein Problem, Kai freut sich bestimmt darüber«, unterbrach ich ihn. Und wieder schwiegen wir eine Weile.

»Du hast dieses Mal den Rückblick geschrieben, oder?«, machte Tim schließlich einen kläglichen Versuch, etwas Smalltalk zu betreiben.

Ich nickte. Komisch, dass es ihm aufgefallen war. Er hatte

schon lange aufgehört, Zeitung zu lesen, da die Zeit morgens vor der Schule einfach zu knapp war.

»Hannes … ähm, mein Chef wollte mal was Neues ausprobieren«, krächzte ich.

»Er weiß eben, dass du gut bist.«

Ich musterte Tim irritiert. Wieso redete er jetzt über meine Arbeit? Darüber hatten wir doch schon lange nicht mehr gesprochen.

»Er war gut. Also, der Artikel. Witzig. Und gut«, stammelte Tim.

»Danke.«

Bevor es zu einer weiteren unangenehmen Pause kam, reichte Tim mir Kais Tasche und noch ein paar Spielsachen. Wir verabredeten, dass ich ihn am Nachmittag nach Tims Prüfungen zurückbringen würde, und wussten dann nicht, wie wir uns verabschieden sollten. Eine Umarmung schien uns beiden unangebracht, ein wie auch immer gearteter Kuss noch viel mehr. Also hob ich einfach nur meine Hand, wünschte ihm viel Erfolg und schloss die Tür. Dann atmete ich tief durch. Sarah hatte Kai also das Piratenschiff geschenkt.

Nicht seetauglich

Kai ließ mir nicht einmal Zeit, mich umzuziehen. Das Piratenschiff hatte absolute Priorität. Und so war ich gezwungen, das Symbol meiner Niederlage noch vor dem Frühstück aufzubauen. Wie erwartet verlor Kai nach nicht einmal zehn Minuten das Interesse an den Bauarbeiten, die für einen Jungen in seinem Alter viel zu kompliziert waren und selbst für jemanden im meinem Alter eine ernsthafte Herausforderung darstellten. Als das Schiff als solches zu erkennen war, beschloss ich, die übrigen Bauteile wegzupacken und es Kai als fertig zu verkaufen. Früher oder später würde es sich bei ihm ohnehin wieder in seine Einzelteile auflösen. Außerdem hatte ich mir für die paar Tage mit Kai viel vorgenommen. Ich wollte mit ihm ins Freibad, in den Zoo, auf den Abenteuerspielplatz. Ich wollte mit ihm eine Fahrradtour in den Stadtwald machen und Tretboot fahren. Ich wollte an den Rhein und Sandburgen bauen. Ich wollte all das mit ihm unternehmen, was sonst einfach viel zu kurz kam. Dafür hatte ich extra mein Fahrrad auf Vordermann gebracht und

für Kai einen nagelneuen Fahrradsitz gekauft, weil der alte logischerweise bei Tim geblieben war. Ich hatte sogar einen Menüplan für unsere Picknicks entworfen, weil Kai zurzeit einen sehr wählerischen Geschmack hatte. Nur mit einer Sache hatte ich nicht gerechnet. Dauerregen. Im Juli. Den ganzen Morgen goss es Bindfäden, und alle meine Pläne waren hinfällig. Man konnte noch nicht einmal den Fuß in den Garten setzen, ohne innerhalb von Sekunden durchnässt zu sein. Kai und ich waren gezwungen, uns die Zeit drinnen zu vertreiben. Und schon nach wenigen Stunden regierte die Langeweile. Wir hatten alle Spiele, die wir in Tinas Haus spielen konnten, in Rekordzeit durchgespielt. Selbst das improvisierte »Wir ärgern die Handwerker«-Spiel, bei dem Kai mit Vorliebe Werkzeuge am immer gleichen Ort versteckte, und die Kurzeinführung ins Instant-Beton-Anrühren, die ich lieber ohne Tinas Wissen veranstaltete, konnten Kai nicht lange aufmuntern. Als ich ihn für seinen Mittagsschlaf in mein Dachgeschosszimmer brachte, fing er an zu quengeln und wollte wissen, wann wir endlich wieder nach Hause konnten.

»Gefällt es dir hier nicht?«, fragte ich zerknirscht.

Kai schüttelte den Kopf. Natürlich nicht. Unser Zimmer war klein, winzig, er hatte keinen Platz zum Spielen und musste auf einer Matratze auf dem Fußboden schlafen, anstatt in seinem geliebten Hochbett.

»Stell dir einfach vor, wir campen. So wie bei unserem Urlaub in Dänemark. Erinnerst du dich noch daran?«

Kai nickte, aber ich hatte schon vor einiger Zeit herausgefunden, dass er auch nickte, wenn er sich nicht erinnerte. Wie sollte er auch? Er war gerade mal zwei gewesen. Selbst wenn er sich erinnerte, war es keine schöne Erinnerung, weil es auch da zwei

Wochen nur geregnet und Kai mit einer heftigen Erkältung im Schlafsack gelegen hatte. Der Camping-Urlaub, unser letzter Familienurlaub, war ein totaler Reinfall gewesen, also machte die Erinnerung daran seinen Aufenthalt hier bei mir nicht unbedingt schöner.

»Ich will aber nach Hause«, nölte Kai weiter.

»Wir können aber noch nicht nach Hause, Kai.«

»Warum nicht?«

Es war wirklich schwer, ihm begreiflich zu machen, dass Tim und ich uns nun mal nicht mehr an einem Ort aufhalten konnten. Dass er entweder bei Papa oder bei Mama sein konnte, aber nicht mehr bei uns beiden zusammen. Manchmal war es für mich ja noch schwer zu verstehen, wie sollte ich es da erst einem Dreijährigen verständlich machen. Also suchte ich nach einer einfacheren Antwort.

»Weil Papa Ruhe zum Lernen braucht.«

»Und wenn wir ganz leise sind?«

Mir schossen die Tränen in die Augen. Um nicht loszuheulen, warf ich Kai spielerisch auf seine Matratze und startete eine Kitzelattacke. »Kannst du das denn? Kannst du denn still sein? Ich glaube nicht.« Ich kitzelte ihn so lange, bis er laut loslachte. Kai lachte immer noch, als ich ihn unter die Decke steckte.

»Jetzt schlaf erst mal, mein Schatz. Und wenn du wieder aufwachst, hat es bestimmt schon aufgehört zu regnen.«

Von wegen. Als hätten sich Petrus, der Wetterdienst und die Sarahs dieser Welt gegen mich verschworen, goss es drei Tage lang wie aus Kübeln. Meine Zeit mit Kai, auf die ich mich wochenlang gefreut hatte, fiel komplett ins Wasser. Kai langweilte sich zu Tode, und ich war nach drei Tagen als seine Animateurin fix und fertig. Der einzige Höhepunkt für ihn war der Stapellauf seines Piratenschiffs. Denn nachdem wir uns mit immer schlechterer Laune die Nasen an der Fensterscheibe platt gedrückt hatten, schlug ich vor, das Boot in einer riesigen Pfütze in Tinas Hof in See stechen zu lassen. Kai war sofort Feuer und Flamme. Aber wie erwartet entpuppte sich das Plastikschiff als nicht seetauglich und lief sofort auf Grund. Was wiederum mein Höhepunkt dieser verregneten Tage mit Kai war. Denn der warf Sarahs Boot anschließend beleidigt in die Ecke und würdigte es keines Blickes mehr.

Durch und durch durchschnittlich

Sie wirkten wie ein älteres Ehepaar, als ich sie im Seitenspiegel sah. Deswegen dauerte es auch eine Weile, bis ich Tim erkannte. Arm in Arm mit Sarah. Ich hatte wieder einmal im Parkverbot ein paar Meter von seiner Haustür entfernt geparkt. Ich hatte immer hier geparkt, wenn ich nur kurz zu Hause reinspringen musste, weil ich mir die mühsame Parkplatzsuche ersparen wollte. Aus Gewohnheit schaute ich in den Seitenspiegel, um nach Politessen Ausschau zu halten. Und da sah ich sie. Sie hatte sich auf diese altmodische Art bei ihm untergehakt, die ich eigentlich nur von alten Ehepaaren kannte. Sie war dick! Nein, nicht dick, aber pummelig. Falsch, sie war üppig, ja, üppig war vielleicht das richtige Wort, obwohl es sich zu sehr nach Aktmalerei aus irgendeinem früheren Jahrhundert anhörte. Nein, sie war vollschlank, auf neudeutsch. Kleiner als ich und vollschlank, auch wenn sie versuchte, ihre Pfunde mit einem luftigen Sommerrock und einer günstig geschnittenen Bluse zu kaschieren. Sie hatte kurze, aschblonde Haare und nicht die geringste Ähnlichkeit

mit Catherine Deneuve oder Anna Netrebko. Im Gegenteil, sie war durch und durch durchschnittlich. Und das war eine absolute Frechheit. Tim hatte mich für eine kleinere, dickere, blondere, französisch sprechende Musiklehrerin verlassen?!

Ich war so sehr damit beschäftigt, in den Seitenspiegel zu schauen, dass ich gar nicht mitbekam, dass Kai seinen Gurt gelöst hatte und dabei war, auszusteigen.

»Halt!«, rief ich so laut, als Kai die Tür aufmachen wollte, dass er mich mit großen ängstlichen Augen anstarrte. Er tat mir leid, aber ich wollte Tim auf gar keinen Fall mit seiner Sarah im Arm begegnen.

»Warte, Kai. Ich habe ein neues Spiel. Wir dürfen erst aussteigen, wenn drei blaue Autos an uns vorbeigefahren sind, okay?«

Kai nickte brav und schaute gespannt auf die Straße. Zum Glück konnte er seinen Vater so nicht sehen, und mir blieb die peinliche Konfrontation mit meiner Nachfolgerin erspart.

Es dauerte lange, bis das dritte blaue Auto an uns vorbeigefahren war. So hatte Tim auf jeden Fall genug Zeit gehabt, mit seiner Sarah im Haus zu verschwinden, bevor Kai und ich endlich aussteigen durften. Kai konnte bei solchen Spielregeln sehr genau sein.

Als ich bei meiner alten Wohnung klingelte, merkte ich erst, wie sehr mein Puls nach dieser ersten Begegnung mit Tims Neuer immer noch raste. Es machte eben doch einen Unterschied, ob man nur ihren Namen aus Tims Mund hörte oder sie plötzlich wahrhaftig vor sich sah. Bisher war dieser ganze Tim-liebt-jetzt-Sarah-Kram völlig abstrakt geblieben und daher auch einfacher zu verdrängen. Aber der Anblick von Tim Arm in Arm mit ihr gab mir noch einmal einen heftigen Stich. In dem Zustand wollte ich Kai lieber nicht persönlich bei Tim abliefern, und so schickte ich ihn allein die Treppe hoch und teilte Tim per Türsprechanlage mit, dass ich es leider eilig hätte, weil ich noch in die Redaktion müsse. Dann kam ich mir doch zu unfreundlich vor und erkundigte mich wenigstens noch nach seinen Prüfungen. Er war zuversichtlich, dass alles gut gelaufen war, was mich nicht wunderte, schließlich hatte er bisher alles gut gemeistert. Studium, erstes Staatsexamen, Referendariat. Er war der geborene Lehrer.

»Na dann, herzlichen Glückwunsch«, sagte ich, und merkte selbst, dass es sich irgendwie anklagend anhörte.

»Danke«, kam es aus der Sprechanlage zurück. »Und danke auch, dass du auf Kai aufgepasst hast.«

»Warum bedankst du dich dafür?«, fragte ich irritiert.

»Na ja, weil du dir extra freinehmen musstest.«

»Das mache ich für Kai doch gerne.«

»Ja, klar«, ertönte seine verzerrte Stimme aus dem Lautsprecher und klang nun seinerseits anklagend.

»Er ist auch mein Sohn, Tim, auch wenn es nicht immer danach aussieht.«

»Ich weiß, Karina, es ist mir nur so rausgerutscht.«

Ich bekam einen Kloß im Hals und konnte nichts erwidern. Hielt er mich für eine schlechte Mutter? War das das Problem zwischen uns? Dass ich ihn zu oft mit Kai alleine ließ, während ich mir die Abende in der Redaktion um die Ohren schlug?

»Bist du noch da?«, fragte er. Aber ich fand es dämlich, der Sprechanlage meine Gefühle anzuvertrauen.

»Karina, wirklich, ich werfe dir nicht vor, dass du viel zu tun hast, das habe ich nie ... Hi, Großer, na wie war's?«

Kai war offenbar oben angekommen. Wie er unseren improvisierten, verregneten Camping-Urlaub in Tinas Dachgeschosszimmer samt misslungenem Piratenschiffstapellauf in der Pfütze fand, erfuhr ich allerdings nicht mehr. Aber ich konnte es mir denken. Mir kamen die Tränen, und ich verzog mich zurück in mein Auto, ohne mich bei Tim zu verabschieden. Nein, Tim hatte es mir nie vorgeworfen, aber ich wusste selbst, dass ich zu wenig Zeit für Kai hatte. Gerade mal zwei Monate nach seiner Geburt war ich wieder in die Redaktion zurückgekehrt, weil Tim sein flexibles Studium besser mit den Bedürfnissen eines Babys vereinbaren konnte. Und weil ich befürchtete, dass der Zug in der Sportredaktion für mich abgefahren sein würde, wenn ich zu lange Pause machte. Ich hatte von Anfang an ein schlechtes Gewissen gehabt und versucht, jede freie Minute mit Kai zu verbringen. Aber natürlich war mir klar, dass Kai es immer bei seinem Papa besser finden würde als bei mir. Kai und Tim waren ein Team. Kai und ich waren einfach nur Mutter und Kind. Er war ein Papakind, weil er nie die Gelegenheit gehabt hatte, ein Mamakind zu werden.

Zuverlässige Anlaufstelle

Ecki schloss gerade seinen Kiosk ab, als ich bei ihm vorfuhr. Dabei war ich nach ein paar depressiven Minuten im Auto zu der Überzeugung gekommen, dass ich mein Selbstmitleid mit jemandem teilen sollte. Seit ich zu Tim gezogen war, hatten wir uns nur noch sporadisch gesehen. Aber Ecki war immer noch eine zuverlässige Anlaufstelle, wenn es darum ging, mich wieder aufzubauen.

»Was wollen Sie denn hier?«, fragte er mürrisch.

»Sie besuchen. Und warum wollen Sie schon gehen?«

»Weil ich geahnt habe, dass Sie vorbeikommen.«

Auf ihn war wirklich Verlass. »Tatsächlich?«

»Nein, das war einfach nur Glück«, grinste er und trat auf einen Stock gestützt zu mir ans Autofenster. »Wollten Sie auch was kaufen oder nur meine Zeit vergeuden?«

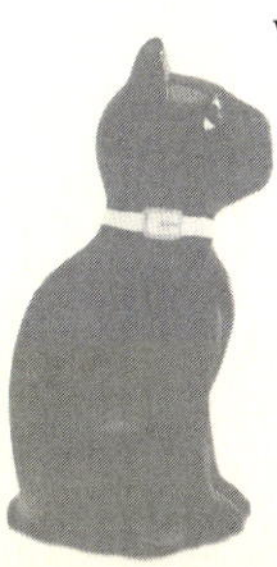

»Ich bitte Sie, Ecki, ein Gespräch mit mir ist nie vergeudete Zeit.«

»Für einen Ladenbesitzer ist jede Minute, in der er nichts verkauft, vergeudete Zeit.« Trotzdem schien es Ecki nichts auszumachen, sich mit mir zu unterhalten. Ja, er wirkte sogar erfreut darüber, mich zu sehen.

»Aber sonst würden Sie doch auch nur auf Ihrem Stuhl sitzen und mit Ihrem Hund reden«, sagte ich gespielt empört, während sein hässlicher Mischling meine Wagentür zerkratzte, bei dem Versuch, durch das Fenster auf meinen Schoß zu springen.

Eckis unterdrücktes Schmunzeln verriet, dass er meine Sticheleien vermisst hatte. »Tja, ich würde mir ja gerne von Ihnen die Ohren vollheulen lassen …«

»Woher wissen Sie, dass ich Ihnen die Ohren vollheulen wollte?«, hakte ich überrascht nach.

»Sie haben sich gerade getrennt, Tim hat eine neue Freundin, was sollten Sie sonst auf dem Herzen haben?«, fasste Ecki meinen Seelenzustand schmerzhaft präzise zusammen. Demnach hatte Tim ihn längst auf den neuesten Stand gebracht. Ich nickte betrübt.

»Tut mir leid für Sie.« Mehr Mitleid war von Ecki nicht zu erwarten. »Aber ich habe jetzt einen wichtigen Termin.«

»Sind Sie etwa krank?«, fragte ich besorgt, denn er verließ seinen Kiosk nur in äußersten Notfällen.

Ecki zuckte mit den Schultern. »Ja, vermutlich. Wie geht es dem Kleinen?«, fragte er nun ebenfalls besorgt. Ecki liebte Kai über alles. Er sprang gelegentlich als Babysitter ein, wenn Tim und ich unsere Zeitpläne nicht aufeinander abstimmen konnten. Und gewissermaßen war er Kais einziger echter Opa, wenn man berücksichtigte, dass Chris genauso alt war wie sein Vater und Kais anderer Opa, mein Vater, sich mehr wie eine Oma benahm. Kai mochte den komischen Kauz und liebte es, seinen Kiosk durcheinanderzubringen, was Ecki überhaupt nicht störte. Kai war der Einzige, der sich bei Ecki alles erlauben durfte.

»Kai geht es gut«, erwiderte ich eingeschnappt. »Aber wieso fragen Sie eigentlich nicht nach meinem Gefühlszustand?«

»Weil Kai nur eine Mutter und einen Vater hat. Aber Sie werden schon wieder jemanden finden. Auf Wiedersehen.«

Ecki tippte sich an seinen imaginären Hut und ließ mich alleine mit meinem Gefühlszustand zurück.

Ersatzmotor
für die Familienkiste

»Leksvik!«

Hannes sah irritiert vom Schreibtisch auf und überlegte offensichtlich, ob ich mich versprochen hatte oder ihn mit einem neuartigen Schimpfwort bedachte und wenn ja, wie er auf so eine unverschämte Äußerung reagieren sollte. Zugegeben, die Phantasienamen der schwedischen Möbelkette eigneten sich nicht immer für einen ungezwungenen Einstieg in ein Versöhnungsgespräch. Deswegen erklärte ich schnell: »Für das Wohnzimmer«, und tippte mit dem Finger auf die Regale im Katalog, den ich auf seine Unterlagen gelegt hatte.

»Hatten Sie nicht heute frei?«, fragte Hannes, unbeeindruckt von meinen Vorschlägen zu seiner Inneneinrichtung.

Aha. Wir waren also wieder beim Sie. Dann musste mein Abgang wohl einen ziemlich schlechten Eindruck bei ihm hinterlassen haben und war nicht mit einem einfachen Einkaufsbummel wiedergutzumachen. Ich musste mir eine bessere Entschuldigung einfallen lassen. Aber Hannes kam mir zuvor.

»Ich möchte mich bei Ihnen für mein aufdringliches Benehmen entschuldigen«, fuhr er gestochen fort. »Ich wollte Sie nicht in Verlegenheit bringen.«

Ich schüttelte den Kopf. Musste man bei ihm wirklich jedes Mal wieder von vorne anfangen?

»Dich«, erwiderte ich trocken.

»Wie bitte?«

»Dich nicht in Verlegenheit bringen, und ehrlich gesagt, finde ich ›in Verlegenheit bringen‹ auch eine ziemlich altmodische Umschreibung für das, was wir getan haben.« Ich setzte mich in einen der bequemen Ledersessel, die er für Gäste bereithielt, und rollte damit an seinen Schreibtisch. »Ich heiße Karina, aber das kannst du ja in meiner Personalakte nachlesen. Ich werde bald sechsunddreißig, aber das steht auch in meiner Personalakte, und das erste Wort, das ich laut meiner Mutter im zarten Alter von einem Jahr geäußert habe, war Nein. Das dürfte nicht in meiner Personalakte stehen, aber was ich damit sagen will, ist, dass ich durchaus schon in der Lage bin, selbst zu entscheiden, was ich tue und was nicht.«

Hannes sah mich amüsiert an. »Das ist mir auch schon aufgefallen. Ich wollte dir damit auch nur sagen, dass es mir leidtut. Du wirst es mir wahrscheinlich nicht glauben, aber ich hatte den Abend ganz anders geplant. Ich wollte einfach nur mit dir ins Kino gehen.«

Ich konnte mir ein Grinsen nicht verkneifen. »Dann muss es wohl am Kino liegen. Vielleicht sind die Sitze zu hart, oder der Vorführer hat winzige Filmschnipsel in die Rollen geklebt, die eine unterbewusste Botschaft an unser Hirn senden.«

»Ja, das wird es sein. Wir sollten den Vorführer verklagen.«

Hannes lachte kurz, aber dann wurde er wieder ernst. »Trotzdem, ich versichere dir, dass ich ab jetzt keine Versuche mehr unternehmen werde, dich ins Kino zu locken.«

Er lächelte mich an. Unsere Blicke trafen sich über dem zerfledderten Möbelkatalog, den ich regelmäßig gegen Liebeskummer durchwälzte, um meine neue Tim-lose Wohnung einzurichten, und in meinem Magen fing es an zu kribbeln. Was hatte es nur damit auf sich, dass Männer auf mich immer genau dann unwiderstehlich wirkten, wenn sie einen Rückzieher machten? Ich kämpfte gegen den Impuls an, meinen Chef über den Schreibtisch zu mir zu zerren und abzuknutschen. Das kam mir äußerst unklug vor, nachdem er mir gerade so selbstlos die Entschuldigung abgenommen hatte, die ich ihm eigentlich schuldete. Stattdessen deutete ich schnell auf die Leksvik-Serie im Katalog.

»Altmodisch, etwas verschnörkelt, ein schöner Kontrast zu der modernen Fabrik-Atmosphäre.«

Hannes blätterte interessiert durch die Seiten, die ich mit Post-Its markiert hatte, und wirkte dabei, als müsste er einen Artikel redigieren.

»Gefällt mir. Was schlägst du vor?« Auch der Satz war mir aus unseren Sitzungen nur allzu bekannt, und mich beschlich kurzzeitig das Gefühl, dass er diese Floskel immer dann anwendete, wenn er keinen blassen Schimmer hatte und die ganze Arbeit auf jemand anderen abwälzen wollte.

Aber das ließ ich ihm nicht durchgehen und sagte: »Dass du mit mir einkaufen fährst.«

»Ist das dann wieder so eine Nichtverabredung?«

»Nein«, lächelte ich ihn an. »Das ist einfach nur dringend nötig.«

Wir hatten noch nicht einmal den Wohnzimmerbereich erreicht, als meine Liste im Gegensatz zu der von Hannes bereits voll war. Ich hatte mir einiges vorgenommen, damit Kais nächster Aufenthalt bei mir nicht wieder so ein Reinfall werden würde. Ich wollte ihm ein komplettes Kinderzimmer einrichten, mit Ritterburg, Rutsche und Kuschelecke. Doch als wir zur Bettenabteilung kamen, erlitt mein verspäteter Nestbautrieb einen gehörigen Dämpfer. Es war das Hochbett. Kais Hochbett war immer noch ein Verkaufsschlager, und mit einem Mal stand nicht mehr Hannes, sondern Tim neben mir. Wir hatten Kai das Hochbett zu seinem dritten Geburtstag gekauft und uns für dieses Modell entschieden, weil es sich so leicht zu einem Etagenbett umfunktionieren ließ. In einem Anfall von Vorfreude auf Kais Geburtstag hatten wir mehr oder weniger scherzhaft über ein zweites Kind nachgedacht. Das war, bevor Tim sich in eine andere Frau verliebt hatte. Oder hatte er da schon geahnt, dass irgendetwas zwischen uns nicht mehr stimmte? Natürlich hatte er das. Unsere Probleme waren da schließlich längst offensichtlich gewesen. Vielleicht hatte er sich auch schon in Sarah verguckt, und die Witze über ein kleines Schwesterchen für Kai waren sein Versuch gewesen, sich selbst zu überlisten. Mir wurde plötzlich ganz anders, als ich Kais Hochbett jetzt unter diesem veränderten Blickwinkel betrachtete.

»Das Hochbett nehme ich aber nur, wenn es eine Rutsche hat«, scherzte Hannes, bis er die Tränen bemerkte, die mir über die Wangen rollten. »Was ist los?«

Ich schüttelte den Kopf. »Sie hat Kai ein Piratenschiff geschenkt.«

»Was? Wer?«

»Sie hat Kai einfach das Piratenschiff geschenkt, dabei hatten Tim und ich abgemacht, dass wir es ihm nicht schenken, obwohl Kai es unbedingt haben wollte, weil es viel zu teuer ist und viel zu groß und Kai noch viel zu jung dafür und er es sowieso nach ein paar Tagen in die Ecke wirft und vergisst. Aber sie hat es ihm geschenkt. Und Tim hat nichts dagegen unternommen.«

Hannes verstand zwar nicht, wovon ich redete, schob mich aber trotzdem behutsam in die hinterste Ecke der Bettenabteilung. Wir setzten uns auf ein Hemnes-Modell, und Hannes hörte aufmerksam zu, während ich ihm von meinen verregneten Tagen mit Kai vorjammerte, davon, wie er unbedingt wieder nach Hause wollte, zu seinem Vater, und wie ausgerechnet ich gezwungen war, das Geschenk von Sarah zusammenzubasteln, meiner Rivalin, die im Übrigen dick, klein und blond war.

»Und das ist schlimm, weil …?«, warf Hannes irritiert ein.

»Weil es bedeutet, dass Tim sich ernsthaft in sie verliebt hat. Dass es nicht nur ein Seitensprung ist, weil die andere langbeinig, schlank und superattraktiv ist. Sondern weil sie irgendwas hat, was ich nicht habe.«

»Das stimmt nicht«, widersprach Hannes vehement. »Es bedeutet nur, dass Liebe nicht planbar ist. Dass wir nicht bestimmen können, in wen wir uns wann und wieso verlieben.«

Er schaute mich ernst an, aber ich war für seine Weisheiten im Moment nicht empfänglich. Enttäuscht zerknüllte ich meine Einkaufsliste.

»Ich wurde ersetzt«, stellte ich halb traurig, halb wütend fest. »Erst bei Tim, und jetzt bei Kai. So wie man einen Motor ersetzt, wenn der alte stottert oder nicht mehr anspringt. Zack, einfach ein neuer und die Familienkutsche läuft wieder!«

Hannes schüttelte lächelnd den Kopf. »Das lohnt sich nicht. In der Regel ist ein neuer Motor so teuer, dass man sich besser gleich einen neuen Wagen kauft.«

»Nicht, wenn man einen gebrauchten Motor findet, und außerdem meinte ich das doch gar nicht.«

»Ich weiß. Normalerweise finde ich deine Metaphern ja ziemlich auf den Punkt, aber diese hinkt.«

»Wieso?«

Hannes sah mir ernst in die Augen. »Weil dich keiner ersetzen kann, Karina. Bei Kai nicht, bei Tim nicht und in der Sportredaktion übrigens auch nicht.«

»Woher willst du das wissen?«

»Weil ich auch mal ein kleiner Kai war.« Ich schaute ihn fragend an. »Mein Vater war Diplomat und zog ständig von einem Land zum anderen. Meine Mutter wollte aber, dass mein Bruder und ich an einem Ort aufwuchsen, also blieb sie mit uns in Berlin. Ich sah meinen Vater nur alle drei, vier Monate, den Liebhaber meiner Mutter dagegen fast jeden Tag. Aber mein Vater war immer mein Vater. Vergessen habe ich keinen einzigen Tag mit ihm.«

Ich hörte ihm nachdenklich zu. Es war das erste Mal, dass er mir etwas wirklich Persönliches über sich erzählte.

»Danke«, krächzte ich mit verheulter Stimme.

Hannes nahm mir die zerknüllte Liste aus der Hand und strich sie glatt.

»So, und deswegen richten wir jetzt dein Kinderzimmer für Kai ein.« Er wollte mich aufmunternd vom Bett ziehen, aber ich schüttelte müde den Kopf.

»Es gibt gar kein Kinderzimmer für Kai«, gab ich kleinlaut zu.
»Ich habe noch nicht mal eine neue Wohnung.«

Hannes betrachtete mich eine Weile nachdenklich, bevor er sich wieder neben mich setzte und vor sich auf den Boden starrte. Dann sagte er mit kaum verhohlener Enttäuschung in der Stimme: »Vielleicht solltest du den zweiten Schritt nicht vor dem ersten machen.«

Ich nickte und wusste, dass er nicht wirklich von Kais Kinderzimmer sprach. Wie konnte ich mich ernsthaft auf einen neuen Kerl einlassen, wenn ich noch nicht einmal in der Lage war, mein neues Leben ohne Tim in den Griff zu bekommen? Und davon war ich weit entfernt, wenn mich ein kleines Piratenschiff so dermaßen aus der Fassung bringen konnte.

Ich atmete tief durch. Komischerweise hatte ich den Einkauf mit Hannes genossen, auch wenn er völlig danebengegangen war. Aber Hannes hatte recht, und es war auch nicht fair ihm gegenüber. Er war kein Typ, der sich mit der Ersatzrolle zufriedengab. Und er war bestimmt nicht der richtige Kandidat dafür, lediglich mein angeknackstes Selbstvertrauen wiederherzustellen. Dafür liefen wir uns einfach viel zu oft über den Weg.

»Es tut mir leid«, erwiderte ich.

»Das muss es nicht.« Hannes fand schnell zu seinem frechen Charme zurück. »Immerhin bin ich so endlich zu einer Wohnungseinrichtung gekommen.«

Etappensieg

Also kehrten Hannes und ich wieder zum Sie zurück, und überraschenderweise funktionierte es gut. Besser als vorher. Als hätte unser gemeinsamer Kurzausflug in die Waagerechte nie stattgefunden. Wir waren wieder Chef und Untergebene und wenn wir uns mal nicht über die Arbeit unterhielten, dann war es Smalltalk und ging nie über gewisse Grenzen hinaus.

Ungewollt hatte ich unser Verhältnis wieder ins rechte Lot gerückt, so wie Tina es verlangt hatte. Und nicht nur das. Hier und da gab es sogar vielversprechende Ansätze dafür, dass mein neues Tim-loses Leben funktionieren könnte, ja sogar einfacher war. Zum Beispiel, als Tim vorsichtig anfragte, ob ich was dagegen hätte, wenn er und Sarah Kai mit in ihren Sardinienurlaub nähmen. Der Sommerurlaub war immer eine unserer großen Beziehungsproblemzonen gewesen. Lehrer hatten Sommerferien, Sportjournalisten nicht. Vor allem dann nicht, wenn sich ein sportliches Großereignis nahtlos an das andere reihte. Es war jedes Mal ein Kampf gewesen, ein, zwei Wochen für meinen

Familienurlaub freizuschaufeln. Meistens war Tim mit Kai danach noch mal alleine weggefahren. Jetzt nahm Sarah mir dieses Problem ab, auch wenn mein Bauch und alle restlichen Körperteile laut ja schrien, »und ob ich etwas dagegen habe«. Aber ich willigte trotzdem in Tims und Sarahs Urlaubspläne mit Kai ein, nicht zuletzt, weil ich selbst die nächsten drei Wochen quasi als embedded journalist mit den Radrennfahrern quer durch Frankreich fahren sollte und Kai schlecht mit auf die Tour de France nehmen konnte. Großzügig ließ ich ihn mit meiner Erzfeindin nach Sardinien fliegen und kam mir unglaublich erwachsen und ausgeglichen vor. Ich war auf dem besten Wege, meine gesammelten Probleme in den Griff zu bekommen, als Problem Nummer zwei plötzlich durch die Hintertür wieder hereinkam. Und schuld daran war einzig und allein Hannes' Mutter.

Als ich aus Paris zurückkam und noch kurz in der Redaktion vorbeischaute, tauchte Hannes plötzlich an meinem Schreibtisch auf, druckste eine Weile herum und fragte dann, ob ich heute Abend noch einen Termin hätte.

»Ja«, stöhnte ich geschafft. »Einen ziemlich wichtigen sogar. In meinem Bett, mit einem guten Buch und einer Flasche französischem Rotwein, die ich mir als Belohnung mitgebracht habe.«

»Gut.« Erleichtert fasste er mich am Arm und drängte mich in Richtung Ausgang. »Dann können wir ja gleich los.«

Ich schaute ihn irritiert an. Bisher hatte unsere neue Regelung doch hervorragend geklappt. »Vielleicht sollte ich noch hinzufügen, dass ich vorhabe, diesen Termin alleine wahrzunehmen.«

»Nicht zu Ihnen, zu mir«, erklärte er, als würde das die Sache besser machen. Aber dann sah Hannes mich für einen Chef überraschend hilflos an. »Ich habe ein Problem. Meine Mutter kommt morgen zu Besuch.«

Ich musterte ihn ungläubig. »Und Sie müssen ihr eine Verlobte präsentieren?«

Hannes lachte kurz auf. »Nein, eine ordentliche Wohnung würde schon reichen.«

»Wie bitte?« Wollte er mich jetzt auch noch als Putzfrau einsetzen? »Also, das ist jawohl jetzt echt …«

»Bitte. Schau es dir erst mal an«, unterbrach Hannes mich flehend, und zehn Minuten später wusste ich, warum es so dringend war.

»Wusstest du, dass die Möbel noch gar keine Möbel sind, wenn sie von deinem Lieblingsmöbelhaus geliefert werden? Zweiundsechzig Kartons. Ich habe genau zweiundsechzig Kartons gezählt. Und da sind meine eigenen noch gar nicht eingerechnet.«

Er hatte sich nur notdürftig einen Weg durch die Kartons zur Küche und zur Treppe nach oben gebahnt, aber ansonsten war der Eingangsbereich zu seinem Loft komplett zugebaut.

»Ich war nicht da, als die Lieferung kam, sonst hätte ich denen mal die Meinung gegeigt. Aber jetzt sind die Möbel hier und eigentlich ist es nur noch schlimmer als vorher.«

Ich konnte mir ein Lachen nicht verkneifen. Manchmal wirkte er doch wie ein Fachidiot, ein abgedrehter Schreiberling, der keine Ahnung von der wirklichen Welt jenseits der Sportplätze hatte.

»Und wie lange stehen die jetzt schon hier?«

»Ich weiß nicht, zwei, drei Wochen vielleicht? Aber jetzt kommt meine Mutter und …« Er sah mich verzweifelt an, und ich schüttelte grinsend den Kopf. Wieso wurden wir alle eigentlich wieder zu kleinen Kindern, wenn unsere Eltern plötzlich vor der Tür standen? Reichte es nicht, dass man ihnen einen ordentlichen Job, ein fünfstelliges Monatsgehalt und die Aussicht auf den Posten als Chefredakteur präsentieren konnte? Musste es auch noch eine ordentliche Wohnung sein?

»Diese verdammten Bauanleitungen hat irgendein Schwachkopf geschrieben, oder besser, gezeichnet, er denkt nämlich, er käme ohne jegliche Erklärungen in Form von Wörtern aus, aber das stimmt nicht. Bitte, Karina, du kennst dich doch bestimmt damit aus.«

Es war köstlich. Ich hätte mir noch stundenlang sein Fluchen, Flehen und Bitten anhören können, schließlich sah man seinen Chef nicht alle Tage am anderen Ende der Hierarchie, aber ich fragte mich wirklich, was genau er von mir erwartete.

»Also, verstehe ich das jetzt richtig: Du willst Regale zusammenbauen und bittest die einzige Frau in deiner Redaktion um Hilfe?«

»Na ja, mit deinen Kollegen bin ich …«

»… nicht im Bett gewesen, schon klar.«

»… nicht so gut befreundet, wollte ich eigentlich sagen, aber so kann man es auch ausdrücken. Und außerdem bist du doch die Fachfrau.«

»Im Einkaufen, ja. Aber doch nicht im Aufbauen.«

»Aber irgendwie musst du doch deine Möbel auch zusammengebaut haben.«

»Na ja, dafür war dann eigentlich immer irgendwie ein Mann im Haus.«

Schon hatte Hannes wieder die Oberhand gewonnen und nutzte den Geschlechterkampf geschickt für sich aus.

»Und ich dachte, du gehörst zu den Frauen, die alles selbst in die Hand nehmen.«

Ich sah erst ihn an, dann die Kartonberge und wusste, dass ich die Verabredung mit meinem Bett auf später verschieben musste. Viel, viel später.

Wir brauchten schon eine geschlagene Stunde, um die unterschiedlichen Schrauben und sonstigen Kleinteile den jeweiligen Abbildungen in der Bauanleitung zuzuordnen. Bis wir die Kopfteile von den Fußteilen unterscheiden konnten, war eine weitere halbe Stunde vergangen, und als wir endlich den ersten Rahmen zusammenmontiert hatten und das Regal aufrichteten, währte unser Etappensieg ganze fünf Sekunden. So lange brauchte das Regal, um sich bewusst zu werden, dass an einigen Stellen offenbar ein paar entscheidende Schrauben fehlten, und dann krachend in sich zusammenzubrechen.

Hannes starrte kopfschüttelnd auf das Chaos vor ihm und fuhr sich verzweifelt durch die Haare. Ich versuchte, dem Ernst der Lage gerecht zu werden und nicht laut loszuprusten. Vergeblich. Kichernd sackte ich aufs Sofa. »Wird sie dich jetzt enterben?«, presste ich zwischen zwei Lachattacken hervor und Hannes sah mich strafend an, bis er selbst erkannte, wie albern er wirkte.

»Ja, davon ist auszugehen.« Er ließ sich grinsend neben mir aufs Sofa fallen. Ich gluckste, er kicherte, und als wir uns beide endlich wieder unter Kontrolle hatten, sahen wir uns befangen an. Mit einem Mal herrschte eine unangenehme Stille zwischen uns. Die Art von Stille, die am besten mit einem Kuss oder einem verkrampften Themenwechsel beendet wurde. Ich entschied mich für Letzteres: »Zeit für Pizza, würde ich sagen.«

Hannes sah mich fragend an. Offenbar war er noch nicht oft umgezogen.

»Pizza bestellen ist doch das Beste am Umziehen. Und gewissermaßen gehört das hier immer noch zu deinem Umzug«, erklärte ich ihm und sprang auf, um einen der Pizzaflyer zwischen der Werbung hervorzuangeln, die tagtäglich mit absoluter Zuverlässigkeit in den Kölner Briefkästen landeten.

Hannes versuchte noch einmal vergeblich, das Regal zum Stehen zu überreden, aber offenbar hatten wir die falschen Schrauben benutzt. Ich fragte mich allmählich, was für ein Drachen seine Mutter war, wenn er wegen ihr an einem Abend das tat, was er schon ein Dreivierteljahr vor sich herschob. Aber nach einer großen Capricciosa und einem Kölsch ging uns die Arbeit wesentlich leichter von der Hand. Hannes legte Musik auf, dann versuchten wir gemeinsam, die einzelnen Montageschritte zu entschlüsseln, und teilten uns nach jedem erfolgreich aufgestellten Regal ein Kölsch. Dabei bemerkten wir gar nicht, dass es schon weit nach Mitternacht war, als die komplette Regalwand endlich stand. Da hatten wir noch keinen Blick in die Kartons geworfen, die den Hifi-Schrank, den Couchtisch und den Raumteiler zwischen Küche und Wohnbereich beinhalteten. Zufrieden betrachteten wir unser Werk, für das Profi-Monteure vermutlich nur eine halbe Stunde gebraucht hätten. Hannes versicherte, dass er den Rest ganz bestimmt morgen früh allein schaffen würde, und wollte mich müde verabschieden. Aber ich hatte schon immer ein Problem damit, Arbeit liegen zu lassen. »Was dagegen, wenn ich noch ein bisschen weitermache?«, fragte ich.

Hannes schüttelte den Kopf. »Zieh einfach die Tür hinter dir zu, wenn du gehst«, gähnte er und machte damit auch direkt klar, dass er nicht vorhatte, mir einen Platz in seinem Bett anzubieten. Ich nickte und öffnete den nächsten Karton.

Es war schon halb neun, als mich der Geruch von frisch gekochtem Kaffee weckte. Hannes hielt zwei Tassen in der Hand und schaute sich begeistert das vollständig eingerichtete Wohnzimmer an, während mich meine schmerzenden Arme und mein tauber Rücken daran erinnerten, dass ich die ganze Nacht geschraubt, geschleppt und einsortiert hatte. Vor zwei Stunden hatte mich dann allerdings doch die Müdigkeit übermannt, und ich war auf dem viel zu kleinen Sofa ins Koma gefallen. Dabei hatte die ungesunde Schlafhaltung meinen Muskelkater nur noch verschlimmert. Mit einem lauten Stöhnen hievte ich mich in die Senkrechte.

»Wie hast du das alles allein hinbekommen?«, fragte Hannes sichtlich beeindruckt.

»Wenn man das System erst mal raus hat, geht es eigentlich ganz schnell«, murmelte ich, während ich unter Ächzen meinen Kopf kreisen ließ, um meine misshandelte Nackenmuskulatur etwas zu lockern.

»Du meinst, wenn dir kein unfähiger Besserwisser dazwischenquatscht«, gab er zu.

»Stimmt. Aber das versuche ich in der Redaktion ja auch schon vergeblich durchzusetzen.«

Er reichte mir lachend einen Kaffee, den ich dankbar entgegennahm.

Hannes fuhr stolz über die Buchrücken seiner ziemlich umfangreichen Sammlung und wandte sich dann der nicht weniger imposanten DVD-Kollektion zu.

»Ach ja, wie sortierst du deine Filme und Bücher?«, krächzte ich mit heiserer Stimme.

»Nach Epochen und Genres, wieso?«

Ich nickte geschafft. »Irgendsoetwas Verrücktes habe ich mir schon gedacht. Na ja, viel Spaß beim Suchen.«

Hannes war es unangenehm, dass er mich mehr oder weniger aus der Wohnung komplimentierte, aber er musste seine Mutter vom Flughafen abholen.

»Ich werde mich auf jeden Fall revanchieren«, sagte er.

»Ja klar. Dich lasse ich bestimmt nicht an meine Möbel, sollte ich doch noch irgendwann mal Zeit zum Umziehen haben.«

Wir lachten wieder. Und wieder entstand danach eine angespannte Stille. Dieses Mal gab ich Hannes einen Kuss. Auf die Wange nur. Aber trotzdem verließ ich danach fluchtartig seine Wohnung. Ich spürte seinen Blick in meinem Nacken. Aber ich drehte mich nicht mehr um.

Verdammt! Ich mochte ihn.

Alt und weise

»Happy Birthday to you. Happy Birthday to you, Happy Birthday …« »… liebe Mami …« »… Happy Birthday to you …«, schallte Tims und Kais schräger Männerchor durch meine Freisprechanlage ins Auto, und für den Bruchteil einer Sekunde glaubte ich sogar, im Hintergrund noch einen leisen Sopran mitsummen zu hören. Aber wahrscheinlich war es nur die schlechte Verbindung von Sardinien nach Köln. Kai erzählte mir, dass er ein ganz tolles Geschenk für mich gebastelt habe, nur um gleich danach zu verraten, dass es eine Kette aus Muscheln war. Mein erster Geburtstag ohne ihn, weil er erst in zwei Tagen mit Tim und Sarah aus dem Urlaub zurückkommen würde. Tim fühlte sich zu Recht schuldig, als er mir anschließend ebenfalls gratulierte und mehrfach bedauerte, dass sie keinen früheren Flug mehr bekommen hatten. Kai hätte sich schon so auf den Pflaumenkuchen gefreut. Dann merkte Tim, dass er es ja gewesen war, der mir den Kuchen zu meinem Geburtstag immer gebacken hatte, und dieser damit natürlich auch flachfiel. Schnell wech-

selte er das Thema. »Auf jeden Fall wollte Kai unbedingt wissen, wie viele Kerzen sechsunddreißig sind.«

Toll. Tim hangelte sich zielstrebig von einem Fettnäpfchen zum nächsten. Schön, dass er auch noch darauf herumritt, dass meine Kerzen allmählich nicht mehr auf einen Kuchen passten und er mich rechtzeitig für eine Jüngere verlassen hatte. Wenigstens konnte ich mich damit trösten, dass seine neue Freundin zwar weniger Kerzen auf dem Kuchen, aber dafür offensichtlich in ihrem Leben weitaus mehr Stücke davon in sich hineingestopft hatte.

Als Tim dann auch noch fragte, ob ich denn feiern würde, hatte ich die Nase voll. Ich protzte damit, dass Tina eine Riesenüberraschungsparty für mich in ihrem Garten plante, was eine glatte Lüge war, denn Tina machte wie jeder normale Mensch zu dieser Jahreszeit Urlaub und war zum ersten Mal zusammen mit Aygün zu seiner Familie in die Türkei gereist. Meine große Party würde darauf hinauslaufen, dass ich bis acht Uhr abends arbeitete und mich dann in Tinas stickiges Dachgeschoss zurückzog, um mir selbst bei einem Döner und einem kalten Bier zu meinem fortgeschrittenen Alter zu gratulieren.

Ich war völlig fertig, als Tim und ich unser kompliziertes Geburtstagsgespräch beendet hatten, und blieb noch eine Weile im Auto sitzen, obwohl ich den Parkplatz der Redaktion längst erreicht hatte. Aber drinnen würde mich nur der nächste Albtraum erwarten. Die üblichen Standardglückwünsche, eine Flasche Sekt, ein paar abgenutzte Witze über mein Alter, und das alles gekrönt von einem hässlichen Blumenstrauß, den die Sekretärin vom Chef in der Regel für uns aussuchte.

Ich hasste meine Geburtstage, besonders die jenseits der dreißig, und ganz besonders die, die ab jetzt zielstrebig auf die vierzig zu marschierten. Vielleicht sollte ich mich krank melden und so tun, als würde dieser Geburtstag gar nicht stattfinden. Es war ja ohnehin keiner da, mit dem ich ihn feiern konnte, also wäre es nur gerecht, wenn ein Geburtstag ohne Zeugen auch nicht zählte. Aber ich meldete mich nicht krank, sondern überstand den Spießrutenlauf zu meinem Schreibtisch, die unzähligen Küsschen auf die Wange, das Händeschütteln und den grässlichen Sekt mit einem aufgesetzten Lächeln und ein paar sarkastischen Sprüchen. Eine Viertelstunde später war es geschafft, und ich durfte endlich arbeiten. Viel hatte ich nicht zu tun. Nur die Überarbeitung eines Artikels, der die Leser auf den Geschmack der in Kürze beginnenden Bundesliga-Saison bringen sollte, und etwas Recherche zu den Nachwehen der Tour de France, die mal wieder mit Dopinggerüchten von sich reden machte. Aber dazu hatte ich mich mit Hannes noch nicht kurzschließen können. Überhaupt hatte ich das Gefühl, dass Hannes sich in letzter Zeit bei mir rar machte. Lag es an meinem unüberlegten Abschiedskuss letztens, oder war er einfach zu beschäftigt? Wir sahen uns nur noch bei der morgendlichen Sitzung, und auch dann schien er mich kaum wahrzunehmen. Meine Artikel redigierte er wie üblich auf dem Server und schickte dann eine kurze Mail, und wenn es doch einmal etwas zu besprechen gab, dann hielt er sich so knapp, dass er meistens schon wieder verschwunden war, bevor ich seine Anmerkungen verstanden hatte.

Eigentlich hätte ich froh sein müssen, dass die Arbeit mit ihm so unproblematisch verlief, aber komischerweise wurmte es mich, dass er noch nicht einmal zum Gratulieren vorbeikam. Er war auf jeden Fall da, das konnte ich durch die Lamellen vor seinem Büro sehen. Ich schüttelte über mich selbst den Kopf. Mein Gott, was wollte ich eigentlich? Schließlich hatte ich ihn zurückgestoßen, nicht er mich. Hannes war nett, ja, aber nur weil ich plötzlich wieder Single und völlig unerwartet ein Jahr älter geworden war, musste ich ja nicht gleich mit dem erstbesten Mann anbandeln, der sympathisch war und drei Schreibtische weiter saß. Hannes war schließlich auch etwas merkwürdig! Ein Filmfreak, ein Workaholic und mein Chef. Das Beste war wirklich, den Kontakt auf das absolut notwendige Maß zurückzuschrauben und mich auf die Arbeit zu konzentrieren. Ich brauchte schließlich keinen Mann, um glücklich zu sein. Ich war alt genug, ich konnte sehr gut alleine sein und meine Freiheit genießen.

Bestärkt durch diese neue Selbsterkenntnis wandte ich mich von Hannes' Büro ab, fuhr meinen Computer hoch und zog auf der Suche nach meinen Notizen die Schreibtischschublade auf, als mich ein Krokodil anstarrte. Kein echtes natürlich, sondern in Form einer Nackenrolle mit langer Schnauze, vier Beinen und einem Schwanz, in das ich mich auf Anhieb bei unserem Einkaufsbummel verguckt hatte. Lächelnd zog ich das Krokodil, das so groß war, dass es die komplette Schublade ausfüllte, hervor. Hannes hatte es sich also gemerkt.

Eine Minute später hatte ich meine frisch gewonnenen Einsichten über Bord geworfen und stürmte ohne Voranmeldung in sein Büro.

»Frau Schneider, gibt es etwas Dringendes?«, fragte er, ohne von dem Computer aufzublicken, in den er in einem unglaublichen Tempo etwas hineinklimperte.

»Sie meinen, außer, dass sich neuerdings Reptilien in meinem Schreibtisch aufhalten?«

Jetzt schaute Hannes doch vom Computer auf. »Ist das so? Na, dann wäre der Aufmacher für morgen ja geklärt.«

Wir lachten beide gezwungen, dann fügte er hinzu: »Herzlichen Glückwunsch zum Geburtstag.«

»Danke. Auch für das Krokodil.«

Er nickte und wandte sich wieder dem Computer zu. Ich atmete lautstark ein, so dass er gezwungen war, noch mal aufzublicken.

»Kann ich sonst noch etwas für Sie tun?«

»Ja«, erwiderte ich und nahm meinen ganzen Mut zusammen. »Sie können mit mir essen gehen. Heute Abend, halb neun, im 'Zeit der Kirschen'. Ist gleich bei Ihnen um die Ecke. Ich lade Sie ein.«

Hannes sah mich verblüfft an. Aber bevor er antworten konnte, verließ ich sein Büro und verschanzte mich schnell hinter meinem Schreibtisch. Ich ließ Hannes den Rest des Tages keine Gelegenheit mehr, alleine mit mir zu reden. Ich wollte seine Antwort erst heute Abend herausfinden.

Morgenzauber

Es war ein angenehmer Sommerabend. Warm, aber nicht stickig. Die Stadt wirkte leer. Die Bedienung im »Zeit der Kirschen« begrüßte mich freundlich, als würde sie mich kennen. Dabei ging ich nur zu besonderen Anlässen hier hin, und die waren in letzter Zeit rar gesät. Ich suchte mir einen Tisch im hintersten Teil der Laube, von wo ich den kompletten Außenbereich überblicken konnte. Ab und zu ratterte eine Bahn über die nahegelegenen Eisenbahnschienen, aber ansonsten war es ungewöhnlich ruhig, dafür, dass ich mich auf einem Ehrenfelder Hinterhof befand. Mit etwas Phantasie hätte ich mich auch in einen Urlaubsort, irgendwo an der spanischen oder südfranzösischen Küste, wegträumen können. Zumindest lud der große Olivenbaum neben mir zu solchen Träumereien ein. Ich schaute gelegentlich zur Hintertür, durch die Hannes zwangsläufig kommen musste. Wenn er kam. Ob er kam oder nicht, war mir in diesem Moment eigentlich egal. Ich hatte mir einen Viertelliter erstklassigen Rotwein bestellt und genoss zum ersten Mal

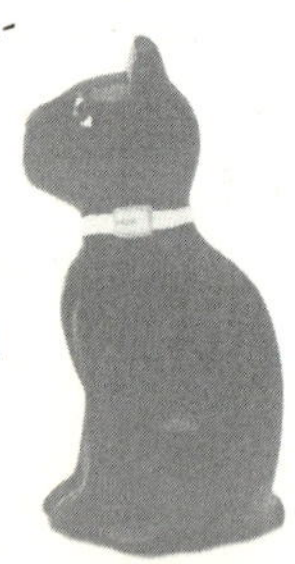

an diesem Tag meinen Geburtstag. Selbst wenn Hannes nicht käme, würde ich mir ein ausgiebiges Menü gönnen und anständig feiern. Das hatte ich mir verdient.

Eine Viertelstunde später war es mir nicht mehr ganz so egal, dass Hannes sich nicht blicken ließ. Es war schon zehn vor neun, und die Bedienung fragte mich bereits zum zweiten Mal, ob ich etwas bestellen wollte. Ich schnappte mir schließlich die Karte, und gerade, als ich mich für ein paar Jakobsmuscheln als Vorspeise und ein Perlhuhn mit Trüffelsauce als Hauptspeise entschieden hatte, fragte mich eine bekannte Stimme, ob der Platz an meinem Tisch noch frei sei. Ich merkte, wie sehr ich mich über Hannes' Kommen freute, und wurde nervös.

»Entschuldigung, dass ich so spät bin, aber das nächste Mal, wenn du mich so kurzfristig einlädst, solltest du eine Wegbeschreibung dazulegen. Ich habe das Gefühl, der Taxifahrer hat mich ganz schön reingelegt und ist einfach nur dreimal um den Block gefahren.«

»Du bist mit dem Taxi gekommen?«

»Ja, natürlich.«

»Dann musste er dich reinlegen. Sonst hätte es sich für ihn nicht gelohnt.«

»Auch gut. Aber ich wollte sichergehen, dass ich es auch finde«, sagte er und sah mich dabei so eindringlich an, dass ich meinen Blick schnell wieder in der Karte vergrub, bevor ich rot werden konnte. Ihm war also klar, dass ich nicht einfach so jeden, der mir ein Krokodil in die Schublade legte, zum Essen einlud.

»Kannst du etwas empfehlen?«, riss er mich aus meinen Gedanken.

»Alles, eigentlich.«

»Aha, du bist also nicht sehr wählerisch«, stellte er fest, und wie so oft schwang bei ihm ein ironischer Unterton mit.

»Doch«, grinste ich, »sonst hätte ich dich nicht hierhin eingeladen.«

»Lag die Betonung jetzt auf ›dich‹ oder ›hierhin‹?«

Ich schüttelte lachend den Kopf und winkte die Bedienung herbei.

Es wurde doch noch ein schöner Abschluss eines ziemlich verkorksten Geburtstages. Hannes und ich unterhielten uns so angeregt, dass wir gar nicht merkten, dass es schon dunkel geworden war, als wir den Nachtisch bestellten. Meistens redeten wir über die Arbeit. Hannes hütete sich davor, persönlichere Themen anzusprechen, wahrscheinlich aus Angst vor einem weiteren tränenreichen Nervenzusammenbruch meinerseits. Und ich schaffte es einfach nicht, den Mann herauszukitzeln, der hinter dem schlagfertigen, wortgewandten Journalisten steckte. Hannes war den ganzen Abend über der perfekte Unterhalter, frech, aber charmant, interessiert und voller interessanter Geschichten. Wir krönten das ausgezeichnete Essen mit einer Mousse au chocolat und kamen zum schwierigen Teil des Abends.

»Gute Nacht«, sagte er kurz und knapp, als wir draußen vor der Tür standen, und wollte gehen.

»Heißt das, der Abend ist schon beendet?« Gut, das war nicht sehr subtil, aber nachdem ich ihn schon ziemlich plump zum Essen eingeladen hatte, fand ich Zurückhaltung jetzt erst recht fehl am Platz.

Hannes verzog nachdenklich das Gesicht. »Ja, oder willst du mich noch auf einen Kaffee zu dir nach Hause einladen?«

»Nein, aber du mich vielleicht.«

Hannes zögerte und wurde zum ersten Mal an diesem Abend richtig ernst. »Karina, ich habe den Abend sehr genossen, und ich bin mir sicher, dass ich ihn auch weiter genießen würde, weil ich eine gewisse Vorstellung davon habe, was passieren würde, wenn wir den Kaffee getrunken hätten, wenn wir überhaupt zum Kaffeetrinken kämen.«

»Ich mag Kaffee«, warf ich unbeholfen ein.

»Und ich mag dich.« Es war das erste Mal, dass er es so deutlich aussprach, auch wenn ich es schon irgendwie geahnt hatte. Aber es brachte mein Herz trotzdem zum Springen. Dann fügte er hinzu: »Und irgendwo in dieser Diskrepanz liegt das Problem, befürchte ich.«

Als er mich traurig anlächelte, nahm ich meinen ganzen Mut zusammen und sagte: »Da gibt es keine Diskrepanz. Ich mag Kaffee – und dich. Ich weiß, es ist schwer, zwei so unterschiedliche Sachen unter einen Hut zu bringen, aber es geht, wenn man sich anstrengt.«

Hannes musste gegen seinen Willen lachen. Er schüttelte den Kopf.

»Wenn du wüsstest, wie schwer es mir gerade fällt, dich nicht mit zu mir zu nehmen.«

»Warum tust du es dann nicht einfach?« Ich setzte mein unschuldigstes Lächeln auf, aber Hannes ließ sich nicht beirren.

»Weil es unserer Zusammenarbeit nicht guttut und … meinem Ego auch nicht.«

»Oh. Ach so. Ähm, okay.« Das war zumindest eine klare Ansage und meine lockere Stimmung, an der der halbe Liter Wein nicht ganz unschuldig war, mit einem Mal dahin. Hannes sah mir tief in die Augen und fügte hinzu: »… wenn du danach gehst. Oder noch schlimmer, fluchtartig die Wohnung verlässt. Und ich möchte mir nicht den schönen Abend verderben.«

Ich nickte. Natürlich. Wir konnten so weitermachen wie jetzt, als gute Kollegen, die hier und da mal etwas zusammen unternahmen, Kino, Essen, Regale aufbauen. Wir konnten weitere unkomplizierte, angenehme Abende miteinander verbringen. Oder wir konnten es noch einmal versuchen. Tatsache war, dass wir nie wieder auf diese unproblematische Stufe zurückkommen würden, wenn ich jetzt noch einmal mit ihm nach Hause ging. Dann ließe sich das nicht wieder mit emotionalen Extremsituationen, zu viel Wein oder harten Kinosesseln entschuldigen. Hatte ich das bedacht, als ich ihn aus einer Laune heraus zum Essen einlud? Natürlich nicht. Ich machte einen Schritt auf ihn zu und nahm seine Hand, während ich nach den richtigen Worten suchte. Was konnte ich ihm versprechen? Mehr als diese Nacht? Regelmäßige Kaffee-und-Co.-Abende in seinem Loft? Eine Beziehung möglicherweise? Nein, sicher nicht, nicht zu diesem Zeitpunkt. Ich konnte nur sagen, wie es war: »Hannes, ich kann dir nicht mehr versprechen, als dass ich nicht vorhabe, heute Nacht wieder wegzulaufen. Aber ich kann verstehen, wenn dir das nicht reicht.«

Es reichte ihm offenbar, denn er zog mich abrupt an sich und gab mir einen langen, intensiven Kuss. Als er mich wieder losließ, lachte ich ihn an: »Wenn du dir natürlich so viel Mühe gibst, bleibe ich vielleicht sogar bis zum Frühstück.«

Der Morgen danach war wichtig. Wichtiger als die Nacht selbst. Am Morgen danach entschied sich in der Regel, ob man jemandem eine Chance gab, ob es was Ernstes werden konnte oder ob es bei der einen Nacht blieb. Es war das Gesamtbild, das einen überzeugen musste. Der zerknitterte Anblick des anderen beim Aufwachen, die Wohnung, der Geruch, die Musik, der Kaffee. Am Morgen danach entschied das Bauchgefühl, ob man sich bei jemandem wohlfühlte, in der Nacht hatte man für solche Feinheiten kein Gespür. Natürlich war es nicht unsere erste Nacht, und natürlich kannte ich auch Hannes' Wohnung schon in- und auswendig. Ich hatte sie schließlich eingerichtet. Aber es war unser erster gemeinsamer Morgen, und ich entdeckte ein paar Seiten an Hannes, die ihn irgendwie normaler machten, weniger perfekt, und vor allem, weniger Tim-artig. Nicht dass er viel mit Tim gemeinsam hatte, aber ich neigte immer noch dazu, Tim als Maßstab zu nehmen. Hannes war ein Langschläfer, wenn er durfte. Zum Glück. Er schlief sogar länger als ich, was auch seine Nachteile hatte. Tim stand jeden Morgen um sechs auf, egal ob er arbeiten musste oder nicht, und ging erst mal joggen. Ich hasste es, morgens allein aufzuwachen, aber dafür hatte Tim mir regelmäßig frische Brötchen mitgebracht. Nach dem Frühstück suchte ich in Hannes' Wohnung vergeblich, als ich keine Lust mehr hatte, im Bett zu bleiben und zuzusehen, wie er mir vor meinen Augen den Langschläferrekord wegschnappte. Sein Kühlschrank hatte außer ein paar Resten vom China-Imbiss, Wasser und Milch nichts Essbares zu bieten. Auch das unterschied ihn von Tim, der immer darauf achtete, dass genug Obst, Gemüse und Brot da war, schon allein wegen Kai. Tim war ein Gesundheitsfanatiker, trank kaum Alkohol und achtete fast krankhaft auf seinen Körper, der, wie ich leider zugeben musste, auch nahezu perfekt war. Tim kochte gerne. Hannes war, den Essensresten in seinem Kühlschrank nach zu urteilen, eher ein Fan des Lieferservices, so wie ich. Auch wenn ihm mein Streifzug durch die Küche einige Pluspunkte gegenüber Tim einbrachte, meinem Hunger kam das nicht gerade entgegen.

»Guten Morgen«, grummelte Hannes mir schließlich von der Balustrade der oberen Etage aus zu, nachdem ich mich schon zur Ablenkung von meinem knurrenden Magen durch seine halbe Büchersammlung gelesen hatte. Er wirkte immer noch ziemlich verschlafen. »Tut mir leid, aber an meinem freien Tag muss ich den Schlaf der ganzen Woche nachholen.«

»Kein Problem.«

»Hast du schon gefrühstückt?«

»Ähm, nein? Gibt es denn in diesem Haus irgendwo geheime Essensvorräte?«

»Der Kaffee steht da drüben«, gähnte er, und ich musste lachen.

Aha. Frühstück war bei ihm also gleich Kaffee. Noch ein Punkt, der ihn von Tim unterschied. Bis Tim mir die existentielle Notwendigkeit eines Frühstücks eingetrichtert hatte, konnte ich morgens auch nichts außer Kaffee runterkriegen. Aber nach über vier Jahren hatte sich mein Magen nun mal auf morgendliches Essen eingestellt.

»Wir sind uns doch ähnlicher, als ich dachte«, murmelte ich.

»Ist das jetzt gut oder schlecht?«

»Das ist schlecht, weil ich tierischen Hunger habe, und gut, weil ich weiß, wo es das beste Frühstücksbüfett in Köln gibt.«

Hannes nickte müde und verzog sich wortlos ins Bad. Ein weiteres imaginäres Kreuzchen auf der Pro-Liste. Tim stand morgens auf und war topfit. Ich brauchte in der Früh geschlagene zwei Stunden, um mir über mich selbst, den Stand der Dinge und den bevorstehenden Tagesablauf klarzuwerden, und sah mich in der Zeit kaum in der Lage, zusammenhängende Sätze hervorzubringen.

Hannes verzichtete auf eine Rasur und sein übliches geschniegeltes Redaktionsoutfit und trug nur eine schlichte Jeans und ein T-Shirt, als er gefühlte zwei Stunden später endlich aus dem Bad kam.

»Und dafür sollte ich hierbleiben?«, fragte ich mit aufgesetzter Empörung. »Dafür, dass du den halben Morgen verschläfst, dich stundenlang im Badezimmer verkriechst und dann auch noch unrasiert wieder rauskommst? Hättest du das nicht auch alleine geschafft?«

»Das ja«, grinste er. »Aber das hier nicht.« Er warf mich überfallartig aufs Sofa und bedeckte mein Gesicht mit stacheligen Küssen. »Und das hier macht alleine auch nicht so viel Spaß.« Er fing an, meine Bluse aufzuknöpfen, und ich brauchte nicht lange, um einzusehen, dass sich das Bleiben dafür definitiv gelohnt hatte.

Als wir uns viel später nach einem ausführlichen Frühstück und einem langen Spaziergang am Rhein verabschiedeten, kam es mir so vor, als hätten wir mehr als nur einen Tag zusammen verbracht. Wir wollten ihn beide nicht enden lassen, aber Hannes musste noch mal kurz in die Redaktion.

»Bist du dir sicher, dass du da hin willst?«, fragte ich so verführerisch wie möglich. »Ich meine, wir haben noch eine ganze Nacht, bevor …«

Ich stockte.

»Bevor was?«, hakte Hannes in bewährter Journalistenmanier genau da nach, wo ich ungenau geworden war.

Tja, gute Frage. Bevor wir wieder Chef und Mitarbeiterin waren? Bevor alles wieder wie vorher war? Bevor wir diesen Tag abhaken und als nette Erinnerung ins Regal stellen konnten?

Ich zuckte mit den Schultern und sagte nur vage: »… bevor du mich wieder siezen musst.«

»Das dürfte ich hinkriegen, solange ich mir dich dabei in Unterwäsche vorstellen kann.«

Ich sah ihn ungläubig an. Er konnte so gestelzt reden und dabei so vulgär sein. »Du weißt aber, dass ich dich dafür verklagen kann.«

»Nicht, solange wir uns außerhalb der Redaktion befinden.« Er zog mich an sich und flüsterte leise: »Ich bin froh, dass du geblieben bist.«

»Ich auch«, erwiderte ich genauso leise und gab ihm einen langen Kuss. »Bis morgen. Wir sehen uns in der Redaktion.«

»Und nicht nur da, hoffe ich.« Er sah mich erwartungsvoll an. Ich erwiderte seinen Blick und konnte einfach nicht verhindern, dass sich ein Lächeln auf meinem Gesicht ausbreitete. Aber ich verkniff mir eine Antwort und drehte mich um.

Ich lächelte immer noch, als ich die Tür zu Tinas Haus aufschloss und mich in dem überhitzten Dachgeschosszimmer auf meine Matratze fallen ließ.

Ja, der Morgen danach war entscheidend. Egal wie unordentlich die Wohnung oder wie schlecht der Kaffee, ob der andere ein

Morgenmuffel oder ein hektischer Topfit-in-dreißig-Sekunden-Typ war. Dem Morgen danach musste ein undefinierbarer Zauber innewohnen, der nicht an einzelnen Faktoren festzumachen war. Der Morgen bei Hannes hatte diesen Zauber gehabt.

Alles im Einklang

Er war gut darin. Kein Blick, keine Geste verriet, dass wir seit Neuestem mehr als Fußballergebnisse austauschten. Hannes behandelte mich wie jeden anderen in der Redaktion, und selbst wenn wir uns zufällig alleine im Flur begegneten, machte er keine Anstalten, mich zu berühren, mir einen flüchtigen Kuss auf die Wange zu drücken oder eine unanständige Bemerkung zuzuflüstern. Er machte seine Sache so gut, dass ich schon befürchtete, er hätte mein Schweigen gestern missverstanden und sei wieder auf Abstand gegangen. Vielleicht hätten wir vorher klären sollen, was das zwischen uns jetzt genau war, bevor jeder darauf wartete, dass der andere ein Zeichen von sich gab.

Aber das Zeichen kam zum Glück von ihm, gerade als ich meine Sachen zusammenpackte, um für ein paar Stunden zu verschwinden.

»Frau Schneider?«, fragte er in einem offiziellen Tonfall.

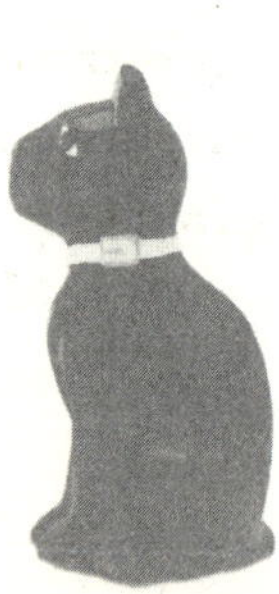

»Ja?«, erwiderte ich grinsend. Ich war keine gute Schauspielerin.

»Hätten Sie Zeit für eine kurze Besprechung, vielleicht bei einem gemeinsamen Kaffee, es ist wirklich sehr dringend.« Er versuchte wichtig auszusehen, aber um seine Mundwinkel zuckte es ebenfalls leicht.

»Tut mir leid, aber ich bin schon zum Kaffee verabredet«, erwiderte ich wahrheitsgetreu.

»So so. Muss ich mir etwa Sorgen machen, dass man Sie abwirbt?« Er versuchte wirklich krampfhaft, nicht aus der Rolle zu fallen.

»Vielleicht«, zog ich ihn auf. »Auf jeden Fall ist er jünger und weiß genau, wie er mich um den Finger wickeln kann.«

»Na dann viel Spaß mit Ihrem Sohn«, lächelte Hannes.

»Danke.« Ich nahm meine Tasche und ging. Aber dann fiel mir ein, dass ich Hannes dieses Mal vielleicht mehr mit auf den Weg geben sollte, als ein geheimnisvolles Schweigen. Also drehte ich mich noch mal um und fragte: »Vielleicht können wir die Besprechung später nachholen?«

Er nickte zufrieden. »Da wird sich sicher ein Termin finden lassen.«

Ich hatte Pflaumenkuchen vom Bäcker dabei und eine Autogrammkarte von Ronaldinho, als ich in den Park gehetzt kam. Kai war schon da und spielte mit Tim Fußball.

Tim begrüßte mich zurückhaltend. Kai dagegen kam wie ein Kugelblitz angerannt und sprang mir mit solcher Wucht in die Arme, dass wir beide umfielen und lachend auf dem Rasen liegen blieben.

»Mama, Mama, hast du mir was mitgebracht?«

»Ich dachte, *ich* kriege heute ein Geschenk.«

Aber Kai durchstöberte schon meine Tasche und hatte die Autogrammkarte mit seinem kindlichen Radarsystem innerhalb kürzester Zeit gefunden.

»Ronaldinho, der ist super!«

»Nein, der ist hässlich«, zog ich Kai auf.

»Gar nicht!«

»Doch!«

»Nein!«

»Doch.«

Tim kam dazu, als Kai sich gerade auf mich warf, um seiner Position Nachdruck zu verleihen, und ich ihn im Gegenzug dafür durchkitzelte.

Er wollte sich verabschieden, aber statt zu gehen, sah er mich eine Weile prüfend an.

»Was ist?«, fragte ich ungeduldig.

»Nichts. Ist irgendwas passiert? Du wirkst so … anders.«

»Fröhlich nennt man das in der Umgangssprache, Tim. Und irgendwann war das mal mein Normalzustand.«

»Also ist doch etwas passiert. Hast du jemanden kennengelernt?«

Ich stockte. War ich wirklich so einfach zu durchschauen? Und überhaupt, wieso glaubte er eigentlich, dass ich mein Glück von einem Mann abhängig machte? Ich konnte schließlich auch fröhlich sein, weil … weil … weil ich zu mir selbst gefunden hatte, das Wetter gut war, mein Chakra oder was auch immer im Einklang mit irgendetwas anderem Wichtigen stand. Ich konnte auch sehr gut ganz alleine fröhlich sein!

»Ich habe einen schönen Geburtstag gehabt, das ist alles«, erklärte ich gereizt.

»Das will ich auch hoffen, wenn Tina dafür sogar ihren Türkeiurlaub unterbricht.«

Wieso wusste er eigentlich immer noch so gut über mich und meine Freundinnen Bescheid? Ich dachte, Tina stünde auf meiner Seite. Tim sah mich herausfordernd an, und ich wusste, dass er wusste, dass ich einen Neuen hatte. Aber ich wollte ihm nicht die Genugtuung geben und seine Neugier befriedigen.

»Ich hatte trotzdem einen schönen Geburtstag, wenn du es so genau wissen willst. Danke.«

Wir lieferten uns ein Blickduell, das mich an früher erinnerte. Als wir uns noch hassten, bevor wir uns eingestanden hatten, dass wir uns eigentlich liebten. Jetzt hasste nur ich ihn, ein bisschen, und er hasste es, nicht zu wissen, wer meine Geburtstagsbekanntschaft war.

»Das freut mich für dich«, sagte er und meinte es nicht ehrlich. Als er ging, sah ich ihm triumphierend nach. Dieses Mal hatte ich gewonnen. Tim würde sich noch ewig den Kopf darüber zerbrechen. Aber komischerweise war meine gute Laune dahin. Selbst der Pflaumenkuchen, Kais Geschenk und unser halbstündiges Wettschaukeln konnten mich nicht mehr darüber hinwegtäuschen, dass es mir unangenehm war, dass Tim Bescheid wusste. Ich hatte vielleicht gewonnen, aber er hatte es geschafft, mir zum zweiten Mal meinen Geburtstag zu verderben.

Scheidung aus Liebe

Sie ließ die Bombe immer erst ganz am Ende platzen. Tina hatte ein ausgezeichnetes Gespür für den richtigen Moment. Statt mit der Tür ins Haus zu fallen, ließ sie mich lang und breit die Neuigkeiten berichten, die sie während ihres vierwöchigen Türkeiaufenthaltes verpasst hatte. Natürlich kannte ich nur eine Neuigkeit, und die hieß Hannes.

»Und was genau?«, fragte sie resigniert, als ich ihr erzählte, dass ich nun wirklich unwiderruflich etwas mit meinem Chef hatte. Damit legte sie mal wieder treffsicher den Finger in die Wunde. Hannes und ich hatten unser »Ding« noch immer nicht näher definiert. Und eigentlich bestand es auch nur aus zwei weiteren Nächten, die ich bisher bei ihm verbracht hatte, und einer Reihe doppeldeutiger Bemerkungen bei der Arbeit.

»Na, was schon«, erklärte ich betont lässig. »Ein Verhältnis, eine Affäre, einen seriellen One-Night-Stand. Was total Unkompliziertes eben.«

»Affären sind nie unkompliziert«, brachte Tina

es trocken auf den Punkt und schenkte uns noch etwas von dem Raki ein, den sie mitgebracht hatte. Ich verdrehte genervt die Augen und leerte das Glas in einem Zug, um nicht antworten zu müssen.

»Na ja, wenigstens musst du deine wertvolle Freizeit jetzt nicht mehr damit vergeuden, durch die Kneipen zu ziehen, um einen Kerl für zwischendurch zu finden. Du nimmst einfach deinen Chef.«

»Er ist nicht für zwischendurch!«, unterbrach ich sie barsch, aber das war genau das, was sie hören wollte. Sie sah mich siegessicher an und fragte: »Und wofür ist er dann?«

»Mann, du hast es echt drauf, einem die Laune zu verderben.«

»Sorry, Schätzchen, aber ich denke einfach, du hättest dir mehr Zeit lassen sollen, um Tim zu verdauen.«

»Ich habe Tim verdaut«, log ich und schüttete noch einen Raki in mich hinein.

»Das ist gut«, erklärte Tina. »Dann kannst du mir nämlich bei meiner Scheidung helfen.«

Sie hatte wirklich den idealen Zeitpunkt abgewartet. Als alles andere abgefrühstückt war und nichts mehr, aber auch gar nichts mehr von ihrer Neuigkeit ablenken konnte, ließ sie die Bombe platzen.

»Du und Aygün wollt euch trennen?«, hustete ich entgeistert, weil der türkische Schnaps in meinem Hals brannte.

»Scheiden lassen, Schätzchen, nicht trennen.«

»O Gott, Tina, das tut mir so leid.« Es stimmte also. Unsere Schicksale waren miteinander verbunden. Kaum ging es mir besser, war in ihrer Beziehung der Wurm drin. Ich legte meinen Arm mitleidig um ihre Schultern und füllte mit der anderen Hand ihr Glas bis zum Rand voll. »Hier. Trink das. Ich meine, ich habe ja jetzt etwas Erfahrung im Trennen, also wenn ich dir irgendwie helfen kann ...?«

Offensichtlich hatte Tina selbst noch nicht ganz begriffen, was eine Scheidung bedeutete. Sie lächelte mich auf jeden Fall glücklich an und sagte: »Ja, du kannst meine Trauzeugin sein.«

»Ähm ... ich glaube, die braucht man bei einer Scheidung nicht«, erklärte ich so behutsam wie möglich. Ich war noch nie gut im Überbringen von schlechten Nachrichten gewesen.

»Nein, aber für unsere Hochzeit danach.«

»Danach ... Die Hochzeit nach der Scheidung. Klar. Mit wem?« Ich verstand nur noch Bahnhof, aber genau darauf hatte Tina es angelegt. Denn eine Neuigkeit war schließlich nur gut, solange man sie nicht vorausahnen konnte.

»Mit Aygün natürlich. Wir wollen endlich richtig heiraten. Aus Liebe und allem Drum und Dran.«

Ich legte ihr prüfend meine Hand auf die Stirn.

»Weißt du was? Es war vermutlich sehr heiß da unten. Du bist diese Temperaturen nicht gewöhnt. Du solltest dich jetzt erst mal hinlegen, Tina, und dann reden wir morgen darüber.«

Tina schob lachend meine Hand weg. »Ich meine es ernst, Karina.«

»Das hatte ich befürchtet. Aber wieso? Ihr habt euch damals doch auch schon geliebt.«

»Ja, aber da saß uns das Ausländeramt im Nacken. Außerdem will Aygüns Familie dieses Mal dabei sein, und die ist ziemlich groß, deswegen habe ich eigentlich keine Wahl.«

Ich schüttelte entgeistert den Kopf. Von wegen unzertrennbar miteinander verbundenes Schicksal. Nicht nur, dass Tinas Leben in allen Bereichen perfekt war. Selbst eine Trennung war bei ihr pures Glück. Keine Tränen, kein Abschiedsschmerz, keine Gefühlsachterbahn. Scheidung aus Liebe. Das war verdammt nochmal unfair. Warum konnte mein Leben nicht einmal so rosarot verlaufen?

»Also, machst du mit?«, riss Tina mich aus meinen Gedanken. Hatte ich eine andere Wahl? Wohl kaum, da Tina sich selten von ihren Ideen abbringen ließ, auch wenn ich diese von ihren ganzen verrückten Ideen nun wirklich für die blödsinnigste hielt. Aber gut, ich war die Letzte, die ihrem Liebesglück im Wege stehen wollte, also sagte ich ganz selbstlos zu: »Natürlich mache ich mit. Aber nur, wenn du dann aufhörst, mir Hannes auszureden.« Ich warf ihr einen herausfordernden Blick zu. Ich war lange genug ihre Freundin, um zu wissen, wie man sie ruhigstellen konnte.

Tina grinste und sah mich unschuldig an. »Hannes? Wer ist Hannes? Etwa der unglaublich tolle Typ, der zufällig auch dein Chef ist?«

Wir stießen an. »Auf Hochzeit Nummer zwei.«

»Ach so, und bevor ich es vergesse«, begann Tina eine ihrer berüchtigten Nebenbemerkungen, die meistens irgendwo einen Haken beinhalteten. »Wir wollen alles genauso machen wie bei der ersten Hochzeit. Du weißt schon, Aberglaube und so, weil es so gut funktioniert hat.«

»Ja klar, klingt logisch. Ich meine, am einfachsten wäre es natürlich, sich gar nicht erst scheiden zu lassen, aber …«

»Vergiss es, Schätzchen. Ich sage es ja auch nur, weil Tim dann natürlich der andere Trauzeuge wäre.«

Ich schluckte. Warum präsentierte sie einem das Kleingedruckte eigentlich immer erst hinterher? Trotzdem rang ich mir ein Lächeln ab. »Tim? Wer ist Tim?«

Die neue Mama

Tim war der, der es gar nicht erwarten konnte, seine Neue bei sich einziehen zu lassen. Als ich Kai eines Abends nach dem Spielplatz zu ihm zurückbrachte, war sie es, die mir wie selbstverständlich die Tür aufmachte. Tim war nicht da, dafür wirkte Sarah in ihren ausgetretenen Birkenstocks, der Jogginghose und dem alten Sweatshirt von Tim in meiner alten Wohnung mehr als zu Hause. Ihr Auftreten ließ deswegen auch nur einen Schluss zu: Sie wohnte jetzt hier. Diese Erkenntnis traf mich so unvorbereitet, dass ich nicht in der Lage war, klar zu denken. Gerade mal sechs Monate war es her, dass ich die Tür hinter mir zugezogen hatte, und schon hatte Tim sie für Sarah sperrangelweit geöffnet. Ich hatte noch nicht einmal alle meine Sachen abgeholt, mein Arbeitszimmer musste noch genau so aussehen, wie ich es vor einem halben Jahr verlassen hatte. Und im Keller standen immer noch meine alten Möbel. Aber offenbar störten Sarah meine Rückstände in der Wohnung nicht. Im Gegenteil. Für sie war es so selbstverständlich, Kai entgegenzunehmen, dass ich plötzlich das Gefühl

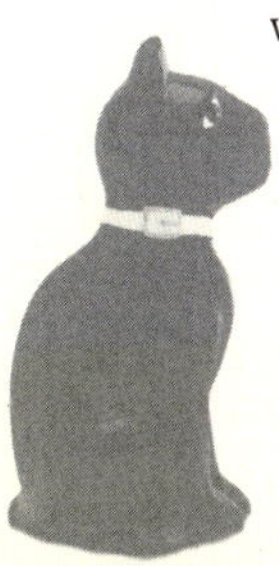

hatte, sie wäre seine Mutter und ich nur die Babysitterin. Das ging zu weit. Ich konnte meinen Sohn unmöglich dieser Frau überlassen. Statt ihn bei Sarah abzuliefern, erklärte ich ihr kurzerhand, dass ich Kai versprochen hatte, ihn heute Abend ins Stadion zu einem FC-Spiel mitzunehmen und nur eben Bescheid sagen wollte, dass es später werden würde. Kai schaute mich mit großen Augen an, und ich zerrte ihn schnell wieder mit mir die Treppe herunter, bevor er sich verplappern konnte.

Im Auto angekommen, atmete ich tief durch. Ich hatte ein Problem. Mehrere genaugenommen. Es gab heute kein Fußballspiel. Und ich fuhr auch nicht ins Stadion. Ich fuhr heute überhaupt nirgendwo mehr hin, außer in die Redaktion, wo ich in einer halben Stunde ein Telefoninterview führen und dieses anschließend in einen Artikel verarbeiten musste, weil er auf Hannes' ausdrücklichen Wunsch schon morgen und nicht, wie geplant, erst am Wochenende erscheinen sollte. Aber all das war für Kai natürlich schwer nachzuvollziehen, denn das Einzige, was er verstanden hatte, war Stadion und FC. Plötzlich kam ich mir unglaublich mies vor, ihn so zu belügen. Schlimmer noch, es erinnerte mich daran, wie meine Mutter versucht hatte, mich nach ihrer Scheidung von meinem Vater fernzuhalten oder, auch nicht besser, mich durch geschickte Fragen über ihn auszuhorchen, wenn ich ihn gerade besucht hatte. Damals hatte ich mir geschworen, dass ich nie so tief sinken würde. Aber es ging noch tiefer …

Ich musste wissen, ob Sarah wirklich bei Tim wohnte und wenn ja, seit wann. Kai überlegte und antwortete dann gewissenhaft: »Seit hundert.« Hundert war gerade seine Lieblingszahl.

»Hundert Tagen?«, versuchte ich dennoch mein Glück. »Also schon ein paar Wochen?«

»Hundert Jahren!«, verbesserte Kai mich ernst.

Ich seufzte ergeben. Natürlich hatte Kai keine Vorstellung von Zeit. Wenn er mein Alter schätzen musste, war ich mal zehn, mal über hundert, das hing ganz davon ab, welche Zahl ihm gerade einfiel. »Das ist ganz schön lang«, ging ich auf seine Bemühungen ein, mir erwachsene Antworten zu geben. »Also habt ihr schon ein paar Wochenenden zusammen da gewohnt? Du weißt schon, die Tage, an denen du nicht in den Kindergarten gehst.« Er konnte nicht wissen, dass drei Wochen oder drei Tage einen existentiellen Unterschied machten, wenn es um Tims Neue ging. Aber auch meine umständlichen Erklärungen brachten mir nicht die gewünschten Informationen. Er nickte wieder ernst und sagte dann völlig überzeugt: »Bestimmt hundert!«

Ich fand, dass es an der Zeit war, ihm andere Zahlen beizubringen, und gab es auf, überhaupt etwas über Sarah aus Kai herauszuquetschen. Doch in dem Moment fragte er unschuldig: »Ist sie jetzt meine neue Mama?«

Mir wurde schlagartig eiskalt. Entsetzt schaute ich in den Rückspiegel, aber Kai wollte es ganz ernsthaft von mir wissen. Seine grünen Augen waren zu nachdenklichen Schlitzen verengt. Natürlich musste es verwirrend für so ein kleines Ding sein, wenn plötzlich eine neue Frau überall dort war, wo sonst Mama gewesen war. Zu Hause, neben Papa, im elterlichen Bett. Ich musste mehrmals schlucken, bevor ich antworten konnte: »Nein, Kai, das ist sie nicht. Du weißt, dass ich nicht mehr bei Papa und dir wohnen kann. Aber egal, welche Frau mit Papa zusammen ist, ich bleibe immer deine Mama, okay?! Und zwar deine einzige Mama.«

Ja, ich war seine Mama. Aber was für eine. Eine Mama, die ihren Sohn lieber belog, als ihn ihrer Konkurrentin zu überlassen. Die einem kleinen Jungen falsche Versprechungen machte und ihn dann zwingen musste, zwei Stunden still auf einem Stuhl zu sitzen, damit sie ihre Arbeit erledigen konnte.

»Ich habe ein Problem.« Ich versuchte, Hannes möglichst sanft darauf vorzubereiten, aber er ahnte schon, wo mein Problem lag, als Kai schüchtern hinter meinen Beinen hervorlugte. »Ich habe Kai versprochen, mit ihm zu einem Spiel ins Stadion zu fahren.«

»Aber heute ist Dienstag, da findet doch gar kein Spiel statt.«

»Das weiß ich. Aber Kai nicht«, flüsterte ich. Und Sarah hoffentlich auch nicht, fügte ich stumm hinzu.

Hannes sah mich irritiert an, aber ich konnte ihm unmöglich erklären, was mich zu dieser Lüge getrieben hatte. Im Moment verstand ich es ja selbst nicht mehr. Tatsache war, dass in fünf Minuten mein Interviewtermin auf meinen Anruf wartete und der Manager ausdrücklich darauf hingewiesen hatte, dass das Zeitfenster seines Schützlings extrem klein war. Ich schaute auf die Uhr, auf der sich auch mein Zeitfenster erbarmungslos immer weiter schloss, während Kai mich mit Fragen zu einem Spiel löcherte, für das ich mir jetzt ziemlich spontan einen Absagegrund einfallen lassen musste. Ich konnte jetzt schon die Enttäuschung auf seinem süßen Gesicht sehen.

»Kannst du kurz auf ihn aufpassen? Nur fünf Minuten. Nur für das Interview«, versicherte ich Hannes nervös. Die wenigen Kollegen, die als Babysitter in Frage kamen, waren gerade selbst im Stress oder unterwegs. Und mit Kai am Schreibtisch würde ich mich keine Sekunde auf das Telefonat konzentrieren können.

»Fünf Minuten?«, fragte Hannes skeptisch. Ich nickte zerknirscht.

»Ich hatte gehofft, du führst deine Interviews etwas gründlicher.«

Ich sah ihn irritiert an. War das jetzt ein Vorwurf? Ein versteckter Hinweis darauf, dass Kinder bei der Arbeit nichts zu suchen hatten? Aber Hannes kam lächelnd auf Kai und mich zu.

»Ich weiß etwas Besseres. Ich fahre gleich noch mit einem Fotografen raus. Da kommen wir auch am Stadion vorbei. Ich brauche sowieso mal ein paar ungewöhnlichere Perspektiven als den Nullachtfuffzehn-Kram. Was hältst du davon, mal selbst aufs Tor zu schießen?«

Er hatte sich mit der Frage zwar an Kai gewandt, aber ich weiß nicht, wer von uns beiden die größeren Augen machte. Hannes' Vorschlag war besser als alles, was ich mir als Entschädigung notdürftig aus dem Ärmel geschüttelt hätte. Kai willigte schnell ein, auch wenn er zuerst Skrupel hatte, dass dann wegen ihm das Spiel nicht stattfinden konnte. Aber Hannes versicherte ihm, dass der FC sowieso lieber am Wochenende spielte und die Spieler überhaupt nicht böse darüber seien.

Ich war so erleichtert, dass ich völlig vergaß, ihm zu danken. Stattdessen drückte ich Hannes hektisch Kais Tasche in die Hand.

»Hier ist Saft drin, falls er Durst hat, und eine Banane, für zwischendurch. Und lass ihn bloß nicht aus den Augen, er ist schneller weg, als man gucken kann, und wenn er Pipi muss …«

»Ich komme schon klar, Karina, er ist nicht mein erstes Kind.«

»Ach wirklich? Gibt es da etwas, das ich von dir wissen sollte?« Netter Dank dafür, dass er mir gerade den Arsch rettete.

»Vieles, aber eigene Kinder gehören nicht dazu, falls du das meinst.«

Ich grinste ihn an, aber Hannes zog mich diskret zur Seite, während Kai begeistert die Autogrammsammlung an seiner Wand begutachtete.

»Eine Frage noch, du planst aber nicht irgendetwas Illegales, oder?« Er meinte es vollkommen ernst.

»Du meinst, ob ich vorhabe, meinen Sohn, für den ich das Sorgerecht besitze, ins Ausland zu entführen, um mein restliches Leben mit ihm auf der Flucht zu verbringen. Hm, reizvoller Gedanke, aber nein.«

»Gut, das wollte ich nur wissen. Ich beteilige mich nämlich nicht gerne an Straftaten.«

Ich schüttelte lachend den Kopf. Hannes traute mir offenbar einiges zu. Dann verabschiedete ich mich schnell von Kai und versicherte ihm, dass er vor Hannes keine Angst haben musste. Was überflüssig war, denn kaum hatte Hannes seine Hand genommen, hatte Kai seine Scheu vor ihm schon abgelegt und fragte ihn unverblümt: »Bist du Mamas neuer Freund?«

Hannes und ich sahen uns kurz überrascht an, nur um zu ganz unterschiedlichen Ergebnissen zu kommen. Hannes bejahte Kais Frage, während mir ein deutliches »Nein, natürlich nicht, Schatz« rausrutschte. Wieder sahen Hannes und ich uns überrascht an, aber ich wandte mich schnell wieder Kai zu, der mich nicht weniger irritiert anschaute. »Ähm, das ist so, Kai, Hannes ist mein Chef und deswegen natürlich auch mein Freund. Also, ein Freund, ein guter Freund, mit dem ich eben viel zusammenarbeite, okay?«

Kai nickte. Für ihn war die Erklärung ausreichend. Für Hannes weniger. Das konnte ich seinem Blick entnehmen, als ich mich hektisch verabschiedete und an meinen Schreibtisch flüchtete. Na, das konnte ja ein heiteres Interview werden.

Es war schon spät, als wir meinen Sohn schließlich zu Tim zurückbrachten. Kai war auf Hannes' Rücksitz eingeschlafen, deswegen fuhr er uns zu Tims Wohnung und half mir, ihn in die vierte Etage zu tragen. Tim war nicht glücklich darüber, das konnte ich an seinem Gesichtsausdruck sehen, auch wenn er nichts dazu sagte. Natürlich hatte er meine Lüge vor Sarah von vorne bis hinten durchschaut, aber auch dazu verkniff er sich jeden Kommentar. Er nahm Hannes Kai ab und fand sogar noch die Güte, ihm die Hand zu reichen.

»Hallo, ich bin Tim. Tim Norlinger.«

»Hannes Jost.«

Tim schien sich nicht einen Moment zu wundern, obwohl er wusste, dass ein gewisser Hannes Jost mein Chef war.

»Ich habe schon viel von Ihnen gehört«, sagte er stattdessen bemüht freundlich.

»Gelesen wäre mir lieber.«

Tim lachte höflich über Hannes' Scherz. Dann schüttelten sich mein Ex und mein noch nicht genau definierter Freund die Hand, und ich wünschte mich an irgendeinen entfernten Ort. Erst recht, als auch noch Sarah dazukam und anmerkte, dass das Spiel wohl ziemlich aufregend für Kai gewesen sein musste, so tief und fest wie er schlafe.

Ich drängte Hannes zu gehen. Aber als wir schließlich wieder auf der Straße waren und schweigend zum Auto zurückgingen, fühlte ich mich noch unwohler. Wir schwiegen sonst nie. Im Gegenteil, wir redeten fast immer, wenn wir zusammen waren, besonders ich, weil gemeinsames Schweigen mir irgendwie unbehaglich war, wenn ich den anderen noch nicht so gut kannte. Ich überlegte die ganze Zeit, wie ich locker über meinen Fauxpas von vorhin hinweggehen konnte, aber mir fiel keine Lösung ein. Also entschuldigte ich mich lieber für meine holprige Erklärung. »Ich denke nur, Kai ist einfach noch nicht so weit. Das ging alles so schnell, die Trennung, Tims neue Freundin und jetzt unser … Ding.«

»Ding?«, wiederholte Hannes belustigt. »Aha. Ist das jetzt der neue Fachausdruck für Sachen, die wir nicht näher benennen wollen?«

Er sagte es scherzhaft, aber uns beiden war klar, dass es an der Zeit war, eben genau dieses Ding näher zu definieren. Immerhin sahen wir uns seit zwei Monaten regelmäßig ein bis zweimal die Woche. Manchmal gingen wir essen, manchmal ins Kino. Aber meistens fuhr ich nach der Arbeit einfach nur zu ihm, übernachtete bei ihm und tat am nächsten Morgen so, als würde ich nicht gleichzeitig mit ihm in die Redaktion zurückkommen. Es war ein langsames Herantasten an das, was für Hannes auf eine Beziehung hinauslief und wovor ich noch immer zurückschreckte.

Hannes zog mich an sich und sah mich ernst an. »Es geht hier doch gar nicht um Kai, Karina, das wissen wir beide. Also, wofür steht dieses Ding für dich?«

»Ähm, für eine unvernünftige Affäre zwischen dem Chef und der einzigen Frau in seiner testosterongeschwängerten Sportredaktion?«, erwiderte ich bemüht witzig und erwartete nun, dass Hannes sich enttäuscht zurückzog. Aber er nahm es mit Humor. »Das ist immerhin schon mehr als der unvernünftige Ersatzsex gegen Liebeskummer, den wir ganz am Anfang hatten, oder?«

Ich lachte etwas gezwungen. »Ja, auf jeden Fall.«

»Okay. Es ist zwar noch nicht die unvernünftige Beziehung zwischen Chef und einziger Frau in der testosterongeschwängerten Sportredaktion, die ich mir vorgestellt hatte, aber damit kann ich leben.«

Ich war erleichtert. Mir gefiel es so, wie es zwischen uns lief, und ich wollte nicht, dass mein dämlicher Erklärungsversuch irgendetwas änderte. Weder in die eine noch in die andere Richtung. Mehr wäre noch zu viel, aber weniger wollte ich auch nicht. Ich warf Hannes einen dankbaren Blick zu. »Gut«, sagte ich ernst. »Das ist gut.« Dann gab ich ihm einen ehrlich gemeinten unvernünftig langen Kuss.

Nah am Gefrierpunkt

Ich konnte nicht schlafen. Ununterbrochen kreisten meine Gedanken um Tim. Und Sarah. Warum hatte er mir nicht gesagt, dass sie bei ihm eingezogen war? Schließlich ging die neue Mitbewohnerin auch mich etwas an, wenn Kai sie nun tagtäglich zu sehen bekam, mit ihr frühstückte, sich von ihr womöglich ins Bett bringen ließ. Ich starrte nachdenklich an die Decke, während Hannes neben mir in tiefen gleichmäßigen Zügen atmete. Schließlich hielt ich es nicht mehr aus. Es war schon weit nach Mitternacht, aber ich zog mich trotzdem an und fuhr zu Tims Wohnung. Alle Fenster waren dunkel, offensichtlich schlief er schon. Aber auch das konnte mich nicht davon abhalten, ihn jetzt und hier zur Rede zu stellen. Um Kai nicht mit der Türklingel zu wecken, rief ich auf Tims Handy an, weil ich wusste, dass er es als Wecker benutzte. Nach dem vierten Klingeln meldete er sich verschlafen und versprach herunterzukommen, als er merkte, wie aufgebracht ich war.

Er trug nur einen Jogginganzug und seine Hausschuhe, als er auf die Straße trat. Es war längst

Herbst geworden, und es konnten höchstens fünf Grad draußen sein. Tim musste ganz schön frieren, aber er bat mich trotzdem nicht herein, weil er offenbar wusste, was ihn erwartete.

»Seit wann wohnt sie bei dir?«, warf ich ihm ohne Begrüßung an den Kopf.

Tim sah mich nicht an, als er meine Frage mit einem zögerlichen »Seit ein paar Wochen« beantwortete. Es war ihm unangenehm. Noch unangenehmer war es ihm, als er schließlich zugab, dass Sarah bereits kurz nach ihrem gemeinsamen Sardinienurlaub bei ihm eingezogen war. »Es war eine ganz spontane Entscheidung, sie musste aus ihrer Wohnung raus, und da ...«

»Da dachtest du spontan, dass bei dir ja gerade praktischerweise eine Seite vom Bett frei geworden ist. Wie schön. Und wieso hast du mir nichts davon gesagt? Immerhin stehen meine Sachen noch bei dir, und die Miete wird auch immer noch von meinem Konto abgebucht.«

Ich hatte Tränen in den Augen, so wütend machte mich diese ganze Angelegenheit. Tim wusste nicht, was er sagen sollte, und starrte verkrampft auf den Boden. Dann erklärte er stockend: »Deine Sachen habe ich inzwischen zusammengepackt, und die Miete bekommst du natürlich zurück.«

Ich nickte automatisch, dabei wussten wir beide, dass es nicht darum ging. Das Geld war mir scheißegal. Er hatte mich also zusammengepackt und in die Ecke gestellt. Wunderbar. Und wo war meine Tim-Kiste? Ich wollte auch eine Kiste, in die ich alle Erinnerungen packen und ihm vor die Füße stellen konnte. Aber selbst meine Erinnerungen an ihn waren bei ihm in der Wohnung und deswegen vermutlich längst in seinen Karina-Kartons gelandet.

»Ich hole morgen alles ab. Den Keller räume ich auch aus«, sagte ich schroff.

»Das musst du nicht, Karina.«

»Das will ich aber«, fuhr ich ihn aufbrausend an.

»Und wo willst du das alles unterbringen? Hast du inzwischen eine neue Wohnung? Oder wohnst du jetzt bei ihm?«

Unglaublich, er wagte es doch tatsächlich, den Spieß umzudrehen.

»Nein, ich wohne nicht bei ihm. Und selbst wenn, wäre das etwas ganz anderes. Schließlich geht es hier nicht um uns. Kai wohnt jetzt auch mit ... mit ... mit dieser Frau zusammen, und da habe ich ja wohl ein Wörtchen mitzureden!«, fauchte ich ihn an.

Tim schüttelte verärgert den Kopf, dabei musste ihm doch klar sein, dass das Recht, wütend zu sein, voll und ganz auf meiner Seite lag. Aber er schien meine Bedenken gar nicht nachvollziehen zu können.

»Du hättest Kai heute Abend ruhig bei ihr lassen können.«

»Bei einer wildfremden Frau?«

»Er kennt sie doch.«

»Aber ich nicht!«

»Okay, verstehe, und stattdessen schickst du ihn lieber mit einem wildfremden Typen los?«

Tim wurde nun auch laut, und das war selten. In den ganzen fünf Jahren, die ich ihn nun kannte, hatte ich nur zweimal erlebt, wie er die Fassung verlor. Und beide Male war ich der Grund dafür gewesen. Er trug seine Konflikte in der Regel ruhiger aus und ließ sich nicht so sehr von seinen Gefühlen leiten wie ich. Aber jetzt hatte ich es mal wieder geschafft, ihn aus der Reserve zu locken.

»Hannes kenne ich wenigstens«, konterte ich.

»Aber Kai kennt ihn nicht.«

»Ich weiß, dass ich Hannes vertrauen kann.«

Tim schüttelte genervt den Kopf und stieß ein merkwürdiges Schnaufen aus. »Ja, natürlich. Er ist es also, hm?«

»Wer ist was?«

»Der unbekannte Neue ist dein Chef.«

Ich zuckte mit den Schultern, aber warum sollte ich es auch weiter vor Tim leugnen. »Na und? Er ist nett. Wir verstehen uns gut.«

»Das habt ihr vorher doch auch schon, oder nicht?«

»Was?«

»Euch gut verstanden.«

»Wie bitte?« Ich wusste wirklich nicht, worauf er hinauswollte. Ich ahnte es, aber ich wollte es nicht glauben.

»Ich meine ja nur, du hast viel von ihm erzählt«, bestätigte Tim meinen Verdacht. Er wollte mir etwas mit meinem Chef anhängen, nur damit seine Affäre nicht der einzige Grund war, der zu unserer Trennung geführt hatte.

Fassungslos blaffte ich zurück: »Natürlich habe ich viel von ihm erzählt, weil ich von der Arbeit erzählt habe.« Ich spürte schon wieder Tränen der Wut in mir aufsteigen und meine Stimme fing an zu zittern: »Vielleicht hättest du auch mehr von der Arbeit erzählen sollen, dann wäre ich wenigstens besser auf deine Sarah vorbereitet gewesen.« Ich hatte Mühe, mich zurückzuhalten. Am liebsten hätte ich mit meinen Fäusten auf ihn eingetrommelt, so ohnmächtig machte mich seine Unterstellung. Aber Tim setzte noch einen drauf: »Ist trotzdem komisch, dass du ausgerechnet mit ihm zusammenkommst, kurz nachdem wir …« Er verstummte, als er meinen funkelnden Blick sah. Ich schüttelte ungläubig den Kopf und zischte eindringlich: »Nicht, Tim. Versuch es gar nicht erst. Ich hätte unsere Beziehung nie aufs Spiel gesetzt.«

Tim schaute getroffen zu Boden. Eine Weile sagte keiner von uns ein Wort. Wir hatten beide an den Vorwürfen des anderen zu knabbern.

»Es geht so nicht weiter«, presste ich schließlich hervor. »Ich will Kai öfter sehen.«

»Und wie stellst du dir das vor?« Auch Tims Stimme klang belegt. Wir waren also da angekommen, wo jedes Paar nach einer Trennung unweigerlich ankam, wenn ein Kind mit im Spiel war.

»Ich kann ihn auch in den Kindergarten bringen und abholen. Er kann genauso gut bei mir schlafen, und wenn ich frei habe, dann kann er sogar den ganzen Tag bei mir bleiben.«

»Das funktioniert doch nicht, Karina.« Tim schüttelte müde den Kopf.

»Und ob das funktioniert!«, fuhr ich Tim wütend an. »Ich will nicht, dass Kai mehr Zeit mit Sarah verbringt als mit mir.«

»Ach, das ist also dein Problem. Dir geht es gar nicht um Kai, sondern um Sarah.«

»Nein, mir geht es darum, dass ich Kais Mutter bin und nicht sie!«

Und damit wandte ich mich ab und ließ Tim zurück, bevor er die Tränen sehen konnte, die mir plötzlich unaufhaltsam über die Wangen liefen, vor lauter Ohnmacht, Wut und Eifersucht. Mir gingen so viele Gedanken und Gefühle durch den Kopf, dass er kurz davor war zu platzen.

»Schön, keiner hindert dich daran. Ich weiß nur nicht, wie du das hinkriegen willst, ohne Probleme mit deinem Chef, pardon, Freund zu kriegen«, rief Tim mir genauso wütend nach, und am liebsten wäre ich umgekehrt und hätte ihm eine Ohrfeige gegeben. Aber die Tränen liefen immer schneller über mein Gesicht, und ich beschleunigte meinen Schritt und sprang in mein Auto, wo ich meinen Gefühlen endlich freien Lauf lassen konnte. Ich schlug wütend mit den Handflächen aufs Lenkrad, aber als ich dadurch ungeschickt die Hupe auslöste, schreckte ich zurück und schaute in den Rückspiegel. Tim stand immer noch vor der Haustür und fror.

Grippesymptome

Maisonette, drei Zimmer, Küche, Bad in Köln-Sülz, 1000 kalt. Drei Zimmer, Küche, Bad, WC in einem sanierten Altbau in Köln-Nippes, 1100 kalt. Drei Zimmer, Wohnküche, Bad in Köln-Ehrenfeld, 1200 kalt, dafür mit Garage und Gartennutzung.

Ich schluckte. Offenbar hatte sich am Mietspiegel einiges geändert, seit ich das letzte Mal auf Wohnungssuche war. Ich verdiente zwar auch mehr, aber ich hatte nicht vor, fast die Hälfte meines Gehalts für eine Wohnung auszugeben, die ich die meiste Zeit der Woche nur zum Schlafen benutzte, ab und zu für ein paar Tage mit Kai teilte und gelegentlich gar nicht aufsuchte, weil ich entweder beruflich unterwegs oder privat bei Hannes war. Trotzdem brauchte ich drei Zimmer, wenn ich Kai ein eigenes Kinderzimmer bieten wollte. Vier, wenn ich mir den Luxus eines Arbeitszimmers gönnen wollte, das ich einfach abschließen konnte, wenn ich die Nase voll von Aktenbergen, Bücherstapeln und vollgekritzelten Notizbüchern hatte. Nach dem

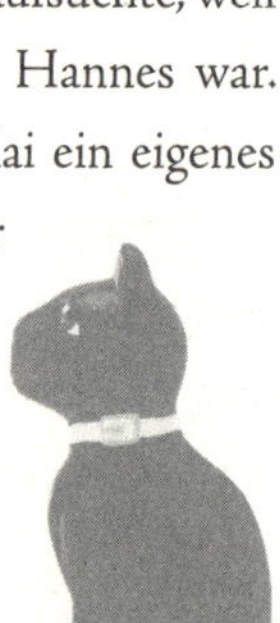

ersten Blick in die Wohnungsanzeigen war mir klar, dass es nicht einfach sein würde, meine vollmundig angekündigten Veränderungen durchzuziehen, aber ich wollte Tim beweisen, dass ich es ernst meinte. Zu dem Zweck hatte ich mir bereits einen Lieferwagen für den Nachmittag reserviert und musste gleich nur noch Tina ein paar Stunden telefonisch bearbeiten, bis sie einwilligte, ihre frisch renovierte erste Etage als Zwischenlager für meine Möbel herzugeben.

Bisher war ich ganz zufrieden mit den Ergebnissen meiner frühmorgendlichen Aktionen. Ich saß auf dem Parkplatz vor der Redaktion im Auto, schlürfte einen Coffee To Go und blätterte weiter durch die lose Ansammlung von Anzeigen, die mir Claudia vom Anzeigenservice großzügigerweise kopiert hatte, obwohl sie erst am Samstag rauskommen würden. Das war zwar unlauterer Wettbewerb, aber zu irgendetwas musste der Mitarbeiterbonus ja gut sein. Außerdem hatte ich am Samstag, wie jedes Wochenende, ohnehin keine Zeit, um auf Wohnungssuche zu gehen. Eigentlich hatte ich heute auch keine Zeit dafür, aber ich spielte mit dem Gedanken, mich kurzfristig krank zu melden. Das war der einzige Punkt auf meiner morgendlichen To-do-Liste, der mich störte. Aber ich fand mich absolut überzeugend, als Hannes anrief und sich erwartungsgemäß nach meinem plötzlichen Verschwinden gestern Nacht erkundigte.

Statt einer Antwort hustete ich tuberkuloseverdächtig, nur um dann ins Handy zu keuchen, dass ich in der Nacht plötzlich heftige Kopf- und Gliederschmerzen bekommen und mich dann lieber in mein eigenes Bett verzogen hätte.

»Du meinst auf die Matratze?«

»Ja.«

»In dem zugigen Dachgeschoss deiner Freundin?«

»Ja, aber … die Ritzen sind jetzt alle mit Bauschaum gestopft.«

»Na, dann brauche ich mir ja keine Sorgen zu machen.«

»Nein. Es wird schon wieder. Aber vielleicht bleibe ich heute besser zu Hause.«

»Ja, das wäre zumindest besser, als im kalten Auto auf dem Parkplatz vor der Redaktion zu frieren«, kam es plötzlich als Echo aus meinem Handy, nur einen Sekundenbruchteil hinter dem Originalton vom Beifahrersitz, auf dem Hannes gerade Platz nahm. Ich schaute das Original eine Weile entgeistert an, bevor ich lahm hervorstieß: »Oh, du bist schon hier?« Mehr hatte ich als Entschuldigung nicht zu sagen.

»Ja, und ich kann sogar deinen Parkplatz von meinem Büro aus sehen.«

»Oh, okay, danke für den Tipp, dann parke ich das nächste Mal woanders, wenn ich mich krank melden will«, versuchte ich die Situation zu retten. Ich sah ihn zerknirscht an, aber für einen Chef ließ er die nötige Portion Strenge ohnehin arg vermissen. Stattdessen betrachtete er mich nachdenklich. »Dein, ähm, plötzlicher Grippeanfall, hat der vielleicht etwas mit unserem Gespräch von gestern Abend zu tun?«

»Nein, überhaupt nicht«, versicherte ich ihm schnell.

»Ist wirklich alles in Ordnung? Wenn du vielleicht etwas Abstand brauchst, dann kannst du es ruhig sagen.«

»Nein. Nein, wirklich. Ich brauche keinen Abstand … sondern eine Wohnung.«

Zum Beweis zeigte ich ihm die kopierten Anzeigen. Hannes lächelte erleichtert, auch wenn er immer noch nicht glücklich darüber war, dass ich ihn belügen wollte. Zu meiner Entlastung erklärte ich ihm schnell mein ganzes Problem mit Sarahs überstürztem Einzug bei Tim, Kais Frage, ob sie jetzt seine neue Mutter wäre, und meiner vorlauten Ankündigung, noch heute alle meine Sachen aus der alten Wohnung zu holen und Kai in Zukunft öfter bei mir zu Hause übernachten zu lassen, was zunächst einmal natürlich überhaupt ein Zuhause voraussetzte. Meinen Streit mit Tim sparte ich vorsichtshalber aus.

»Also, kriege ich heute frei?«, versuchte ich es dieses Mal auf die ehrliche Art.

»Nein«, antwortete Hannes kurz und knapp.

»Was?«

»Ich kann dir nicht einfach so freigeben.«

»Na toll, dann hätte ich mich ja sowieso krank melden müssen.«

»Ja, aber das geht jetzt nicht mehr.« Ich schaute ihn vollkommen perplex an, und Hannes fügte versöhnlich hinzu: »Aber ich finde es gut, dass du mir die Wahrheit gesagt hast.«

»Und du gibst mir trotzdem nicht frei? Ich meine, nicht als Vorgesetzter, sondern als verständnisvolle Privatperson?«

Zu irgendetwas musste es doch gut sein, dass ich mir meinen Chef geangelt hatte.

»Tja, die ist dafür leider nicht zuständig. Die verständnisvolle Privatperson würde dir zwar gerne ihre Hilfe anbieten, in Form von leerstehenden Räumen in ihrem Südflügel, die sie sowieso untervermieten wollte. Aber das geht leider auch nicht.«

»Warum nicht?«, fragte ich irritiert, nachdem ich schon kurzfristig Licht am Ende des Tunnels erblickt hatte .

»Weil wir uns auf eine unvernünftige Affäre geeinigt haben.«

Er sagte es, ohne anklagend zu klingen. Oder zynisch. Es war mehr eine Feststellung, als eine Erpressung.

»Ja, du hast recht.« Natürlich hatte er recht. Ich konnte unmöglich bei ihm einziehen.

»Du kannst nicht bei mir einziehen.«

»Nein. Auf gar keinen Fall.« Es war reizvoll, weil ich damit alle meine Probleme auf einen Schlag gelöst hätte. Aber selbst wenn wir uns nicht auf eine Affäre, sondern Beziehung geeinigt hätten, wäre es zu früh.

»Es wäre zu früh«, stellte Hannes gedankenlesend fest.

»Ja, viel zu früh.«

Nur noch eine Randfigur

»Ich fege nicht den Hof, putze nicht den Flur und streue auch nicht in der Einfahrt, falls es wider Erwarten in Köln schneien sollte.«

»Solche Untermieter sind mir die liebsten!«

»Mein Sohn kann manchmal ziemlich laut werden.«

»Das haben Dreijährige so an sich.«

»Und unordentlich.«

»Dann kriegt die Putzfrau einen Aufschlag.«

Es schien, als hätte Hannes schon auf mich gewartet, als ich hektisch Abends um zwanzig nach acht in sein Büro geschneit kam, um mir den Schlüssel zu seiner Wohnung abzuholen, während der vollbepackte Lieferwagen draußen mindestens zehn Autos zuparkte.

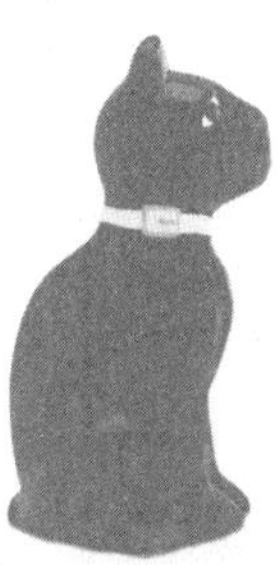

Auf dem Weg zur Tür drehte ich mich noch einmal zu Hannes um, der schon wieder in seinen Bildschirm vertieft war.

»Es ist nur vorübergehend«, versicherte ich ihm.

»Ja, natürlich.«

Aber vermutlich ahnten wir beide, dass es mehr als eine Übergangslösung war. Heute Abend war es auf jeden Fall die einzige Lösung. Denn von den ohnehin schon spärlichen Optionen, die ich heute Morgen noch hatte, musste ich eine nach der anderen von meiner Liste streichen. Als Erstes fielen die wenigen Drei- bis Vier-Zimmer-Wohnungen, die ich mir aus dem Kopienstapel rausgesucht hatte, meinem Anspruch oder Geldbeutel zum Opfer. Eine erschien mir kleiner und teurer als die andere. Und die Einzige, die mir gefiel, war bereits unter der Hand weggegangen, bevor ich sie mir unter der Hand schnappen konnte.

Dann hatte ich Ecki in seinem stets leeren Kiosk einen Besuch abgestattet. Er bestritt seinen Unterhalt auch noch mit den Mieteinnahmen einer Reihe von bezahlbaren Wohnungen im Haus gegenüber. Das wäre zwar ein Rückschritt mit bitterem Beigeschmack gewesen, denn in eben zwei dieser Wohnungen hatten Tim und ich uns vor Jahren als Nachbarn kennengelernt. Aber diese unwahrscheinliche Möglichkeit, schnell und unkompliziert an eine Unterkunft zu kommen, zerschlug sich ohnehin, als Ecki mir entgegenbrummte: »Verkauft!«

»Alle?«

»Das ganze Haus.«

Allmählich machte ich mir Sorgen um Ecki. Nicht nur, dass er seinen Kiosk immer schon um acht zumachte. Jetzt hatte er sogar seine private Altersvorsorge vorzeitig abgeschafft.

»Aber ist das nicht etwas unvernünftig, in Ihrem Alter auf ein regelmäßiges Einkommen zu verzichten?«

»Besser jetzt, als alles immer auf den letzten Drücker zu erledigen.«

Ich kannte ihn schon lange genug, um den versteckten Vorwurf geflissentlich zu übergehen. Stattdessen tat Ecki mir sogar leid. Immerhin hatte ich mich jahrelang wunderbar mit ihm streiten können, und nun wirkte er plötzlich richtig alt und abwesend. Es erforderte schließlich nicht viel Phantasie, um zu wissen, was er mit letztem Drücker meinte. Ganz offensichtlich bereitete er sich langsam auf seinen endgültigen Abgang vor.

»Ähm, wenn ich Ihnen irgendwie helfen kann ...«, stotterte ich etwas unbeholfen, weil mir das Thema unangenehm war. Aber soweit ich wusste, hatte Ecki entweder keine Verwandten oder keinen Kontakt mehr zu ihnen. Ecki schaute überrascht von seiner Zeitung auf.

»Sie?! Auf gar keinen Fall.« Wenigstens hatte er für kurze Zeit seine alte Bissigkeit zurückerlangt. »Was ist? Müssen Sie nicht weiter? Sind Sie nicht auf Wohnungssuche? Oder bin ich wieder mal Ihre letzte Rettung?«

Nein. Meine letzte Rettung versperrte mir in Form einer Sitzblockade den Weg zu ihrem Haus, um auch ja sicherzugehen, dass ich meine Möbel nicht bei einer Nacht- und Nebelaktion dort abladen würde. Tina konnte zu sehr drastischen Mitteln greifen, wenn sie befürchtete, dass Worte bei mir nicht weiterhalfen. Als hätte sie geahnt, dass ich mit meinem vollbeladenen Lieferwagen genau dann vorfahren würde, wenn sie eigentlich mit Aygün ihren Tanzkurs zwecks Vorbereitung auf die zweite Hochzeit besuchen sollte. Sie verweigerte mir beharrlich den Zutritt zu ihrem frisch renovierten Haus. Auch als ich ihr drohte, dass ich dann eben zu Hannes ziehen würde, wich sie keinen Millimeter zurück. Im Gegenteil, plötzlich hielt sie es für eine unheimlich gute Idee, die zarten Bande zu meinem Chef durch übereiltes Zusammenziehen zu verstärken, und bot mir sogar an, beim Ausladen behilflich zu sein.

Der Umzug selbst ging am Ende schneller als erwartet. Außer ein paar Regalen und einem großen, massiven Schreibtisch aus meinem Arbeitszimmer besaß ich nur noch einen alten Schrank und ein noch älteres Bett aus Studentenzeiten, die die letzten Jahre in Tims Keller gelagert hatten. Der Rest waren Aktenordner, Bücherkisten und Kleinigkeiten. Ich fand es selbst etwas enttäuschend, wie wenig aus unserer gemeinsamen Wohnung tatsächlich von mir stammte, aber alles andere hatte entweder schon vorher Tim gehört, oder wir hatten es gemeinsam besorgt und noch nicht unter uns aufgeteilt. Was mich anging, war die Aufteilung simpel. Ich wollte nichts, was mich auch nur irgendwie an Tim erinnerte. Also hatte ich alles dagelassen, was einen nostalgischen Wert besaß. Ich wollte den Neuanfang ohne Altlasten machen. Besonders nach gestern Nacht, nach unserem Streit, der mir noch mal vor Augen geführt hatte, wie viel zwischen uns zu Bruch gegangen war. Tim und ich hatten heute Nachmittag kaum ein Wort miteinander gewechselt, während er mir half, meine Sachen runterzutragen und aus dem Keller zu holen. Wir hatten geschuftet und geschwiegen. Jeder Versuch, sich über die Angelegenheit mit Kai und Sarah einig zu werden, hätte wieder in einem Streit geendet. Aber auch so, ohne dass viel mehr als ein »Hallo«, »Tschüs« oder »den Karton noch« zwischen uns gefallen war, hatte die Begegnung mit ihm mir wieder arg zugesetzt.

Nachdem Tina und ich alles aufgebaut hatten und sie sich müde von mir verabschiedete, brauchte ich eine halbe Stunde und ein ganzes Kölsch, um mir darüber klarzuwerden, dass hiermit das Kapitel Tim endgültig abgeschlossen war. Er spielte ab jetzt in meinem Leben keine Rolle mehr. Außer als Randfigur im Zusammenhang mit Kai. Von jetzt an gab es nur noch mich und Kai, ohne Tim.

Und es gab Hannes. Es war komisch, ihn kurz vor Mitternacht, als er endlich nach einem langen, aufregenden Champions-League-Abend aus der Redaktion kam, in seiner eigenen Wohnung zu begrüßen. Auch wenn ich mir einredete, dass wir ja nicht wirklich zusammenwohnten. Im Grunde teilten wir uns nur den Flur. Wenn ich wollte, konnte ich einfach die Eingangstür zu meinem Bereich zumachen, und schon war ich allein. Dass wir das in der Praxis natürlich so gut wie nie umsetzen würden, war uns beiden klar. Vielleicht war es mir auch ein bisschen klarer als ihm, denn als wir schlafen gehen wollten und ich wie selbstverständlich die Stufen zu seinem Schlafzimmer hochtapste, schickte er mich wieder runter.

»Heute ist deine erste Nacht«, gähnte er mich an.

Ich sah ihn verständnislos an, und Hannes fügte erklärend hinzu:

»In deiner neuen Wohnung. Du weißt doch, die erste Nacht ist wichtig. Was du heute Nacht träumst, geht schließlich in Erfüllung.«

War das jetzt eine nette Art, mir zu sagen, ich sollte mich gefälligst an den Mietvertrag halten und meine Räume nicht ungefragt verlassen?

»Aber in deinem Bett kann ich viel besser träumen«, erklärte ich wahrheitsgetreu, denn die Aussicht, eine Nacht in meinem alten Bett zu verbringen, das über drei Jahre in einem Keller vor sich hin geschimmelt hatte, lud nicht gerade zu süßen Träumen ein.

»Tut mir leid, ich habe die Regel nicht gemacht«, verteidigte Hannes sich.

»Du willst mich also tatsächlich nicht in deinem Bett haben, ja?«

»Nein, ich will dich nur nicht um die Erfüllung deiner Träume bringen.« Er lächelte mich müde an. Ich zog ihn an mich. »Sehr poetisch, Herr Jost. Wirklich sehr poetisch, dafür dass du mich auf mein muffiges, viel zu kleines und durchgelegenes Schlaflager verbannst.«

Ich küsste ihn lange, aber selbst damit konnte ich Hannes nicht umstimmen. Er drängte mich geschickt in meinen Bereich des Lofts und wünschte mir eine gute Nacht. »Träum was Schönes!«

Regelverliebt

Als ich mir am nächsten Morgen eine Tasse Kaffee aus Hannes' Küche holen wollte, war die Zwischentür zu seiner Wohnung verschlossen und Hannes schon weg. Ich rüttelte vergeblich an der Tür. Ohne Kaffee würde ich die Nachwirkungen dieser unbequemen Nacht auf gar keinen Fall überstehen. Aber als ich Hannes auf seinem Handy anrief, zeigte er sich überrascht, dass ich noch zu Hause und nicht längst in der Redaktion war. Ohnehin wirkte er irgendwie förmlich und zurückhaltend am Telefon, so dass ich mir langsam Sorgen machte, ihn durch meinen überstürzten Einzug zu sehr überrumpelt zu haben. Gestern Abend hatte ich die Zurückweisung ja noch für einen Scherz oder übertriebenen Aberglauben gehalten. Aber dass er sich heute Morgen einfach so sang- und klanglos verdrückt hatte, fand ich nun doch etwas merkwürdig.

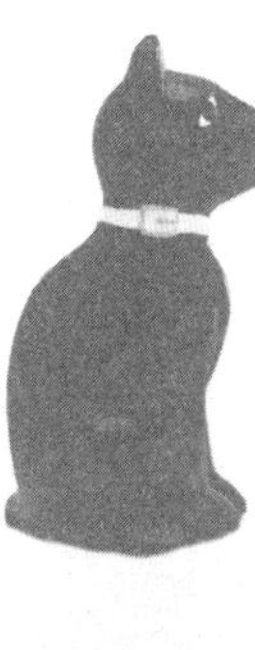

Mein Eindruck wurde verstärkt, als ich Hannes erst bei unserer Redaktionsbesprechung zu Gesicht bekam und selbst da nicht mal einen Blick, geschweige denn ein Wort mit ihm wechseln konnte. Hannes fühlte sich überrannt. Natürlich hatte er mir die Wohnung nur angeboten, weil er musste, weil er gar keine Wahl hatte, ohne sonst als rücksichtsloser Liebhaber dazustehen, der seine Affäre mit all ihren Möbeln draußen in der Kälte sitzen ließ. Nicht umsonst hatte er mehrmals darauf hingewiesen, dass es viel zu früh zum Zusammenziehen war. Die Zwischentöne waren nicht zu überhören gewesen und im Grunde auch gar keine Zwischentöne. Deutlicher hätte er es nicht ausdrücken können, und ich war trotzdem einfach so darüber hinweggegangen. Natürlich musste er mich jetzt für eine unsensible, egoistische Rosinenpickerin halten – keine Beziehung wollen, aber die Vorzüge einer großen Loftwohnung genießen.

Ich wollte mir schon zu meinem zwischenmenschlichen Totalversagen gratulieren, als plötzlich eine E-Mail von Hannes in meinem Posteingang auftauchte. *Wovon hast du geträumt?*

Es war seine erste private Mail an mich bei der Arbeit, und ich hätte es auch unheimlich romantisch gefunden, wenn darunter nicht in fetten Lettern *BITTE NACH DEM LESEN LÖSCHEN* gestanden hätte. Automatisch schaute ich mich nervös um und löschte Hannes' Mail, bevor ich zurückschrieb: *Von einem neuen Bett!!!* Ich fand das eine nette Umschreibung dafür, dass ich heute Nacht gerne in seinem Bett schlafen wollte.

Model Hemnes oder Sörum?, kam es zurück, und ich konnte mir ein Grinsen nicht verkneifen.

Wieso, ist der Vermieter für die Erfüllung der Träume zuständig?

Nein. Er muss sie nur an die zuständige Behörde weiterleiten.

Schade, dann sag der Behörde bitte, sie soll mir für den zweiten Traum einen durchtrainierten Mittzwanziger schicken.

Darauf kam von Hannes nichts mehr zurück. Vielleicht war

ich für einen Bürochat etwas zu weit gegangen. Aber irgendwie musste ich ihn doch aus der Reserve locken. Ich versuchte, mir meine Zweifel wieder auszureden, aber Hannes blieb trotz unseres netten E-Mail-Verkehrs den ganzen Vormittag über reserviert. Als sich auch noch abzeichnete, dass er wegen einer Pressekonferenz den restlichen Tag unterwegs sein würde, suchte ich mir einen Vorwand, um an seiner Sekretärin vorbeizukommen und ihn zur Rede zu stellen.

»Es ist dir zu viel, oder?«

Hannes legte irritiert den Hörer wieder auf die Gabel, als ich mit der Frage in sein Büro platzte.

»Du siehst mich bei der Arbeit und jetzt auch noch zu Hause, und wir kennen uns gerade mal ein paar Monate. Ist doch klar, dass dir das zuviel ist.«

Hannes wirkte immer noch völlig überrumpelt, deswegen fuhr ich fort: »Ich habe dir überhaupt keine Wahl gelassen. Ich hätte nicht so überstürzt bei dir einziehen dürfen. Aber keine Sorge, ich bin heute Abend schon wieder weg, und dann tun wir einfach so, als wäre das alles nicht passiert und ich hätte nie bei dir gewohnt …«

Hannes hob beschwichtigend seine Hand, bevor ich richtig Fahrt aufgenommen hatte. »Du denkst wirklich, dass ich das denke?«

Ich nickte.

»Das ist echt komisch, weil ich nämlich die ganze Zeit dachte, dass du das denkst. Schließlich habe ich dir mit meinem überstürzten Angebot eigentlich keine Wahl gelassen. Du musstest ja quasi bei mir einziehen, sonst hättest du befürchten müssen, dass ich es dir übelnehme.«

Wir schauten uns einen Moment lang etwas verwirrt an. »Und ähm, wer von uns hat jetzt recht?«, fragte ich vorsichtig.

»Keiner.«

»Gut«, sagte ich erleichtert.

»Allerdings …«, wandte Hannes plötzlich ein und brach dann nachdenklich ab. Es gab eine Einschränkung. Natürlich. So schnell und einvernehmlich hatte ich auch noch nie eines meiner Beziehungsprobleme gelöst.

»… sollten wir vielleicht ein paar Regeln für unser Zusammenleben aufstellen«, brachte Hannes seinen Einwand doch noch zu Ende.

»Regeln?« Ach, einer von der Sorte Vermieter war er also. Kein Lärm nach zehn. Keine Fahrräder im Hausflur. Die Haustür musste immer abgeschlossen sein. Ich war zwar wenig begeistert von solchen Hausregeln, aber wenn es dem Zusammenleben dienlich war, sollte es an mir nicht scheitern. »Klar, Regeln, natürlich. Welche schlägst du vor?«

»Ich weiß nicht. Ich habe noch keine Erfahrung darin. Ich habe zwar schon mal mit einer Beziehung zusammengelebt, aber noch nie mit einer Affäre. Darf ich zum Beispiel ohne Vorankündigung in deine Wohnung kommen, oder bewirfst du mich dann mit Eierbechern? Und wie ist das mit Frauen- oder Männerbesuch? Müssen wir den vorher ankündigen, oder können wir auch ganz spontan damit nach Hause kommen?«

Er grinste mich frech an, aber bevor wir das weiter besprechen konnten, kam seine Sekretärin herein und erinnerte ihn an die Pressekonferenz. Hannes verfiel problemlos in seinen Büroslang, ohne jedoch das Thema zu wechseln.

»Gut, Frau Schneider. Ich denke, es wäre nicht verkehrt, wenn

Sie noch etwas Recherche zum Regelwerk dieser neuartigen Sportart betreiben könnten, das macht den Artikel noch etwas runder.«

»Ja, natürlich«, sagte ich gehorsam. »Ich setze mich sofort dran.«

Er nickte mir zu, und ich zog mich an meinen Schreibtisch zurück.

Als ich zwischendurch etwas Leerlauf hatte, begann ich, ein paar WG-Regeln zu formulieren.

Regel Nummer 1: Alle Türen stehen uns immer offen – zur Vorbeugung von Kaffee-Entzug und anderen Mangelerscheinungen.

Regel Nummer 2: Keiner der Mitbewohner muss dem jeweils anderen seine baldige Ankunft per E-Mail, Telefon, SMS oder sonstigen zukünftigen Telekommunikationsmitteln ankündigen. Die sich zu Hause befindende Person muss jederzeit damit rechnen, nicht mehr alleine zu sein, und hat daher Geheimtreffen, abartige Hobbys und Affären außerhalb des Hauses durchzuführen.

Regel Nummer 3: Die Wahl des Bettes steht jedem Loftmitbewohner völlig offen. Sollte sich in dem gewählten Bett bereits jemand befinden, muss dieser den anderen ohne Widerrede bei sich aufnehmen.

Regel Nummer 4: Kinder sind jederzeit willkommen, das gilt für solche, die uns bekannt sind, aber auch solche, von denen besonders die männlichen Mitbewohner möglicherweise noch keine Kenntnis haben. Bei dem Besuch von Kindern treten die Regeln Nummer 1 und 3 vorübergehend außer Kraft, jeder hat sich dann in seinen Bereichen und Betten aufzuhalten.

Regel Nummer 5: Für alles weitere gilt Regel Nummer 6.

Ich machte mir einen Spaß daraus, die Regeln in dem gesamten Loft zu verteilen, bevor Hannes nach Hause kam. Dann machte ich auch gleich Gebrauch von Regel Nummer vier und legte mich in sein Bett. Es war schon fast zwölf, als Hannes mich weckte und nach Regel Nummer sechs fragte. Die hatte ich ihm ganz bewusst vorenthalten. Ich reichte ihm wortlos das letzte Blatt Papier.

Regel Nummer 6: Ab sofort gelten für alle ungeklärten Fragen des Zusammenlebens die Regeln einer unvernünftigen Beziehung zwischen Chef und Mitarbeiterin.

Ein Lächeln breitete sich auf Hannes' Gesicht aus, als er den Zettel las.

»Bist du dir sicher?«, fragte er ernst.

»Absolut. Meine Recherchen, und glaub mir, ich habe sehr gründlich recherchiert, führten immer wieder zu dieser Regel Nummer Sechs. Die scheint international zu gelten.«

Auch wenn ich es so lapidar dahersagte, ging es mir um mehr als unser kleines Spielchen. Während ich mir heute Nachmittag Gedanken über die Regeln gemacht hatte, war mir klargeworden, dass mein Beharren auf einer lockeren Affäre albern war. Natürlich hatten wir eine Beziehung. Wir mochten uns, wir kamen gut miteinander aus, wir hatten Spaß zusammen, und jetzt wohnten wir sogar so gut wie zusammen. Es gab wohl kaum etwas, das mehr einer Beziehung glich als unser Ding. Außerdem hätte ich mir nach Tim keinen Besseren als Hannes wünschen können.

Er war unkompliziert. Er konnte sich nicht darüber beschweren, wenn ich mal zu spät von der Arbeit nach Hause kam, weil er mir dann den Auftrag selbst zugeteilt hatte. Er war witzig, nett, intelligent, zärtlich. Rein objektiv betrachtet gab es überhaupt keinen Grund, warum das zwischen uns keine ernstzunehmende Beziehung sein sollte.

Hannes zog mich an sich. »Wenn es das Regelwerk so festlegt, müssen wir uns wohl daran halten.«

»Ja, das müssen wir wohl«, lächelte ich.

»Das ist gut«, antwortete er. »Ich fange nämlich langsam an, mich in dich zu verlieben.«

Der belustigte Unterton war völlig aus seiner Stimme verschwunden, und er sah mir direkt in die Augen. Ich spürte, dass ich rot wurde, und versuchte es vor ihm zu verbergen, indem ich sein Gesicht zu mir herunterzog und ihn lange, lange küsste.

Wohlfühlfaktor

Ich hätte nie gedacht, dass eine Schaukel zu einem Politikum werden könnte. Zugegeben, es war keine normale Schaukel. Es war eine Indoor-Schaukel, und ich konnte Hannes gar nicht genug dafür danken, dass er auf die glorreiche Idee gekommen war, sie in dem weitläufigen Eingangsbereich seines Lofts für Kai anzubringen. Ich hatte es zwar auch vorher kein einziges Mal bereut, bei Hannes eingezogen zu sein. Aber die Schaukel führte mir noch mal vor Augen, warum es die richtige Entscheidung gewesen war. Kai liebte Hannes' Loft, das mit seinen Treppengeländern, Stützpfeilern und der offenen zweiten Etage für ihn ohnehin schon ein halber Abenteuerspielplatz war. Er liebte sein neues eigenes Zimmer mit nagelneuem Hochbett und Kuschelecke.

Aber die Schaukel übertraf alles, und das machte sie zum Politikum. Zwischen Tim und mir. Tim hatte nicht damit gerechnet, dass ich meine vollmundigen Ankündigungen tatsächlich in die Tat umsetzen würde. Als er mitbekam, dass ich nun doch bei Hannes eingezogen war, verkniff er sich noch

einen Kommentar. Als ich durchsetzte, dass Kai nun drei Tage die Woche bei mir verbringen sollte, gab er widerwillig klein bei, nachdem wir ergebnislos ausdiskutiert hatten, ob dieses Hin und Her Kais Entwicklung schaden könnte. Aber als Kai ihm von der Schaukel erzählte und lieber bei Hannes und mir als bei ihm und Sarah bleiben wollte, wurde es Tim zu viel. Er warf mir vor, Kai mit dieser Schaukel beeinflussen zu wollen, und nachdem ich erst alles abgestritten hatte, musste ich mir eingestehen, dass Tim recht hatte. Der Kampf um die Zuneigung unseres Sohnes war offen entbrannt, und ich führte ihn mit unlauteren Mitteln, weil Tim in seiner Altbauwohnung niemals eine Schaukel hätte anbringen dürfen. Mit der Schaukel lag ich in Kais Gunst ganz eindeutig vorne, und ich hätte Tim vermutlich komplett ins Abseits katapultieren können, wenn ich auf Hannes' Vorschlag eingegangen wäre, eine Rutsche von der ersten Etage ins Erdgeschoss anzubringen. Aber ich sah ein, dass Tim und ich unseren Streit nicht länger auf Kais Rücken austragen durften. Also regelte ich die Sache ganz diplomatisch. Die Schaukel blieb, die Rutsche kam in den Keller, und wir hörten auf, miteinander zu reden. Es ging nicht anders. Wann immer Tim und ich versuchten, ein sachliches Gespräch zu führen, flogen früher oder später die Fetzen. Meistens auf meiner Seite, weil ich meine Wut auf ihn, sein unreifes Verhalten und erst recht auf seinen Versuch, mir eine vorzeitige Affäre mit Hannes anzuhängen, einfach nicht zurückhalten konnte. Dieser Vorwurf nagte an mir mehr als alles andere, was wir uns im Laufe unserer Streitereien bereits an den Kopf geworfen hatten.

Also beschloss ich, dass es das Beste war, gar nicht mehr mit
ihm zu reden. Die Beziehung zwischen Tim und mir, wenn sie

den Namen überhaupt noch verdient hatte, war auf einem absoluten Gefrierpunkt angekommen. Und nachdem ich mir darüber klargeworden war, dass sich daran auch nichts mehr ändern würde, konnte ich mich umso besser auf meine Beziehung mit Hannes einlassen, die auf einer angenehmen Temperatur vor sich hinköchelte. Ich hatte selten mit einem so unkomplizierten Mann zusammengewohnt, was vermutlich daran lag, dass Hannes noch seltener zu Hause war als ich. Wir liefen uns immer noch öfter bei der Arbeit als im Loft über den Weg, und der einzige Unterschied zu vorher war, dass wir uns abends noch persönlich gute Nacht sagen konnten, bevor wir todmüde nebeneinander ins Bett fielen. Aber wenn wir dann die wenige Zeit, die wir außerhalb der Redaktion miteinander hatten, zusammen verbrachten, fühlte ich mich total entspannt. Wir konnten faul auf dem Sofa herumlungern und Pizza essen, während wir uns durch Hannes' DVD-Sammlung arbeiteten. Wir konnten auch jeder für sich in einer Ecke hocken und die Nase in ein Buch stecken, ohne dass sich jemand benachteiligt fühlte. Oder wir konnten mit Kai aus dem Küchentisch eine Ritterburg bauen und stundenlang auf den Knien hinter dem Sofa vor dem bange erwarteten Angriff der bösen Orgs ausharren, ohne dass Hannes langweilig wurde. Er und Kai verstanden sich prächtig und hatten damit meine größte Sorge, die zwischen mir und einer neuen Beziehung stand, schnell ausgeräumt. Wer uns drei zusammen sah, konnte auch Hannes für Kais Vater halten, so selbstverständlich nahm er sich ihm an.

Vielleicht war ich zu früh bei Hannes eingezogen, nein, ganz sicher war ich zu früh und viel zu überstürzt bei ihm eingezogen. Was Hannes und mich betraf, hätten wir uns ruhig mehr Zeit lassen können, auch wenn wir früher oder später wohl zu dem gleichen Ergebnis gekommen wären. Aber für Kai und mich hätte es keine Sekunde später sein dürfen. Endlich konnte ich meine Zeit mit ihm wieder genießen, ohne ein schlechtes Gewissen zu haben, weil ich ihm kein Zuhause bieten konnte, das nicht mit Bauschaum und rostigen Nägeln zusammengehalten wurde. Endlich konnte ich mich bei unseren Spielen wieder auf Kais teilweise undurchschaubare Spielregeln konzentrieren, ohne dass meine Gedanken ständig um Sarah kreisten und darum, ob sie den Angriff der Superorgs besser abwehren konnte als ich.

Aus Tim, Kai und mir war schneller als erwartet ein Hannes, Kai und ich geworden. Das wurde mir richtig bewusst, als Hannes, Kai und ich zusammen Weihnachten feierten. Tim hatte es uns angeboten, weil er mit Kai und Sarah direkt nach den Feiertagen für eine Woche in den Ski-Urlaub aufbrechen wollte. Wir waren inzwischen ganz gut darin auszuhandeln, wer Kai wann und wie lange bekam, wie viel zum Beispiel ein Feiertag wert war und was man im Gegenzug dafür fordern konnte.

Unser gemütlicher Heiligabend zu dritt entschädigte mich mehr als genug für eine Woche ohne Kai. Es war schön, in Kais glückliches Gesicht zu schauen, jedes Mal, wenn er ein Geschenk auspackte und völlig überraschend wieder ein Spielzeug darin war, das er mit meiner Hilfe auf die Wunschliste für den Weihnachtsmann geschrieben hatte. Dieses Mal hatte es ihm vor allem der Müllwagen angetan, für den Hannes sich nach einer halbstündigen Rücksprache mit mir entschieden hatte. Er wollte damit nicht Kais spätere Berufswahl beeinflussen, aber ich versicherte ihm, dass Kai sich schon mit zwei für eine Karriere als Feuerwehrmann entschieden hatte und daran auch nicht mehr zu rütteln war. Der Mini-Müllwagen konnte echte Mini-Mülltonnen hochstemmen und echten Minimüll entleeren. Kai war davon so begeistert, dass er darüber fast die festlichen Spaghetti mit Tomatensoße vergaß und den restlichen Abend damit verbrachte, alles in seinen Müllwagen zu stopfen, was sich in seinen Augen als Müll eignete. Irgendwann konnte ich ihn überreden schlafen zu gehen, indem ich den Müllwagen zu ihm ins Bett legte.

»Und? Schläft er, oder musste er erst noch den Müll aus seinem Zimmer entsorgen?« Hannes reichte mir ein Glas Wein, als ich mich wieder zu ihm aufs Sofa setzte.

»Ich konnte ihn überzeugen, dass der Grüne Punkt erst Mittwoch abgeholt wird. Dann ist er friedlich eingeschlummert.«

Ich nahm einen Schluck von dem Wein und starrte zufrieden auf den Weihnachtsbaum mit den künstlichen Kerzen. Hannes blickte ebenfalls auf den Baum und fuhr mir dabei abwesend durch die Haare. Wir schwiegen eine Weile, aber inzwischen fand ich das Schweigen mit ihm nicht mehr unangenehm. Schließlich kuschelte ich mich an Hannes' Schulter und sagte müde: »Es hat ihm wirklich gefallen.«

»Das sollte es auch. Immerhin habe ich stundenlang vor dem Regal gestanden. Ich hatte ja keine Ahnung, dass es inzwischen so viel Spielzeug gibt!«

Ich musste lachen. »Ja, ich weiß, zu deinen Zeiten gab es nur Holzmurmeln und Matchbox-Autos.« Hannes warf mir einen gespielt bösen Blick zu. »Aber das meinte ich nicht«, fuhr ich ernster fort. »Er fühlt sich wohl bei dir.«

Hannes lächelte mich an und zog mich an sich. »Und du?«

Ich gab ihm einen Kuss. Vor einem halben Jahr hätte ich es

nicht für möglich gehalten, dass ich mich nach Tim noch mal in jemanden verlieben könnte. Dass ich jemanden finden würde, mit dem ich es aushielt. Und der es mit mir aushielt. Aber Hannes war perfekt. Er mochte Kai. Er mochte mich. Er stellte keine Ansprüche. Er war einfach nur da. Und ich mochte es, wenn er da war. Doch, ich konnte die Frage voll und ganz mit Ja beantworten. Ich fühlte mich wohl bei ihm. Sehr wohl. Ich hatte mich schon lange nicht mehr so wohl gefühlt. Auch mit Tim nicht. Zumindest nicht in den letzten Monaten vor Sarah. Und danach sowieso nicht. Aber das war vorbei. Heute, hier, mit Hannes fühlte ich mich wohl. Und was mich anging, hätte es so bleiben können. Aber die Umstände, das Schicksal, vielleicht aber auch nur meine Mutter, hatten etwas dagegen.

Kai zuliebe

Es fing, wie immer, wenn mich etwas vollkommen aus der Bahn warf, ganz harmlos an. Mit dem traditionellen Familienessen am zweiten Weihnachtstag bei meiner Mutter. Sie bestand darauf, egal wie zerstritten oder zerrüttet das Familiengefüge gerade war. Zu Weihnachten musste die Familie bei ihr antanzen, auch wenn sie durch diverse Trennungen, Umstrukturierungen und Neuzugänge unüberschaubarer wurde. Ich wusste, dass jede Form von Protest oder vorgeschobenem Absagegrund zwecklos war, denn seit Neuestem hatte meine Mutter ein neues Druckmittel und das hieß »Kai zuliebe«. So kam es, dass Hannes und ich zusammen mit Tim und Sarah Kai zuliebe unser erstes gemeinsames Weihnachten feierten. Wenigstens hatte meine Mutter die neuen Partnerkonstellationen bei der Platzzuweisung berücksichtigt, so dass mein Vater und sein neuer Freund auf der einen, und meine Mutter und Chris auf der anderen Seite als Puffer zwischen Tim und mir saßen. Das war auch bitter nötig, denn ich hätte mir lieber die Zunge abgebissen, als Tim

um die Soße zu bitten. Hannes bemühte sich dagegen gekonnt um ein belangloses, aber trotzdem nicht zu oberflächliches Gespräch. Und Sarah, ja, Sarah schoss natürlich den Vogel ab, als sie nach dem auflockernden Aperitif noch vor dem Essen ihr Banjo auspackte und darauf tatsächlich ein paar Weihnachtslieder anstimmte, die durch das Instrument alle irgendwie einen durchaus interessanten Country-Stil bekamen. Natürlich musste sie so etwas Exotisches wie Banjo spielen, und nicht etwa Geige oder Blockflöte, so wie es sich für Musiklehrerinnen gehörte. Nein, mit ihrem Banjo spielte sie sich gleich in den Mittelpunkt der Familie und direkt in das Herz meiner Mutter. Sie hatte sich schon immer eine musikalische Tochter gewünscht.

Überhaupt war Sarah toll. Sie lachte gerne und mitreißend, hörte den Geschichten meiner Eltern und Hannes' Anekdoten aus dem Journalistenalltag aufmerksam zu und konnte an den richtigen Stellen die richtigen Fragen stellen. Sie war vielleicht äußerlich mit ihrer kleinen, leicht moppeligen Figur und der blonden Kurzhaarfrisur nicht unbedingt Tims Typ, aber zu meiner Schande konnte ich allmählich nachvollziehen, was er an ihr fand. Sie war witzig, erfrischend und versuchte selbst mit mir ein freundliches Gespräch anzufangen, das ich im Keim erstickte.

»Ich stelle es mir schwer vor, als einzige Frau in einem rein männlichen Kollegium zu arbeiten.«

»Ja, aber es hilft ungemein, wenn man sich den Chef angeln will.«

Damit setzte ich sogar Sarah schachmatt, die sich doch für alles und jeden so unglaublich ehrlich interessierte. Zwischendurch ertappte ich meine Mutter sogar dabei, wie sie offenbar darüber nachdachte, ob Sarah nicht eigentlich die bessere Partnerin für

Tim, Mutter für Kai und Tochter für sie wäre, wenn ich nicht schon zufällig ihre Tochter und daher nicht austauschbar gewesen wäre. Sarah schoss den Vogel ab, und ich begnügte mich damit, die zähe Ente zu vertilgen, die meine Mutter, schlechte Köchin die sie nun mal war, uns aufgetischt hatte. Ich bemühte mich überhaupt, den Tag möglichst konflikt- und Tim-frei über die Runden zu bringen. Aber genau dagegen hatte meine Mutter offensichtlich etwas einzuwenden. Als nach dem traditionellen Entenessen der traditionelle Verdauungsspaziergang anstand und ich schon glaubte, das Schlimmste überstanden zu haben, teilte meine Mutter Tim und mich zum Weihnachtsbaumschmücken ein. Schließlich sollte Kai zuliebe noch eine Bescherung stattfinden. Und dazu gehörte laut meiner Mutter nun mal ein geschmückter Weihnachtsbaum. Es war albern und reine Schikane, dafür kannte ich sie zu gut. Wer ließ seinen Baum bis zum zweiten Feiertag bitte schön ungeschmückt stehen, um dann die Tochter und ihren verfeindeten Exfreund zu bitten, ihn gemeinsam zu schmücken? Das musste sie doch aus irgendeinem albernen Beziehungsratgeber haben. Aber meine Mutter drückte uns unbeeindruckt von meinen Protesten die Kugeln, Kerzen und das Lametta in die Hand. Tim und ich sahen uns völlig überrumpelt an, während sich die anderen bereits ihre Stiefel und Handschuhe anzogen.

»Mama, kannst du mir bitte mal erklären, was das soll?«

»Natürlich kann ich das, Schatz«, sagte sie zuckersüß, als hätte sie Tim und mich nicht gerade in eine gemeine Falle gelockt. »Redet, streitet euch, schlagt euch meinetwegen. Aber wenn wir zurückkommen, habt ihr euch vertragen und benehmt euch wie normale Eltern. Und wenn ihr es nur Kai zuliebe macht.«

»Entschuldige Mama, aber du und Papa, ihr habt damals drei Jahre kein Wort mehr miteinander gewechselt«, erinnerte ich sie an ihr unelterliches Verhalten kurz nach ihrer eigenen Scheidung.

»Ja, und wir haben daraus gelernt. Und jetzt wollen wir euch an unserer Erfahrung teilhaben lassen, damit ihr nicht die gleichen Fehler macht wie wir.«

Klasse. Und deswegen musste ich jetzt zum zweiten Mal unter ihrem Fehler leiden?

»Also, lasst alles raus. Aber vergesst den Baum dabei nicht, ja?«, hauchte sie uns zu, als sie lächelnd die Tür hinter sich zuzog und Tim und mich alleine in der Arena zurückließ. Fehlte nur noch, dass sie uns einschloss.

Aufgebracht wandte ich mich Tim zu. »Wusstest du etwa davon?«

»Nein. Ganz bestimmt nicht.«

Ich schüttelte fassungslos den Kopf. »Typisch meine Mutter!«

»Und was sollen wir jetzt machen?«, fragte Tim genauso hilflos wie ich.

»Den Baum schmücken, was sonst!« Ich schnappte mir den Karton mit den roten Christbaumkugeln, während Tim sich nach einigem Zögern mit der Lichterkette abmühte. Ich war mehr als geladen. Da tat ich mein Bestes, um den Familientag friedlich hinter mich zu bringen, und dann wurde ich auch noch zum Streiten gezwungen.

Tim und ich arbeiteten stumm vor uns hin. Als wir uns mit den Lichtern und Kugeln ins Gehege kamen, wichen wir uns eilig aus. Mamas Holzhammerpädagogik ging völlig nach hinten los. Wir wechselten kein Wort miteinander, bis Tim schließlich aufgab.

»Also gut. Vielleicht hat deine Mutter ja recht. Streiten wir uns. Ich weiß ja, dass du sauer auf mich bist.«

Ich lachte bitter und konzentrierte mich weiter auf die Kugeln. »Nein. Ich bin nicht sauer auf dich. Ich hasse dich nur.«

Tim nickte verständnisvoll, und das brachte mich noch mehr auf die Palme. Ich konnte mich kaum noch zurückhalten. Tim dagegen blieb mal wieder die Ruhe selbst. »Hör zu. Ich kann ja verstehen, dass du mich hasst wegen Sarah, aber …«

»Sarah hat damit nichts zu tun«, unterbrach ich ihn schroff. Mein Gott, wollte er jetzt ernsthaft meiner Mutter gehorchen und mir eine Diskussion aufzwingen? »Sarah ist toll«, grummelte ich vor mich hin, während ich die Kugeln ohne Rücksicht auf Ästhetik oder das Gesamtbild aufhängte. »Sie ist klasse, ich kann verstehen, warum du dich in sie verliebt hast.« Und das meinte ich noch nicht mal ironisch. »Aber die Art, wie du es getan hast, war einfach nur … einfach nur mies!« Ich sah ihn kurz an. »Und dafür hasse ich dich, oder ich versuche es zumindest, und meistens gelingt es mir auch ganz gut.«

Tim wirkte sichtlich getroffen und überlegte lange, bevor er erklärte: »Ich wollte dir nicht wehtun. Ich …«

»Das musstest du aber«, fiel ich ihm wieder aufgebracht ins Wort. »So oder so tat es weh. Aber du hast es nur noch schlimmer gemacht, weil du immer alles auf mich abgewälzt hast. Ich musste herausfinden, dass du sie liebst. Ich musste die Entscheidung treffen zu gehen. Ich musste den Schlussstrich ziehen. Und um das Ganze zu toppen, musste ich plötzlich auch noch diejenige sein, die zuerst eine Affäre hatte, damit du dir nicht so schäbig vorkommst.« Ich funkelte ihn böse an, in jeder Hand eine dunkelrote Weihnachtskugel, und es fehlte nicht viel, und ich hätte sie Tim an den Kopf geworfen. »Weißt du, was am meisten wehtat? Dass du die ganze Zeit nicht ein einziges Mal den Mut aufgebracht hast, mir zu sagen, dass du mich nicht mehr liebst.«

»Weil es gelogen wäre!«, verteidigte Tim sich jetzt plötzlich genauso aufgebracht und nahm mir mit diesem einen Satz allen Wind aus den Segeln. Ich sah Tim perplex an, während er fortfuhr: »Glaubst du wirklich, dass ich aufgehört habe, dich zu lieben?«

Ich versuchte, darauf etwas zu erwidern. Aber es gab nichts, was ich darauf erwidern konnte. Stattdessen öffnete ich ein paarmal den Mund und schloss ihn ergebnislos wieder, wie ein Fisch, der aus seinem Aquarium gesprungen war.

»Das habe ich nicht, Karina. Bis heute nicht.«

Eine ganze Weile stand ich ziemlich dämlich da, mit den beiden Kugeln in meiner Hand, und starrte Tim sprachlos an. Er ließ von der Lichterkette ab und schüttelte den Kopf. »Die Entscheidung, die du getroffen hast, als du gegangen bist, hätte ich gar nicht übers Herz gebracht. Wenn du denkst, dass ich danach freudestrahlend zu Sarah gelaufen bin, irrst du dich gewaltig. Der Moment, als du die Tür hinter dir zugezogen hast …« Tim schüttelte den Kopf und ließ sich kraftlos aufs Sofa sinken. »Ich wusste, bei uns war irgendwie der Wurm drin, aber dass du einfach gehen würdest …«

Ich sah ihn erstaunt an. Offenbar hatten wir beide diesen Moment noch immer genau vor Augen, als hätte er sich in unsere Netzhaut eingebrannt.

»Aber …« Ich musste mich räuspern, um gegen den Kloß in meinem Hals anzukommen. »Du hast mich auch nicht aufgehalten«, wandte ich leise ein.

Tim sah mich an und hatte verdächtig glänzende Augen. Er schüttelte den Kopf. »Du warst so energisch, für dich schien irgendwie alles klar zu sein.« Nachdenklich starrte er vor sich hin.

»Was hätte ich denn tun sollen, Tim? Du hast dich in eine andere Frau verliebt. Ich brauchte einfach einen klaren Schlussstrich«, erklärte ich.

»Oder einen Neuanfang?«, fragte er bewusst provokativ und sah mich dabei herausfordernd an.

»Jetzt fang bitte nicht wieder damit an! Nur weil ich ein paarmal von meinem neuen Chef erzählt habe?«

Tim atmete tief durch, dann sah er mir direkt in die Augen.

»Nicht nur deswegen.« Er kämpfte mit sich, bevor er fragte: »An dem Abend, als ich dir von Sarah erzählt habe und du danach nicht mehr nach Hause gekommen bist, warst du da bei ihm?«

Mein Herzschlag setzte für einige Sekunden aus. Ich hatte das Gefühl, dicke, fette Steine in meinem Bauch würden mich nach unten ziehen. Ich musste mich neben Tim aufs Sofa setzen, unfähig, einen klaren Gedanken zu fassen, geschweige denn zu antworten. Aber das brauchte ich auch nicht. Tim deutete mein Schweigen richtig.

Wir starrten stumm vor uns hin. Bis ich schließlich sagte: »Es waren nicht die Seitensprünge mit Sarah oder Hannes, die unsere Beziehung kaputt gemacht haben. Es lief schon vorher nicht mehr rund, sonst wären wir nie so weit gegangen.«

Tim sah mich an, und auch wenn ich ihn damit quasi von jeder Schuld freisprach, war er nicht erleichtert. »Nein, ich weiß. Wir haben es irgendwo verbockt.«

»Vielleicht hätten wir mehr um unsere Beziehung kämpfen müssen, aber …«, ich schluckte. »Ich war einfach so durch den Wind, danach.«

Tim seufzte: »Ja, es ging alles unglaublich schnell.«

Wir nickten beide einvernehmlich, obwohl es das Ergebnis nicht besser machte.

»Ich hätte nie gedacht, dass ich mich noch mal in eine andere Frau als dich verlieben könnte«, sagte er schließlich, aber bei allem Verständnis, das ich jetzt wieder für ihn aufbringen konnte, tat es trotzdem weh.

»Also bist du glücklich mit Sarah?«, fragte ich.

Er überlegte und nickte dann schwach. »Ja, es läuft gut. Es ist … unkompliziert mit ihr.«

Unkompliziert. War das vielleicht unsere neue Definition für glücklich sein?

»Und du?«, fragte Tim nun mich.

»Ja. Auf jeden Fall. Es funktioniert gut zwischen Hannes und mir«, versicherte ich ihm eilig.

Tim nickte und fühlte sich genötigt, das Ergebnis unserer Unterhaltung, vielleicht schon im Hinblick auf meine Mutter, noch einmal abschließend zusammenzufassen: »Also geht es uns jetzt besser.«

»Ja. Sieht so aus.« Ich lächelte ihm zaghaft zu.

»Dann könnten wir doch versuchen, wieder Freunde zu sein, auch Kai zuliebe, meinst du nicht?«

Als wären wir jemals Freunde gewesen. Soweit ich mich erinnern konnte, waren wir entweder Feinde oder ein Paar, und wenn wir weder das eine noch das andere gewesen waren, waren wir entweder scharf oder wütend aufeinander. Dennoch erklärte ich bereitwillig: »Ja. Freunde.«

Das Problem war nur, dass Freunde nicht das taten, was wir nur Sekunden nach dieser Freundschaftsbekundung auf dem Wohnzimmerfußboden meiner Mutter taten. Ich weiß auch nicht genau, wie es dazu kam. Wir wollten eigentlich nur unsere Versöhnung mit einer kleinen Umarmung besiegeln, und als Tim mich wie selbstverständlich fest an sich drückte, fühlte ich mich plötzlich ganz leicht. Ich hatte mich immer gut gefühlt in seinen Armen, egal ob er mich trösten, mich nach einem Streit beruhigen oder mich küssen wollte. Ich fühlte mich gut in seinen Armen, auch jetzt, obwohl wir nur noch Freunde waren. Die Umarmung dauerte länger, als es für Freunde notwendig gewesen wäre, und als ich spontan zu ihm aufsah, berührte meine Stirn sein Kinn. Dann berührten seine Lippen meine Stirn und von da aus waren es nur noch wenige Zwischenschritte, bis meine Lippen seine berührten. Und bevor wir überhaupt merkten, dass das auch durchaus als Kuss bezeichnet werden konnte und damit nicht mehr in die Kategorie Freundschaft fiel, war es schon zu spät. Wir fielen übereinander her und dann vom Sofa. Auf dem Fußboden zogen wir uns so hektisch gegenseitig die Klamotten aus, als wären wir Teenager und unsere Eltern stünden jeden Moment vor der Tür, was sie im Grunde sogar taten. Ein paar Minuten später lagen wir keuchend nebeneinander auf dem Fußboden und starrten verwirrt an die Decke.

»O Gott.« Ich schlug die Hände über meinem Gesicht zusammen und hoffte, ich würde dadurch unsichtbar, so wie Kai es früher immer geglaubt hatte. »Scheiße.«

»Wie romantisch«, schnaufte Tim immer noch außer Atem.

»Das war nicht romantisch, Tim. Das war bescheuert. Was war das überhaupt?«

»Freundschaft?«, erwiderte er und lächelte mich dabei entwaffnend an.

»Das ist nicht witzig!« Ich warf ihm sein T-Shirt an den Kopf, während ich mich hektisch wieder anzog. »Schnell, die anderen können jeden Moment wieder auftauchen.«

»Ich meine, wir haben das gemacht, was deine Mutter von uns verlangt hat. Wir haben uns ... versöhnt«, rechtfertigte Tim sich und sammelte eilig seine Sachen zusammen.

Ich sah ihn fassungslos an. »Ich denke, ein einfaches Händeschütteln hätte ihr genügt. Was ... was ... wie ... wie ...«

Aber bevor ich den ohnehin nicht gerade durchdachten Satz beenden konnte, hörte ich auch schon einen Schlüssel in der Wohnungstür. Ich schaute Tim entsetzt an, der immer noch mit einem Hosenbein kämpfte, das sich von innen nach außen gestülpt hatte. Jetzt fand er es auch nicht mehr witzig und hüpfte fluchend auf einem Bein umher. Ich warf schnell die Wohnzimmertür zu, und während die Familie samt Anhang in den Flur polterte, half ich Tim mit einer Hand, das Hosenbein richtig zu drehen und knöpfte mit der anderen meine Bluse wieder zu. Tim warf seinen Pullover über und zog dann mit einem beherzten Ruck die Jeans hoch, als meine Mutter auch schon die Tür aufmachte. Ich stellte mich erschrocken vor Tim, der seine Hose unauffällig hinter meinem Rücken zuknöpfte und gleichzeitig meine Bluse aus meinem Gürtel befreite, in dem sie sich verfangen hatte.

»Und, wie sieht es aus?«, fragte meine Mutter erwartungsvoll, um gleich ein enttäuschtes ›Oh‹ hinterherzuschieben, als sie den unfertigen Weihnachtsbaum sah.

»Gut«, lächelte Tim meine Mutter freundlich an.

»Ja, viel besser«, versicherte ich ihr ebenfalls schnell.

Tim sah mich an und zuckte mit den Schultern. »Wir haben miteinander …«

»… geredet«, fiel ich ihm zur Sicherheit ins Wort, weil ich nicht wusste, wie ausführlich er meiner Mutter Bericht erstatten wollte.

»Ja, die ganze Zeit geredet«, bestätigte Tim schnell, und ich befürchtete schon, dass unsere neu gefundene Harmonie meine Mutter misstrauisch machen könnte. Aber sie war zu sehr damit beschäftigt, sich über ihren gelungenen Plan zu freuen.

»Und was ist dabei rausgekommen?«, hakte sie zufrieden nach.

Tja, gute Frage. Mehr als erwartet, auf jeden Fall. Tim und ich sahen uns gegenseitig an, in der Hoffnung, der andere hätte die passende Antwort parat.

»Dass wir es noch mal versuchen wollen«, erklärte Tim schließlich, und ich stimmte ihm schnell zu, bis mir klarwurde, dass ich nicht wusste, was genau wir noch mal versuchen wollten. Meinte er jetzt etwa die Freundschaft, an der wir, wie wir uns gerade eindrucksvoll bewiesen hatten, wohl noch arbeiten mussten? Aber da meine Mutter das als Antwort ausreichte, blieb die Frage ungeklärt. Das war vielleicht auch besser so, denn inzwischen hatten auch Hannes und Sarah das Wohnzimmer betreten und ich fühlte mich schlagartig schlecht. Fast so, als hätten sie uns in flagranti erwischt, wozu nicht viel gefehlt hatte. Tim ging es wohl ähnlich, denn er begrüßte Sarah inniger als nötig. Auch ich wandte mich schnell Hannes zu.

»War es schlimm?«, fragte ich bemüht locker und meinte damit den Weihnachtsspaziergang mit meinen Eltern, die, wie ich aus Erfahrung wusste, meine neuen Freunde in meiner Abwesenheit gerne mit endlosen Fragen löcherten.

»Nein, überhaupt nicht«, lachte Hannes und fügte dann leise hinzu: »Und bei dir?«

O Gott, ich wurde rot. Ganz bestimmt. Ich musste gerade purpurrot anlaufen, so heftig kribbelte es unter meiner Gesichtshaut. Jede Sekunde musste Hannes mich von oben bis unten durchschauen. Sobald sich das ganze Blut in meinem Kopf gesammelt hatte, würde er wissen, was Tim und ich vor nicht mal fünf Minuten in diesem Raum, auf diesem Teppich getan hatten. Ich versuchte mich schnell von ihm wegzudrehen. Aber scheinbar bemerkte Hannes auch so nichts Ungewöhnliches an meinem Gesicht.

»Ähm, ja«, krächzte ich leise. »Ich meine, nein, nicht so schlimm, also eigentlich ganz in Ordnung, wobei, das auch nicht wirklich. Aber wahrscheinlich bitter nötig, andererseits … Ähm, weißt du was, ich erzähle es dir später. Hilfst du mir, den Weihnachtsbaum fertig zu schmücken?«

Ein eingespieltes Paar

Doch, es war schlimm. Ich hatte Sex mit dem Ex, schlimm genug. Als würde das noch nicht ausreichen, um mir ein schlechtes Gewissen zu machen, tröstete mich mein betrogener Freund auch noch auf dem Nachhauseweg, weil er glaubte, ich hätte mich mit Tim gestritten und wäre deswegen so schweigsam. Aber das Schlimmste an diesem Abend war, dass die Sache zwischen Tim und mir ungeklärt geblieben war. Meine Mutter hatte vielleicht mit ihrer Versöhnungsstrategie kurzfristig Erfolg gehabt, aber danach versuchten Tim und ich umso krampfhafter, wenn auch um einiges höflicher, uns für den Rest des Abends aus dem Weg zu gehen. Am Ende hatten wir uns nur noch steif per Handschlag verabschiedet. Tim hatte den schlafenden Kai in sein Auto gepackt und war mit ihm und Sarah direkt in den Ski-Urlaub aufgebrochen. Wir hatten keine Gelegenheit mehr, uns über den Zwischenfall zu unterhalten. Also blieb er oder vielmehr das, was er zu bedeuten hatte, wie ein großes Fragezeichen zwischen uns stehen und würde es auch noch eine Weile bleiben.

Und wieder einmal begann für mich das unerträgliche Warten auf Tim. Ich wollte ihn nicht im Urlaub anrufen und sowieso war es keine Angelegenheit, die man mal gerade eben am Telefon besprach. Mehrmals kämpfte ich mit mir, ob ich es Hannes beichten sollte, und entschied mich am Ende dagegen, weil es eben nicht mehr als Sex, unromantischer, hektischer Sex mit dem Ex gewesen war. Abschiedssex vermutlich, aber genau das war eine der Fragen, denen ich nachgehen musste. Erfahrungsgemäß war es schließlich nicht unüblich, dass man noch einmal mit dem Ex ins Bett stieg, nachdem man sich getrennt hatte. Meistens doch, um der Sache einen runden Abschluss zu geben. Höchstens noch, um auszutesten, ob da auch wirklich nichts mehr war. Im besten Falle, um eine angenehme Erinnerung an die gemeinsame Zeit zu behalten. Aber bei Tim und mir traf das alles nicht zu. Immerhin war seit unserer Trennung fast ein Dreivierteljahr vergangen. Es war zu spät, um sich auf diese Art zu verabschieden, geschweige denn, Gefühle auszutesten, schließlich steckten wir beide knietief in neuen funktionierenden Beziehungen. Und es war auch nicht die Art von Sex mit ihm gewesen, die ich gerne in Erinnerung behalten wollte. Ich zerbrach mir eine Woche lang den Kopf darüber, wie das zwischen Tim und mir hatte passieren können, wie ich es einzuordnen hatte und, vor allem, wie es zwischen uns weitergehen sollte. Eine Woche lang konnte ich kaum schlafen oder mich auf meine Arbeit konzentrieren, weil vor meinem inneren Auge immer wieder Tim und ich nackt auf dem Fußboden auftauchten. Zum Glück bekam Hannes von all dem nichts mit, weil er als passionierter Wintersportler einer Einladung zur Vier-Schanzen-Tournee gefolgt und ebenfalls die ganze Woche verreist war. Umso mehr Zeit hatte ich, eine Antwort zu finden. Das war auch dringend nötig, denn unmittelbar nach seinem Ski-Urlaub mit Kai und Sarah stand Tim vor meiner Tür und stellte die gleichen Fragen.

Ich hatte nicht damit gerechnet, dass er so bald auftauchen würde. Aber es beruhigte mich, dass er das Thema offenbar genauso schnell wie ich aus der Welt schaffen wollte. Wir hielten uns eine Weile mit Smalltalk auf, der Urlaub war schön, der Schnee pulvrig und Kai natürlich ein echtes Naturtalent, was er wohl von seinem Vater haben musste, weil seine Mutter sich auf Skiern keine drei Sekunden aufrecht halten konnte. Höfliches Lachen, Stille, dann gab es eigentlich nur noch ein Thema.

»Also …«, begann Tim vage.

»Also …«, schloss ich mich ihm an.

»Das Weihnachtsessen bei deiner Mutter.«

»Ein Ausrutscher!«

»Genau.«

Wow. Das ging schnell. So schnell waren wir uns ja noch nie über eine Sache einig geworden. Er sah es also genauso wie ich. Was für eine Erleichterung. Damit war das Wichtigste schon mal vom Tisch. Wir schwiegen uns an. Tim sah auf den Fußboden, ich suchte mir ein anderes unproblematisches Ziel, das ich mit meinem Blick fixieren konnte.

»Ich meine, ich wollte nicht …«, begann er wieder.

»Nein, nein, ich auch nicht«, versicherte ich ihm schnell, bevor er überhaupt zu Ende geredet hatte.

»Ich hoffe, du hast deswegen keine Probleme mit Hannes bekommen.«

 »Nein, keine Sorge«, sagte ich schnell und gestand dann doch: »Ich habe es ihm nicht erzählt.«

»Ich Sarah auch nicht.«

»Gut.«

»Ja.« Unsere extreme Einigkeit kam mir allmählich fast unheimlich vor.

»Ich meine, ich hätte es Hannes erzählen können, aber es war ja nur …«

»Ein Ausrutscher, eben, genau. Warum schlafende Hunde wecken.«

»Ja, allerdings.«

Man könnte meinen, dass wir die Sache damit ausgiebig geklärt hätten und jeder vernünftige Expartner hätte sich jetzt vermutlich erleichtert einem unkomplizierteren Thema zugewandt. Nicht so Tim, der zunächst das heikle Thema in wirklich allen Facetten besprechen wollte.

»Dann war das bei deiner Mutter quasi …« Er beendete den Satz ganz bewusst nicht, weil er die Definition von mir hören wollte. Diese wenig subtile Art von indirekter Frage hatte er sich zu meinem Leidwesen als Lehrer angewöhnt.

»… unser verspäteter Abschiedssex, würde ich sagen.«

Tim nickte und sah mich einen Moment lang äußerst merkwürdig an.

»Gut, ich bin froh, dass wir das geklärt haben. Ich fände es nämlich schade, wenn das zwischen uns stehen würde.«

»Nein, nein. Tut es nicht«, versicherte ich ihm noch einmal mit meiner ganzen Überzeugungskraft.

»Wir bleiben also …«

»Freunde, ganz genau.«

Ich wurde langsam unsicher, ob Tim es wirklich genauso sah wie ich. Weil er verdammt lange auf der Angelegenheit herumritt, dafür, dass wir uns schon nach zwei Sekunden geeinigt hatten. Oder hatte er vielleicht bedingt durch lange Abende am Kamin in schneebedeckten Berglandschaften einen etwas verklärten Blick auf unseren Ausrutscher entwickelt?

»Es war ja auch nicht besonders schön«, versuchte ich ihn daran zu erinnern.

»Nicht?«, fragte Tim irritiert.

»Na ja, der Boden war hart, die anderen standen praktisch vor der Haustür, und es dauerte geschätzte zehn Sekunden.«

»Hm, dann behältst du den Sex mit mir also in schlechter Erinnerung?«, lachte Tim etwas unsicher.

»Nein, natürlich nicht«, sagte ich irritiert. »Ich meine, den speziell vielleicht, aber … Was soll das, Tim? Worum geht es hier gerade?«

Tim zuckte unschuldig mit den Schultern. »Ich finde nur, dass unsere Beziehung einen würdigeren Abschluss verdient hätte.«

Er kam zögerlich auf mich zu, und ich machte schnell ein paar Schritte zurück hinter den Küchentisch, um eine Barriere zwischen uns aufzubauen.

»Was hast du vor?«, fragte ich nervös.

Aber ich ahnte allmählich, was er vorhatte. Es war auch nicht gerade schwer, es von seinen Augen abzulesen. Seinen unverschämt grünen Augen, die mich aus seinem braungebrannten Ski-Urlaubs-Gesicht anstarrten, als könnten sie keiner Fliege was zuleide tun. Verdammt, er wusste immer noch genau, welche Masche bei mir zog. Vielleicht war es noch nicht mal eine Masche, aber genau deswegen wirkte es ja auch so gut.

 »Soll ich gehen?«, fragte er leise und blieb stattdessen auf der anderen Seite des Tisches stehen.

»Hannes kommt jeden Moment nach Hause«, brachte ich krächzend als einzigen, äußerst schwachen Einwand hervor und wusste selbst, dass es sich wie eine Einladung in mein Schlafzimmer anhörte.

Tim ließ sich dementsprechend davon auch nicht weiter beeindrucken. »Dann müssen wir uns eben beeilen.«

Ich schaute ihn fassungslos an. Seit wann war er so forsch? Das kannte ich überhaupt nicht von ihm, und zu meiner Schande musste ich mir eingestehen, dass er mir so fast besser gefiel als früher. Ich schüttelte ungläubig den Kopf. Dann zog ich ihn über den Tisch hinweg zu mir und küsste ihn, was ein bisschen umständlich war, bis Tim den Tisch einfach zur Seite schob. Während ich ihm seinen Pullover auszog, stolperten wir über das Altpapier und fielen gegen das Gewürzregal. Tim zerrte mein T-Shirt aus der Hose, ich öffnete seinen Gürtel. Seine Jeans hing ihm auf den Knöcheln und behinderte seinen Gang, als er mich auf den Küchentisch hob und meinen BH öffnete. Wir waren wirklich schnell, so schnell, wie es nur ein eingespieltes Paar sein konnte. Aber wir waren nicht schnell genug. Denn in dem Moment hörten wir Hannes' Wagen vorfahren.

»Scheiße!«

Wieder einmal mussten wir uns in Sekundenschnelle anziehen. Aber auch darin waren wir seit Neuestem ein geübtes Team. Auf jeden Fall konnte ich Hannes in komplett wiederhergestelltem Zustand begrüßen, als er die Haustür aufschloss. Tim ließ mich mit Hannes und dem Problem, eine Ausrede zu finden, allein. So kam es statt zum zweiten Abschiedssex mit Tim zu einem ausgiebigen Begrüßungskuss mit Hannes. Ich war über mich selbst überrascht, wie erfolgreich ich den erneuten Zwischenfall mit Tim ausblenden konnte, bis Hannes mir zärtlich durch die Haare fuhr und ein paar Krümel Oregano herauspickte.

»Was ist das denn, wolltest du etwa kochen?«

Ich starrte erschrocken auf die grünen Krümel in seiner Hand.

»Ähm, nein … ich bin … gestolpert. Gegen das Gewürzregal. Beim … Müllentsorgen.«

»Mmh, Küchen sind ja lebensgefährlich für dich. Du solltest dich besser von ihnen fernhalten.«

Ich lächelte ihn etwas verkrampft an. »Ja, das sollte ich wohl.« Und Küchen waren nicht das Einzige, wovon ich mich fernhalten sollte.

Was Freunde so tun

Das Problem war die Gewohnheit. Zwischen Tim und mir war in den letzten Jahren vieles zur Gewohnheit geworden, inklusive Sex. Oder zumindest die Abläufe, die dann automatisch dazu führten. Das musste es sein. Auf jeden Fall war es eine logische Erklärung für unsere beiden Ausrutscher. Um also weiteren Zwischenfällen dieser Art vorzubeugen, mussten wir auf unsere Rituale verzichten. Berührungen waren tabu, Blicke, die länger als drei Sekunden dauerten, auch. Gespräche durften einen bestimmten Themenkreis nicht verlassen, Erinnerungen nicht aufgewärmt werden und am besten war überhaupt, wenn Tim und ich uns nicht allein im Raum aufhielten. Wir mussten uns unsere Gewohnheiten abgewöhnen, wenn wir Freunde bleiben wollten.

Ich war zufrieden mit meinen Ergebnissen, zu denen ich mangels Gesprächspartner ganz allein gekommen war. Normalerweise wäre Tina für diese Art Analyse zuständig gewesen, aber ich konnte schlecht zu ihr gehen und ihr unter die Nase reiben, dass Tim und ich nun schon zweimal auf dem Fußboden re-

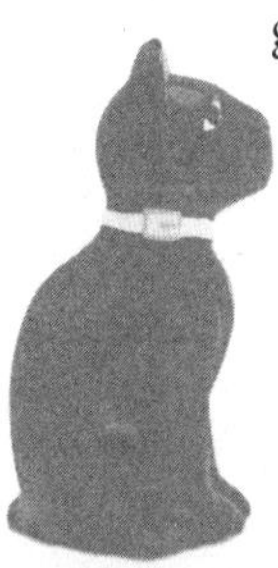

spektive Tisch gelandet waren, nachdem sie mich gerade monatelang aufgepäppelt hatte. Also musste ich für dieses spezielle Problem selbst eine Lösung finden, und das hatte ich soeben nach mehreren durchwälzten Nächten und genauso fürchterlichen Tagen, in denen ich Hannes gegenüber ununterbrochen ein schlechtes Gewissen hatte, getan. Die Gewohnheiten abgewöhnen!

Während des Lösungsfindungsprozesses hatte ich Tim auf Abstand gehalten. Ich wollte kein Risiko eingehen, solange ich nicht wusste, was da zwischen uns immer wieder für Irritationen sorgte. Seine Anrufe hatte ich abgewimmelt und mir jeden Tag neue Ausreden einfallen lassen, warum ich ihn weder morgens, noch abends, noch in der Mittagspause treffen konnte. Wenn ich ihn das nächste Mal sah, wollte ich mir absolut sicher sein, dass nicht wieder etwas aus dem Ruder lief. Ich wollte entschlossen auftreten, freundlich, aber reserviert. Ich wollte zurückhaltend sein und mich nicht von meinen Emotionen leiten lassen. Aber dann kam Tim einfach so in die Redaktion spaziert, platzte mitten in meine Unterhaltung mit einem Kollegen und forderte mich zu einem klärenden Gespräch auf, was natürlich die denkbar ungünstigste Ausgangsposition für mein kontrolliert reserviertes Gespräch mit ihm war. In erster Linie, weil ich ihn hektisch wieder aus der Redaktion bugsieren musste, bevor Hannes ihn sah.

»Spinnst du?«, fuhr ich ihn barsch an, als wir endlich in seinem Auto saßen, und verließ damit kurzfristig den allgemeinen Verhaltenskodex für ein freundlich-reserviertes Auftreten. Aber Tim konnte mich doch nicht einfach so bei der Arbeit zur Rede stellen, in dem vollen Wissen, dass mein Freund und Chef nebenan saß.

»Irgendwie musste ich nun mal an dich rankommen. Wir müssen doch über das reden, was passiert ist.«

»Nein, *wir* müssen überhaupt nichts. *Du* musst aufhören, mich … mit deinen grünen Augen anzustarren, mich zu umarmen, mich durcheinanderzubringen, Tim!«

Als wollte er mich gleich wieder auf die Probe stellen, starrte er mich schon wieder viel zu lange und viel zu unschuldig an und fragte: »Also gibst du mir jetzt die Schuld dafür?«

»Ja!«

Tim schüttelte den Kopf und gab ein komisches Grunzgeräusch von sich. Das tat er immer, wenn er wusste, dass ich wusste, dass ich falsch lag.

»Also gut, beim ersten Mal waren wir irgendwie beide schuld«, gab ich zu. »Aber beim zweiten Mal wolltest *du* das erste Mal wiederholen, nicht ich, und du wusstest genau, dass ich mich nicht wehren konnte, weil …« Ich suchte nach einem nachvollziehbaren Grund, warum ich mich nicht hatte wehren können, und Tim wusste, dass es den nicht gab, und bohrte genau deswegen nach: »Das würde mich jetzt auch interessieren.«

Ich atmete einmal tief durch und versuchte dann elegant und unauffällig zu meiner frisch gewonnenen Erkenntnis überzuleiten: »Die Gewohnheit.«

»Die Gewohnheit?«, fragte er immer noch amüsiert.

»Ja, zwischen dir und mir. Es ist die Gewohnheit. Wir waren nie Freunde. Wir sind es gewohnt, mehr als Freunde zu sein. Und deswegen fällt uns das Freundesein jetzt natürlich schwer. Irgendetwas erinnert uns immer an früher, und dann …«

»… haben wir Sex. Verstehe.« Tim sah mich kopfschüttelnd
an, und für einen Moment glaubte ich, diesen Blick in seinen Au-

gen wiederzuerkennen, den ich am Anfang unserer Beziehung so oft gesehen hatte. Diesen »Okay, ich weiß, dass Karina verrückt ist, aber ich liebe sie trotzdem«-Blick, und sofort klopfte mein Herz schneller und bestätigte noch mal, dass ich mit meiner Theorie genau richtig lag.

»Ich meine es ernst, Tim, Freunde zu sein ist nicht einfach.«

Jetzt wurde Tim auch wieder ernster und nickte zerknirscht. »Ich weiß. Ich bin ja auch nicht gerade stolz auf unsere ...« Er suchte nach dem passenden Begriff, und ich half ihm schnell mit dem Wort aus, auf das wir uns geeinigt hatten.

»... Ausrutscher.«

»Ja. Das hat es nicht gerade leichter gemacht, was?«, sagte er und lächelte dabei verlegen.

Ich nickte.

»Ich will wirklich, dass das mit uns klappt, Karina. Schon wegen Kai.« Es hörte sich fast flehend an.

»Ich ja auch, Tim«, stimmte ich ihm zu. »Deswegen sollten wir erst mal Abstand voneinander halten.« Tim schaute überrascht auf und ich schob schnell hinterher: »Als Freunde natürlich.«

»Und was ist der Unterschied zu vorher?«

»Dass wir miteinander reden, wenn wir uns sehen. Freundlich. Und ausschließlich.«

Tim schüttelte den Kopf, bemühte sich aber trotzdem zu lächeln. »Okay, das sollten wir hinkriegen, oder?«

»Ja.«

Wir sahen uns an, und unser Blickwechsel dauerte eindeutig länger als die erlaubten drei Sekunden, doch zum Abschied wollte ich das noch einmal durchgehen lassen. Aber dann beugte

Tim sich plötzlich zu mir rüber und machte Anstalten, mich zu umarmen. Ich wich hektisch zurück und hob abwehrend meine Hände. »Was hast du vor?«

»Ich wollte mich nur verabschieden«, erklärte Tim irritiert.

»Nein. Du wolltest mich umarmen, und genau das meinte ich mit Gewohnheit. Freunde verabschieden sich nicht so.«

Tim musste schon wieder grinsen. »Sondern?«

Ich schüttelte den Kopf und stieg aus. Dann beugte ich mich noch mal zum Fenster runter und sagte: »Mach's gut, Tim.«

So verabschiedeten sich Freunde.

Fangfragen

Es roch nach Essen, als ich die Haustür aufschloss. Nach selbstgekochtem Essen, und das war das eigentlich Beunruhigende daran. Bei Hannes und mir roch es nie nach selbstgekochtem Essen. Wenn überhaupt, dann roch es nach selbstaufgebackener Tiefkühlpizza oder nach selbstbestelltem Essen vom Perser um die Ecke. Aber es roch ganz bestimmt nicht nach …

»Fettucine Buscaiola«, klärte Hannes mich auf, als ich neugierig in die Töpfe schaute.

»Du kannst kochen?« Die Überraschung, die in meiner Stimme mitschwang, war echt. Bis jetzt hatte ich geglaubt, Hannes' Zehntausend-Euro-Hochglanzküche wäre nichts als Dekoration, ein reines Ausstellungsstück, in der lediglich die Espresso-Maschine keine Attrappe war. Ich war mir sicher, dass Hannes sie, seit er hier eingezogen war, noch kein einziges Mal benutzt hatte. Und die Tatsache, dass er es jetzt tat, um ganz offensichtlich eine Art Dinner für zwei zu kochen, machte mich irgendwie nervös.

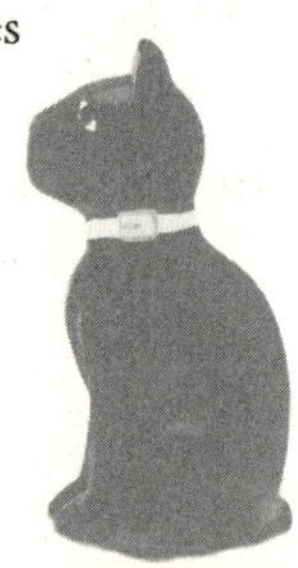

»Nein«, antwortete Hannes. »Aber für hoffnungslose Fälle wie mich gibt es diese kleinen Hilfsmittel mit detaillierter Anleitung, genannt Kochbuch.« Hannes deutete mit dem Kinn auf das kleine Heft, das neben dem Herd aufgeschlagen lag und genauso unbenutzt wirkte wie die Küche. Ich musterte ihn prüfend, während er umständlich auf die Petersilie einhackte, und versuchte herauszufinden, ob er etwa das vorhatte, was Männer, die nicht kochen konnten, meistens vorhatten, wenn sie ganz gegen ihre Gewohnheiten den Herd belagerten. Nicht dass ich Erfahrungen damit hatte. Ich kannte es bisher nur aus Erzählungen, aber die ähnelten sich dafür auffallend und beinhalteten nicht selten die Komponenten Kochen, Kerzen und Heiratsantrag.

Aber Hannes musste sich viel zu sehr auf das feine Zerhacken der Petersilie konzentrieren, als dass ich aus seinem angespannten Gesichtsausdruck mehr lesen konnte, außer dass er vermutlich zum ersten Mal kochte. Ich nahm das Kochbuch in die Hand und blätterte scheinbar interessiert darin herum, während ich unauffällig nach Desserts Ausschau hielt, in denen er den vermeintlichen Verlobungsring hätte verstecken können. Hannes war ungewöhnlich still. Sein Verhalten war mehr als verdächtig. Und nicht einmal der Titel des Kochbuchs konnte mich beruhigen.

»Kochen für Singles?«, fragte ich irritiert.

»Ja. Andere Kochbücher habe ich leider nicht. War ein Abschiedsgeschenk meiner Exfreundin.«

»Sehr subtil.«

»Sie war Köchin und konnte es wohl irgendwann nicht mehr ertragen, dass ich nie rechtzeitig zum Essen zu Hause war.«

Ich lächelte ihn mitleidig an, aber auch diese Erklärung passte nur zu gut in das sich allmählich verfestigende Gesamtbild. Er benutzte also symbolträchtig ein Rezept aus einem Single-Kochbuch, das noch dazu das Lebe-Wohl-oder-Fahr-zur-Hölle-Geschenk seiner Ex war, um mit mir ein von Ringen und Ja-Wörtern besiegeltes Leben zu zweit zu beginnen.

»Ist alles in Ordnung?«, fragte Hannes, nachdem ich wohl etwas zu lange auf den Titel des Kochbuchs gestarrt hatte. Ich nickte und stahl mich schnell mit der Ausrede davon, vor dem Essen noch dringend einen Anruf erledigen zu müssen.

»Er will mir einen Antrag machen!«

»Was denn, heute?« Tinas Antwort war nicht sehr hilfreich.

»Natürlich heute, und zwar in wenigen Minuten. Es sei denn, er hat vor, die Fettucine alla irgendwas einzufrieren und dann zu gegebenem Anlass aus der Tiefkühltruhe zu holen. Hast du mich nicht verstanden: Hannes kocht!«

»Vielleicht hat er Hunger.«

»Tina!!!« Sie verstand eindeutig nicht den Ernst der Lage.

»Na gut, dann freu dich doch.«

»Freuen?«

»Mein Gott, du liebst ihn doch, oder?«

»Ja, schon.«

»Und er liebt dich.«

»Vermutlich.«

»Und wenn ihr verheiratet seid, ist das ganze Chef-liebt-Untergebene-Versteckspiel endlich vorbei. Also, freu dich!«

Tina neigte manchmal dazu, die Dinge allzu sehr zu vereinfachen.

»Aber … es ist zu früh.« War sie nicht diejenige gewesen, die mir Hannes von Anfang an ausreden wollte, weil ihr stellvertretend für mich alles ein bisschen zu schnell ging? Woher kam denn dieser plötzliche Sinneswandel?

»Schätzchen, du wirst dieses Jahr siebenunddreißig. Der weibliche Körper verliert ab fünfunddreißig schon jedes Jahr an Muskelmasse, die im Übrigen durch pures Fett ersetzt wird, und von der stetig sinkenden Anzahl fruchtbarer Eier in deinen Eierstöcken will ich gar nicht erst reden. Also, nein, es ist nicht zu früh.«

»Na, vielen Dank auch.« Rein biologisch gesehen mochte sie vielleicht recht haben. Aber ich wollte so eine Entscheidung nicht von meinen Eizellen abhängig machen.

»Sag einfach ja.«

»Aber …«

»Aber was?«, seufzte Tina genervt ins Telefon. Natürlich konnte ich ihr jetzt schlecht erklären, dass Tim und ich gerade versuchten, Freunde zu werden, und dass dieses komplizierte Unterfangen durch eine Hochzeit möglicherweise völlig durcheinandergeraten würde. Also stotterte ich mir einen anderen Grund zurecht. »Aber … ich kenne Hannes doch noch gar nicht so lange.«

»Dann sag eben nein, mein Gott, dafür sind diese Anträge schließlich da. Es ist nur eine Frage. Eine ganz einfache Frage. Und du antwortest ja oder nein, okay? Das kriegst du schon hin. Sorry, Schätzchen, aber ich muss jetzt wirklich Schluss machen. Tanzkurs, Tschau-Tschau.«

Sie legte auf, ohne meinen Einspruch abzuwarten, und ließ mich mit dem drohenden Heiratsantrag einfach alleine.

Ich konnte meine Nervosität nur schwer verbergen, als ich Hannes schließlich am geschmackvoll gedeckten Tisch gegenübersaß. Er hatte sich wirklich Mühe gegeben. Eine lange schmale rote Kerze flackerte romantisch vor sich hin, im Hintergrund kam gedämpfte Jazzmusik aus den Lautsprechern und wenn das nicht schon genügend Hinweise waren, dann bot das kitschige Pfeffer-und-Salzstreuer-Set, das aus küssenden Katzen bestand und das er auffällig unauffällig direkt vor mir platziert hatte, die letzte Gewissheit. Alles war perfekt. Auch wenn ich das, wofür er nach eigenen Angaben geschlagene zwei Stunden in der Küche gestanden hatte, schlichtweg als Nudeln mit etwas verkochter Tomaten-Pilzsoße bezeichnet hätte. Die ich noch dazu nicht mal gebührend genießen konnte, weil ich ununterbrochen reden musste, um Hannes in die Defensive zu drängen und ihm keine Gelegenheit zum romantischen Kniefall oder dergleichen zu geben. Wenigstens so lange nicht, bis ich mich zwischen den beiden Wörtern, die ich zur Auswahl hatte, entschieden hatte. Also erzählte ich Hannes ausführlich von meinem unspektakulären Arbeitstag, als hätten wir nicht die Hälfte davon gemeinsam in derselben Redaktion verbracht. Ich erzählte ihm von Kai und seinem Rekordversuch, die Rutsche in möglichst vielen verschiedenen Varianten herunterzurutschen, ohne den eigentlich dafür vorgesehenen Hintern zu benutzen. Als mir langsam die Themen ausgingen, erzählte ich ihm sogar von Ecki, dem Kioskbesitzer meines Vertrauens, um den ich mir langsam ernsthafte Sorgen machte, weil sein Laden fast immer geschlossen war, wenn ich mal vorbeikam. Hannes ließ meine Erzählungen interessiert und lächelnd über sich ergehen, bis wir die letzte Nudel von unseren Tellern gepickt hatten. Da wurde die Spannung allmählich unerträglich und meine Stimme immer heiserer.

»Nachtisch?«, fragte ich vorsichtig.

»Welcher Nachtisch?«

»Es gibt keinen Nachtisch?« Mir fiel ein Stein vom Herzen.

»Nein. Ich glaube, du überschätzt meine Kochkünste. Ich könnte dir einen Kaffee anbieten, aber ich habe das Gefühl, dass du besser keinen mehr trinken solltest, so aufgedreht wie du bist.«

Tina hatte also recht. Hannes hatte einfach nur Hunger gehabt. Er hatte Hunger gehabt und gekocht, so wie es normale Menschen eben tun. Keine Spur von einem Heiratsantrag, nicht mal der Hauch einer Andeutung. Hannes hatte Hunger gehabt, gekocht und eine Kerze angezündet, weil es eben gemütlicher mit Kerze war als ohne. Er hatte Musik angemacht, weil er gerne Musik hörte, und die küssenden Katzen aufgestellt, weil er keine anderen Pfeffer- und Salzstreuer hatte. Ich war so erleichtert, dass ich schlagartig aufhörte zu reden.

Hannes lachte. »Ist schon gut, du bekommst ja deinen Kaffee.« Doch dann beugte er sich plötzlich zu mir rüber und nahm meine Hand und sagte mit einem ernsten, mitfühlenden Blick: »Aber vorher muss ich dich noch etwas fragen.«

Ich hätte wissen müssen, dass die Überraschungsangriffe immer erst in der Nachspielzeit kamen. Ruhig bleiben, Karina, es ist nur eine Frage. Eine ganz einfache Frage. Ja oder Nein. Kein Problem.

Und dann stellte Hannes sie: »Wie läuft es seit dem Weihnachtsessen eigentlich zwischen dir und Tim?«

Ich schaute ihn etwas überrascht an, denn ich hielt das für eine eher schlechte Einleitung zu *der* Frage.

»Äh, gut«, antwortete ich ziemlich lahm. »Ganz gut. Wir sind Freunde. Gute Freunde. Normale Freunde, meine ich. Nur wegen Kai, natürlich. Aber … inzwischen läuft es wieder gut zwischen uns.«

Das war vielleicht etwas übertrieben, dafür, dass Tim und ich uns nur bei der Übergabe von Kai auf dem Spielplatz oder bei einem von uns vor der Haustür trafen und dabei ein paar belanglose Worte über die Arbeit, die Schule und unseren Sohn wechselten. Aber immerhin endeten unsere Unterhaltungen inzwischen nicht mehr im Streit oder dem Gegenteil davon, dafür aber mit einem Gruß an unsere jeweiligen neuen Lebenspartner. Deswegen war mein Gestammel durchaus ernst gemeint, auch wenn ich beim besten Willen nicht wusste, was das mit Hannes' Heiratsantrag zu tun hatte.

Hannes sah mir tief in die Augen und räusperte sich, während ich im Stillen noch mal die Optionen durchging. Ja oder Nein.

»Ich bin froh, dass du das mit Tim abgeschlossen hast und dich wieder besser mit ihm verstehst, weil ich nämlich eigentlich fragen wollte …«

Denk nach, Karina. Ja oder Nein, oder doch eher ›noch nicht, aber gerne später‹. Tina hatte gelogen, natürlich gab es eine dritte Option. Und wenn ich noch länger darüber nachdachte, fielen mir vermutlich auch noch die Optionen vier bis zehn ein. Verdammt.

»… und du musst wirklich ehrlich antworten, weil ich dich nicht zu irgendetwas drängen will …«

Ich nickte blass. Ja, nein, ein anderes Mal vielleicht.

»… aber ich wollte dich fragen, ob wir …«

Nein, wenn auch rein prinzipiell durchaus.

 »… alle zusammen in den Urlaub fahren sollen. Du und ich, Tim und Sarah und natürlich Kai.«

»Ja!«

Hannes sah mich nach diesem vorschnellen und etwas zu lauten Ja genauso überrascht an wie ich ihn. Aber ich war so erleichtert, dass er mir nicht *die* Frage gestellt hatte, dass ich vermutlich auch zu einer Teilnahme am Ironman Hawaii oder zur Anschaffung einer Brotbackmaschine ja gesagt hätte.

Seiten-
wechsel

Meine letzten Hoffnungen, dass dieser völlig hirnrissige Urlaub zu fünft aufgrund des berechtigten Einspruchs von Tim nicht stattfinden würde, zerschlugen sich mit dem herzlichen »Hannes hat uns schon alles erzählt, und wir finden die Idee ganz wunderbar«, das Sarah mir durchs Telefon entgegenflötete. Dabei wollte ich Tim eigentlich mit einem konspirativen Anruf zum Boykott aufrufen. Aber Tims neues »wir« wusste längst Bescheid und war begeistert. Ganz toll. Deswegen also das merkwürdige Dinner für zwei. Hannes hatte hinten herum bereits alles klargemacht und mich dann mit einem vorgetäuschten Heiratsantrag dazu gezwungen, willenlos einem Winterurlaub in tiefster Alpeneinöde zuzustimmen, der auch ohne Tim und Sarah eine Herausforderung gewesen wäre.

»Keine Sorge, das Ferienhaus hat zwei Etagen, wir laufen ihnen also nicht ständig über den Weg«, besänftigte Hannes mich, als er merkte, dass ich kurz davor war, einen Rückzieher zu machen.

»Zwei Etagen?«

»Ja. Zwei Etagen, fünf Schlafzimmer, zwei davon mit Blick auf einen See, zwei Wohnzimmer, zwei Badezimmer, eine Küche. Ich habe gehört, die Alpen sollen inzwischen so gut erschlossen sein, dass wir laut Prospekt sogar fließendes Warmwasser und einen Fernseher im Haus haben.«

Hannes hatte nicht den geringsten Schimmer, was mein Problem bei unserem Urlaub zu fünft war. Aber wenigstens wusste ich jetzt, wie ich unerwünschten Zwischenfällen vorbeugen konnte. Ein Schlafzimmer mit Seeblick und Warmwasser – darüber konnte Tina sich nun wirklich nicht beschweren.

»Och nöö, Schätzchen, du weißt doch, was bei meinem letzten Ski-Urlaub passiert ist. Ich habe jetzt noch Schrauben davon im Knie.«

»Genau, deswegen lasse ich dich auch auf gar keinen Fall auf die Skier. Du bist mein Puffer.«

»Dein Puffer. Ganz toll, ich soll also verhindern, dass du Tim an die Gurgel gehst?«

»Ja, genau.« Wenn die Definition von *an die Gurgel gehen* im weitesten Sinne auch *um den Hals fallen* beinhaltete.

»Warum hast du zu so einer schwachsinnigen Idee überhaupt ja gesagt?«, bohrte Tina rücksichtslos wie immer nach, aber zum Glück konnte ich sie schnell mit dem Prospekt über das nahe gelegene Wellnesscenter ablenken.

Mit Tina als Puffer konnte sogar ich mich schließlich mit dem Gedanken an einen Urlaub mit Tim anfreunden. Wenn unser Problem die Gewohnheit war, dann brauchten wir vielleicht auch nur die Gelegenheit, diese Gewohnheiten loszuwerden. Und was eignete sich besser dazu als ein gemeinsamer Winterurlaub, der uns zwang, unter Aufsicht von Hannes, Sarah und Tina, fast ständig zusammen zu sein.

Tatsächlich verlief unser Urlaub überraschend harmonisch. Es stimmte zwar, das Ferienhaus war so groß, dass wir uns nicht ständig auf die Füße traten. Aber komischerweise verbrachten wir freiwillig mehr Zeit miteinander als nötig und unternahmen fast alles zusammen. Wenn Hannes, Tim und Sarah morgens zum Skifahren aufbrachen und Kai in den Skikindergarten ging, begleiteten Tina und ich sie auf den Berg, steuerten die nächste Skihütte an und winkten mit einem Kaffee in der einen und einem guten Buch in der anderen Hand unseren drei Männern und Sarah gleichermaßen freundlich zu, jedes Mal, wenn einer von ihnen vorbeirauschte. Wir aßen mittags zusammen auf der Hütte, fuhren nachmittags zusammen Schlitten, bauten gemeinsam Schneemänner und lieferten uns abends sogar harmonisch-freundliche Schneeballschlachten. Kai fand es toll, dass er nun plötzlich vier Elternteile zur Verfügung hatte. Und ich fand es schön, die Zeit mit ihm nicht andauernd zwischen mir und Tim aufteilen zu müssen. Wir machten endlich mal wieder alles zusammen. Sogar nachdem Kai im Bett war, saßen wir oft noch stundenlang zu fünft bei ein paar Flaschen Wein zusammen im Wohnzimmer und spielten, redeten, lachten. Wir lachten tatsächlich gegen alle Erwartungen viel, denn es stellte sich heraus, dass Sarah eine ungemein witzige Person war, solange sie nicht auf den Gedanken kam, eines ihrer zahllosen Instrumente hervorzuholen.

Hannes' völlig hirnrissige Idee eines gemeinsamen Urlaubs

erwies sich als voller Erfolg, das musste selbst Tina irgendwann feststellen, die es wagte, das auszusprechen, was ich nur heimlich und eigentlich auch gegen meinen Willen dachte: »Ihr vier passt gut zusammen.«

Ich sah sie bemüht überrascht an, weil ich nicht zugeben wollte, dass ich es auch so empfand.

»Tim und Sarah, Hannes und du, das funktioniert besser als nur Tim und du.«

»Meinst du?«

»Ja. Ich kann mich zumindest an keinen Urlaub mit Tim und dir erinnern, in dem ihr euch nicht gestritten, versöhnt, gestritten und wieder versöhnt habt.«

Ich starrte nachdenklich vor mich hin. »Ja, vielleicht hast du recht. Vielleicht ist es besser so. Auch für Kai.«

Aber auch wenn Tim und ich uns offensichtlich durch Hannes' und Sarahs Anwesenheit besser verstanden, achtete ich sehr penibel darauf, dass wir uns nie alleine in einem Raum aufhielten, um der Gewohnheit keine Gelegenheit zu geben. Nur einmal musste ich vor lauter Achtsamkeit auf dem Sofa eingeschlafen sein. Denn als ich die Augen wieder aufschlug, saß Tim mir gegenüber und starrte mich ungeniert an.

»Was ist? Warum guckst du mich so komisch an?«

»Tina ist im Wellnesscenter, Sarah ist mit Kai Schlitten fahren, und Hannes ist ins Internetcafé gegangen.«

Ich hielt das für eine absolut inadäquate Antwort auf meine Frage. »Was willst du mir damit sagen?«, erkundigte ich mich unwohl, während ich mich aufrichtete und mir durch das Gesicht rieb, um wach zu werden.

Tim saß immer noch unbeweglich im Sessel und sah mich mit

undurchdringlicher Miene an. Dann antwortete er ernst: »Dass wir Essen kochen müssen.«

Logisch, was hätte er mir auch sonst damit sagen wollen. Ich sprang vom Sofa auf und floh in die Küche. Aber jegliche Flucht war zwecklos, da Tim mir natürlich folgte und ich ihm nun in der noch viel engeren Küche ausgeliefert war.

»Was soll ich machen?«, fragte ich hektisch.

»Kartoffeln schälen.«

Klar, die Deppenarbeit. Mehr hatte ich bei Tim in der Küche sonst auch nie machen dürfen. Er schien meine Gedanken zu erraten.

»Du kannst natürlich auch Zwiebeln klein hacken und andünsten.«

Ich zog eine Grimasse, schnappte mir wortlos den Sparschäler und widmete meine ganze Aufmerksamkeit den Kartoffeln. Wir arbeiteten minutenlang stumm vor uns hin. Es war schon merkwürdig, solange wir in der Gruppe waren, konnten wir uns problemlos unterhalten, und kaum waren wir allein, benahmen wir uns vollkommen verkrampft.

Unsere Arme berührten sich leicht, während wir nebeneinander an der Arbeitsplatte standen. Wir machten beide einen Schritt zur Seite. Aber ich spürte seine Nähe immer noch.

»Sarah ist nett«, versuchte ich die unangenehme Stille zu durchbrechen.

»Ja. Hannes auch«, versicherte Tim mir übertrieben überschwänglich.

»Ja.«

»Es war nett von ihm, Sarah und mich einzuladen.«

»Ja. Es war eine gute Idee.«

»Vor allem für Kai.«

»Stimmt, vor allem für Kai.«

O Gott, ich hatte selten so ein sinnfreies Gespräch geführt. Ich schmiss eine geschälte Kartoffel in den Topf, wo sie mit einem lauten Plumpsgeräusch im Wasser landete. Wir schwiegen wieder. In meinem Bauch breitete sich ein warmes Kribbeln aus, und um mich davon abzulenken, starrte ich auf die sich ausdehnenden Kreise, die die Kartoffel an der Wasseroberfläche hinterließ. Dann konnte ich nicht mehr. Ich drehte mich zu Tim und sah ihm direkt in die Augen. Er wischte sich Zwiebeltränen aus dem Gesicht und schaute mich ratlos an. Fast unhörbar murmelte ich: »Mit Laptop?«

»Was?«

»Ist Hannes mit seinem Laptop ins Internetcafé gegangen?«

»Ja. Er wollte da noch etwas arbeiten.«

Dieses Mal wich keiner von uns dem Blick des anderen aus. Tim legte schließlich das Messer zur Seite. Und noch während ich mich über mich selbst ärgerte, zog er mich an sich, und wir küssten uns. Schon wieder. Heftig und hemmungslos. Ohne Rücksicht auf Abmachungen oder sonstige Verhaltensregeln zwischen Expartnern. Wir besaßen nur noch so viel Anstand, ins unbenutzte fünfte Schlafzimmer zu gehen, bevor wir übereinander herfielen.

Dieses Mal ließen wir uns Zeit. Ich wusste, dass Hannes mindestens ein paar Stunden brauchte, wenn er seinen kompletten E-Mail-Eingang bearbeiten musste. Tim schien keine Bedenken zu haben, dass Sarah schon vor der Dunkelheit zurückkommen würde, solange Kai sie immer wieder den Berg hinaufscheuchen konnte. Und über Tina brauchten wir uns erst recht keine Gedanken zu machen, da sie die Tageskarte im Wellnesscenter bis zur letzten Minute ausreizen würde. Mein Puffer hatte versagt! Tim und ich waren allein, und wir hatten Zeit. Es war eine ungünstige Kombination, die wir voll und ganz auskosteten. Auch wenn wir automatisch in stumme Hektik verfielen, als wir uns gegenseitig auszogen, war der Sex an sich definitiv lang, bequem und zärtlich genug, um als würdiger Abschied von unserer Beziehung durchzugehen. Das Problem war nur, dass es genau das nicht mehr war. Mit drei Ausrutschern war die dafür geltende Toleranzquote eindeutig überschritten. Das wussten wir beide, und deswegen blieben wir danach auch lange stumm nebeneinander liegen und starrten an die Decke. Wer auch immer das Schweigen als Erster brach, konnte im Grunde nur eine Frage stellen: »Und was machen wir jetzt?«

Ich hatte es schließlich gewagt, bevor Hannes und Sarah uns hier doch noch erwischten und sich das Thema von alleine erledigte.

»Bratkartoffeln!«

Ich sah Tim völlig verdattert an. Was war das denn bitte schön für eine Antwort? War es eine Metapher, ein Vergleich, irgendetwas Neudeutsches, das ich nicht verstand?

»Für einen Auflauf haben wir auf jeden Fall nicht mehr genug Zeit«, erklärte Tim seelenruhig, als wäre das Abendessen hier unser größtes Problem.

Er wollte sich sein T-Shirt überziehen, aber ich schnappte es ihm weg und hielt es fest, bis er bereit war, mir eine ordentliche Antwort zu geben. Tim schlüpfte stattdessen in seine Hose und schwieg sich aus.

»Tim, was passiert hier gerade?« Ich starrte auf seinen nackten

Rücken, der ratlos in sich zusammensank. Tim fuhr sich mit der Hand durch die Haare, was er immer tat, wenn ihm eine Situation unangenehm war.

»Ich weiß es nicht«, stieß er schließlich laut, fast wütend hervor. Dann drehte er sich endlich zu mir um und wiederholte etwas sanfter: »Ich weiß es wirklich nicht, Karina, aber irgendwie habe ich das Gefühl, da ist noch was zwischen uns.«

Wenn ich selbst nicht so verwirrt gewesen wäre, hätte ich Tims Antwort sogar richtig süß gefunden. Dafür brauchte man nun wirklich nicht viel Kombinationsgabe. Tim sah mich traurig an und wollte meine Hand nehmen. Aber ich zog sie eilig weg und fing hektisch an, das zerwühlte Bett wieder glattzuziehen. Er half mir dabei. Ich atmete tief durch, bevor ich erwiderte: »Natürlich ist da noch was zwischen uns. Da wird immer irgendwas sein, aber das rechtfertigt noch lange nicht … das hier.«

Ich strich gereizt über die Bettdecke, aber es war zwecklos. Wir bekamen sie einfach nicht mehr so faltenlos hin wie vorher. Schließlich ließ ich mich kraftlos wieder auf das gemachte Bett sinken und vergrub mein Gesicht in den Händen.

Verdammt, dabei lief es gerade so gut. Wir hatten alles geklärt. Tim war glücklich mit Sarah und ich mit Hannes. Wir verstanden uns wieder besser, Kai mochte unsere neuen Partner, und wir funktionierten sogar als Eltern gut zu viert. Es war meine erste erwachsene Trennung. Die erste, die nach den überwundenen Anfangsschmerzen gerade anfing, sich einzupendeln. Etwas Besseres hätte ich mir für Kai, Tim und mich gar nicht vorstellen können. Außer natürlich, wir hätten uns gar nicht erst getrennt.

»Würdest du denn Sarah wieder verlassen?« Ich überrumpelte Tim mit der Frage, genauso wie sie mich überrumpelt hatte.

Tims überraschter Blick genügte schon, um mir klarzumachen, dass ihm der Gedanke noch gar nicht in den Sinn gekommen war.

»Würdest du denn Hannes verlassen?«

»Hat sich denn zwischen uns etwas geändert, seit wir uns getrennt haben?«, fragte ich statt einer Antwort vorsichtig.

»Hätte sich denn etwas zwischen uns ändern können?«, gab Tim die Frage genauso ratlos an mich zurück.

Wir hätten dieses Frage-Gegenfrage-Spiel noch endlos in die Länge ziehen können, aber ich beendete es vorzeitig und schüttelte den Kopf. Nein. Es hatte sich nichts geändert, nur weil wir dreimal miteinander ins Bett gesprungen waren. Was hätte sich auch ändern können? Ich arbeitete immer noch zu familienunfreundlichen Zeiten. Tim würde sich immer noch vernachlässigt fühlen. Wir hatten uns nicht wieder zusammengelebt, indem wir uns ein Dreivierteljahr lang gestritten hatten. Und wir hatten auch kein Allheilmittel gegen das gefunden, was unsere Beziehung zerstört hatte – den stressigen Alltag. Die Fronten waren geklärt. Keiner von uns war bereit, eine funktionierende, harmonische, unkomplizierte Beziehung für etwas, das wir nicht einordnen konnten, sausen zu lassen.

»Gut, dann können wir eben keine Freunde mehr sein«, stellte ich bemüht sachlich fest. Tim sah mich enttäuscht an, so dass ich beschwichtigend hinzufügte: »Es funktioniert einfach nicht. Wir würden immer wieder übereinander herfallen.«

»Dann tun wir das eben!«, versuchte Tim albern, unsere Freundschaft zu retten.

 Ich warf ihm einen gereizten Blick zu und zog mich schnell an.

»Ich meine es ernst, Tim, wenn wir aus dem Urlaub zurück

sind, hört das hier mit uns auf.« Ich machte eine vage Handbewegung, die sowohl Tim und mich als auch das Bett einschloss. Dann beugte ich mich nach unten und suchte unter dem Bett nach meinem zweiten Pantoffel.

Tim atmete schwer ein. »Ich meine es auch ernst.«

»Was?«, fragte ich abgelenkt und ging im Kopf noch mal alle Entkleidungsschritte durch, um den Verbleib meines dicken, warmen Strickpantoffels nachvollziehen zu können.

»Dass wir dann eben weiter übereinander herfallen sollten. Und zwar so lange, bis wir wissen, was es bedeutet.« Tim half mir bei der Pantoffelsuche und redete dabei von unserem Seitensprung, als wäre er ein Test, den man nur oft genug wiederholen musste, um das richtige Ergebnis zu erzielen. Ich wusste nicht, was mich mehr aufregte. Die Tatsache, dass mein zweiter Schuh wie vom Erdboden verschluckt blieb, oder Tims völlig inakzeptabler Vorschlag.

»Wir sollen weiter übereinander herfallen?!«, fauchte ich ihn entgeistert an. Das konnte er nun wirklich nicht ernst meinen! Und wenn ich meinen verdammten Schuh jetzt nicht endlich fand, dann flog unser endgültig letzter Ausrutscher am Ende sowieso noch wegen so einer Lappalie auf.

»Ja. Natürlich nur, wenn wir beide Lust haben.« Tim lächelte mich zaghaft an, bevor er unter dem Bett abtauchte, obwohl ich da schon vergeblich gesucht hatte.

Okay, Tim hatte im Wettbewerb um das größere Ärgernis eindeutig gewonnen, mein Pantoffel war mir egal. Ich starrte entgeistert auf die Matratze, unter der er suchte.

»Du schlägst also völlig ernsthaft vor, dass wir beide eine Affäre beginnen sollten?«

Das hörte sich in Tims Ohren offenbar doch nicht mehr so reizvoll an, denn unter der Matratze kam es dumpf hervor: »Eine Affäre? Na ja, ich weiß nicht, ob es das ist.«

»Wir haben Sarah und Hannes schon dreimal betrogen und denken darüber nach, es noch mal zu tun. Doch ja, ich würde sagen, so ungefähr fühlt sich eine Affäre an.«

Tim kroch verstaubt aber ohne Schuh wieder unter dem Bett hervor. »Na gut, du bist die Expertin.«

Dann merkte er selbst, dass das gerade ziemlich unangebracht war, weil er diese abstruse Idee schließlich ins Spiel gebracht hatte. Mal ganz zu schweigen von seiner Affäre mit Sarah, die der ursprüngliche Auslöser für diesen verrückten Seitenwechsel war. Ich schüttelte immer noch fassungslos den Kopf, aber Tim sah mich eindringlich an. »Es ist doch so, Karina. Von dem Moment an, von dem wir alles durchplanen mussten und unsere Beziehung nur noch per Terminkalender regeln konnten, ist doch alles erst so schwierig zwischen uns geworden. Also, warum treffen wir uns nach dem Urlaub nicht weiter? Einfach so. Keine Planung, keine Verantwortung, keine Verpflichtungen.«

Nur Sex, wollte ich bissig hinzufügen, aber ich verkniff es mir und sah Tim unschlüssig an. Er wollte seine Hände um meine Hüften legen und mich an sich ziehen, aber plötzlich war mir diese zärtliche Geste von ihm unangenehm. Ich machte einen Schritt zurück und schüttelte sprachlos den Kopf. Tim blieb etwas unbeholfen mitten im Raum stehen und wirkte fast ein wenig enttäuscht, als er erklärte: »Ich weiß auch nicht, wo es uns hinführt, Karina, aber warum lassen wir es zur Abwechslung nicht einfach mal auf uns zukommen?«

Weil es nicht richtig war. Weil wir Hannes und Sarah aufs

Bitterste enttäuschen würden. Weil man sich einfach mal entscheiden musste. Weil es nichts Halbes und nichts Ganzes war. Weil man bei einer Beziehung nicht nur die Rosinen herauspicken konnte. Weil ... weil ... weil mir noch tausend weitere gute Gründe einfielen, warum wir es nicht tun konnten. Und der Hauptgrund kam gerade in den Flur gepoltert und rief nach Mama und Papa. Ich sah Tim hilflos an und wusste immer noch nicht, was ich darauf erwidern sollte.

»Überleg es dir«, flüsterte er mir leise zu. Dann zog er meinen Pantoffel aus der Besucherritze und drückte ihn mir in die Hand, bevor er in den Flur lief, um Kai und Sarah zu begrüßen. Ich starrte auf den Pantoffel und wollte gar nicht wissen, wie er zwischen die Matratzen geraten war.

Geheime Leidenschaften

Keinen schien die spontane Änderung im Menüplan zu stören. Keinen außer mich. Die Bratkartoffeln waren das Ergebnis meiner Willenlosigkeit. Und die Tatsache, dass ausgerechnet Hannes sie mit großem Appetit verspeiste, schmälerte meine Schuldgefühle auch nicht gerade. Hannes lobte meine unerwarteten Kochkünste. Ich gab das Lob an Tim weiter und wagte dabei nicht, ihm in die Augen zu sehen, weil ich Angst hatte, jeder Blickwechsel könnte uns verraten. Es fiel offenbar keinem auf, dass ich weder die Bratkartoffeln noch sonst etwas auf meinem Teller anrührte. Tims Vorschlag von vorhin lag mir schwer im Magen, und zwar in erster Linie, weil ich ihn nicht sofort mit einem entschiedenen, lauten und entsetzten Nein zurückgewiesen hatte. Mein Zögern wurmte mich. Dass man im Eifer des Gefechts, der Enge der Küche und den sich plötzlich bietenden günstigen Umständen bedeutungslosen oder vielmehr nicht näher definierbaren Sex hatte, war eine Sache. Eine unschöne Sache, zugegeben. Aber es mit voller Absicht zu tun

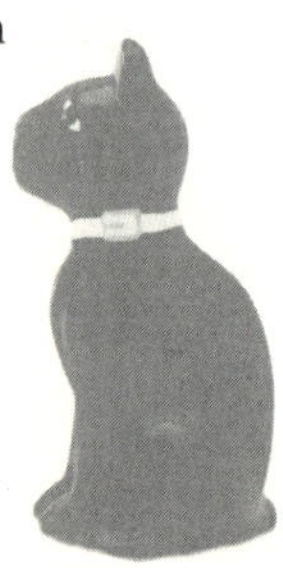

und sogar darauf hinzuarbeiten, das war ganz und gar ... nicht mehr mein Ding. Das musste Tim doch am besten wissen. Also, warum machte er mir überhaupt so ein unmoralisches Angebot? War es ein Test oder eine Falle? Wollte er herausfinden, ob ich, als wir noch zusammen gewesen waren, auch wirklich treu geblieben war? Bestimmt nicht. Auf so eine um die Ecke gedachte Idee kam Tim gar nicht. Aber genauso wenig konnte er es ernst meinen. Oder? Ich warf ihm einen verstohlenen Blick zu, aber ihn schien das Ganze überhaupt nicht zu belasten. Er lachte und redete wie immer. Ich dagegen konnte kein Wort zur Unterhaltung am Tisch beitragen. Am liebsten hätte ich mich gleich nach dem Essen mit einer vorgetäuschten Migräne ins Bett zurückgezogen und die ganze Angelegenheit vergessen.

Aber ausgerechnet heute hatte Hannes eine Überraschung für mich geplant, und es beunruhigte mich ein wenig, dass alle außer Tim und ich eingeweiht waren. Hannes machte ein großes Geheimnis aus seinem Vorhaben. Und als ich einen vielsagenden Blickwechsel zwischen ihm und Sarah mitbekam, hatte ich das Gefühl, die beiden hatten Tim und mich längst durchschaut und einen ausgeklügelten Racheplan entwickelt. Hannes blockte alle meine Fragen mit einem geübten Pokerface ab. Selbst als ich wissen wollte, was ich zu dem unbekannten Anlass anziehen sollte, erwiderte er nur »etwas Warmes«, und ich war mir nicht sicher, ob es metaphorisch gemeint war.

Kurz darauf saß ich allein neben Hannes im Auto und war seiner Rache hilflos ausgeliefert, während er den Wagen in der Dunkelheit über die schmalen, gewundenen Straßen immer weiter vom Tal weg in die Berge lenkte. Ich sah abwechselnd vom Tacho auf die Straße und wieder auf den Tacho. Hannes fuhr nicht schnell, und die Straßen waren fast leer und gestreut, und sowieso hielt ich ihn nicht für einen dieser untröstlichen Mord-Selbstmord-Kandidaten. Aber sicher war sicher.

Ich erkundigte mich nur halb im Spaß danach, ob er wieder zurückfinden würde, als er zum vierten Mal in eine noch engere Straße einbog. Und auch die Fragen nach den Wärmedecken, den Leuchtraketen und dem Lawinenpiepser waren durchaus ernst gemeint, angesichts der immer höher werdenden Schneemassen am Straßenrand. Hannes lachte kurz auf und blieb mir eine Antwort schuldig. Stattdessen sagte er plötzlich ernst: »Du hättest es mir sagen müssen, Karina.«

Ich erstarrte. Also doch! Er wusste Bescheid, und seine Überraschung war keine von der angenehmen Sorte. Mir wurde siedend heiß. Ich hatte das Gefühl, in einen Abgrund zu stürzen. Aber woher wusste er es nur?

»Ja, ich weiß«, stieß ich krächzend hervor.

»Wenn ich das gewusst hätte, hätte ich diesen Urlaub doch nie gebucht.«

»Nnnnein, nnnatürlich nnicht«, stammelte ich weiter.

Er lächelte mich an und ich meinte durchaus etwas Irres, Jack-Nicholson-Ähnliches in seinem Blick zu entdecken, als er fortfuhr: »Aber … dafür kenne ich jetzt wenigstens deine geheime Leidenschaft.«

Warum versteckte er sich hinter solchen Andeutungen? War das sein Versuch, mir ein umfassendes Geständnis zu entlocken? Eine makabre Foltermethode, um mich möglichst lange im Ungewissen zu halten?

»Ähm, na ja, es ist nicht wirklich eine Leidenschaft …«, wandte ich zaghaft ein, aber Hannes ließ das nicht gelten.

»Du hasst Schnee, du hasst Berge, du hasst Kälte. Was so ziemlich die drei Hauptkomponenten eines Winterurlaubs sind. Aber du liebst …«

»Nein«, unterbrach ich ihn nervös, aber er beendete seinen Satz trotzdem, und zwar mit einem irritierten »Schlittschuhlaufen«.

Das Wort gelangte erst nach einem langen Umweg über mein schlechtes Gewissen zu meinem Hirn. Hä?! Ich starrte ihn einen Moment lang reichlich benommen an, bevor ich ihm äußerst schwach zustimmte: »Äh, ja, schon irgendwie.«

»Gott sei Dank. Tina scheint dich ja wirklich gut zu kennen.«

»Ja, absolut, sogar besser als ich mich selbst«, überschlug ich mich plötzlich in der Anerkennung von Tinas umfassendem Wissen über mich, um gar nicht erst den Verdacht aufkommen zu lassen, ich hätte an eine andere Leidenschaft als das Schlittschuhlaufen gedacht, die ich bestimmt seit sechs Jahren nicht mehr ausgeübt hatte. Wie zum Teufel kam er aufs Schlittschuhlaufen?

»Na, dann wird der Urlaub ja doch kein totaler Reinfall für dich.«

Er hielt den Wagen mitten im Nirgendwo, soweit ich das in der Dunkelheit erkennen konnte. Aber auch wenn ich immer noch nicht wusste, wo er mit mir hin wollte, hatte ich nicht mehr ganz so stark das Gefühl, dass mein letztes Stündlein geschlagen hatte.

Hannes holte zwei Paar Schlittschuhe aus dem Kofferraum. Dann schaltete er das Fernlicht an seinem Mietwagen ein. In den grellen Lichtkegeln der Scheinwerfer sah ich, dass wir nur wenige Meter von einem See entfernt standen, der zugefroren war. Mir verschlug es die Sprache. Hannes wollte tatsächlich mit mir Schlittschuh laufen. Nur er und ich nachts auf einem abgeschiedenen kleinen Bergsee. Ich war überwältigt von seiner Überraschung und gab ihm wortlos einen Kuss. Dann zog ich mir die Schlittschuhe an, die Hannes für mich ausgeliehen hatte.

»Und du bist dir sicher, dass das Eis unser Gewicht aushält?«, fragte ich ängstlich, als wir Hand in Hand die ersten unsicheren Schritte darauf machten.

»Keine Angst, es wurde heute Nachmittag noch von mindestens zwei Eishockeymannschaften getestet«, beruhigte er mich und fiel mit einem albernen »Uppsala« auf den Hintern. Ich wollte ihm aufhelfen und landete stattdessen genauso ungeschickt, aber dafür weicher, auf seinem Bauch.

Wir rappelten uns kichernd wieder auf, stolperten ein paar Schritte vorwärts und fielen wieder hin, wobei nicht auszumachen war, wer wen mit sich zog. So arbeiteten wir uns Meter für Meter vor, bis wir vor Lachen nicht mehr aufstehen konnten.

»Ehrlich gesagt, als mir heute Nachmittag die Idee gekommen war, hatte ich eine etwas romantischere Vorstellung von uns beiden auf dem Eis im Kopf.«

»Du meinst, mehr Ginger Rogers und Fred Astaire als Dick und Doof?«, kicherte ich weiter.

»Ja, so ungefähr.« Hannes gab ein gespieltes Stöhnen von sich. »Aber scheinbar bin ich jetzt offiziell zu alt hierfür.«

Wir lachten wieder, und als wir uns beruhigt hatten, robbte ich auf dem Eis zu ihm und sagte mit belegter Stimme: »Das ist wirklich das Romantischste, was jemals jemand für mich getan hat.«

Dann gab ich ihm einen Kuss, der immer länger wurde, bis Hannes völlig unromantisch darauf hinwies, dass er sich im wahrsten Sinne des Wortes den Arsch abfror.

Hand in Hand wurden wir allmählich sicherer auf dem Eis. Wir drehten immer gekonnter unsere Runden, und irgendwann hatten wir uns die geschmeidigen Bewegungen von früher zurückerobert und näherten uns Hannes' Vorstellung von Ginger Rogers und Fred Astaire zumindest an. Wir hätten noch Stunden weiterlaufen können, aber nach einem skeptischen Blick auf die schwächer werdenden Scheinwerfer am Auto mussten wir den Ausflug aufs Eis wohl oder übel beenden. Hannes hatte Sorge, dass der Wagen sonst nicht mehr ansprang. Ich hätte jetzt zwar auch ohne Wärmedecken und Leuchtraketen eine Nacht mit ihm im Wagen verbracht, aber nach einer Ehrenrunde im Dunkeln lief auch ich schließlich zum Ufer.

Wir fuhren fast den ganzen Weg schweigend zurück, aber nur, weil keiner von uns die verzauberte Stimmung mit einer ungeeigneten Bemerkung zerstören wollte. Es war ein Moment zum Zeitanhalten. Ich fühlte mich erschöpft und geborgen, wie unter einer Daunendecke, abends im Bett kurz vorm Einschlafen, wenn man loslassen konnte, schon halb in der Traumwelt war. Aber das hier war besser. Es war real.

Ich hatte die ganze Fahrt über meine Hand auf Hannes' Bein. Meine Handfläche glühte so stark, dass ich das Gefühl hatte, sie müsste ein Loch durch Hannes' Hose schmoren und ein Brandzeichen auf seinem Oberschenkel hinterlassen. Er musste spüren, wie meine Hand glühte, aber ich nahm sie trotzdem nicht weg. Erst als wir die Stadt wieder erreicht hatten und die Straßenlaternen das Wageninnere erleuchteten, wagte ich es, die Stille zu durchbrechen.

»Das war schön.«

»Du meinst verrückt.«

Ich schüttelte schläfrig den Kopf. »Verrückt schön. Wie bist du bloß auf die Idee gekommen?«

»Das war einfach. Ich wollte etwas machen, was dir gefällt.« Er lächelte, und vielleicht kam es auch nur durch das schwache Licht der Straßenlaternen, aber sein Gesicht wirkte mit einem Mal ganz offen und weich, als er mich ansah und sagte: »Weil ich dich liebe.«

Ich dachte keine Sekunde über meine Antwort nach, weil ich mir absolut sicher war, als ich leise flüsterte: »Ich dich auch.«

Verdammt. Ich hatte ein Problem.

Just Divorced

Hannes war kein Mann zum Betrügen.

Er war einer zum Heiraten. Jedenfalls, wenn es nach Tina ging. Denn nur so und nicht anders konnte ich – und mit etwas Phantasie vermutlich auch Hannes – ihre Andeutungen verstehen, als wir bei der Feier zu ihrer gelungenen Scheidung wie selbstverständlich beim Thema Heiratsanträge landeten.

Zum Glück gab es in den letzten Tagen des Urlaubs und in den Wochen danach keine Gelegenheit mehr für mich, Hannes zu betrügen, da Tim und ich uns nur noch unter Aufsicht gesehen hatten. Die Affäre fand nicht statt. Überhaupt war ich mir inzwischen sicher, dass Tim sie nur ins Spiel gebracht hatte, um nicht ganz ohne Lösungsvorschlag dazustehen. Ich hatte ihm keine Antwort mehr darauf gegeben. Bis heute nicht. Und zum Glück hatten Tim und Sarah auch für die Party heute Abend abgesagt.

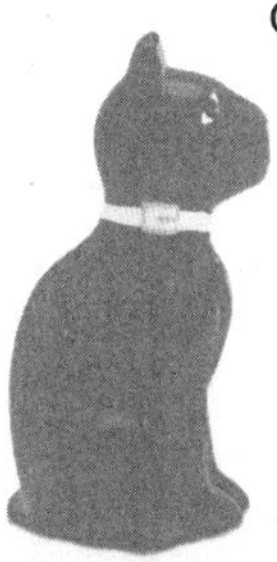

Tina hatte eine komplette Lounge gemietet und ein »Just Divorced«- Schild über der Bar aufgehängt. Sie und Özlem, Freundin und Scheidungsanwältin in Personalunion, liebten es, Mottopartys zu veranstalten, und eine Trennung stellte eine ganz neue Herausforderung an sie dar. Offensichtlich war es nicht leicht, geeignete Dekoration für diesen Anlass zu finden, und so hatten Tina und Özlem improvisiert. Die Wände waren mit durchgerissenen Fotos von zerstrittenen Hollywood-Paaren geschmückt, Tische, Bar, Sessel und Sofas hatten eine rote Trennungslinie in der Mitte, und der Höhepunkt der Party sollte eine Hochzeitstorte sein, auf der das Brautpaar mit Axt und Hammer aufeinander einschlug.

Tina und Aygün hatten sich online scheiden lassen.

»Total easy. Einfach ein paar Klicks an den richtigen Stellen, zu Özlem faxen und fertig. Kostet so gut wie gar nix mehr«, sagte Tina und stieß darauf glücklich mit Özlem an, die sich nach ihrer eigenen Scheidung auf Eherecht spezialisiert hatte.

»Aber nur, weil ich dir einen speziellen Freundinnenrabatt gebe, ansonsten verdiene ich ganz gut mit Online-Scheidungen.«

»Auf die Trennung per Mouseklick«, gab ich meinen ironischen Senf dazu, aber Tina und Özlem konnten meinen zynischen Unterton erfolgreich ausblenden und unterhielten sich weiter über die Vorzüge der Eheauflösung per Internet. Meine Gedanken schweiften dagegen einmal mehr ab zu Tim, seinem unmoralischen Angebot und der Frage, warum unsere Trennung nicht auch so simpel verlaufen konnte. Ein paar Häkchen an den richtigen Stellen, und sie lebten glücklich und geschieden bis an ihr Lebensende. Aber nein, nachdem wir unsere Beziehung nicht richtig auf die Reihe bekommen hatten, bekamen wir nun noch nicht einmal die Trennung ordentlich hin.

»Und wie ist das mit dem Trennungsjahr?«, erkundigte sich Hannes äußerst interessiert, so dass ich schon befürchtete, er versteckte noch irgendwo eine heimliche Ehefrau vor mir.

Tina und Aygün waren meines Wissens das einzige offiziell geschiedene Paar, dessen getrennte Wohnbereiche durch eine unsichtbare Linie im Ehebett gekennzeichnet wurden, und selbst die war sicherlich bereits mehrfach überschritten worden.

»Da die Trennung auch in der gemeinsamen Ehewohnung stattfinden kann, kann sie vom Scheidungsrichter nicht wirklich kontrolliert werden. Die Ehegatten müssen nur glaubhaft versichern können, dass sie seit einem Jahr in ihrer Wohnung nicht mehr zusammen gewirtschaftet und gelebt haben, sondern getrennt«, erklärte Özlem in ihrem juristisch einwandfreien Anwaltsdeutsch, das sie wohl nur benutzte, um darüber hinwegzutäuschen, dass sie im Grunde einen glasklaren Betrug unterstützte.

»Genau«, stimmte Tina ihr grinsend zu. »Und in abgesprochenen Lügen sind Aygün und ich ja geübt!«

Sie zwinkerte Aygün verliebt zu, als wäre das nervenaufreibende »Wir kennen uns schon ewig und wissen genau, welche Zahnpasta er Schrägstrich sie benutzt«-Spiel mit dem Ausländeramt damals vor ihrer Hochzeit ein Zuckerschlecken gewesen.

»Und wann heiratet ihr wieder?«, fragte ich etwas gereizt, weil ich die Scheidung immer noch für überflüssig hielt und das Thema endlich abhaken wollte. Aber Tina winkte nervös ab, denn meine Frage bedeutete schlechtes Karma. »Schhht. Woher willst du wissen, ob wir heiraten? Aygün muss mir schließlich erst mal einen Antrag machen.«

Ich verdrehte die Augen. Diese Scheintrennung, Scheinverlobung und Scheinhochzeit wurden allmählich ganz schön anstrengend.

»Willst du nicht auch bald mal heiraten?«, fragte Özlem mich mit ihrem unnachahmlichen Gespür für den falschen Moment, schließlich saß der einzige potentielle Kandidat, zumindest der einzige offizielle Kandidat, gerade neben mir und nippte unschuldig an seinem Cocktail. Ich dagegen spuckte meinen neu kreierten Ex-on-the-Beach in feinen Fontänen vor mir auf den Fußboden, bei dem vergeblichen Versuch, die Fassung zu bewahren und mich nicht zu verschlucken. Beides misslang redlich, und Tina und Özlem warfen sich wissende Blicke zu.

Tina, die noch nie Rücksicht auf Anwesende genommen hatte, sah sich genötigt, Özlems Frage zu beantworten, dabei war ich mir sicher, dass Özlem nur an meinen Hochzeitsplänen interessiert war, weil sie in mir die ideale Kandidatin für ihre nächste Online-Scheidung sah.

»Du kennst doch Karina«, erklärte Tina Özlem, als säße ich ihr nicht genau gegenüber. »Die nimmt Reißaus, wenn etwas auch nur nach Heiratsantrag riecht.«

Wie unfair. Nicht nur, dass sie mir damit noch mal unter die Nase rieb, wie albern ich mich bei Hannes' Kochversuch benommen hatte. Ich hatte noch nicht einmal die Gelegenheit, mich zu wehren, weil ich immer noch mit Husten und Aufwischen beschäftigt war.

»Also, wenn ihr mich fragt«, erklärte Tina viel zu laut und bereits ziemlich angeschickert und ignorierte dabei die Tatsache, dass keiner sie fragte, »bekommt man aus Karina nur ein Ja-Wort heraus, wenn man sie überrumpelt. Sie darf nichts ahnen, keine

Zeit haben, sich Gedanken zu machen. Am besten fragt man sie dann, wenn sie es am wenigsten erwartet.«

Hannes tat so, als machte er sich Notizen und erntete damit Lacher von allen Seiten, außer meiner. Ich versuchte stattdessen, Tina endlich zum Schweigen zu bringen, die für meinen Geschmack dem Feind schon viel zu viele Informationen zugespielt hatte.

»Das stimmt doch gar nicht«, konnte ich mich endlich wieder verteidigen. »Mich hat einfach noch keiner gefragt.«

Dabei hätte ich Tina mit meinen Blicken am liebsten zwar nicht getötet, aber doch wenigstens mundtot gemacht. Leider funktionierte unsere wortlose Kommunikation ab einem gewissen Pegel nicht mehr.

»Von wegen«, trällerte sie lautstark los. »Ich weiß von mindestens zwei Anträgen, die du abgelehnt hast. Und ich möchte nicht wissen, wie viele du mir verschwiegen hast.«

Ich starrte Tina völlig entgeistert an. Wenn es ihr darum ging, Hannes zu verjagen, dann war sie auf jeden Fall auf dem richtigen Weg, denn ich hatte keine Ahnung, von welchen Anträgen sie sprach.

»Da ist aber jemand ziemlich gefragt«, versuchte Hannes die peinliche Situation freundlicherweise zu retten, und ich rang mir ein dankbares Lächeln ab, bevor ich aufstand und Tina mit einer schlechten Ausrede hinter mir her zog.

Ich knallte die Tür zur Damentoilette hinter mir zu und fauchte sie wütend an: »Was war das gerade?«

»Die Klospülung?!«

Das war zwar objektiv richtig – hinter uns machte ein Rauschen, das den Niagarafällen ebenbürtig war, die Unterhaltung vorübergehend unmöglich – aber nicht die Antwort auf meine Frage.

»Zwei Anträge? Komischerweise kann ich mich nicht mal an einen einzigen erinnern!«

»Natürlich nicht, Schätzchen. Weil du es verdrängt hast. Oder wie würdest du das bezeichnen, als Frank dich gefragt hat, ob du ihn heiraten willst?«

Mein Gott, führte sie etwa Buch über meine größten Beziehungspannen? Das war eine halbe Ewigkeit her.

»Das ... das ... das war doch gar nicht ehrlich gemeint.«

»Doch, das war es, und genau das nennt man außerhalb deiner verdrehten Karina-Welt Heiratsantrag. Es hat geregnet, ihr habt euch geküsst, und er hat dir die H-Frage gestellt. Gut, er war zwar mit einer anderen verlobt, aber er hätte dich trotzdem geheiratet.« Tina lächelte mich siegesgewiss an.

»Na gut, dann war es eben ein richtiger Heiratsantrag, aber Frank war nicht der Richtige.«

»Sicher. Und Tim vermutlich auch nicht, was?«

Damit verschwand Tina auf der einzigen Toilette, die jetzt wieder frei wurde, und ließ mich ziemlich belämmert davor stehen. Tim? Hatte sie gerade Tim gesagt?

»Aber ... Tim hat mir doch nie einen Antrag gemacht?«

Ich kam mir etwas blöd vor, mit einer vollgekritzelten Toilettentür zu reden, während hinter mir weitere Gäste in den engen Raum drängten, aber das Thema musste jetzt geklärt werden. Und zwar sofort.

»Hat er nicht?«, kam es verwundert und begleitet von einem irgendwie unangebrachten Plätschern zurück.

»Natürlich nicht! Wie kommst du da drauf?«

»Na, weil er mich gefragt hat, ob er dich fragen soll.«

Mein Herz rutschte in die Magengegend und pochte gleichzeitig heftig in meinen Schläfen. Auf jeden Fall war es nicht mehr da, wo es anatomisch hingehörte.

»Und was hast du ihm gesagt?«, fragte ich vorsichtig.

Statt einer Antwort wurde der Strahl hinter der Tür noch etwas lauter, bevor er dann tröpfchenweise versiegte.

»Tina, was hast du ihm gesagt?«, fragte ich nun schon nicht mehr so vorsichtig.

Sie wartete bewusst so lange, bis sie die ohrenbetäubende Klospülung ziehen konnte, bevor sie antwortete, in der Hoffnung, ich würde sie nicht verstehen.

»Dass du ähm … ein freiheitsliebender Mensch bist, aber er es ja mal versuchen kann.«

Ich schüttelte fassungslos den Kopf.

»Toll, danke. Und warum hast du mir das nicht gesagt?«

Jetzt traute Tina sich allmählich wieder aus der Toilette. »Weil ich ihm die Überraschung nicht versauen wollte. Außerdem war das ja nun wirklich eine Sache zwischen euch. Sorry, Schätzchen, ich dachte, Tim hätte dich gefragt, und du hättest nein gesagt. Also gut, ich habe mich vertan. Dann war es eben nur ein Antrag. Wenn es dich beruhigt, stelle ich das bei Hannes sofort klar.«

Ich schüttelte den Kopf. Darum ging es doch gar nicht mehr. Es war mir inzwischen egal, wie oft ich nein gesagt hatte. Viel wichtiger war doch, dass Tim ja sagen wollte. Dass er tatsächlich in Erwägung gezogen hatte, mich zu heiraten.

»Aber warum hat er mich nie gefragt?«

Darauf wusste Tina ausnahmsweise auch keine Antwort mehr,

sondern legte lediglich ihren Arm um meine Schultern. »Ist doch jetzt auch egal. Komm, wir trinken noch einen Crypirinha.«

Ihr mochte es vielleicht egal sein. Ihr war es ja auch egal, dass sich ihre umbenannten Cocktails total albern anhörten. Aber mir war es nicht egal. Es war mir alles andere als egal, und es kostete mich einiges an Überwindung, nach dieser Erkenntnis wieder zu Hannes und den anderen zurückzukehren.

Trotzdem setzte ich mich zu ihm und lächelte ihn an, als wäre nichts geschehen. Während Tina und Aygün auf Hannes' Nachfrage zum x-ten Mal die Geschichte ihres ungewöhnlichen Zusammentreffens zum Besten gaben, starrte ich wie in Trance vor mich hin und war dankbar dafür, nicht an der Unterhaltung teilnehmen zu müssen. Bis Aygün die Erzählung etwas pathetisch mit dem Satz beendete, dass er schon bei der ersten Begegnung mit dieser großen, dünnen, dunkelhaarigen und in einer fremden Sprache unaufhörlich auf ihn einplappernden Frau wusste, dass sie sein Leben retten würde. Und dann der Höflichkeit halber nachfragte, was denn die schicksalhafte Begegnung zwischen Hannes und mir gewesen sei. Wir sahen uns kurz etwas peinlich berührt an, bevor wir einmal mehr gleichzeitig, aber nicht das Gleiche, antworteten.

»Ich bin über Hannes' Tasche im Kino gestolpert.«

»Karina hat mich an meinem ersten Arbeitstag als Einzige in der Redaktion vor dem Kaffee in der Kantine gewarnt und mir damit wahrscheinlich auch das Leben gerettet.«

Aygün sah etwas verwirrt zwischen Hannes und mir hin und her. Aber ich war über Hannes' Antwort selbst überrascht. Hauptsächlich, weil zwischen den beiden geschilderten Begegnungen fast ein halbes Jahr lag. Ich erinnerte mich zwar auch bestens an diese allererste Unterhaltung zwischen uns, aber eigentlich nur, weil ich danach sicher gewesen war, dass Hannes mich als erste Amtshandlung auf seinem neuen Posten feuern würde. Dummerweise hatte ich damals die frühmorgendliche Versammlung, in der er sich als unser neuer Chef vorgestellt hatte, verpasst, weil ich schlicht und ergreifend einen Kater gehabt hatte. Tim hatte mich gebeten, ihn am Abend zuvor auf die wichtige Feier irgendeines wichtigen Kollegen zu begleiten, und weil ich bei den wichtigen Diskussionen über Schulformreform und Turboabitur nicht mitreden konnte, hatte ich stattdessen einen sehr regen Austausch mit der Sekt-Bowle geführt. Natürlich konnte ich das Hannes damals nicht auf die Nase binden, als ich mich bei meinem neuen Chef mit einer Stunde Verspätung und heiserer Stimme vorstellte. Bei diesem Treffen machte er stattdessen zum ersten Mal Bekanntschaft mit meinen spontan auftretenden Grippeanfällen, die ich für meine Verspätung und mein derangiertes Erscheinungsbild verantwortlich machte. Aber er hatte mich vermutlich schon damals durchschaut und während des gesamten Gesprächs arrogant angegrinst. Zumindest hielt ich es für Arroganz, was vielleicht auch mit meinem pochenden Schädel zu tun hatte. Außerdem erfuhr ich während des gesamten Gesprächs rein gar nichts über die Pläne meines zukünftigen Ressortleiters und konnte im Gegenzug auch nicht mit meinen preisgekrönten Reportagen angeben, für die mir unser bisheriger Chef immer freie Hand gelassen hatte. Hannes stellte mir ein paar Fragen, die ich durchweg mit Nein beantworten musste, bat um Verbesserungsvorschläge, die ich ihm nicht machen konnte, und als er sich am Ende danach erkundigte, welche Tipps ich ihm mit auf den Weg geben könnte, beschränkten sich meine Ratschläge auf eben jene legendäre Warnung vor unserem Kantinenkaffee und den Hinweis auf den ausgezeichneten Mokka vom Türken gegenüber: »Von außen sieht der Laden aus wie ein Geheimtreff für islamistische Untergrundorganisationen, aber der Kaffee ist unschlagbar!«

Schon auf dem Weg aus seinem Büro wurde mir klar, dass das nicht die Art von Tipp war, die er von mir erwartet hatte. Und als ich endlich wieder an meinem Schreibtisch saß, hätte ich mich am liebsten den Rest des Tages darunter verkrochen. Erst recht, als Hannes keine fünf Minuten später mit einem Plastikbecher aus genau diesem türkischen Laden vorbeikam und mir freundlich zunickte.

»Stimmt, das war unser allererstes Zusammentreffen«, pflichtete ich Hannes bei, als er seine wesentlich positivere Variante davon beendet hatte. »Aber verliebt haben wir uns ja erst viel später.«

Hannes lächelte merkwürdig verklärt und strich mir lieber durch die Haare, als mir zuzustimmen. Ich schaute ihn irritiert an. Mein Gott, wollte er damit etwa sagen, dass Tim es die ganze Zeit über besser wusste? War zwischen Hannes und mir etwa von Anfang an etwas gewesen? Ich hatte Tim an dem Abend wirklich viel von Hannes erzählt, und wenn ich genau darüber nachdachte, hatte ich es getan, weil er mir einfach nicht egal gewesen war. Ich hatte mich damals über mich selbst aufgeregt, weil es mir nicht egal gewesen war, was mein neuer Chef von mir dachte, und zwar nicht nur in seiner Funktion als mein neuer Chef. Ich wusste, dass er mich wegen der Kaffeegeschichte bestimmt nicht feuern würde. Es ging um etwas ganz anderes, und Tim hatte mich sofort durchschaut. Vor allem, als ich ihn auch noch für das misslungene erste Treffen zwischen Hannes und mir verantwortlich machte, weil es seine Party gewesen war, auf der ich mich betrunken hatte. Je länger ich darüber nachdachte, desto selbstverständlicher fügten sich alle Teile zu der einzig möglichen Erkenntnis zusammen. Hannes hatte von Anfang an eine Saite in mir berührt, sonst wäre ich damals nach dem Kino nie mit zu ihm nach Hause gegangen.

Wenigstens kannte ich jetzt den Grund, warum Tim nicht mehr dazu gekommen war, mir einen Antrag zu machen.

Halb Mensch halb Roboter

Morgen, zwei Uhr, ich warte vor dem Eingang.

Sie waren immer noch da. Ich konnte meinen Block hundertmal zu und wieder aufschlagen. Die Worte standen noch genauso da wie beim ersten Mal, als ich mitten in meinen Notizen über sie gestolpert war. Mein Notizblock war schließlich keine Zaubertafel. Was ich einmal dort notiert hatte, verschwand nicht einfach so wieder. Mit dem Unterschied, dass ich genau diese Notiz eben nicht dort notiert hatte. Es war nicht meine Schrift. Es war ganz klar auch nicht die Art von Notiz, die ich mir machen würde. Sie war von Tim, morgen war heute und zwei Uhr in zehn Minuten.

Als ich heute Morgen noch mal über meine Stichpunkte gegangen war, hatte ich nicht wirklich lange gebraucht, um die Bedeutung dieser Fremdnotiz zu durchschauen. Aber ich wünschte mir, ich hätte sie nicht durchschaut. Dann hätte ich mir nicht den ganzen Vormittag den Kopf darüber zerbrochen und wäre jetzt auch nicht mit meinem Artikel in Ver-

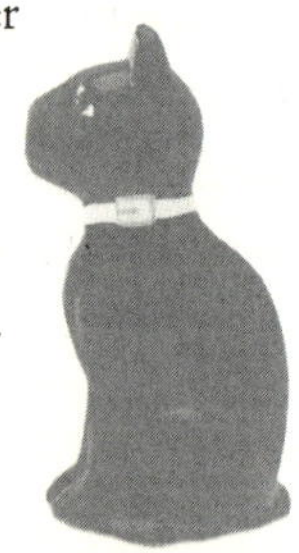

zug. Tim machte Ernst. Er wollte eine Affäre beginnen und hatte es geschickt mir überlassen, darauf einzugehen oder nicht, indem er mir still und heimlich diese Verabredung untergejubelt hatte. Gestern Nachmittag vermutlich schon, auf dem Spielplatz, als er Kai abholte und ich zurück in die Redaktion musste. Da hatte ich unvorsichtigerweise meine Tasche mit dem Block auf der Bank stehen lassen, während ich mit Kai ein letztes Mal zusammen die große Rutsche heruntergerutscht war. Tim hatte die Gelegenheit genutzt, schnell die ominösen Worte zwischen meine Zeilen gekritzelt und sich dann unschuldig mit seinem bayrisch-kölschen Servus-Tschö von mir verabschiedet.

Ich las seine Nachricht noch einmal durch und schüttelte den Kopf. Seit wann war er so durchtrieben? Ausgerechnet Tim, der ehrlichste Mensch der Welt, der schon rot wurde, wenn er beim Rausgehen aus Karstadt Sport den Alarm auslöste, weil ein schusseliger Verkäufer vergessen hatte, die Sicherung von seinen neuen Joggingschuhen zu entfernen. Dieser Tim hatte offenbar Gefallen an Affären gefunden. Vielleicht hatte sein Seitensprung mit Sarah ja irgendeinen Knoten in ihm gelöst, auf jeden Fall fand ich es unheimlich, wie geschickt Tim unser heimliches Treffen in die Wege leitete. Vorausgesetzt, ich würde daran teilnehmen. Denn genau diese Entscheidung hatte mich schon den ganzen Vormittag vom Arbeiten abgehalten. Eigentlich hatte ich nicht vor, um zwei Uhr vor der Tür zu stehen. Auch zehn nach zwei oder zwanzig nach nicht. Ich würde heute überhaupt nicht rausgehen, bevor ich nicht sicher sein konnte, dass Tim den Parkplatz wieder verlassen hatte. Er hatte es mir ja auch leicht gemacht. Ich musste einfach nur sitzen bleiben. Hier, an meinem Schreibtisch und endlich mit dem verdammten Artikel über Körperprothesen im Hochleistungssport anfangen, für den ich keinen Einstieg fand. Ich musste einfach nur sitzen bleiben, mich konzentrieren und tippen. Aber jedes Mal, wenn ich die Finger auf die Tastatur legte, tauchte von irgendwo aus meinem Hinterkopf wieder die gleiche Frage auf: *Warum hatte er mich nicht gefragt?* Seit Tina das Geheimnis vor einer Woche ausgeplaudert hatte, konnte ich nur noch an Tims nicht gemachten Heiratsantrag und meine nicht gegebene Antwort denken. Hätte ich ja gesagt? Es war ein vertrackter Teufelskreis. Kaum hatte ich mich davon überzeugt, dass eine Affäre mit Tim albern, zwecklos, absolut unverzeihlich wäre, kam dieses »Was wäre wenn« wieder auf. Was wäre, wenn er mich damals gefragt hätte, ob ich ihn heiraten wollte? Wären wir dann jetzt noch zusammen? Was wäre, wenn eine Affäre die einzige Möglichkeit war, das herauszufinden? Was wäre, wenn das unsere letzte Chance war? Aber nein, eine Affäre mit Tim wäre das Dämlichste, was ich jetzt anfangen konnte. Ich wollte Hannes schließlich nicht verlieren. Also zurück zu den Halbrobotern im Hochleistungssport. Genau, das war doch ein guter Einstieg. Halb Mensch, halb Roboter – warum konnte eine Prothese Muskelkraft ersetzen? Warum hatte ich mich noch mal für dieses Thema interessiert? Warum hatte Tim mich nicht gefragt? Es war fünf vor zwei. Verdammt, und warum konnte nicht schon längst Feierabend sein?

Meine Augen wanderten automatisch zum Ausgang, dann zu Hannes' Büro. Das leer war, weil Hannes just in dem Moment seine Tür aufmachte und auf mich zukam. Gott sei Dank. Ich würde es ohnehin nicht schaffen. Es war vier Minuten vor zwei. Hannes trat an meinen Schreibtisch und erklärte, dass mein Artikel erst in die Freitagsausgabe käme, weil es freitags sowieso immer ein Loch gebe und ich stattdessen lieber zur Pressekonferenz gehen sollte, die um fünfzehn Uhr im Geißbockheim stattfände, vielleicht mal wieder ein Trainerwechsel, vielleicht auch nur die übliche Kölner Panikmache, auf jeden Fall sollte ich da mal vorbeischauen, denn egal worum es gehe, es müsse auf die erste Seite, schließlich gehe es um den FC. Ich nickte. Es war zwei Minuten vor zwei. Hannes kam um den Schreibtisch herum und suchte unter dem Vorwand, mir bei der Arbeit über die Schulter zu gucken, meine Nähe. Er tat so, als müsste er auf meinem Bildschirm etwas nachlesen und strich mir beim Runterbeugen flüchtig über den Rücken. Das war eine unserer Strategien, wie wir auch zwischendurch im hektischen Redaktionsbetrieb immer wieder winzige Zärtlichkeiten austauschen konnten, ohne dass die anderen etwas mitbekamen. Normalerweise mochte ich diese gestohlenen Momente, aber heute war es mir unangenehm. Zum einen, weil Hannes mit mir quasi auf einen leeren Bildschirm starrte, auf dem bisher nur der Titel stand, und sich vermutlich wunderte, was ich den ganzen Vormittag getan hatte. Zum anderen, weil die Uhr unten rechts gerade von 13:59 auf 14:00 sprang.

»Halbroboter im Hochleistungssport?«, fragte Hannes amüsiert und legte wie aus Versehen seine Hand über meine auf die Maus, als er damit auf dem weißen Blatt herunterscrollte. »Klingt vielversprechend.«

»Ähm, ja … ich dachte, ich wähle einen etwas sciencefictionartigen Einstieg. Das Thema ist sonst irgendwie zu … technisch. Ich … ich wollte gerade loslegen, aber, ähm, das hat dann wohl noch Zeit. Ich mache mich am besten direkt auf den Weg ins Geißbockheim … oder?« Großartig, jetzt fing ich schon bei dem bloßen Gedanken an Tim an zu stottern.

»Jetzt schon?«, fragte Hannes irritiert.

»Na ja, es ist eine Minute nach zwei.«

Hannes grinste: »Seit wann sind Sie denn so pünktlich, Frau Schneider?«

Ich hatte das Gefühl, tiefrot anzulaufen, und wurde in meinen Bedenken bestätigt, dass eine Affäre zwischen Tim und mir niemals gutgehen würde.

»Andererseits«, überlegte Hannes, »vielleicht ergatterst du ja vorher noch ein paar Zitate von den Spielern.«

Hannes lächelte mir ein letztes Mal zu und drückte im Gehen ganz beiläufig meine Hand. Ich schaute ihm nachdenklich nach und überzeugte mich davon, dass ich nur teilweise daran schuld sein würde, wenn ich Tim nun auf dem Parkplatz über den Weg laufen sollte. Ich hatte den klaren Auftrag von oben, das Gebäude augenblicklich zu verlassen. Es war vier nach zwei. Tim würde noch unten warten. Und im Grunde war auch nichts dabei, wenn ich gleich in sein Auto stieg, er mich zum Geißbockheim fuhr und wir unterwegs redeten. Dann konnten wir die Hochzeitsfrage ein für alle Mal klären und ich mich anschließend voll und ganz auf meine Halbroboter konzentrieren. Von einer Affäre konnte keine Rede sein.

Ich bemühte mich, meinen Computer langsam runterzufahren, in Ruhe meine Sachen zusammenzusuchen und Jacke, Schal und Mütze – es war März und immer noch tierisch kalt in Köln – im Stehen und nicht wie sonst im Laufschritt anzuziehen. 14:07. Bis ich unten war, war es sicher schon neun nach. Das sollte reichen, um Tim zu zeigen, dass ich zwar seine Notiz wahrgenommen hatte, an einer Affäre aber nicht interessiert war.

Doch Tims Familienkutsche, für die er nach Kais Geburt

schweren Herzens seinen protzigen BMW eingetauscht hatte, bog gerade erst auf den Parkplatz ein, als ich die Tür des Haupteingangs aufstieß. Na prima, jetzt hatte Tim auch noch Verspätung und würde mit Sicherheit denken, ich hätte schon hier unten auf ihn gewartet. Mein moralischer Vorsprung war dahin. Erst recht, als er die Beifahrertür aufmachte und ich mit einem hektischen Blick nach oben einstieg.

Tim begrüßte mich mit einem siegesgewissen »Also hast du meine Nachricht erhalten«, das ich lediglich mit einem säuerlichen Blick quittierte.

Er fuhr vom Parkplatz und musste sich auf den Verkehr konzentrieren, denn die Matschreste des überraschenden Schneefalls von heute Morgen machten den Kölnern zu schaffen. Schnee kannte man in dieser Stadt nur aus Urlaubsprospekten, so dass hier eigentlich jeder das ganze Jahr über mit Sommerreifen fuhr. Außer Tim. Wieder so eine Sache, bei der er sich strikt an die Regeln hielt und trotz Klimawandel und milder Winter jedes Jahr eigenhändig schon im Herbst die Reifen wechselte. Also, wie kam es, dass dieser grundehrliche, regelkonforme Tim sich plötzlich in einen eiskalten Betrüger verwandelte? Die Tatsache, dass Tim vom Verkehr abgelenkt war und wie selbstverständlich ein mir unbekanntes Ziel ansteuerte, erleichterte es mir nicht gerade, dieses Rätsel zu lösen. Ganz zu schweigen von der Hochzeitsfrage, die mir plötzlich zu wichtig erschien, als sie quasi im Vorbeifahren abzuhaken.

»Wo fahren wir hin?«, erkundigte ich mich stattdessen und ärgerte mich augenblicklich über die Frage, die im Grunde doch hätte heißen müssen: Kannst du mich zum Geißbockheim bringen?

»Zu Tina, dachte ich«, antwortete Tim, während er dem Vordermann, der in seinem Ford Ka mit geschätzten dreißig über die Neusser Straße kroch, mit einer Engelsgeduld hinterherfuhr.

»Ach, dachtest du«, wiederholte ich etwas gereizt, weil für Tim alles so selbstverständlich zu sein schien.

»Ja, du hast doch den Schlüssel zu ihrem Haus, oder? Und Tina und Aygün sind um diese Uhrzeit nie zu Hause.«

Unglaublich. Er hatte tatsächlich alles von hinten bis vorne durchgeplant. Wir konnten nicht zu ihm, wegen Sarah. Wir konnten nicht zu mir, wegen Hannes oder der Putzfrau, die unverhofft zwischendurch hereinschneien konnten, ganz zu schweigen von dem Geschwätz der Nachbarn und der damals eher im Scherz getroffenen Abmachung, Affären außerhalb der gemeinsamen Wohnung abzuhalten. Also trafen wir uns auf neutralem Territorium. Wirklich, sehr clever.

Ich schaute Tim von der Seite an. Vielleicht bemerkte er meinen Blick nicht, oder der Schneckenkriecher vor ihm erforderte seine ganze Aufmerksamkeit, auf jeden Fall ließ er sich in keiner Weise anmerken, dass es ihm vielleicht etwas unangenehm war, dass er die ganze Situation möglicherweise auch so komisch fand wie ich.

»Ich muss aber um drei am Geißbockheim sein, Pressekonferenz.«

Jetzt lächelte Tim mich sogar an. »Gut, dann haben wir ja fast eine halbe Stunde.«

Ich sah ihn ungläubig an, aber er hatte seinen Blick schon wieder auf die Straße gerichtet. Mein Einspruch beschränkte sich daher auf ein lautes Ein- und Ausatmen.

»Und jetzt?«

Wir standen in dem immer noch nicht renovierten Dachgeschoss von Tinas Haus. Tim sah sich skeptisch um, und als ich seinem Blick folgte, konnte ich selbst kaum glauben, dass ich bis vor wenigen Monaten noch hier gehaust hatte. Inzwischen hatten sich der Staub und der abgeblätterte Putz den Raum zurückerobert, aber mir wäre nicht in den Sinn gekommen, mit Tim in ein anderes Zimmer, womöglich sogar Tinas und Aygüns Schlafzimmer, zu gehen. Sich mit ihm heimlich hier hochzuschleichen fand ich schon peinlich genug.

»Was machen wir jetzt?«, wiederholte ich noch einmal etwas sarkastischer meine Frage. »Fallen wir jetzt übereinander her?«

Tim schaute mich nun doch etwas verkrampft an und schien sich gerade erst der Absurdität dieser Situation bewusst zu werden.

Er zuckte mit den Schultern. »Wenn du willst.«

Das brachte mich in null Komma nix auf die Palme. »Wieso ich? Du bist doch derjenige, der das Ganze hier organisiert hat.«

»Und du bist gekommen«, konterte Tim gelassen.

»Ja, aber nicht … dafür!«

»Sondern?«

»Weil ich … weil ich … weil ich mit dir reden wollte«, fuhr ich Tim aufgebracht an, aber ihn schien heute nichts aus der Ruhe zu bringen. »Schön, um so besser«, erwiderte er stattdessen freundlich. »Dann reden wir.«

Fassungslos schaute ich ihn an. Wie konnte jemand gerade seine Freundin mit seiner Exfreundin betrügen wollen und dabei so unschuldig wirken?!

»Worüber?«, schob Tim vorsichtig hinterher, als ich ihn immer noch entgeistert anstarrte.

Zum Beispiel darüber, dass du mich nicht geheiratet, sondern stattdessen diese singende Französischlehrerin flachgelegt hast. Dass du erst Tina gefragt hast, statt mich. Dass wir uns deswegen zum Sex jetzt heimlich in ihrem Dachgeschosszimmer treffen müssen, statt zu Hause im Schlafzimmer. Es gab so vieles, über das wir hätten reden können. Aber ich kam mir plötzlich albern vor, ihm jetzt noch all diese Dinge unter die Nase zu reiben. Inzwischen war so viel passiert. Und wer weiß. Vielleicht hatte Tina auch übertrieben. Vielleicht hatte Tim nie vorgehabt, mich zu heiraten, sondern nur einen Scherz gemacht. Tina verstand Tims Humor manchmal nicht und nahm Hochzeitsangelegenheiten bekanntlich sehr ernst.

»Vergiss es«, ich schüttelte den Kopf und fühlte mich plötzlich schlaff wie ein zum Bersten aufgeblasener Ballon, aus dem jemand die Luft rausgelassen hatte. »Ich hätte gar nicht erst mitkommen sollen.«

Aber Tim machte einen Schritt auf mich zu und umfasste meine Hüften. Dann sagte er leise: »Nein, du hast recht, lass uns einfach reden, egal über was. Ähm, woran arbeitest du gerade?«

Ich starrte geschafft auf den Boden, musste dann aber gegen meinen Willen schmunzeln. »Halbroboter im Hochleistungssport«, wiederholte ich meinen albernen Titel und konnte ein leises Kichern nicht unterdrücken.

»Was?« Tim lachte ebenfalls, ohne zu wissen, worum es ging.

Ich hob meinen Kopf und schaute ihn nun wesentlich freundlicher an, während ich erklärte: »Wissenschaftler versuchen herauszufinden, ob zum Beispiel ein Mann ohne Beine, aber mit

Prothesen, schneller laufen könnte als ein gut durchtrainierter Mann mit Beinen und die Prothesen daher einen Wettkampfvorteil darstellen.«

»Klingt interessant.«

Ich schüttelte den Kopf. »Nein, klingt total öde. Das will doch keiner lesen.« Ich stöhnte genervt auf, weil ich mich viel zu lange mit dem Thema beschäftigt hatte, als dass ich es jetzt fallenlassen konnte. Aber es gab einfach keinen spannenden Ansatz. Tim überlegte.

»Na ja, vielleicht ist es das Doping von morgen. Prothesen sind leichter, nicht so verletzungsanfällig und können immer weiter perfektioniert werden. Beim Menschen ist irgendwo immer die körperliche Grenze …« Ich nickte ungläubig. Tim schüttelte sich gerade problemlos genau die Art von Ideen aus dem Ärmel, nach denen ich schon den ganzen Tag über vergeblich in meinen Hirnwindungen gesucht hatte. Im Grunde hätte ich seine spontane Abhandlung Wort für Wort mittippen können. »Doping von morgen. Das ist gut. Ist es okay, wenn ich dich als Fachmann zitiere?«

»Aber nur, wenn du mich als Herrn N. aus K. unkenntlich machst.«

Wir mussten beide lachen. Zu Beginn meiner Sportjournalistenlaufbahn hatte ich Tim zu jeder Gelegenheit als Fan, Sportler oder Fachberater zitiert. Als Tim aus Köln, T. N. aus K. oder Herr Norlinger aus Bayern war er früher einer meiner begehrtesten Interviewpartner gewesen.

»Ich schreibe einfach, dass meine Quelle nicht genannt werden will, das klingt immer spannend.« Wieder glucksten wir gleichzeitig los, als unsere Erinnerungen an damals durch die perfekte

Handy-Imitation eines altmodischen Telefonklingelns, das ich irgendwann mal witzig gefunden hatte, unterbrochen wurden. Ich begann hektisch in meiner Tasche zu wühlen.

»Geh nicht dran«, bat Tim leise.

»Aber es könnte wichtig sein.« Jetzt hatte ich den vibrierenden Störenfried in meiner Tasche ertastet und zog ihn hervor.

»Dann meldet derjenige sich bestimmt später noch mal.«

Ich zögerte und schaute auf das Display. Mist, unbekannter Teilnehmer.

»Aber …«

»Geh nicht dran«, sagte Tim dieses Mal eindringlicher und versuchte mich zu überzeugen, indem er mich noch näher an sich zog, mir mit der rechten Hand die Mütze vom Kopf strich und seine linke Hand in meinen Haaren vergrub, während er seine Lippen sanft auf meine drückte.

Es klingelte erneut. Ich ging nicht dran.

Mit besten Vorsätzen

Beim nächsten Mal, exakt eine Woche später, hatte ich Kopfschmerzen. Wir trafen uns wieder bei Tina im Dachgeschoss. Und eigentlich war ich auch nur gekommen, um Tim zu sagen, dass ich mit unserem letzten Treffen nicht, wie er nun vermutete, auf sein Affärenangebot eingegangen war. Dass unser Tête-à-tête auf Tinas Dachgeschoss schließlich so verlaufen war, wie es nun mal verlaufen war, bedeutete nicht, dass ich bereit war, das zu wiederholen. Obwohl seine Anregungen zu meinem Artikel dazu geführt hatten, dass das Thema seitdem in Leserbriefen äußerst kontrovers diskutiert wurde und wir bereits zwei Gastbeiträge dazu veröffentlicht hatten. Aber das war schließlich nicht das Ziel unseres Geheimtreffens gewesen. Davon mal abgesehen hatte ich Tim nicht verziehen, dass er mich nach allen Regeln der Kunst verführt hatte und ich zu spät zu der Pressekonferenz gekommen war, die sich als kompletter Reinfall erwiesen hatte, weil lediglich der Rausschmiss eines Spielers aus der zweiten Reihe bekanntgegeben wurde.

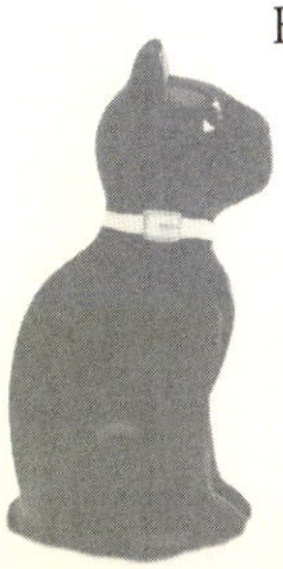

Dieses Mal also war ich mit den besten Vorsätzen losgefahren, nachdem Tim mich vor einer halben Stunde angerufen hatte, um mir zu sagen, dass er sich aus mysteriösen Gründen in der Nähe von Tinas Haus aufhielte und ob ich nicht auch Lust hätte, dort vorbeizukommen. Dieselben besten Vorsätze hatte ich auch noch, als wir uns entschlossen, aufgrund der spätwinterlichen Kälte ins Haus zu gehen. Aber leider hatte ich auch Kopfschmerzen. Heftige, pochende Kopfschmerzen, weil ich mich den ganzen Vormittag am Telefon mit der Managerin eines Fußballers herumgeschlagen hatte, der das Interview, das ich Wort für Wort so mit ihm geführt hatte, nicht freigeben wollte. Oben angekommen fragte Tim, was los sei, und anstatt ihm von meinen guten Vorsätzen zu berichten, sagte ich, dass ich Kopfschmerzen hätte, und Tim bot mir selbstlos eine Nackenmassage an. Ich legte mich auf die verstaubte Matratze, ließ meinen ganzen Frust über die Managerin und den Fußballer, der gefälligst seine Klappe halten sollte, wenn er am Ende nicht wollte, dass man seine Worte abdruckte, aus mir raus, während Tim mir beipflichtete und dabei meinen Nacken, Rücken, Hals und meine Schultern durchknetete. Kein Wunder, dass ich Tim danach in meinem völlig entspannten Zustand nicht gehen lassen konnte, als er sich mit den besten Vorsätzen direkt auf den Weg zum Kindergarten machen wollte, um Kai abzuholen. Dieses Mal zog ich ihn zu mir auf die Matratze und verführte ihn nach allen Regeln der Kunst.

Ich hatte eindeutig die falschen Signale gesendet, und dementsprechend breit war Tims Grinsen, als wir uns einige Tage danach wiedersahen. Es drückte deutlich aus, was er dachte: Karina braucht mich, und sie kann nichts dagegen tun. Das rieb er mir schon bei der Begrüßung unter die Nase: »Wofür brauchst du mich jetzt genau?«

»Das habe ich dir doch schon am Telefon erklärt.«

»Ja, aber ich will es noch mal von dir hören und dir dabei in die Augen schauen.«

Ich atmete laut ein und wäre am liebsten gleich wieder gegangen.

»Komm schon, sag es nur noch einmal, damit ich auch sicher bin, dass ich dich richtig verstanden habe!«

»Zum Schuhekaufen!«, zischte ich. »Okay? Ich will, dass du mit mir Sportschuhe kaufst!«

Daran war doch nun wirklich nichts Anstößiges. Im Gegenteil, ich hatte Tims Wunsch nach einem weiteren Treffen dieses Mal problemlos widerstanden – und ihn stattdessen zum Schuhkauf verdonnert.

»Du weißt aber, dass Sportschuhe in erster Linie zum Sport benutzt werden?«, stichelte Tim weiter. Ich verdrehte genervt die Augen.

»Es ist nicht für mich, sondern für Tina. Ich meine, die Schuhe sind schon für mich, aber der Sport ist … für Tina.«

»Schon klar. Nur, damit du mir später nicht vorwirfst, ich hätte dich nicht gewarnt: Auch Sport für einen guten Zweck kann zu Muskelkater und Gewichtsverlust führen.«

»Okay, das reicht.«

Ich machte auf der Stelle kehrt und wollte aus dem fünfstöckigen Sportgeschäft fliehen, das mir schon beim Betreten ein mulmiges Gefühl bereitet hatte. Aber Tim war mit seinem leichten Trainingsvorsprung schneller und versperrte mir den Weg.

»Was ist schlimmer, meine Sticheleien in der nächsten halben Stunde oder Tinas Vorwürfe für den Rest deines Lebens?«

Tim wusste, dass ich in der Zwickmühle saß. Tina hatte seit ihrer letzten Hochzeit vor fünf Jahren wahnwitzige drei Kilogramm zugenommen. Damit lag sie immer noch mindestens zehn Kilo unter ihrem Idealgewicht, aber diese drei Kilo waren nun mal dafür verantwortlich, dass ihr altes Hochzeitskleid nicht mehr wie angegossen saß. Ein Drama, schließlich sollte doch »alles so sein wie bei der ersten Hochzeit«. Ich wusste schon nicht mehr, wie oft ich diesen Satz inzwischen gehört hatte, und um sie zum Schweigen zu bringen, hatte ich mich von ihr schließlich zum »Nordisch Gehen« überreden lassen. Sie nannte es extra so, um es mir mehr als Spaziergang denn als Training unterzujubeln. Sie wusste, dass ich Sport verabscheute, obwohl ich dank Kai inzwischen im Kinder-Fünfkampf sehr trainiert war. Einhändiger Kinderwagenslalom um dämlich parkende Autos, Stemmen, Reißen und Hochwerfen eines ständig schwerer werdenden Gewichts, Kurzsprints hinter kleinen Ausreißern her – das alles hatte meine Form beträchtlich gesteigert. Tina hatte dieses Sportgerät leider nicht zur Hand und musste auf klassische Sportarten zurückgreifen. Bis zur Hochzeit in zweieinhalb Monaten mussten die drei Kilo weg sein. Und ausgerechnet ich sollte dabei ihr schlechtes Gewissen spielen und sie zur Disziplin zwingen. Wenn ich jetzt kniff, würde Tina mich nicht nur für das schlecht sitzende Hochzeitskleid verantwortlich machen, sondern für alles Übel, das ihr in Zukunft möglicherweise zustoßen würde und einzig und allein auf dieses schlechte Omen, diesen winzigen Schandfleck in ihrer ansonsten perfekten Hochzeitskopie, zurückzuführen wäre.

Ich stöhnte: »Also gut, bringen wir es hinter uns«, und keine zwei Sekunden später steuerte ein übereifriger Verkäufer mit einem falschen Lächeln auf uns zu.

»Kann ich Ihnen helfen?«

»Ja«, sagte Tim freundlich.

»Nein!«, versuchte ich ihn zu übertönen und warf ihm dabei einen strafenden Blick zu. Wofür hatte ich Tim denn um Hilfe gebeten, wenn ich mich jetzt doch noch mit provisionsgesteuerten, übergewichtigen Verkäufern herumschlagen musste, die ihre eigene Sportausrüstung nur aus dem Katalog kannten.

Tim überhörte mein Veto und wandte sich vertrauensvoll an den Verkäufer, der meiner Spontandiagnose zufolge vermutlich aufgrund seines deutlichen Bierbauches unter Bluthochdruck litt und deswegen ungesund rot im Gesicht war. »Wir suchen Sportschuhe.«

»Da sind Sie bei uns genau richtig.«

Natürlich waren wir das, sonst bestünde die erste Silbe im Namen dieser Ladenkette vermutlich nicht aus dem Wort Sport.

»Damen oder Herren?«, flötete der krebsrote Mann weiter, während er sich die schweißbedeckte Stirn abtupfte und ich betete, dass wir nicht die Kunden sein würden, vor denen er den absehbaren Herzinfarkt bekäme.

»Für die Dame«, erwiderte Tim schon in demselben albernen Flötton.

»Running oder Walking?«

Dieses Mal sahen sich beide Männer fragend nach mir um, und ich murmelte: »Gehen.«

»Classic oder Nordic?«, bohrte der Herzinfarktkandidat weiter nach und Tim griff vorsichtig nach meinem Arm, weil er spürte, dass ich fast wieder auf dem Absprung war.

»Nordisch. Schuhgröße achtunddreißig, nicht teurer als achtzig Euro!«

Ich hoffte, damit weiteren »oder«-Fragen zuvorzukommen, und starrte den Verkäufer herausfordernd an. Der schien tatsächlich endlich alle notwendigen Informationen zu haben und führte uns zu dem Regal, in dem Damen- und Herren-, Walking- und Running-Schuhe nebeneinander aufgereiht waren. Er nahm sich wahllos ein Exemplar heraus und feuerte die auswendig gelernte Fachjargonsalve auf uns ab, die mich ohne Tims Anwesenheit augenblicklich zum Verlassen des Kaufhauses gebracht hätte.

Ich hatte keine Ahnung, ob das beliebte Allround-Model mit der nahtlosen Mesh-Verarbeitung und den stabilisierenden Overlays, der Zoom-Air-Dämpfung im Vorfuß, abgerundet mit einer Karbongummi-Sohle mit Waffelstruktur das Richtige für mich war oder ob ich zur Überpronation neigte, der man durch das Crash-Pad in der Ferse oder Biomorphic-Einsätzen zur Mittelfußunterstützung entgegenwirken konnte. Der Verkäufer schien mehr an mir zu verzweifeln als ich an ihm, und als er als letzte Maßnahme vorschlug, meine Fußstellung durch einen Testwalk auf dem computergesteuerten Laufband zu analysieren, konnte nur Tims beherztes Eingreifen mich davon abhalten, den Verkäufer nach seinem Schein in Anatomie zu fragen. Tim schickte den noch röter gewordenen Mann schließlich höflich weg und reichte mir einen Schuh aus dem Regal, den er vorher ausführlich gebogen, gedehnt und befühlt hatte.

»Warum nicht gleich so?«, fragte ich ihn entnervt.

»Weil ich erst sehen wollte, wie schnell du den Verkäufer dieses Mal zur Verzweiflung bringst«, grinste er mich an. Er fühlte, ob mein großer Zeh genug Platz hatte, drückte hier und da und forderte mich auf, ein paar Schritte zu gehen. Und schon hatten wir einen geeigneten Schuh gefunden.

»Na, Gott sei Dank. Dann nichts wie raus hier. Ich muss dringend zurück in die Redaktion, der Typ hat meine ganze Mittagspause vergeudet.«

»Moment, hast du nicht noch etwas vergessen?«, rief Tim mir hinterher.

»Ähm, nein?« Ich sah ihn fragend an.

Sein Grinsen wurde schon wieder breiter.

»Vielen Dank für deine Hilfe«, sagte ich übertrieben freundlich. »Oder was meinst du?« Er konnte doch nicht ernsthaft erwarten, dass wir jetzt noch zu Tina fuhren.

»Dass du hoffentlich nicht vorhast, mit deiner alten zerlöcherten, farbbekleckststen Jogginghose walken zu gehen.«

»O nein!« Ich verzog leidend mein Gesicht.

»O doch.«

Ehe ich noch etwas sagen konnte, fand ich mich mit fünf verschiedenen schweißabweisenden, atmungsaktiven grauschwarz-rosa Freizeithosen-Modellen in der Umkleidekabine wieder. Eine Hose lag enger an als die andere, und ich weigerte mich trotz Tims beharrlichem Bitten, damit vor die Kabine zu treten.

»Und wie ist die?«, fragte Tim allmählich ebenfalls genervt.

»Kontraproduktiv!«

»Kontraproduktiv?!«

»Ja, diese verdammten Hosen betonen doch jedes verfluchte Gramm zuviel auf den Hüften. So viel kann ich gar nicht trainieren, dass ich in dieser Hose mal schlank aussehe.«

»Probier die mal«, sagte Tim und betrat mit einer einfachen Baumwoll-Jogginghose, die der Verkäufer von eben vermutlich als classic bezeichnet hätte, die Kabine. Ich nahm ihm die Hose aus der Hand und schickte Tim mit einem auffordernden Blick wieder nach draußen. Aber er folgte meiner Aufforderung nicht, sondern zog demonstrativ den Vorhang von innen zu. »Wenn du nicht rauskommst, muss ich wohl reinkommen.«

»Natürlich.«

Ich beachtete seinen flirtenden Unterton nicht weiter und begann, mich umzuziehen.

»Deine Hüften sind vollkommen in Ordnung«, stellte er unaufgefordert fest und bemühte sich noch nicht einmal so zu tun, als würde er mir nicht die ganze Zeit auf den Hintern starren. Überhaupt, was hieß hier eigentlich ›in Ordnung‹? ›In Ordnung‹ war wie ›nett‹, wie Hüften, die einfach nur Hüften waren, weder sexy noch dick.

»Das ist auch kontraproduktiv«, erwiderte ich trocken und zog die Jogginghose schnell über die besagte Problemzone. Natürlich fand er meine Hüften jetzt in Ordnung, weil er inzwischen ganz andere Maßstäbe ansetzte. Aber ich verkniff mir den bissigen Kommentar und betrachtete mich stattdessen mit Tim im Spiegel. Endlich mal eine Hose, die einigermaßen locker saß.

»Passt doch gut. Hast du abgenommen?«, fragte er irritiert.

»Ja, ein bisschen.« Mindestens fünf Kilo! Dass ihm das erst jetzt auffiel. Wir konnten uns scheinbar regelmäßig engumschlungen und splitterfasernackt über durchgelegene Matratzen wälzen, ohne dass er meine Figur weiter beachtete. Aber hier vor dem Spiegel, angezogen in einer formlosen Baumwoll-Jogginghose, bemerkte Tim endlich, dass ich längst wieder mein

Vor-Kai-Gewicht erreicht hatte und die Speckfalten am Bauch auf ein erträgliches Maß geschrumpft waren.

»Ich werde eben nicht mehr so gut bekocht«, witzelte ich und hoffte, den versteckten Vorwurf damit zu kaschieren. Es stimmte zwar einerseits auch, war aber nicht wirklich für meine Radikalkur in den Monaten nach unserer Trennung verantwortlich, in denen ich kaum einen Bissen herunterbekommen hatte. Ich verdrängte das flaue Gefühl im Magen schnell, das schon bei dem Gedanken daran wieder aufstieg, und wies mit einem sarkastischen Grinsen darauf hin, dass man Gleiches von Tim nicht unbedingt behaupten könnte. Er war zwar immer noch gut durchtrainiert, aber schon bei unserer ersten Umarmung hatte ich die zusätzlichen Pfunde an ihm sofort bemerkt. Tims Hand wanderte schuldbewusst zu seinem Bauch. »Ja, leider. Ich befürchte, wir gehen ein bisschen zu oft essen.«

Dieses Mal ließ sich das flaue Gefühl in meinem Magen nicht so schnell verdrängen. Mit »wir« meinte er natürlich Sarah und sich, und nicht Kai und sich. Und mit »Essen gehen« meinte er mit Sicherheit ein gemütliches, ausgedehntes französisches Gelage mit Vor-, Haupt- und Nachspeise, und nicht die hektische Pizza beim Italiener, zu der Tim und ich uns ab und zu und am Ende auch immer seltener mal in meiner Mittagspause getroffen hatten. Ich nickte stumm und verkniff mir erneut jeglichen bissigen Kommentar zu Sarah und ihren offensichtlichen Essgewohnheiten. Sie liebte Gemütlichkeit, Geselligkeit und gutes Essen. Das waren wohl kaum Charaktereigenschaften, die man jemandem vorwerfen konnte. Stattdessen zog ich schweigend die Jogginghose aus, die Tim mir abnahm.

»Also, die ist es dann?«, fragte er.

»Ja«, erwiderte ich einsilbig und zog meine Jeans wieder an. Unsere Blicke trafen sich kurz im Spiegel, und ich hatte das Gefühl, Tim konnte jeden meiner Gedanken von meinem Hinterkopf ablesen, als ich mich bückte, um meine Schuhe zuzubinden. Wann war ich das letzte Mal mit Tim gemütlich essen gewesen, ohne Termindruck oder Probleme, einen Babysitter für Kai zu finden? Ich konnte mich nicht mehr daran erinnern. Es herrschte eine unangenehme Stille zwischen uns, und ich nahm eilig meine Jacke vom Haken.

»So, ich bezahl dann mal. Danke für deine Hilfe.«

»Klar, kein Problem.« Tim reichte mir die Hose, aber als ich danach griff, hielt er plötzlich meine Hand fest und überrumpelte mich mit einem Kuss. Kein kurzer Abschiedskuss, sondern ein langer, fordernder Kuss, der uns irgendwann den Atem raubte, so dass wir beide alberne schnaufende Geräusche machten. Aber keiner von uns wollte ihn deswegen enden lassen. Ich konnte mich auch nicht mehr daran erinnern, wann Tim und ich uns das letzte Mal so leidenschaftlich geküsst hatten. Einfach nur geküsst. Als wir endlich voneinander abließen, waren unsere Lippen rot und wir japsten nach Luft. Ich wischte mir verlegen kichernd über den Mund. »Ich muss jetzt wirklich los«, flüsterte ich.

Tim nickte lächelnd. »Ich glaube, ich bleibe lieber noch ein bisschen hier drin und kühle mich ab.«

Ich verließ die Kabine und konnte das Grinsen in meinem Gesicht einfach nicht abstellen. Das Schlimme war, dass es anfing, mir zu gefallen.

Ungeküsst

Ich warf einen letzten prüfenden Blick in den Spiegel, bevor ich mich wieder in den Flur wagte. Meine Lippen waren nicht mehr rot, zumindest nicht mehr kussrot. Sie waren normalrot, wie immer, und wahrscheinlich waren sie das auch schon wieder kurz nach Tims Kussattacke gewesen. Aber sie brannten immer noch, als hätte ich eine deftige Chilisoße gegessen. Vielleicht war es auch nur mein schlechtes Gewissen, das auf meinen Lippen brannte, aber ich hatte das Gefühl, jeder konnte schon von weitem sehen, dass ich geküsst worden war. Besonders Hannes, und der wüsste noch dazu, dass er nicht der Küsser war. Aber das Spiegelbild widersprach meinem schlechten Gewissen und versicherte mir, dass ich ungeküsst aussah, als ich die Toilette wieder verließ und Hannes in die Arme lief, der diesen Zustand augenblicklich mit einem flüchtigen Schmatzer beendete.

»Da bist du ja schon wieder«, lächelte er, während ich mich nervös in alle Richtungen umschaute, ob uns auch ja keiner dabei beobachtet hatte. Kein Wunder, dass ich allmählich paranoid wurde, wenn ich noch nicht mal meinen richtigen Freund in der Öffentlichkeit küssen durfte. »Hast du alles bekommen?«, fragte Hannes und so hektisch, wie ich mich während des Gesprächs weiterhin umsah, hätte man vermuten können, wir redeten über die Zutaten einer selbstgebastelten Bombe.

»Äh, ja, ich habe ähm äh Schuhe gekauft und ... ähm, eine Jogginghose.« Ich brachte den Satz so mühsam zustande, als wäre er mein erster auf dieser Welt.

»Na, das hört sich für mich als Laie doch nach einer perfekten Sport-Ausrüstung an.« Hannes verschwand nach einem weiteren Schmatzer auf meine nicht mehr ganz so ungeküssten Lippen in der Herrentoilette, und ich ging innerliche Selbstgespräche führend zu meinem Platz.

Du musst es ihm sagen, Karina. Du musst ihm sagen, dass Tim dich geküsst hat, und den ganzen dreckigen Rest auch. Das ist doch kein Zustand.

Ich ließ mich auf meinen Schreibtischstuhl fallen und drehte mich einmal um mich selbst. Aber wenn es doch nur ein Ausrutscher war? Gut, drei bis vier inzwischen, moralische Instabilitäten in meiner ansonsten einwandfreien, stabilen Beziehung zu Hannes. Sex mit dem Ex, das passierte jedem einmal.

Genau, aber eben auch nur *ein* Mal, sagte mein innerer Teufel. Oder war es der Engel, der es schließlich nur gut mit mir meinte, während der Teufel ja eigentlich einen Höllenspaß daran haben musste, wenn ich mich tiefer und tiefer reinritt?!

Verflixt. Und wie war eigentlich der Kuss von heute zu werten? Zählte er mehr als Sex? Schließlich waren Küsse intimer, inniger, ehrlicher. Oder hatte Tim wieder nur irgendeine verrückte Idee gehabt, die er mal ausprobieren wollte? Eine kurze Hommage an frühere Zeiten, die aber wie üblich nicht an das Original heranreichte?

Ich beobachtete von meinem Schreibtisch aus, wie Hannes wieder in sein Büro ging. Wie lange wollte ich das Spiel noch mitspielen? Und wie lange konnte ich es überhaupt noch mitspielen, wenn ich schon wie eine Besessene quer durch die gesamte Redaktion auf die Toilette sprintete, nur weil Tim mich vor einer Viertelstunde geküsst hatte. Früher oder später würde Hannes mich durchschauen oder für verrückt erklären, und beides lief in etwa auf das Gleiche hinaus. Er würde Schluss machen, mich vor die Tür setzen und mir vielleicht noch das Kochbuch für Singles hinterherwerfen. Ich drehte noch eine Runde auf meinem Stuhl, dann stand ich entschlossen auf. Ich musste Hannes alles gestehen, und zwar genau jetzt. Dann war vielleicht noch etwas zu retten.

»Herr Jost?« Ich lugte vorsichtig in sein Büro, obwohl seine Sekretärin mich schon angekündigt hatte.

Hannes winkte mich herein und deutete mir gleichzeitig mit seinem Zeigefinger auf den Lippen an, ruhig zu sein, während er ein paar abschließende Worte in den Hörer sagte und auflegte.

»Komm rein. Wo sind deine neuen Schuhe?«

»Im Auto. Ich muss … mit dir was besprechen.«

Hannes sah irritiert auf. »Beruflich oder privat?«

»Privat«, erwiderte ich bedrückt und hoffte inständig, dass es keine Auswirkungen auf das Berufliche haben würde. Im Grunde hoffte ich sogar, dass es auch keine Auswirkungen auf das Private haben würde, aber das war wohl ein wenig zu optimistisch. Vielleicht war alles und jetzt doch etwas zu voreilig gewesen? Vielleicht reichte genauso gut ein bisschen und das auch eher später? Hannes lächelte mich ermutigend an, und ich blieb unschlüssig vor seinem Schreibtisch stehen. Okay, Augen zu und durch.

»Tim hat mich … geküsst.« Doch meine geflüsterte Beichte ging in dem schrillen Telefonklingeln unter, das mich zusammenschrecken ließ.

Hannes zuckte entschuldigend mit den Schultern und nahm den Hörer ab. Er hörte nur zu, ohne sich zu melden. »Ja gut, ich komme.«

Dann stand er auf und griff sich sein Jackett. »Der Chef will mich sprechen.«

»Oha. Will er dich feuern?« Und würde das möglicherweise einen Teil meiner Probleme lösen? Mein Gott, Karina, jetzt sei doch nicht so egoistisch!

»Das, oder er will mir seinen Sessel anbieten«, grinste Hannes und fragte: »Was hat Tim?«

O Gott, hatte Hannes mich eben verstanden oder nicht? Wohl nicht, sonst würde er mich jetzt nicht so anlächeln. Oder er wollte nicht verstehen und gab mir eine zweite Chance. Wie auch immer, jetzt war definitiv der falsche Zeitpunkt für die Wahrheit. Ich konnte ihm schlecht sagen, dass Tim mich geküsst hatte, ganz zu schweigen von den Dingen, die wir in Tinas Dachgeschosszimmer getan hatten, und ihm dann viel Erfolg bei der Besprechung mit dem Chefredakteur wünschen.

»Tim hat mich … unterstützt. Beim Schuhekaufen.« Es war Hannes anzusehen, dass er für diese Art von Information nicht unbedingt sein Rendezvous mit dem Chef verpassen wollte, aber er blieb weiter freundlich, während ich mich am liebsten selbst aus dem Büro hinauskomplimentiert hätte.

»Nett von ihm. Es ist immer gut, jemanden dabei zu haben, der Ahnung von der Materie hat.«

Ich nickte und wäre am liebsten unter Hannes' Schreibtisch gekrochen.

»War das alles, was du mit mir besprechen wolltest?«, fragte Hannes allmählich doch ungeduldig, weil ich im Moment lediglich ein großes, einsilbiges Hindernis zwischen ihm und möglicherweise dem Chefsessel darstellte. Er hatte es zwar nur im Scherz gesagt, aber es war inzwischen ein offenes Geheimnis, dass er als Nachfolger für den scheidenden Chefredakteur gehandelt wurde und deswegen auch in erster Linie nach Köln gekommen war. Der Wechsel an der Spitze rückte immer näher, und seinen Chef ließ man nun mal nicht warten. Ganz abgesehen davon, dass man ihn auch nicht betrog und dann die wahnwitzige Idee bekam, ihm alles während der Arbeitszeit in der Redaktion zu beichten. Mein Gott, was hatte ich mir nur dabei gedacht?!

»Nein, natürlich nicht.« Endlich erwachte ich aus meiner Starre und überspielte mein in seinen Augen wohl ziemlich unangebrachtes Verhalten schnell mit einem übertriebenen Lachen. »Ich wollte eigentlich nur fragen, ob wir nicht mal wieder zusammen essen gehen sollen? So richtig gemütlich.«

Hannes sah mich überrascht an. »Du willst mir doch keinen Antrag machen, oder?«

Stimmt, das würde vermutlich mein merkwürdiges Verhalten erklären. Aber es wäre doch eine zu große Abweichung von meinem ursprünglichen Vorhaben gewesen, und ich musste es ja nicht gleich übertreiben.

»Quatsch, ich dachte nur, dass wir mal wieder ausgehen könnten.«

»Okay, ich wollte nur sichergehen, dass ich dann das Richtige anhabe. Nur essen, du und ich, dieses Wochenende. Schon im Kalender.«

Er zog sich umständlich das Jackett über, und ich fand es irgendwie süß, ihn auch mal nervös zu sehen.

»Viel Glück.« Ich drückte ihm einen Kuss auf die Wange und verließ eilig sein Büro. Ausgezeichnet. Das nannte ich mal eine erfolgreiche Beichte.

Level zwei

Aus unserem gemütlichen Essen wurde allerdings nichts. Erst musste Hannes kurzfristig absagen, weil ein Termin dazwischengekommen war. Dann fing ich mir eine heftige Erkältung ein, die mich so sehr außer Gefecht setzte, dass ich sogar meine drei Tage mit Kai absagen musste. Ich rief Tim an und bat ihn unter Schniefen und Husten, Kai doch bitte aus dem Kindergarten abzuholen.

Keine halbe Stunde später stand Tim vor meiner Tür. Ich hatte versucht, ihn zu ignorieren, aber sein beharrliches Klingeln hallte so dermaßen schrill in meinem glühenden Kopf nach, dass ich es für das kleinere Übel hielt, mit meinen schmerzenden Gliedern die Treppe hinunterzuwanken, als diesen Ton länger ertragen zu müssen.

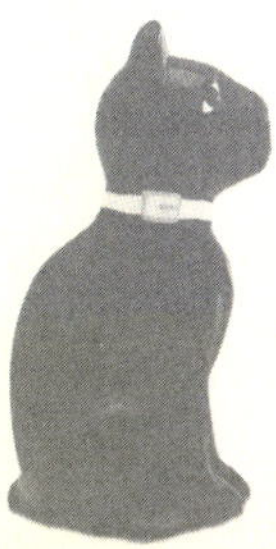

Schlapp lehnte ich mich gegen den Türrahmen und blinzelte Tim gegen die Mittagssonne an, die meine Kopfschmerzen schlagartig verdoppelte. »Tim.« Er überhörte meinen gestöhnten Ausruf seines Namens, der im Grunde nur deutlich machen sollte, dass er doch bitte wieder verschwinden möge. So deutlich, wie man das in drei Buchstaben ausdrücken konnte.

»Ist Hannes da?«

Unglaublich, gab er eigentlich nie auf?

»Nein«, schniefte ich und nieste dreimal in mein zerknittertes Taschentuch.

»Los, ab ins Bett.« Er drängte sich an mir vorbei in die Wohnung. Ich schüttelte nur kraftlos den Kopf. »Tim, ich kann jetzt wirklich nicht ...«

»Meine gefürchtete Hühnerbrühe essen?«, unterbrach er mich und zog einen gefrorenen Beutel aus seiner Einkaufstasche. »Musst du aber, ich habe nämlich noch eine Portion bei uns im Tiefkühlfach gefunden.«

Er holte noch ein paar Zitronen, eine Packung Kamillentee und Zwieback aus seiner Tasche – sein Patentrezept gegen jede Krankheit – und durchsuchte die Schränke in meiner unbenutzten Einbauküche.

»Wo sind denn deine Töpfe?«, fragte er irritiert, als ihn überall nur gähnende Leere anstarrte.

»Welche Töpfe? Die gehörten doch alle dir.« Ich ließ mich müde auf der ersten Treppenstufe nieder und lehnte meinen Kopf auf der Suche nach etwas Abkühlung gegen die Eisenstangen des Geländers.

»Wasserkocher?«

»Gehörte auch dir.«

Tim schüttelte entgeistert den Kopf. »Und womit kochst du, wenn du ...« Ein Blick in mein leeres Gesicht genügte ihm als Antwort.

»Hannes hat Töpfe. Zumindest hat er schon mal gekocht. Einmal. Also müsste er auch Töpfe haben. Ich glaube nicht, dass er sie ausgeliehen hat, also …« Tim kam zu mir und befühlte besorgt meine Stirn, weil er mein Gestammel vermutlich für Fieberwahn hielt.

»Okay. Du nimmst jetzt ein heißes Bad und ich kümmere mich um das Topfproblem. Und dann legst du dich ins Bett und stehst heute nicht mehr auf, verstanden?« Er half mir auf und schob mich die Treppe hoch.

»Sehr witzig, wer hat denn hier Sturm geklingelt?«

»Einer muss sich ja um dich kümmern. Wahrscheinlich schluckst du schon wieder tagelang nur Aspirin.«

»Mit Vitamin C«, verteidigte ich mich, aber Tim ließ das nicht gelten und mir stattdessen ein heißes Bad ein. So heiß, dass die Kacheln bis zur Decke beschlagen waren, als ich zehn Minuten später matt in die Badewanne kletterte. Ich gab ein zufriedenes Ächzen von mir, während ich mich bis zum Kinn in das heiße Wasser niederließ. Was für eine Wohltat für meine schmerzenden Beine, Arme und den Rücken. Warum war ich nicht selbst auf die Idee gekommen? Dabei war Baden doch sonst immer meine Antwort auf alles.

Nach einer Weile spürte ich, wie sich alles in mir entspannte, und wollte gerade etwas eindösen, als Tim ohne anzuklopfen die Badezimmertür öffnete.

»Hey, ich bade noch«, rief ich und versuchte etwas albern, meine Brüste zu bedecken. Aber an denen war Tim gar nicht interessiert. Zumindest heute nicht.

»Ja, und zwar schon viel zu lange. Wo sind deine Handtücher?«

Ich verzog schuldbewusst das Gesicht. Tim verdrehte die Augen. »Jetzt sag nicht, dass die auch alle mir gehörten.«

»Nee, die habe ich nur vergessen. Aber Hannes hat …«

»Schon klar.« Tim verschwand leicht angesäuert und kehrte kurz darauf mit einem großen Badehandtuch wieder, das er mir ausgebreitet und fertig zum Abrubbeln hinhielt, so wie wir es bei Kai immer machten. Mir war zwar aufgefallen, dass man als Eltern automatisch einige Verhaltensweisen verinnerlichte, so wie das ›Gläser in die Mitte des Tisches‹-Schieben, auch wenn das Kind nicht dabei war. Aber von Tim jetzt wie ein Kleinkind abgerubbelt zu werden, das wollte ich nun doch nicht. Ich bat ihn, das Handtuch auf den Klodeckel zu legen, weil ich mich durchaus schon alleine abtrocknen konnte, aber Tim schüttelte den Kopf. »Jetzt stell dich nicht so an, ich habe dich schon oft nackt gesehen.«

»Ja, und zwar ein paarmal zu oft«, grummelte ich und stieg beleidigt aus der Wanne. Augenblicklich spielte mein geschwächter Kreislauf verrückt, ein dunkler Schleier legte sich über meine Augen und jetzt war ich froh, dass Tim mich mit dem Handtuch in Empfang nahm.

»Alles klar?«

Ich schüttelte den Kopf und griff nach seiner Schulter. Schnell legte Tim seinen Arm um mich und hielt mich fest. Ich ließ meinen Kopf auf seine Brust sinken. Wir standen eine Weile fest umschlungen neben der Badewanne, bis der Schleier vor meinen Augen wieder verschwand. Na gut, wir standen etwas länger so da, weil ich mich in seinen Armen einfach wohlfühlte und meinen Schwächeanfall deswegen ein bisschen hinauszögerte.

»Geht's wieder?«, fragte Tim leise.

»Gleich«, murmelte ich und drückte meine Wange noch stärker gegen seine Brust. Tim fing langsam an, meinen Rücken abzurubbeln und jetzt hätte ich ihn am liebsten in mein Bett gezerrt, um mich an ihn zu kuscheln. Aber leider war ich dafür zu geschwächt. Ich ließ ihn noch eine Weile rubbeln, bis wirklich jeder Fleck an meinem Rücken trocken war. Dann löste ich mich mit einem kaum unterdrückten Seufzer aus seiner Umarmung und murmelte, dass ich den Rest alleine schaffte. Aber auch nur, weil ich mir selbst nicht über den Weg traute und befürchtete, dass ich sogar mit neununddreißig Grad Fieber und Dauerniesen über Tim herfallen könnte, wenn er mich jetzt noch irgendwo berührte.

Tim verschwand ebenfalls fluchtartig aus dem Badezimmer und erwartete mich ein paar Minuten später mit dampfender Hühnerbrühe und einer heißen Zitrone an meinem frisch bezogenen Bett. Er wartete, bis ich unter die Decke gekrochen war und stellte mir das Tablett auf die Knie.

»Ich muss jetzt los, Kai abholen. Gute Besserung.« Er beugte sich zu mir herunter und verharrte ein paar Sekunden etwas unschlüssig über meinem Gesicht, als wüsste er nicht, ob er mir jetzt einen Kuss geben sollte oder nicht. Aber dann entschied er sich für die freundschaftliche Variante, ein trockenes Küsschen auf die Stirn, und ging zur Treppe. Beim Runtergehen rief er mir noch zu: »Wenn es dir morgen nicht besser geht, gehst du zum Arzt.«

»Natürlich«, antwortete ich brav, aber mir ging es jetzt schon besser.

Ich hatte die Suppe ganz aufgegessen, ich hatte die heiße Zitrone bis zum letzten sauren Bodensatz getrunken, ich hatte keine Aspirin genommen, sondern war ohne Chemiekeule eingeschlafen. Ich schlief den ehrlichen Genesungsschlaf nach Hausmutternart und träumte von Sex mit Tim. Das heißt, im Grunde war mein Traum nur die konsequente Weiterentwicklung dessen, was normalerweise passiert wäre, wenn ich nicht mit Fieberkopf und Schniefnase so ein erbärmliches Bild abgegeben hätte. In meinem Traum landeten wir – welch eine Überraschung – gemeinsam in der Badewanne, ich fiel, Tim hielt mich fest, ich zog ihn halb, halb sank er hin. Und in der nächsten Einstellung hatte Tim sich auch schon auf wundersame Weise all seiner Klamotten entledigt, und ich strich gierig über seinen vom Wasser glänzend nassen muskulösen Rücken, während er an meinen Brustwarzen saugte. Gut, es war ganz offensichtlich nicht die realgetreue Version des Sexes, den wir hätten haben können, denn erstens schwappte dabei nicht ein Milliliter Wasser aus der Wanne, und zweitens hätte Tim nie im Leben so lange die Luft anhalten können. Aber eben dafür gab es schließlich Sexphantasien. Tim küsste sich an meinem Hals entlang Richtung Wasseroberfläche, fuhr durch meine unnatürlich trockenen Haare und flüsterte meinen Namen, während ich wohlige Grunzgeräusche von mir gab.

»Karina!«, rief er etwas lauter, und als mich eine dritte Hand etwas weniger zärtlich an der Schulter schüttelte, riss ich entsetzt die Augen auf.

»Hannes?!«, hauchte ich heiser. »Was machst du hier?«

»Ich wollte nur nach dir sehen«, erklärte er leise und lächelte mich dabei so undefinierbar an, dass ich nicht wusste, ob er meinen Traum erahnte, ohne natürlich die Besetzung der männlichen Hauptrolle zu kennen, oder ob es sich einfach nur um das klassische, leicht bemitleidende Aufmunterungslächeln bei einem Krankenbesuch handelte.

»Hast du schlecht geträumt? Hast du noch Fieber?«

Ich bejahte brav beide Fragen und hoffte, so aus dem Schneider zu sein. Wer konnte schon Grunzgeräusche so genau deuten?

Hannes räumte das Tablett weg, das immer noch auf meinem Bauch stand und vermutlich als Stand-In für Tim fungiert hatte.

»Hattest du Besuch?«

»Was? Ach so ja, ähm, nee, ich meine, nur meine Mutter. Sie hat mich mit dem alten Familienrezept gegen Grippe gefoltert.«

Ich lächelte ihn unschuldig an. Wenn er sich jetzt an die Weihnachtskochkünste meiner Mutter erinnerte, dann müsste ihm sofort klarwerden, dass unser Familienrezept gegen Grippe aus einem möglichst bunten Medikamentencocktail bestand.

Aber Hannes akzeptierte meine Erklärung ohne Probleme. »Gott sei Dank, ich hatte schon ein schlechtes Gewissen, dich hier so lange alleine zu lassen.«

Und schon hatte ich mit Bravour die Schwelle vom passiven zum aktiven Betrügen passiert, die dünne Linie, die Schwäche von Betrug trennte. Meine erste echte Lüge gegenüber Hannes. So einfach war das. Ich hätte ihm von Tim erzählen können, der Badewanne, dem Traum, aber nein, ich wählte den Klassiker. Meine Mutter. Ab jetzt saß ich endgültig mit Tim in einem Boot. Tim hatte unsere Affäre vielleicht angeleiert und mich immer wieder mit ausgeklügelten Attacken zur Aufgabe meiner guten Vorsätze gezwungen. Und natürlich hatte ich Hannes auch ab und zu ein paar wichtige Informationen vorenthalten. Aber diese Lüge hatte ich ganz alleine und völlig ohne Zwang begangen und damit Level zwei erreicht.

Grenzen

Ich selbst hatte Fahrrad fahren mit fünf ohne Helm, ohne Stützräder und ohne das Wissen meiner Eltern im Hof unserer Nachbarn gelernt und war anschließend mit blutroten Knien und Ellenbogen, aber stolzen Hauptes nach Hause gekommen. Für Kai hätte ich am liebsten eine komplette Ritterrüstung aus Hand-, Knie-, Ellenbogen-, Arm-, Schienbeinschonern und Helm gekauft. Es war wieder einer dieser Momente, in denen ich mich fragte, wie meine Eltern mich als Kind eigentlich überlebt hatten. Ich bekam schon einen Schock, wenn Kai die Schaukel auf dem Spielplatz fast zum Überschlag brachte, um dann auf dem höchsten Punkt abzuspringen und grinsend mit einem halben Bauchklatscher im Sand zu landen. Aber jedes Mal, wenn ich meiner Mutter mit Kai einen Besuch abstattete und den kleinen Wirbelwind zurückpfeifen wollte, kam sie mit dem typischen: »Lass ihn doch, du warst damals noch wilder«, und untermalte es mit einem haarsträubenden Beispiel meiner kindlichen Sorglosigkeit. Und jedes Mal entgegnete ich, dass ich nicht un-

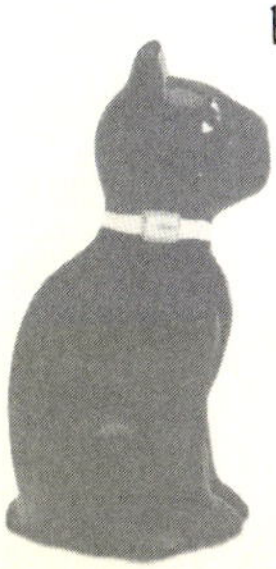

bedingt ein gutes Beispiel gewesen wäre und sie vielleicht auch nicht die beste Mutter, wenn man bedachte, dass ich mir als Kind auch mindestens zwei Finger, das Schlüsselbein und den rechten, oder war es der linke, Arm gebrochen hatte, wenn auch nicht alles auf einmal. Kinder müssten ihre Grenzen selbst kennenlernen, zitierte sie dann irgendeinen 68er-Erziehungsratgeber und ich erwiderte, dass manche Kinder sie aber auch nie kennenlernten, und dann verwies sie mich wieder auf mich selbst und beendete das Gespräch mit einem vieldeutigen »ganz genau«. Manche Leute würden denselben Fehler eben wieder und wieder machen, aber da könnte man dann auch mit Erziehung nichts mehr ausrichten. Und spätestens da wusste ich meistens nicht mehr, ob wir noch über Kindererziehung oder mich und mein verpfuschtes Liebesleben sprachen, und zog es vor zu schweigen. Meine Mutter konnte schließlich unmöglich wissen, dass ich mal wieder dabei war, eine Beziehung mit einem längst ausgemerzt geglaubten Wiederholungsfehler aufs Spiel zu setzen. Und außerdem, wenn hier jemand für mein missratenes Sozialverhalten verantwortlich war, dann doch wohl sie. Aber das hätte unweigerlich eine Grundsatzdiskussion herbeigeführt, die ich nicht vor Kai und auch nicht mit meiner Mutter führen wollte. Dabei konnte ich nur verlieren.

Natürlich musste Kai seine Grenzen selbst kennenlernen, aber es schadete sicher nicht, diese Grenzen ein wenig auszupolstern. Dementsprechend hielt ich mich in dem Fahrradfachgeschäft auch hauptsächlich in der Schutzkleidungsabteilung auf, anstatt Tim bei der Auswahl des eigentlichen Geschenks zu helfen. Kai hatte sich zu seinem vierten Geburtstag ein Fahrrad gewünscht. Und als ich erst nein, dann ja, »aber mit Stützrädern«

und schließlich »meinetwegen, aber nur mit Helm« gesagt hatte, hatte Tim das zum Anlass genommen, mich zum gemeinsamen Einkauf zu verpflichten. Und das bestimmt nicht nur, weil er Kais Kopfumfang nicht auswendig kannte.

Am Ende lagen drei Helme in unserem Einkaufswagen. Einer für Kai, einer für Tim und einer für mich. »Eltern sind Vorbilder!«, hatte Tim nur gegrinst und mir damit erneut unter die Nase gerieben, dass ich eine weitere Grenze überschritten hatte. Und zwar die »Jetzt zeige ich allen Leuten, dass ich Mutter und daher eine vorbildliche Straßenverkehrsteilnehmerin bin«-Grenze in meiner ganz privaten Altersklasseneinteilung. Es gab darin verschiedene Ereignisse, die in meinen Augen unumkehrbar eine neue Phase im Leben einleiteten, ob man wollte oder nicht. Und damit meinte ich nicht die offensichtlichen, wie erste Wohnung, erster Job, erstes Kind. Es waren mehr die kleinen Dinge, die einem auch erst rückblickend bewusst wurden. Zum Beispiel der Tag, an dem man zum ersten Mal in seiner Stammkneipe vom neuen Studentenpersonal gesiezt wurde. Oder der Tag, an dem man samstagsabends »Wetten, dass..?« einschaltete, anstatt dieselben zwei Stunden plus Überziehung vorm Spiegel zu stehen, um das geeignete Ausgeh-Outfit zu finden. Der Tag, an dem man keine Zeit mehr dafür hatte, sich bei H&M in die Schlange vor den Umkleidekabinen zu stellen und stattdessen zu P&C ging. Und jetzt war es eben der Tag, an dem man von seinem Kind gezwungen wurde, einen Fahrradhelm zu tragen.

Nachdem ich kurz mit dem Gedanken gespielt hatte, Kai ohne Helm fahren zu lassen, schließlich hatten ich und Millionen andere Kinder es auch überlebt, fügte ich mich aufgrund der Kölner Unfallstatistik meiner Vorbildfunktion. Egal. So oft fuhr ich ohnehin nicht mehr Fahrrad.

Als Tim und ich mit dem unförmigen Geschenk im Kofferraum schließlich im Auto saßen, war es mit der Vorbildfunktion auch schon wieder vorbei. Wir spielten einmal mehr unser kurzes rhetorisches Frage-und-Antwort-Spiel.

»Wohin mit dem Geschenk?«

»Bei mir kennt Kai schon alle Verstecke.«

»Bei mir findet er es sofort.«

»Hm.« Schweigen. Vorgetäuschtes Überlegen. Dann der gleichzeitige unschuldige Blick.

»Wir könnten es bei Tina verstecken.«

»Gute Idee. Sie hat sowieso angeboten, bei ihr im Garten zu feiern.«

Na bitte, ging doch, zwei Ausreden auf einmal, was sollte man dagegen noch einwenden. Kurz darauf überschritten wir zum wiederholten Male in Tinas Dachgeschosszimmer eine weitere Grenze und erinnerten uns erst danach daran, dass wir Kais Fahrrad im Auto vergessen hatten.

Doppeldate

Als ich eine halbe Stunde später meinen Computer in der Redaktion hochfuhr, erwartete mich bereits eine Mail von Hannes im Posteingang.

Kannst du mich heute Abend zum Eishockey begleiten? Brauche jemanden, der mir die Regeln erklärt und mit mir in der Halbzeitpause in der Loge rummacht.

Ein schmutziges Lächeln breitete sich auf meinem Gesicht aus, bis mir klarwurde, dass man mich beobachten könnte, und ich Hannes' Mail lieber hektisch mit einer Miene, die ich für professionell-nachdenklich hielt, löschte, bevor ich antwortete: *Eine Regel vorweg, Herr Jost, es gibt keine Halbzeitpause beim Eishockey, sondern zwei.*

Keine Minute später kam zurück: *Umso besser, erwarte dich um 19 Uhr 30 unten in meinem Wagen.*

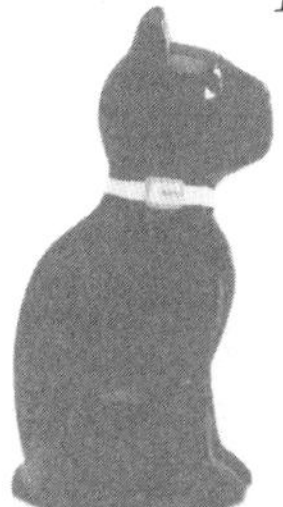

Obwohl mir diese geheimen Verabredungen auf dem Redaktionsparkplatz bekannt vorkamen, hatte ich kein schlechtes Gewissen mehr. Ich war selbst überrascht, wie problemlos ich inzwischen morgens mit Hannes aus dem Haus gehen, mittags mit Tim ein kurzes Beischlafmeeting halten und nachmittags mit Hannes einen Kaffee beim Türken trinken konnte, ohne rot zu werden. Und dann wiederum war ich überrascht, dass mich mein Verhalten überraschte. Ich war eben keine Heilige. Noch nie gewesen. Und der Frühling regte auch nicht gerade zu keuscher Zurückhaltung an. Ich hatte eine gewisse Vergangenheit in Sachen Affären. Eine unrühmliche, aber leider nicht zu leugnende Vergangenheit. Und jetzt wusste ich, dass sich manche Dinge auch im Alter nicht auswuchsen. Bis ich mit Tim zusammenkam, war ich öfter fremdgegangen. Zu oft vielleicht, aber man hat seine Hormone nun mal nicht immer unter Kontrolle, dachte ich damals und erwartete im Gegenzug auch nicht, dass man mir treu blieb. Bis es tatsächlich passierte und ich auf der anderen Seite gelandet war. Bei der Sache mit Sarah war ich zum ersten Mal die Betrogene und es fühlte sich furchtbar an. Spätestens da hätte ich zu Kreuze kriechen, meine betrogenen Lebensabschnittsgefährten um Vergebung bitten und mir schwören müssen, niemals wieder einen fremden Mann auch nur aus den Mundwinkeln anzulechzen. Aber Tim war nun mal kein Fremder und ich keine Heilige. Tim wusste das. Hannes nicht. Tim nutzte diesen Wissensvorsprung redlich aus. Hannes gab sich noch ehrliche Mühe.

Als Hannes um kurz vor acht auf die A 559 abbog, statt weiter geradeaus zu fahren, wusste ich, dass wir nicht wie vorgegeben zum Spiel der Kölner Haie in die Köln-Arena fuhren und alles, was mir dazu einfiel, war ein langgezogenes »Okaaaaay?!«

Hannes hatte sich also wieder eine Überraschung ausgedacht,

und nichts in seinem Gesicht gab preis, was er dieses Mal vorhatte. Nach meinen bisherigen Erfahrungen wusste ich wenigstens, dass ich Heiratsantrag und Mordversuch ausschließen konnte, deswegen lehnte ich mich relativ entspannt auf dem Beifahrersitz zurück. Meine Entspannung wich ungläubigem Staunen, als er die Abfahrt zum Köln-Bonner Flughafen nahm. Na klasse, ein Kurztrip nach irgendwo, und alles, was ich dabei hatte, waren die Klamotten, die ich trug. Cargohose, Bluse mit einem nur schlecht ausgewaschenen Kaffeefleck von heute Nachmittag und Jeansjacke, die zu dieser Jahreszeit eigentlich zu kalt für jede Region außerhalb unserer Redaktion war.

Hannes bat um meinen Ausweis, weil ich nicht mit zum Schalter kommen und sehen sollte, wohin die Reise ging. Die Optionen waren vielfältig, wie mir die Anzeigetafel verriet. New York, Paris, Rostock. Alles war möglich. Hannes kam angelaufen und zog mich eilig mit sich. Wir hetzten durch den Sicherheitscheck zum Gate 34, wo uns eine freundliche Dame vom Bodenpersonal bereits erwartete, weil wir die Letzten waren. Während Hannes die Tickets vorzeigte, konnte ich gerade noch einen Blick auf die Anzeige erhaschen, die über uns blinkte. Rom.

»Wir fliegen nach Rom?«, fragte ich außer Atem, während wir die Gangway zum Flugzeug runterliefen.

»Ja, du wolltest doch Pizza essen gehen.«

Als wir kurz darauf laut hechelnd im Flieger saßen, nahm Hannes meine Hand und erklärte lächelnd: »Und ich habe versprochen, dass wir unser gemütliches Essen nachholen.«

Ich nickte nur sprachlos, weil ich immer noch mit Luftholen beschäftigt war.

Drei Stunden später aß ich die teuerste Pizza Funghi meines Lebens. Sie war ohne Zweifel gut, ein Tick besser vermutlich als die von meinem neuen Leib-und-Magen-Pizzabäcker auf der Venloer Straße. Vielleicht war es ein antik römischer Steinofen, der den feinen Unterschied machte. Vielleicht auch die von Vespa-Abgasen geschwängerte Luft. Aber war das alles die weite Anreise wert? Oder wollte Hannes am Ende doch noch und dieses Mal in echt das H-Wort über die Lippen bringen?

»Ist alles in Ordnung?«, fragte ich vorsichtig.

Hannes sah von seinen Spaghetti Vongole auf und nuschelte »Wieso?«, während er ein paar widerspenstige Spaghettienden einsaugte, was er normalerweise nur tat, wenn Kai dabei war.

»Na ja, entweder du bist ein angeberischer Schnösel mit zu viel Geld und zu wenig Zeit, es auszugeben, oder du musst mir irgendetwas Unangenehmes mitteilen und brauchst dafür wenigstens ein romantisches Setting!« Mehr Erklärungen hatte ich für meine Vierhundert-Euro-Pizza nicht. Die Heirate-mich-Option ließ ich vorsichtshalber unter den Tisch fallen, ich musste ihn ja nicht noch auf falsche Gedanken bringen.

»Und wenn ich einfach nur mit dir eine Pizza essen gehen wollte?«, fragte Hannes lachend.

»Dann würde das wieder unter die erste Kategorie fallen.«

»Nicht sehr schmeichelhaft.« Hannes machte wieder ein übertriebenes Schlürfgeräusch. Dann murmelte er mit vollem Mund: »Ich hätte da noch einen besseren Grund.«

Okay, also doch. Ganz klar. Rom, Pizza, Kerze – deutlicher konnte man nicht werden. Und ich war mir in diesem Moment noch nicht mal sicher, dass ich den Antrag ablehnen würde, bei so viel Aufwand, den er betrieben hatte.

Ich sah Hannes mit einer Mischung aus Nervosität und aufgeregtem Kribbeln im Bauch zu, wie er seine Nudeln mit einem Schluck Wein runterspülte. »Ich wollte dich fragen …« Er tupfte sich mit einer Serviette über den Mund.

»Ja?«, hauchte ich angespannt.

»Ob du …« Er pulte mit der Zunge ein Stück Nudel aus einer Zahnritze. »… diese Pizza auch für die beste hältst, die du jemals gegessen hast, denn im Internet scheiden sich die Geister, und du bist schließlich eine ausgewiesene Spezialistin.«

Verdammt, was war das, eine Ermüdungstaktik? Wie oft wollte er mich eigentlich noch mit diesen perfekt romantischen Dinners ins Leere laufen lassen? Bis ich irgendwann auf dem Zahnfleisch angekrochen kam, ihn am Hosenbein zog und flehte, doch bitte bitte keine Heiratsanträge mehr vorzutäuschen, sondern mich endlich vor den Traualtar zu zerren?

Ich verdrehte die Augen. »Okay, du bist tatsächlich ein Schnösel mit zu viel Geld.«

»Ja.« Er grinste mich frech an, als wüsste er genau, dass er mich gerade an den Rand eines Nervenzusammenbruchs gebracht hatte. »Und demnächst werde ich noch weniger Zeit haben, mein noch mehr verdientes Geld auszugeben.«

Ich sah ihn fragend an, und er fügte mit vollem Mund hinzu: »Wir haben zwar noch nicht über Gehaltsvorstellungen gesprochen, als der Chef mir seine Nachfolge angeboten hat, aber ich versuche, so hoch zu pokern, dass es für eine gelegentliche Pekingente in Peking reicht.«

Es dauerte eine Weile, bis ich seine umständliche Art, mir mitzuteilen, dass wir hier im Grunde seine Beförderung zum Chefredakteur feierten, in normales Deutsch übersetzt hatte. Ich starrte ihn entgeistert an und ließ dafür sogar meine Pizza kalt werden. Mir gegenüber saß also gerade der zukünftige Chefredakteur der größten Kölner Tageszeitung, aß seine Spaghetti wie ein dreijähriges Kind und tat so, als wäre sein Karrieresprung das Normalste auf der Welt. Endlich hatte ich meine Gedanken so weit sortiert, dass ich aufspringen und ihm gratulieren konnte.

»Das ist unglaublich!«

Hannes zuckte mit den Schultern. »Nein, eigentlich hat man mich damals damit nach Köln gelockt.«

»Na ja, Kölner versprechen einem viel, wenn genug Kölsch geflossen sind. Es freut mich total für dich.«

Hannes zog mich auf seine Knie und ich umarmte ihn stürmisch. Er lachte, aber dann sah er mich plötzlich ernst an und fragte: »Freut es dich wirklich?«

Ich versuchte, überrascht auszusehen, aber es klappte nicht so richtig, weil genau das auch einer der Gedanken war, die mir gerade durch den Kopf schossen. Konnte ich mich ohne Vorbehalte freuen? Sein Schritt nach oben machte die Entfernung zwischen uns automatisch größer, und das nicht nur im bildlichen Sinne. Sein Büro war zwei Etagen über mir, wir würden nicht mehr im gleichen Ressort arbeiten, und der gemeinsame nachmittägliche Kaffee würde auch flachfallen. Aber Hannes hatte nie ein Geheimnis daraus gemacht, dass er eher der karriereorientierte als der häusliche Typ war. Deshalb klappte es ja auch so gut mit uns. Ich wusste, dass für Hannes ein Traum in Erfüllung ging, und wollte seine Freude darüber nicht durch irgendwelche egoistischen Ansprüche schmälern. Also nickte ich und gab ihm einen dicken Gratulationsschmatzer auf den Mund.

»Dann kann ich endlich wieder mit meinen Kollegen über unseren Sportchef lästern«, grinste ich.

»Ach, es wird über mich gelästert?«, fragte Hannes, und ich war mir nicht sicher, ob seine Empörung wirklich nur gespielt war. Ich zuckte unschuldig mit den Schultern. »Ja, aber das fällt unter die journalistische Verschwiegenheitspflicht. An der Spitze ist es nun mal einsam.«

»Ja, was soll's. Mitarbeiter sind mir ohnehin nur lästig. Außer die, die mit mir das Bett teilen. Und jetzt iss auf, dann haben wir noch Zeit für die Rom-in-zwei-Stunden-Tour.«

Als ich allerdings nach einer Stunde Rom im Schnelldurchlauf müde wurde, zog er mich stattdessen in das nächste Kino, meine Einwände ignorierend, dass ich kein Wort Italienisch könnte. »Ich habe nicht vor, den Film mit dir zu schauen«, grinste er nur und kaufte eine große Portion Popcorn. Die restliche Stunde bis zum Rückflug verbrachten wir auf den hintersten Plätzen des winzigen, fast leeren Kinosaales mit einer ausgiebigen Knutscherei und der improvisierten Untertitelung eines mir unbekannten italienischen Liebesfilmes. Ich hatte selten so viel gelacht und so viel geküsst. Als wir schließlich wieder im Flieger nach Köln saßen, schlummerte ich zufrieden an Hannes' Schulter vor mich hin.

Ja, er gab sich ehrlich Mühe. Und ich war ehrlich verliebt.

Es war halb fünf Uhr morgens, als wir zu Hause ankamen, aber das hinderte uns nicht daran, da weiterzumachen, wo wir im Kino aufgehört hatten. Die Nacht war sowieso fast zu Ende, da war es besser, ganz wach zu bleiben, als mit verschlafenem Kopf in der Redaktion zu erscheinen. Wir lagen seitlich nebeneinander auf dem Bett, unsere Gesichter nur wenige Zentimeter voneinander entfernt und schauten uns verliebt in die Augen.

»Das war schön«, flüsterte ich.

»Du hast mir immer noch nicht verraten, wie du die Pizza fandest«, flüsterte er genauso leise, als wäre es eine Liebeserklärung.

»Acht einhalb.« Ich schob mein Gesicht ein Stück nach vorne und küsste ihn leicht auf den Mund.

»Hm?«, fragte er, während er mir mit seiner freien Hand ganz langsam unter der Bluse über den Rücken strich.

Ich hauchte: »Von zehn«, und spielte weiter mit seiner Oberlippe. Ich konnte die winzigen Stoppeln darauf spüren, seine letzte Rasur war schon fast vierundzwanzig Stunden her, und ich fuhr sanft mit der Zunge darüber.

Er schob seine Hand zwischen meine Schulterblätter, streichelte eine Weile meinen Nacken und öffnete auf dem Rückweg meinen BH. Dabei raunte er mir ins Ohr: »Hattest du denn schon mal eine Zehn?«

Ich schüttelte den Kopf und schloss die Augen, als Hannes mich auf den Rücken drehte, meine Bluse von unten aufknöpfte und sich ganz langsam küssend den Weg von meinem Bauchnabel hoch bahnte. »Nicht auf der Pizzaskala«, murmelte ich kaum noch verständlich, weil ich nicht gleichzeitig reden und mich auf seine Zärtlichkeiten konzentrieren konnte.

»Sondern?« Hannes stoppte, kurz bevor er meinen BH erreicht hatte, und sah grinsend auf. Aber ich fuhr ihm mit beiden Händen durch die Haare und drängte ihn sanft aber deutlich dazu weiterzumachen. Ich wollte nicht mehr reden. Ich wollte müden, kuscheligen Sex. Den perfekten Abschluss eines perfekten Abends mit dem perfekten Mann. Erst als Hannes mir den Slip auszog und ich mich zum zweiten Mal an diesem Tag darüber ärgerte, dass ich den ausgeleierten Blümchenschlüpfer anhatte, den ich nur anzog, wenn alles andere in der Wäsche war, wurde mir bewusst, dass hier irgendetwas grundsätzlich falsch lief.

Sex und hopp

Was machte schnellen, verbotenen Sex eigentlich besser als guten erlaubten? Ich hätte es trotz meiner langjährigen Erfahrungen auf dem Gebiet nicht beantworten können. Trotzdem folgte ich Tim an Kais Geburtstag die Treppe zu Tinas Dachgeschoss hinauf. Wir wollten eigentlich nur das Geschenk holen. Aber inzwischen reagierten wir auf die durchgelegene Matratze so wie der Pawlowsche Hund auf die Klingel. Nur dass sie bei uns nicht den Speichelfluss in Gang brachte, sondern andere Körperflüssigkeiten. Oben angekommen begannen wir automatisch, uns die Kleider vom Leib zu reißen. Das hieß, einen Rest Respekt vor unseren Partnern und meinen Eltern, die zwei Etagen weiter unten im Garten versammelt waren und zum fünften Mal das Rolf-Zuckowski-Geburtstagslied anstimmten, bewahrten wir doch und behielten so viel wie möglich an, um für alle Notfälle gerüstet zu sein. Phase drei der Betrugsskala, deren Ende mir nicht bekannt war, weil meine bisherigen Affären meistens in dieser Phase aufgeflogen oder sang- und klanglos aus-

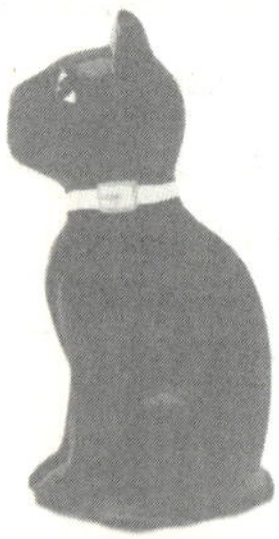

gelaufen waren, hatte begonnen. Die Sorglosigkeit hatte Einzug erhalten.

Tim drückte mir einen gierigen Kuss auf den Mund, während ich meine Gürtelschnalle selbst öffnete und gleichzeitig, von zaghaften Skrupeln befallen, in seine Mundhöhle hinein fragte, was wir denn den anderen erzählen sollten, wenn sie uns fragten, wo wir so lange geblieben waren?

»Die Pedalen!«, erwiderte Tim und schob mein T-Shirt hoch, ohne es auszuziehen.

»Hä?« Ich gab zu, das klang nicht gerade erotisch, aber die aufeinander abgestimmte Ausrede war nun mal das A und O, wenn man nicht auffliegen wollte.

»Wir mussten noch die Pedalen anschrauben«, keuchte Tim und das leuchtete mir ein. Dabei konnten schon mal zehn Minuten ins Land ziehen. Ich schob meine letzten Bedenken beiseite und stattdessen Tims Hose von seinem kleinen sportlichen Hintern.

Eine halbe Stunde später versuchte ich, mein aufkeimendes schlechtes Gewissen mit tiefschürfenden philosophischen Gedanken zu bekämpfen. Es war ein ungewöhnlich warmer Apriltag, aber den hatten wir uns nach dem langen, ungemütlichen Winter auch verdient. Ich saß in einem tiefen Liegestuhl, aus dem man nur mit viel Schwung oder fremder Hilfe wieder rauskam, und beides hatte ich gerade nicht zur Hand, und betrachtete die traute Familienidylle, die sich vor meinen Augen abspielte. Sarah deckte den Tisch, Hannes und Tim halfen Kai beim Fahrradfahren auf der Wiese, meine Mutter und Tina klatschten jedes Mal, wenn Kai zwei Meter alleine geschafft hatte, und mein

Vater unterhielt sich mit Chris, dem zweiundzwanzig Jahre jüngeren Mann seiner Ex. Ich überlegte, ob wir im Grunde nicht alle einfach nur eine große Familie waren. Jeder liebte jeden – na gut, fast jeden, aber ich konnte durchaus positive Seiten an Sarah finden. Keiner stellte Besitzansprüche. Es war genug Platz für alle in unseren Herzen. Und Betten. Vielleicht waren Tim und ich und meine ganze verrückte Familie nur der Vorreiter für die neue Lebensform des einundzwanzigsten Jahrhunderts. Eine Patchworkfamilie, in der jeder, der mal mit dringehangen hatte, unweigerlich durch mehr oder weniger lose Fäden mit jedem verbunden blieb. Ich schloss die Augen und gefiel mir in meinen philosophischen Überlegungen. Gut, vielleicht kamen wir auch nur schlappe vierzig Jahre zu spät. Aber als Tochter einer unterdrückten Hippie-Braut und eines schwulen Pädagogen hatte ich doch durchaus das Recht auf etwas freie Liebe und so. Auf jeden Fall war mein Leben viel harmonischer geworden, seitdem Tim und ich uns nur noch heimlich trafen. Wir funktionierten nicht als Familie, aber als Affäre lief es einwandfrei. Wir stritten nicht mehr, sondern wussten die kurze Zeit, die wir miteinander hatten, besser zu nutzen. Am Ende hatte unsere Affäre sogar noch positive Auswirkungen auf meine Beziehung mit Hannes, weil mein schlechtes Gewissen dazu führte, dass ich unsere eng bemessene Freizeit mit noch mehr romantischen Unternehmungen, langen Kinoabenden und gemütlichem Kuscheln auf dem Sofa füllte. Auch die Arbeit hatte ihren besonderen Reiz mit dem Wissen, dass hinter jeder Ecke entweder Hannes oder ein heimliches Rendezvous mit Tim auftauchen konnte. Und sogar Sarah erschien mir allmählich wie ein selbstverständliches Mitglied der Familie. Was schadete es Kai schon, zwei Mütter zu haben, wenn die eine ihm Blockflöte, Gitarre, das Tambourinspielen beibringen konnte und die andere bereit war, alle Höhen und Tiefen des FCs mit ihm zu durchleiden.

Ich kam mir vor wie jemand, der vom Arzt nur noch drei Monate prognostiziert bekommen hatte. Ich lebte, oder vielmehr, liebte intensiver, mit dem sicheren Wissen, dass die eine oder andere, wenn nicht sogar beide Beziehungen bald vorbei sein würden. Andererseits, wer sagte eigentlich, dass es vorbei sein musste? Wer schrieb vor, dass man nur einen Mann wirklich lieben konnte? Im Grunde war es doch nur eine Frage der Organisation.

Je mehr ich darüber nachdachte, desto strahlender zeichnete sich die Zukunft vor meinem inneren Auge ab, bis sich ein dunkler Schatten dazwischenschob: Tinas mageres, braungebranntes Gesicht.

»Mit einem Inbus- oder einem Schraubenschlüssel?« Sie hatte sich breitbeinig vor mir aufgebaut und schaute mich streng an.

»Was?« Ich blinzelte sie verständnislos an. Wieso wagte sie genau jetzt, meine Wir-lieben-uns-alle-Phantasie zu durchkreuzen?

»Die Pedalen. Wie habt ihr sie festgeschraubt? Mit einem Inbus- oder einem Schraubenschlüssel?«

»Wieso interessiert dich das denn jetzt?« Ich erstarrte innerlich, dabei hatten uns doch vorhin alle anstandslos die Ausrede abgenommen.

»Ich würde es einfach nur gern wissen.«

Verdammt, von hier aus konnte ich nicht erkennen, wie die Pedalen an Kais Fahrrad befestigt waren, und noch weniger konnte ich aus meinem beschränkten Heimwerkerwissen schöpfen. Tina versperrte mir wohlwissend den Blick Richtung Schuppen, wo ihr eigenes Fahrrad lehnte.

»Na womit wohl.« Ich versuchte weiter, Zeit zu gewinnen.

»Ja, genau das frage ich dich.«

Okay, das wurde eng. Verdammt eng. »Na diesem … diesem komischen Teil eben, zum Schraubenfestziehen.«

»Also einem Inbus.«

»Ja!«, pokerte ich, die Chancen standen schließlich fünfzig zu fünfzig.

»Aha.«

»Wie ›Aha‹?« Hatte ich jetzt gewonnen oder nicht?

Tina gab endlich ihre breitbeinige Duell-Stellung auf und setzte sich in den Liegestuhl neben mir.

»Karina, du hast in deinem Leben noch keine einzige Pedale angeschraubt, wieso sollte Tim also ausgerechnet dich fragen, ihm zu helfen, wo du doch noch nicht einmal den Unterschied zwischen einem Inbus- und einem Schraubenschlüssel kennst?!«

Jetzt ging sie allerdings zu weit. Natürlich kannte ich den Unterschied, ich wusste nur nicht, wo man welchen von beiden einsetzte.

»Es war unser Geschenk, also mussten wir es auch gemeinsam zusammenbauen«, rechtfertigte ich mich.

»Bist du dir sicher, dass ihr da oben nicht etwas ganz anderes machen musstet?«

Warum spielte sie überhaupt dieses Handwerkerspielchen mit mir, wenn sie mich ohnehin durchschaut hatte? Das war doch, wie einem Schwein die Notausgänge zu zeigen und es dann zur Schlachtbank zu führen. Ich antwortete nicht, weil mir so schnell keine Antwort einfiel.

Wir sahen uns nur an, und ich wusste, dass Tina Bescheid wusste und dass sie wusste, dass ich es wusste. Wir waren eindeutig zu lange befreundet.

Wir hingen nebeneinander in den Liegestühlen und schwiegen. Ich, weil es mir peinlich war, und Tina, weil sie nichts mehr dazu sagen musste.

Aber als Tina sich bis zum Abendessen immer noch nicht dazu geäußert hatte, fand ich es doch allmählich merkwürdig. Normalerweise hielt sie sich mit ihrer Meinung schließlich nicht zurück und ließ sich auch nicht von Anwesenden abschrecken, die durch ihre Meinung möglicherweise verletzt werden könnten. Aber bitte, mir sollte es recht sein, wenn sie altersweise geworden war. Ich konnte auf ihre Ratschläge, die sich ja doch nur wiederholten, gerne verzichten. Stattdessen bemühte ich mich lieber, besonders familienorientiert und freundlich zu sein. Nachdem ich Kai eine halbe Stunde durch den Garten geschoben und einen krummen Rücken hatte, half ich Sarah, die Kuchenreste vom Gartentisch in die Küche zu räumen, schließlich ging das üppige Kaffeegelage nahtlos in den obligatorischen Grillabend über. Ich brachte sogar ein ungezwungenes Lob zustande, als ich anmerkte, dass der Kuchen von Sarah ausgezeichnet gewesen war.

»Wirklich?«, strahlte sie. »Kai hat gesagt, dass er immer Apfelkuchen zum Geburtstag bekommt. Aber ich wusste nicht, was für einen. Welches Rezept nimmst du denn immer, gedeckt, mit Streuseln, oder einfach?«

»Ähm, einfach«, log ich, und zwar ganz einfach aus der Supermarkt-Tiefkühltruhe zum Aufbacken in dreißig Minuten.

»Ach so. Na ja, Hauptsache Kai konnte ordentlich im Teig rumkneten.«

»Ja, das macht er am liebsten«, baute ich meine Lüge weiter aus und fühlte mich jetzt nicht mehr nur wie eine schlechte Exfreundin, sondern auch noch wie eine schlechte Mutter.

»Ich backe ja wirklich gerne«, fuhr Sarah fort.

Das sieht man, lächelte ich stumm und suchte händeringend nach einer weniger zickigen Antwort.

»Leider sieht man das auch.«

Das hab ich jetzt aber nicht gesagt, dachte ich zu meiner Verteidigung. Aber Sarah trieb mich mit ihrem uneitlen Geständnis weiter in die Enge. Darauf wusste man unter normalen Umständen schon nichts zu sagen, aber gegenüber der übergewichtigen Neuen seines Ex, mit dem man vor ein paar Stunden noch hinter ihrem Rücken geschlafen hatte, war eine harmlose Antwort so gut wie ausgeschlossen.

»Och, äh, na ja«, wand ich mich und kroch noch tiefer in die Spülmaschine.

»Tim hat gesagt, dass du und Tina jetzt Nordic Walking macht?«

Ich kannte diesen harmlosen Unterton, der eigentlich nur eine Funktion hatte, nämlich einen dazu zu zwingen zu sagen, ja klar, komm doch mal mit.

»Na ja, nicht wirklich, ähm, ohne diese komischen Stöcke, und eigentlich ist es auch eher ein langsames Spazierengehen … also, viel abgenommen habe ich noch nicht …«, stammelte ich vergeblich, denn hinter mir schmetterte Tina lautstark: »Redet ihr vom Walken? Das ist echt klasse, wenn du willst, kannst du ja mal mitkommen, Sarah.«

Ach, plötzlich konnte sie also wieder reden und dann gleich so einen Unfug.

»Das würde ich wirklich gerne, wäre das denn in Ordnung?« Sarah hatte ihre Frage eindeutig an mich gerichtet, aber Tina drückte mir einen Stapel krümeliger Kuchenteller in die Hand und übernahm das Antworten im Gegenzug für mich. »Zu dritt macht es doch viel mehr Spaß, und Karina hat bestimmt nichts dagegen.«

Ja, Tina war wirklich altersweise geworden. Sie wusste jetzt offensichtlich, dass man mit Moralpredigten bei mir nichts ausrichten konnte, und schlug eine härtere Gangart ein.

Auch nur ein Mensch

Natürlich war sie schon da, als ich mich vom Fahrrad schwang. Ich war ohne Helm gefahren. Wahrscheinlich verpetzte sie mich nachher bei Tim. ›Karina ist schon wieder ohne Helm gefahren, Schatz, stell dir doch nur mal vor, was die ganzen I-Dötzchen jetzt wieder denken, die sie heute Morgen beinahe umgemäht hat, als sie bei Rot über die Ampel und dann falsch herum in die Einbahnstraße gefahren ist.‹

Natürlich würde sie mich nicht verpetzen, aber es tat meiner schlechten Laune gut, das zu glauben. Ich ging mit einem eingestanzten Lächeln zu ihr. »Hallo.«

»Hi.« Sie strahlte mich mit ihren blauen Augen an, und ich wusste augenblicklich, dass die Runde eine Tortur werden würde und dass die fünf Kilometer, die wir walken mussten, das geringste Problem dabei sein würden.

»Ganz schön warm heute.« Den Satz hatte ich mir schon auf der Fahrt zurechtgelegt.

»Ja, endlich, der Winter war lange genug.« Sah sie denn in allem immer nur das Gute?

Ich versuchte weiter, meine miese Laune zu verbreiten. »Da werden wir wohl ganz schön ins Schwitzen geraten.«

»Umso besser, dann nehmen wir gleich doppelt so viel ab.« Ihr Lachen war echt, meins nicht. Na gut, dann konnte ich ihr die Laune eben nicht verderben.

»Müssen wir uns eigentlich stretchen, oder so?«

Fragte sie allen Ernstes mich nach einem sportlichen Rat?

»Wahrscheinlich«, antwortete ich souverän, wie es sich für eine Sportjournalistin gehörte. »Aber Tina und ich gehen normalerweise einfach los.«

»Gott sei Dank, ich bin auch nicht so gelenkig.« Wieso *auch*? Woher wollte sie wissen, wie gelenkig ich war? In bestimmten Situationen konnte ich sogar sehr gelenkig sein, aber die waren für Smalltalk eher ungeeignet. Ich überlegte stattdessen, ob es noch irgendwelche Facetten an dem ausgesprochen warmen Wetter gab, die wir noch nicht erwähnt hatten. Den Wetterbericht hätte ich mal hören sollen, dann könnte ich jetzt sagen, dass gegen Nachmittag aus Nord-Nord-Ost Wolken aufzögen, die ungemütliches Aprilwetter mit sich brächten, oder eine Unwetterwarnung oder ein Hochdruckgebiet. Aber nein, wie immer bekam ich morgens nichts mit, und die WDR 2-Wettervorhersage war ungehört an mir vorbeigerauscht.

Also stand ich jetzt ahnungs- und themenlos der überaus gesprächsbereiten Freundin meiner Ex-Affäre gegenüber. Ich tat so, als müsste ich meine Hightech-Joggingschuhe noch mal zubinden, weil die Schnürbänder sich noch nicht ergonomisch an meinen Oberfuß angepasst hatten, oder so. Und ausgerechnet als ich Sarah meinen Hintern entgegenstreckte, sprach sie doch noch das Tim-Thema an, das ich tunlichst vermeiden wollte.

»Übrigens, Karina, ich wollte mich schon längst bei dir entschuldigen, aber irgendwie hat es sich nie ergeben. Die Situation war nie so passend.« Jetzt wirkte auch ihr Lachen endlich verkrampft.

Sollte ich sie vielleicht darauf hinweisen, dass die Situation jetzt auch eher unpassend war? Wenn sie sich jetzt bei mir entschuldigte, konnte ich mich nicht mal mehr darauf berufen, dass sie mich zuerst betrogen hatte. Dann lag die Schuld ganz bei mir und nicht nur zur Hälfte. Dann war mein winziges moralisches Polster, das es mir ermöglichte, mir selbst noch in die Augen zu schauen, endgültig dahingeschmolzen. Entsetzt starrte ich sie an, doch sie schien meinen Blick nicht zu bemerken.

»Ich will einfach mal Klartext reden. Das mit Tim tut mir wirklich, wirklich leid. Ich hatte ganz bestimmt nicht die Absicht, ihn dir auszuspannen.« Ausspannen? War das nicht etwas 80er? Da hatte ich Tina jedenfalls den Tennislehrer ausgespannt. Aber man spannte jemandem doch nicht einen erwachsenen, fast-(er-war-nur-zu-feige-zu-fragen-)verheirateten Mann mit Kind aus. Man stieg höchstens mit einem erwachsenen, fast verheirateten Familienvater ins Bett und zwang ihn, seine Freundin zu verlassen. Um mal Klartext zu sprechen.

»Ich hätte auch nie etwas mit Tim angefangen, wenn nicht ...« Sie stockte genau an der Stelle, die mich eigentlich am meisten interessierte. Ich versuchte, sie mit meinem militant-freundlichen Lächeln zum Weiterreden zu bewegen. »Wenn was nicht?!«

»Na ja, ich mochte ihn auf Anhieb, als er an unsere Schule kam«, fuhr sie endlich fort. »Aber ich hätte natürlich nicht im Traum daran gedacht, dass das auf Gegenseitigkeit beruhte. Aber als Tim mir dann deutliche Avancen machte, habe ich einfach nicht mehr über die Konsequenzen nachgedacht. Dass dahinter natürlich noch eine Frau steckt, und sogar ein Kind, das auch darunter zu leiden hat … Also noch mal, es tut mir wirklich leid.«

Mein Gesicht erstarrte zu einer grimassenhaften Hülle. Wie jetzt, Avancen? Es war ja wohl vollkommen klar, dass *sie* Tim mit ihrem loreleyartigen Gesang ins Verderben gelockt hatte. Ich hatte es doch direkt vor Augen, wie sie dort in einer dieser kleinen Ausbuchtungen der Pont-Neuf standen, nur sie beide, ganz alleine, nachts, mit Blick auf den hell erleuchteten Eiffelturm, ihre Finger berührten seine leicht, wie aus Versehen. Dann hatte sie ein Lied gesummt, irgendeine Schnulze, und schon war es um meinen Tim geschehen. Tim hatte ihr keine Avancen gemacht. Das … das … konnte er überhaupt nicht. Ich rang um Fassung und wusste nichts darauf zu erwidern. »Auf jeden Fall bin ich froh, dass du das so gut weggesteckt hast. Also, wenn mir das passiert wäre, ich weiß nicht, ob ich dann jetzt mit mir hier stehen und zusammen walken gehen würde.«

»Wirklich?« Ich lachte ein bisschen zu hoch.

»Ja, ich finde das echt klasse von dir.« Sie strahlte mich an, sichtlich erleichtert, ihre Entschuldigung endlich über die Lippen gebracht zu haben.

»Na ja, ähm, so wild ist das nun auch wieder nicht«, versuchte ich meine Großzügigkeit etwas herunterzuspielen und überlegte, ob ich noch so etwas wie ›Tims Freunde sind auch meine Freunde‹ oder ›mi casa es su casa‹ hinzufügen sollte, um ihr meinen Gedanken von der einen großen Familie vorsichtig näherzubringen. Aber zum Glück tauchte Tina jetzt endlich auf und erlöste mich von Sarahs Lobhudelei, die mir etwas unangenehm war.

»Sorry, aber da war echt ein Verkehr auf der Äußeren«, säuselte sie, und ich warf ihr nur einen eiskalten Blick zu. Ja klar, Misses, pardon, Miss Überpünktlich, die zu jeder Verabredung zehn Minuten zu früh erschien, war ausgerechnet heute in einen Stau geraten. Das war doch alles ein abgekartetes Spiel!

»Können wir dann los?«, zickte ich sie an, und sie flötete zurück: »Natürlich, habt ihr euch schön unterhalten?«

Wir gingen im gemächlichen Tempo den Waldweg entlang und bogen dann nach links Richtung Weiher ab. Hier zogen wir das Tempo etwas an, wobei wir noch deutlich unter dem Laufschrittniveau blieben, in dem ich normalerweise durch den Tag hetzte, von einer Verspätung zur nächsten. Mir war auch nicht wirklich klar, was daran nun gesünder war, aber nach Tinas Hochzeit würde es ohnehin damit vorbei sein.

»Ist das Tempo in Ordnung?«, fragte Tina unsere neue Mitgeherin.

»Ja, wunderbar. Tim sagt immer, dass man nur Fett verbrennt, wenn man im aeroben Bereich bleibt. Man muss beim Trainieren noch problemlos reden können«, erklärte sie und tat das dann auch ohne Unterlass. Zugegeben, Sarah redete nicht ungefragt. Nein, Tina bohrte nach, bei jedem Thema und jeder Anekdote. Ich wusste genau, was Tina vorhatte. Mit jedem Meter, den wir zurücklegten, wurde aus Sarah ein Stück weniger Konkurrenz und mehr Mensch, mit Fehlern und Vergangenheit. Ich sollte wissen, wen ich betrog, wenn ich mit Tim ins Bett ging.

Sarah kam aus Bielefeld und hatte erst in Köln erfahren, dass landesweit berechtigte Zweifel an der Existenz dieser Stadt

herrschten. Sie kam auch nicht wirklich aus Bielefeld, was diese Theorie also wieder bestätigte, sondern aus einem Kaff bei Bielefeld, an dessen Existenz man noch mehr zweifeln musste. Sie hatte zwei Brüder und drei Schwestern, und ihre Eltern waren Bäcker. Ehrliche, hart arbeitende Menschen, die ihr Leben lang Brötchen backen mussten, um ihre sechs hungrigen Mäuler zu stopfen. Und wenn man nach Sarah urteilen konnte, mussten diese Mäuler verdammt hungrig gewesen sein. Wahrscheinlich standen sie jeden Tag um vier Uhr auf, kneteten stundenlang Teig, schufteten im Sommer bei über fünfzig Grad neben dem Ofen. Und dann die bittere Enttäuschung, als ihre älteste Tochter nicht den Familienbetrieb übernehmen wollte. »Sonst wäre ich vermutlich jetzt genau so eine Tonne wie meine Mutter«, lachte sie ihr mitreißendes Lachen, und Tina stimmte herzhaft mit ein. »Aber wer weiß, vielleicht werde ich das ja noch, wenn ich erst mal sechs Kinder habe.«

Schluck. Kinder?

»Willst du denn Kinder?«, stocherte Tina da rein, wo es am meisten wehtat.

Sarahs Antwort kam zögerlich, weil sie ahnte, dass man so etwas nicht im Beisein der Ex ihres ausgespannten Freundes besprach. »Na ja, bei fünf Geschwistern liegt das wohl in der Familie.« Natürlich wollte sie Kinder. Dass ich daran nicht gedacht hatte. Mit zweiunddreißig suchte man keinen Freund mehr, da suchte man einen Vater für seine zukünftigen Kinder, das hatte die Natur schließlich so eingerichtet. O Gott, vielleicht war sie sogar schon schwanger?

Ich starrte krampfhaft auf den staubigen Boden vor mir und konzentrierte mich darauf, beim Walken nicht zu albern auszusehen. Anfangs hatten Tina und ich geplant, den Decksteiner Weiher komplett zu umrunden. Aber dann hatten wir schon nach der Hälfte schlappgemacht. Inzwischen schoben wir unsere halbierte Strecke auf den Eismann, der seinen Wagen am Ende der Allee hingestellt hatte, wie ein unverschämtes Grinsen direkt in das von Schweiß und Spucke verschmierte Gesicht all derer, die sich wie wir abmühten, eben jene Kugeln Eis von den Hüften zu walken, die sich dort die letzten Jahre über angesammelt hatten. Wir machten jedes Mal kurz vor dem Eiswagen kehrt. Aber heute war mir selbst diese Strecke zu lang. Nach einem weiteren Kilometer wusste ich, dass Sarah immer Lehrerin werden wollte, weil sie gerne mit Kindern zu tun hatte, und dass Musik sich einfach angeboten hatte, weil in ihrer Familie viel gemeinsam musiziert wurde. Dass sie für ein Studium an der Musikhochschule zu wenig Disziplin an den Tag gelegt hatte und es außerdem etwas Solides sein sollte, wo sie doch schon keine Bäckerin geworden war. Ich dachte an mein abgebrochenes Lehramtsstudium und meinen Von-Hinten-durch-die-Brust-ins-Auge-Quereinstieg in den Sportjournalismus und fragte mich, was ihre Eltern wohl dazu gesagt hätten? Meine hatten zu dem Zeitpunkt schon aufgehört, mit mir über so etwas Unplanbares wie meine Zukunft zu reden.

Und zu guter Letzt, als das Ziel schon fast in Sichtweite war, erfuhr ich auch noch alles über Sarahs missglücktes Liebesleben – vor Tim. Offenbar war sie nur nach Köln gekommen, weil ihr großer Jugendschwarm eine andere geschwängert und dann geheiratet hatte. Dabei hätten ihre Freundinnen sie vor der Domstadt gewarnt, kicherte sie, weil sie hier auch nicht glücklich werden würde. Der große Schwulenanteil führe angeblich dazu, dass nicht genügend Restexemplare für Frauen vorhanden seien.

Und sie hätte ja schon immer die Tendenz gehabt, sich in die Falschen zu verlieben.

Das erklärte zumindest, dachte ich mir meinen Teil, warum sie neuerdings lieber gebrauchte Männer nahm, die vom Hetero-TÜV abgenommen waren. Tina stimmte Sarah dagegen zu, es gäbe so einige Frauen, die in dieser Stadt unglücklich würden, und gab sich damit nicht einmal mehr Mühe, die Vorwürfe an mich noch zu kaschieren. Als wir endlich wieder an meinem Fahrrad ankamen, hatte sie es geschafft. Sarah war eine Frau aus Fleisch und Blut, fröhlich, verliebt, in Familienplanung. Kein Gegner, dem man mit der Faust ins Gesicht schlug. Als sie sich eilig verabschiedete, weil sie ihre Bahn noch erreichen musste, wusste ich nicht, auf wen ich wütender war. Auf Sarah, weil sie mir keine Angriffsfläche mehr gelassen hatte. Oder auf Tina, weil sie seit Neuestem um die Nominierung zum Friedensnobelpreis buhlte. Warum war sie nicht in der Politik? Da hätte sie Kriege verhindern können. Warum war ausgerechnet ich ihr Pilotprojekt?

Tina verlor kein Wort über das, was sie mir eindrucksvoll demonstriert hatte. Das brauchte sie auch nicht. Verdammt, ja, dann stimmte es eben, ich war böse, Sarah ein Engel, und wenn ich nicht augenblicklich klare Verhältnisse schuf, würde dieser Engel bitter abstürzen. Tina verabschiedete sich mit einem Küsschen auf jeder Wange von mir, als wäre nichts geschehen. Ich ging zu meinem Fahrrad und schloss gerädert mein Bügelschloss auf. So kaputt war ich nach unserer Runde noch nie gewesen.

»Ach, Karina«, rief Tina mir durch das heruntergekurbelte Fenster zu. »Kann ich bitte meinen Ersatzschlüssel fürs Haus zurückhaben?«

Ich sah sie entgeistert an. Was sollte das denn jetzt bitte schön? Sie konnte doch unmöglich wissen, dass … Doch, sie konnte. Ich schwang mich aufs Fahrrad und rollte zu ihrem Auto. Dort lehnte ich mich im Sitzen gegen das Dach und beugte mich zu ihr runter.

»Das ist doch nun wirklich albern, Tina.«

Aber sie streckte mir auffordernd ihre Hand entgegen.

»Tss, total lächerlich«, meckerte ich und kramte ärgerlich meinen Schlüsselbund hervor. Ich machte ihren Schlüssel ab und knallte ihn ihr in die Handfläche.

»Ich meine es ja nur gut mit dir«, sagte sie trocken.

»Ja, klar.«

Ich wollte schon losfahren, aber Tina war noch nicht fertig.

»Hör zu, Karina, ich weiß ja nicht, was da zwischen Tim und dir läuft. Aber ich weiß, dass ihr euch am Ende wieder nur wehtun werdet.«

Die kleinen Stiche, die ich während der gesamten Runde zu spüren bekommen hatte, versammelten sich zu einem großen, der sich eiskalt in meine Brust bohrte. Ich nickte stumm. Dann stieß ich mich mit der Hand von ihrem Autodach ab und fuhr los.

Ein gutes Spiel

Jedes Mal, wenn sich nachmittags die Kindergartentür hinter mir und Kai schloss, atmete ich erleichtert auf. Ich konnte das nicht, eine gute Mutter spielen. Ich konnte nicht mit der einen Hand Kais Kopf tätscheln, mit der anderen sein künstlerisches Tageswerk aus dem Fach nehmen und wie zufällig so einstecken, dass jeder die Kritzeleien des offensichtlichen Nachwuchspicassos oder die Tonwürmer des zukünftigen Rodin bewundern konnte, während ich gleichzeitig stolz darüber jammerte, dass ich meinen Sohn jetzt von der musikalischen Früherziehung zum Karate und anschließend noch zum Physikunterricht für Hochbegabte kutschieren musste. Ich hatte schon Schwierigkeiten, einem übermüdeten, quengeligen Vierjährigen die Jacke anzuziehen, konnte ihn nur mit einem Eis dazu überreden, doch mit nach Hause zu kommen, und spürte jedes Mal in meinem Rücken das Kopfschütteln der anderen Eltern.

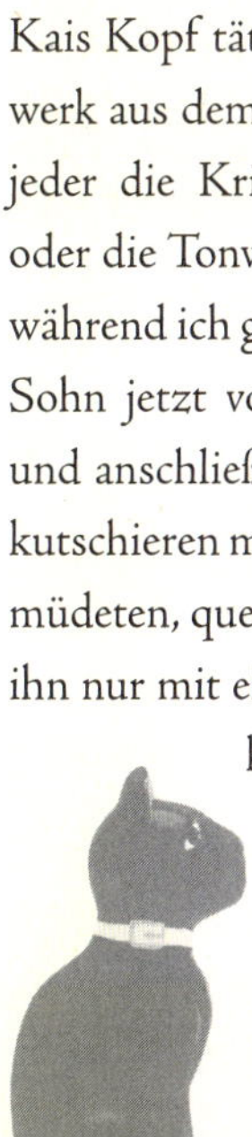

Es war mir ein Gräuel, mich mit ausgebildeten Erzieherinnen über mein Kind unterhalten zu müssen. Wenn sie mich fragten, wie ich mir das nächste Kindergartenjahr vorstellte und was ich mir für Kai wünschte, saß ich ihnen mit einem leeren Gesichtsausdruck gegenüber. Ich wusste nicht, was Vierjährige sich wünschten oder wie man sie am besten spielerisch früh fördern konnte. Wie auch, das war immerhin zweiunddreißig Jahre her und meine kindliche Frühförderung, wenn es sie denn gegeben hatte, war ganz offensichtlich spurlos an mir vorübergegangen. Ich mochte keine Elterngespräche im Kindergarten, und ich hatte jetzt schon Bammel vor den Elternsprechstunden in der Schule. Tim hatte keine Probleme damit. Er war der Superpapa. Er wusste, was Kai brauchte, und hatte genaue Vorstellungen davon, wie Eltern und Erzieherinnen Hand in Hand arbeiten konnten, so wie es die Politik verlangte. Er hatte Turnstunden im Kindergarten vorgeschlagen und gleich angeboten, das selbst ehrenamtlich zu übernehmen. Er hatte die Erzieherin überzeugt, dass Kai nicht hyper-, sondern nur aktiv war und seine überschüssigen Energien demnächst in einem Sportverein, in dem er ihn schon angemeldet hatte, in geregelte Bahnen gelenkt werden würden. Er hatte aus unserem Chaoskind in null Komma nix den liebenswürdigsten Jungen des ganzen Kindergartens gemacht und sich dann zufrieden von der Erzieherin verabschiedet, während mir der Angstschweiß noch hundert Meter weiter den Rücken runterlief.

Ich war froh, dass Tim mitgekommen war, auch wenn er es vermutlich nicht nur wegen Kai getan hatte.

»Hast du noch Zeit?«, fragte er denn auch wie auf Kommando, als wir in Richtung unserer Autos gingen. Ich sah auf die Uhr. Es war halb zwei. Eigentlich musste ich zurück in die Redaktion, aber wie immer kurz nach dem Ende der Fußballsaison und vor den großen Sommerevents wurde es ruhiger bei uns im Büro.

Ich nickte. »Ein bisschen.« Und fügte dann eilig hinzu: »Aber ich habe keinen Schlüssel mehr. Ähm, Tina brauchte ihn für die Handwerker.« Ich musste ihm ja nicht unbedingt die erniedrigenden Umstände auf die Nase binden, unter denen ich gezwungen worden war, den Schlüssel abzugeben.

Tim zuckte mit den Schultern. »Wir könnten einen Kaffee trinken gehen.«

Ich zögerte, weil Tinas Beauty-Salon von hier nicht weit war und sich in meinem Kopf schon wieder ein Worst-Case-Szenario abspielte, bei dem sie Tim und mich zusammen in einem Café erwischte und eine lautstarke Predigt hielt, über Sarah und Hannes und dass das doch alles Menschen wie du und ich seien und was wir uns überhaupt dabei dachten, jetzt hier gemeinsam Kaffee zu trinken.

Tim erahnte meine Gedanken scheinbar und fragte: »Auf dem Spielplatz? Da ist um diese Uhrzeit kaum jemand.«

Ich nickte. Auf dem Spielplatz würde Tina sich bestimmt nicht herumtreiben. Wir schlenderten zum Bauwagen hinüber, in dem ein findiger Geschäftsmann direkt auf dem Spielplatz Kaffee verkaufte und sich an den übermüdeten Eltern der kleinen Energiebündel eine goldene Nase verdiente.

Ich verbrannte mir an dem heißen Plastikbecher die Finger, während Tim sich mit Wasser und Gummibärchen eindeckte. Er trank keinen Kaffee und stellte mich damit vor ein biologisches Rätsel, weil ich mich früher jeden Morgen gefragt hatte, welche körpereigenen Enzyme Tim schon um sechs Uhr morgens in Schwung brachten und mir ganz offensichtlich fehlten.

Wir gingen zur Bank, entschieden uns dann aber für die Kletterburg, als die ersten Tropfen kleine Druckstellen im Sand hinterließen. Tim hatte Mühe, durch die kleine Öffnung in die unterste Etage der Rutsche zu gelangen, aber hier blieb es wenigstens trocken. Wir ließen uns auf dem Boden nieder und ich dachte nur, wenn uns *hier* jemand zusammen erwischte, dann können wir uns noch nicht mal mehr damit rausreden, nur einen Kaffee trinken gegangen zu sein. Ich nahm einen Schluck aus meinem Becher und verzog das Gesicht. »Baaah, ich hatte ganz vergessen, wie ekelhaft der Kaffee hier schmeckt.«

Tim bot mir ein Gummibärchen an, zum Versüßen, aber ich lehnte dankend ab. Wir sahen uns etwas verkrampft an.

Gut, jetzt waren wir also hier und tranken Kaffee respektive Wasser ohne Kohlensäure. Und was jetzt? Sex war ausgeschlossen, das sah Tim ja wohl auch ein. Aber reden wollte er offensichtlich auch nicht. Er war auffallend schweigsam, und ich wusste auch nicht so recht, was ich sagen sollte.

»Erinnerst du dich noch an das erste Mal, als wir auf diesem Spielplatz waren?«, durchbrach er dann doch unser gemeinsames Schweigen.

Und wie ich mich noch daran erinnerte. Es war die schlimmste halbe Stunde meines Lebens gewesen. »Wir hatten Kai zum ersten Mal in den Kindergarten gebracht und sollten ihn kurz alleine da lassen.«

»Ich musste dich zwingen, in Ruhe deinen Kaffee auszutrinken, was dir sonst eigentlich nie schwerfällt.«

»Bei dem Kaffee aber eine absolute Zumutung war.«

»Wir dachten, dass Kai die ganze Zeit weint.«

»Dabei hat er sofort mit den anderen Kindern gespielt und wollte gar nicht mehr mit nach Hause.«

Tim nickte und wir mussten beide bei der Erinnerung lächeln. Wieder schwiegen wir, aber ich wurde das Gefühl nicht los, dass Tim mir etwas ganz anderes erzählen wollte. Er nahm meine Hand und spielte abwesend mit meinen Fingern. Mir lag eine Floskel auf der Zunge. So etwas wie »Wenigstens auf Kai können wir stolz sein« oder »Etwas Gutes hatte unsere Beziehung ja«. Aber es stimmte nicht. Wir hatten mehr als Kai. Vielleicht überwogen am Schluss die schlechten Erinnerungen, und wenn man nicht aufpasste, konnten sie die schönen überlagern, zerstören, wie ein Elfmeterschießen am Ende eines Spiels, das keinen Gewinner verdient hatte. Trotzdem, ein Spiel dauerte immer noch neunzig Minuten, auch wenn einem nachher nur wenige Situationen im Gedächtnis blieben, die es schließlich bis in den Artikel schafften. Die bestimmten, ob es ein gutes oder ein schlechtes Spiel war, ob die eine Mannschaft verdient gewonnen oder die andere unglücklich verloren hatte. Es war unfair, am Ende machte man die ganzen neunzig Minuten an vielleicht vier, fünf Situationen fest. So wie man fünf Jahre Beziehung auf einige wenige einschneidende Erlebnisse reduzierte. Das Kennenlernen, die erste gemeinsame Nacht, der heftigste Streit, die Geburt des Kindes. Dann Affären, Tränen, die Trennung. Das Dazwischen, das eigentliche Spiel, versank in der Zusammenfassung. Anfängliche Spielfreude wich routiniertem Kurzpassspiel bis zu den zähen letzten Minuten, in denen man versuchte, das Ergebnis, mit dem man gerade so leben konnte, über die Zeit zu retten. Dann der Schlusspfiff. Aber Tim und ich hatten mehr als Kai, mehr als unsere Streits, unsere Versöhnungen, die anfänglichen Liebeserklärungen. Insgesamt betrachtet, in der Endabrechnung, hatten Tim und ich mehr gute als schlechte Erinnerungen. Es war ein gutes Spiel gewesen.

Und vielleicht bekamen wir sogar noch eine Nachspielzeit. Also schwieg ich.

Tim fuhr mit seinem Zeigefinger immer wieder das Dreieck aus den Linien in meiner rechten Hand ab. Ich beobachtete ihn von der Seite und mochte immer noch, was ich sah. Seine kurzen braunen Haare, in die sich ab und zu ein vereinzeltes graues verirrte. Die glatte Haut an seinem kräftigen Hals, das schmale Gesicht und der immer leicht melancholische Blick, der jetzt auf unsere Hände gerichtet war. Die Bartstoppeln, die schon nach kurzer Zeit wieder piekst en, egal wie gründlich er sich morgens rasierte. Er bemerkte, dass ich ihn beobachtete, und fragte: »Worüber denkst du nach?« Dabei hing er doch genauso irgendwelchen Gedanken nach.

Lass uns verschwinden, dachte ich, nur du und ich. Wir kidnappen Kai jetzt auf der Stelle aus dem Kindergarten – obwohl, konnte man sein eigenes Kind eigentlich entführen? –, plündern unsere Konten und fahren irgendwohin, wo uns keiner kennt und keiner jemals finden wird und dann fangen wir noch mal von vorne an. Egal wo. Nur wir drei. Ohne Vergangenheit und ohne Verpflichtungen. Das wolltest du doch. Lass uns jetzt sofort auf der Stelle verschwinden.

Aber ich schüttelte nur den Kopf. Schade, dass man irgendwann aufhörte, diese Frage ehrlich zu beantworten.

»Sarahs Eltern sind also Bäcker?«, brachte ich stattdessen völlig zusammenhanglos hervor.

»Ja, nette Leute.«

Ach, getroffen hatte er sie also auch schon?

»Wieso?«, fragte Tim irritiert.

War das nicht klar? Sarah stammte aus einer backenden, musizierenden Großfamilie. Sie war das, was Tim sich immer gewünscht hatte. Ein Familienmensch durch und durch. Bei den Genen war sie schon eine gute Mutter, bevor sie überhaupt Kinder hatte. Sie hätte eben im Kindergarten keinen Schweißausbruch gehabt. Sie hätte auf die Fragen der Erzieherin nicht ahnungslos herumgestochert. Sie wollen Ideen für Ihren Kindergarten? Bitte, wie wäre es mit einer Backstunde am Nachmittag, wo Kinder doch so gerne im Teig rumkneten. Sarah hätte es mit Freude übernommen, natürlich ehrenamtlich, wie Tim, und anschließend hätte sie den Kindern noch Hänschen Klein als Kanon beigebracht. Sie liebte Kinder. Sie wollte Kinder. Und sie wollte sie mit Tim.

»Nur so«, nuschelte ich und wechselte schnell das Thema. »Dieser Kaffee sollte wirklich unter das Drogenschutzgesetz fallen.« Tim lachte, und ich schüttete den Rest weg. »Ich muss los.«

»Na gut. Ich warte noch, bis der Regen aufgehört hat.«

Aber er hielt meine Hand weiter fest. Wir sahen uns an. Lange, ohne dass es einem von uns unangenehm wurde. Wie lange hatten wir uns nicht mehr in die Augen geschaut, ohne dass einer von uns sich abwenden musste? Ich wollte nicht gehen und Tim meine Hand nicht loslassen. Er wusste, dass es mir nicht um Sarahs Eltern gegangen war. Sein Blick war offen, ehrlich, näher als jede Umarmung. Ich fühlte mich geborgen in Tims Blick und musste mich zwingen, mich von ihm loszureißen.

Aus persönlichen Gründen

Ja, ich war gereizt. Aber das war noch lange kein Grund dafür, dass Hannes mich am Arm packte und unauffällig über den Flur in sein Büro drängte, als wäre ich eine tickende Zeitbombe, die bei ihrer Detonation möglichst wenig Opfer fordern sollte. Ich hatte allen Grund, sauer zu sein.

»Gruber? Ausgerechnet Gruber?!«, fauchte ich ihn an.

Hannes hatte ihn vor nicht mal einer halben Stunde für die WM eingeteilt, und das, obwohl bekannt war, dass der Kerl seine Artikel in Fünfjahresabständen recycelte und einen Kalender über seinem Computer hängen hatte, auf dem er die Tage bis zu seiner Rente mit einem fetten schwarzen Edding durchstrich. Ich hatte die Vorberichterstattung übernommen. Ich hatte mich durch sämtliche Qualifikationsspiele gequält. Ich hatte mich quer durch die Spielerbiographien gelesen und kannte selbst den dritten Torwart auf Togos Reservebank. Ich hatte es verdient, mitten drin zu sein und nicht wie alle anderen vor dem Fernseher.

»Sag mir nur wieso? Ich verstehe das nicht.«

Gut, vielleicht war ich etwas melodramatisch, aber wenn das hier schon unser erster Beziehungsstreit werden sollte, dann sollte er uns wenigstens in Erinnerung bleiben. »Ich habe das Recht auf diese WM. Ich müsste mit ins deutsche Trainingslager reisen. Das hast du doch nur gemacht, weil ich deine Freundin bin!«

Ich schüttelte seine Hände von meinen Schultern. Hannes machte beschwichtigend einen Schritt zurück, vermutlich aus Angst, ich würde sonst handgreiflich werden.

»Nein, ganz bestimmt nicht. Gruber hat nun mal die älteren Rechte. Es ist seine letzte große Veranstaltung.«

»Ja, super, das wird die Leser bestimmt für die langweilige Berichterstattung entschädigen!«

Ich drehte mich schmollend von ihm weg. Ich hatte keine Lust, jetzt schon einzusehen, dass der Fehler bei mir lag. Mit Tim hatten meine Auseinandersetzungen mindestens einen Tag gedauert, meistens eher länger. Da konnte Hannes mir bei unserem ersten Streit ruhig mal ein paar Minuten gönnen.

»Glaub mir, Karina, die Verteilung hatte keine persönlichen Gründe. Auch wenn ich zugebe, dass ich es schade fände, wenn du dich den ganzen Sommer über in irgendwelchen Fußballstadien herumtreiben würdest, weil ich nämlich vorschlagen wollte, dass wir beide stattdessen zusammen mit Kai in die Flitterwochen fahren! Das hätte dann allerdings persönliche Gründe.«

»Ich wusste es doch. Das ist verdammt nochmal unfair!«, rief ich auf dieses erzwungene Stichwort hin und stürmte türknallend aus seinem Büro. Ich ging schnurstracks Richtung Toilette, weil ich vorhatte, mich in die Kabine einzuschließen und erst heute Abend nach Redaktionsschluss wieder herauszukommen. Ich stieß die Tür zur Damentoilette auf und dabei fast mit Hannes' Sekretärin zusammen, die mich grinsend ansah, weil sie längst über Hannes und mich Bescheid wusste. Und das war der Moment, in dem ich abrupt ins Grübeln geriet.

Flitterwochen? Hatte er eben Flitterwochen gesagt? Ich ließ mir den Gesprächsablauf noch einmal durch den Kopf gehen und war mir mit einem Mal sicher, dass er Flitterwochen gesagt hatte.

»Hast du mir etwa gerade einen Antrag gemacht?« So schnell hatte ich die zwanzig Meter zwischen Toilette und Hannes' Büro noch nie zurückgelegt, und jetzt nahm ich mir noch nicht mal die Zeit, die Tür hinter mir zu schließen.

»Ich wäre noch dazu gekommen, wenn du das Büro nicht so überstürzt verlassen hättest.« Hannes saß wieder an seinem Schreibtisch und sah mich nicht weniger überrumpelt an als ich ihn.

»Du kannst mir doch jetzt keinen Antrag machen!«

»Wieso nicht?«

»Weil wir uns gerade streiten.«

»Tun wir das?«, fragte er ernsthaft überrascht.

»Ja. Allerdings. Deutliche Signale dafür waren meine drei Oktaven höhere Stimme und das Türenknallen.«

»Verstehe, aber darauf kann ich jetzt leider keine Rücksicht mehr nehmen.« Hannes stand auf und machte ein paar Schritte auf mich zu. »Ich will dich heiraten, Karina.«

»Ach.« Mein Gehirn fuhr seine Tätigkeit augenblicklich auf die lebensnotwendigen Funktionen herunter und sendete nur noch die Signale Einatmen, Ausatmen. Und sogar die waren im ersten Moment nicht selbstverständlich. Ich kam mir vor wie ein

Roboter im Reset-Modus. Als ich mich immer noch nicht rührte, redete Hannes etwas verkrampft weiter.

»Ja, ähm, das wollte ich dir eben noch sagen. Und ich würde mich sehr freuen, wenn du mich auch heiraten willst.«

Einatmen. Ausatmen.

Eckis Mädsche

Die Anzeichen dafür, dass es zu Ende ging, wurden immer deutlicher.

Halbleere Regale, keine Begrüßung, und wenn sie auch noch so unfreundlich gewesen wäre. Stattdessen komplettes Desinteresse, ob jemand, im Speziellen ich, gerade den Raum betrat oder nicht.

Es fiel mir schwer, ihn in dieser Situation zu besuchen, aber ich hatte schließlich keine Wahl. Ich räusperte mich. Mehrmals. Keine Antwort.

»Hallo, darf ich reinkommen?«, fragte ich zögerlich.

Endlich kam es von irgendwo zurück: »Fräulein Schneider, was verschafft mir denn die Ehre?«

In erster Linie die Tatsache, dass Ecki die einzige Person war, mit der ich zur Zeit nicht über Gebühr zerstritten war oder eine komplizierte Beziehung Schrägstrich ein Verhältnis hatte. Aber das war keine allzu freundliche Antwort, deswegen behielt ich sie für mich.

»Ich war zufällig in der Gegend, und …«

»Natürlich, natürlich. Kommen Sie rein, ich bin hier hinten.«

Ja, die Anzeichen waren wirklich nicht mehr zu übersehen. Er hatte mich so herzlich empfangen wie noch nie in seinem Leben. Die meisten Menschen versuchten kurz vor ihrem Tod noch gut Wetter bei ihren Feinden zu machen.

Er war im Hinterraum des Kiosks und rührte in einem kleinen Blechtopf, der auf einer verrosteten Zweier-Kochplatte stand. Daneben eine leere Dose Linsensuppe und ein Glas mit Bockwürstchen.

»Ich mache mir gerade etwas zu essen. Wollen Sie auch etwas?«

»Nein, danke.«

»Wirklich nicht? Heute ist alles umsonst.«

Ecki sah kurz von seinem Topf auf und deutete mit einer großzügigen Geste Richtung Verkaufsraum.

Ungläubig starrte ich ihn an. Hatte er mir etwa gerade mit vier Worten meinen Kindheitstraum erfüllt? Freie Auswahl im Mini-Supermarkt? So viele Chipstüten, Süßigkeiten, Wein wie ich tragen konnte? Weiße Mäuse, saure Gurken, Haribo, Eis, Erdnuss-Flips – wirklich alles umsonst?

»Ähm, also wenn das so ist.«

Ich griff zu, bevor er sein Angebot zurückzog. Bei alten Leuten konnte man nie wissen. Als ich mich mit zwei Tüten Chips – klassisch und oriental – zurück an den wackeligen Tisch im Hinterraum setzte, wurde meine kindliche Euphorie doch wieder stark gebremst. Schließlich war der Anlass für Eckis Freundlichkeit alles andere als erfreulich.

»Wie viel Zeit bleibt Ihnen denn noch?«, fragte ich so vorsichtig, wie man diese Frage eben stellen konnte.

»Och, zwei, drei Wochen vielleicht noch.«

Mir blieben die Chips regelrecht im Hals stecken.

»O Gott, das ist ja schrecklich!«

Ecki drehte sich überrascht zu mir um.

»Jetzt keine falsche Sentimentalität vortäuschen, so oft waren Sie in letzter Zeit auch nicht mehr da.«

Na toll, jetzt machte er mir auch noch Vorwürfe. Reichte es nicht, wenn Tina und Hannes das übernahmen? Musste ich gleich von allen Seiten beschossen werden?

»Ja, ja, ich weiß«, gab ich zerknirscht zu. »Aber wenn ich das gewusst hätte, wäre ich öfter vorbeigekommen.«

Ecki sah mich über seine Brille hinweg streng an.

»Ab und zu vielleicht.«

Sein Blick bohrte sich weiter in mein schlechtes Gewissen.

»Auf jeden Fall hätte ich öfter an Sie gedacht.«

Ecki nickte zufrieden und rührte in seinem Blechnapf herum. Ich überlegte, worüber man mit einem Menschen, dessen Tod so unglaublich nah war, reden konnte. So etwas wie ›Soll es der Melaten- oder doch eher der Südfriedhof werden?‹ erschien mir ein wenig distanzlos. Die Frage, ob ich auch zur Trauerfeier eingeladen war oder ob er nur die Menschen um sich haben wollte, die ihm wirklich wichtig waren, zu egoistisch. Früher hatten wir nie Probleme damit gehabt, uns unangenehme Wahrheiten an den Kopf zu werfen, aber so ein Tod änderte eben vieles. Ich stopfte ununterbrochen Chips in mich hinein und durchscannte mein Gehirn nach unverfänglichen Themen, die Ecki interessieren könnten. Dass ich nicht zur WM durfte, schied auf jeden Fall aus, und er wollte jetzt bestimmt auch nichts von Heiratsanträgen hören, die mir entweder gar nicht oder zur falschen Zeit im falschen Kontext gestellt wurden.

Aber bevor ich mich mit mir auf ein belangloses Thema geeinigt hatte, wurde die Tür zum Kiosk aufgestoßen. Eine tiefe Frauenstimme betrat ungefragt den Verkaufsraum und regte sich im noch tieferen Kölsch auf: »Von wejen, Verstopfung, Eckhard. Da simmer noch nit ens zehn Schritt jejange, da mäht dä Harry sing Jeschäf direkt op dat Trottoir, is ja klar. Un welsche Jeck muss et dann wieder wegmache, ne ne ne ...«

Ich schaute Ecki überrascht an, aber den schien es nicht zu stören, dass sich ein kölsches Urgestein gefolgt von seinem müden Hund Harald dem Hinterraum näherte. Er rührte seelenruhig weiter in seinen Linsen, und das, obwohl er unerwünschten Besuch normalerweise noch in der Tür mit einem grollenden »Raus« verjagte.

»Ähm, Ecki? Sie haben Besuch.« Aber ich sah ein, dass diese Warnung überflüssig war, als die kölsche Sing-Sang-Tante, die so kräftig gebaut wie ihre Stimme tief war, Ecki einen dicken Schmatzer auf die Wange drückte und ihn mit den Worten »Pass op, dat die Bockwöösch nit am Koche sin, Schatz« begrüßte.

Ich konnte nicht anders, ich musste die beiden ununterbrochen anstarren, wie einen kalbenden Elefanten im Zoo. Irgendetwas war grundsätzlich falsch an diesem Bild, vor allem, als Ecki den Schmatzer der Frau auch noch mit einem liebevollen Küsschen auf ihre Lippen erwiderte und sagte: »Weiß ich doch, Schnubbelchen. Essen ist gleich fertig, holst du den Senf?«

Wenn diese Frau sich nicht zu mir umgedreht hätte und mich

mit einem schrillen, »Öm Joddes wille, jetzt han isch misch ävver erschrocke, Mädsche« angesprochen hätte, hätte ich mich fast wie im Millowitsch-Theater gefühlt. Der Schreck beruhte ganz auf Gegenseitigkeit. Aber dann krächzte ich doch noch mit ein paar Chips-Krümeln im Hals: »Hallo, ich bin Karina, eine Freundin …«

Ecki ließ ein Brummen vernehmen.

»… ehemalige Stammkundin von Ecki.«

»Ach nee, dat Karinsche. Mensch Eckhart, da häzte och ens jet sare künne.« Sie strich sich ihre Hand an einer nicht vorhandenen Schürze ab und reichte mir dann dieselbige. »Hallo, Karina, schön dich kennenzulernen«, sagte sie plötzlich in astreinem Hochdeutsch. »Eckhart hat so viel von dir erzählt.«

Wieder ein widersprechendes Brummen von Ecki, aber die Frau ließ sich davon nicht beeindrucken. »Ich bin Renate. Aber alle nennen mich Nati.«

Ich schüttelte Renate sprachlos die Hand und starrte immer wieder zu Ecki hinüber, der mir bewusst den Rücken zudrehte und akribisch jede Linse einzeln umrührte. War es ihm nun unangenehm oder egal? Seit wann hatte dieser alte, grummelnde, griesgrämige Menschenfeind denn bitteschön eine Freundin? Wie konnte er überhaupt so eine Frau wie Renate kennenlernen, geschweige denn in seinen Kiosk und dann in sein Leben lassen, ein siebzigjähriger Opa, der sogar seine Kunden lieber beschimpfte als bediente?! Renate wirkte schließlich nicht gerade wie eine scheue, verhärmte Witwe, die einen Mann gegen das Alleinsein in den Kontaktbörsen der Zeitungen suchte, und das war in meinen Augen die einzige Möglichkeit, wie Ecki eine Frau hätte kennenlernen können. Im Gegenteil, auf den ersten Blick würde ich sie für eine Eckkneipenwirtin halten. Mit sechsundsechzig noch so vital, dass sie die Männer an der Bar als kölsche Stimmungskanone reihenweise um den Finger wickeln, dabei locker zwanzig Kölsch in der Minute zapfen und mindestens zwei davon gleich selbst trinken konnte.

»Och Mensch, dat freut misch ävver, dat isch disch noch kenneliere, ming Mädsche. Dat müsse mer ävver fiere. Isch hol uns glisch ne jode Droppe us dem Lade.«

Und schon verschwand sie wieder im Verkaufsraum. Ich wandte mich Ecki zu, der betont langsam ein paar Teller aus dem wackeligen Unterschrank holte, auf dem die Kochplatte stand. »Ecki? Gibt es da vielleicht etwas, das Sie mir sagen wollen?«, zischte ich ihm leise zu und verkniff mir zum Glück noch ein »so kurz vor Ihrem Tod«.

»Nein.«

Der Mann konnte wirklich stur sein. »*Sie* haben eine Freundin? Ohne mir etwas davon zu erzählen?«

»Sie lernen doch auch andauernd neue Männer kennen, ohne mir etwas davon zu erzählen.«

Wie bitte? Was sollte das denn schon wieder heißen? Erstens lernte ich nicht andauernd neue Männer kennen, zweitens redete ich durchaus gelegentlich mit ihm über meine Beziehungsangelegenheiten, und drittens war eine neue Freundin in seinem Alter ja wohl etwas völlig anderes.

»Ja, aber wie, was, warum, wieso? Wie ist das passiert?«

»Das muss ich Ihnen doch nun wirklich nicht erklären.«

Ich sah ein, dass aus Ecki außer Beleidigungen nichts herauszukriegen war. Aber das war auch nicht nötig. Denn als wir ein paar Minuten später beim gemeinsamen Linsendinner saßen –

»natürlisch iß et Karinsche mit« –, plauderte Nati zu Eckis Ärger jedes Detail aus.

»Wieverfasteloovend. Isch un ming Mädsche op jück, wie immer. Und dann …« Sie machte eine Kunstpause. »Simmer trocke jelofe. Ein Drama, sach isch dir. Un wat litt do zufällisch om Weg. Eckis Büdschen. Isch also rin do, un wat rööf mir dä Käl da entjejen. Jeschlosse. Von wejen, sach isch. Wenn de jeschlosse häs, musste och de Dür avschließe, sach isch. Un jetz sei so nett un rett misch un ming Mädsche vürm Verdoschte. Tja, un wie dä Käl misch övver sing Zeidung hinwech anbrummte, waret öm misch passeet.«

Ich hatte zwar nur die Hälfte verstanden, aber Hauptsache, Ecki und seine Nati verstanden sich. Und danach sah es zumindest aus. Denn als sie Ecki, der stur seine Suppe weiterlöffelte, umarmte, meinte ich tatsächlich ein Lächeln auf seinen Lippen zu sehen.

»Ja, also«, ich räusperte mich. »Was soll ich dazu sagen. Es freut mich, dass Ecki so jemanden wie Sie gefunden hat, Renate. Nati.«

»Na ja, saren wir mal, isch han ihn jefunde«, sie zwinkerte mir verschwörerisch zu und füllte die obligatorischen Schnapsgläser – »Et is ja nur ein kleiner Aperitif« – erneut. »Auf die Liebe.«

Ich fühlte mich bei Renate unweigerlich an die Hymne erinnert, die jedes Kölsche Kind spätestens mit zwei Jahren auswendig kennen musste. Es fehlte nicht viel, und ich hätte »Viva Colonia« angestimmt. *Wir lieben das Leben, die Liebe und die Lust. Wir glauben an den lieben Gott und han auch immer Durst, da simmer dabei …* Vielleicht lag es auch daran, dass ich von Schnäpsen immer so schnell betrunken wurde. Aber einen stärkeren Gegensatz als zwischen dieser redseligen, trinkfreudigen und vor Herzlichkeit überschäumenden Frau und Ecki gab es einfach nicht.

Sie knuffte Ecki in die Seite, der das ohne Kommentar über sich ergehen ließ. »Isch saret dir, Karinsche, der Eckhart ist zwar ein sturer Bock, aber wenn er etwas will, dann auch richtig.«

Sie zwinkerte mir wieder zu und ich war mir nicht sicher, ob ich wissen wollte, welchen Lebensbereich sie damit meinte. Deswegen nickte ich nur lächelnd, aber Nati fuhr trotzdem fort: »Erst kütt er met singem Asch nit huh, ävver wenn er erstmal in Fahrt is … Bevor isch misch versehe, krempelt er sing janzes Leben um, kauft uns eine hübsche kleine Finca auf Mallorca. Un doo verbringe wir beiden jetzt unseren Lebensabend.«

Wie jetzt? Machte das überhaupt noch Sinn, so kurz vor seinem Tod? Oder hatte ich da etwas Grundsätzliches missverstanden? So schlecht sah Ecki auch gar nicht aus, für einen, der nur noch ein paar Wochen zu leben hatte. Aber wie fragte man jemanden höflich, ob er denn jetzt nun bald starb oder nicht?

»Den Lebensabend verbringen! Auf Mallorca!«, wiederholte ich daher nur unentschlossen.

»Ja, dat wor schon immer minge Drom.« Renate kniff Ecki liebevoll in die Backe.

»Einen schönen langen gemeinsamen Lebensabend auf Mallorca?«, wiederholte ich noch mal und versuchte, es nicht allzu sehr wie eine Frage klingen zu lassen.

»Na, dat wolle mer doch mal hoffen!«, polterte Nati laut los, und um gar nicht erst Zweifel an ihrer Gesundheit aufkommen zu lassen, schüttete sie sich und uns noch einen Schnaps ein.

Ecki grummelte: »Ich habe bestimmt nicht nach dreißig Jahren meinen Kiosk verkauft, um dann auf Mallorca sofort abzukratzen.«

»Wie bitte, Sie haben Ihren Kiosk verkauft?«

»Ja, natürlich, oder was glauben Sie, wofür ich diesen Sommerschlussverkauf hier veranstalte?« Ecki sah mich streng an, und ich erwähnte lieber nicht, dass ich mit seinem baldigen Ableben gerechnet hatte. Stattdessen freute ich mich mit ihm, dass er weiterlebte, auch wenn es mir einen kleinen Stich versetzte, ihn nie wieder in diesem Kiosk auf dem Sessel hinter seiner Zeitung anzutreffen. Dieses Mal erhob ich das Schnapsglas. »Toll, das ist toll, auf euch und Mallorca.«

»Hach, dat wird toll, net wahr, Bärchen?« Nati küsste Ecki mit einem lauten Schmatzgeräusch, und er schaute etwas peinlich berührt auf seinen Teller.

»Entschuldige, Karina, aber mer sin noch so verliebt. Mer han erst vor zwei Monaten jeheiratet.«

»Geheiratet?«, prustete ich los und verschluckte mich dabei heftig am Schnaps, was ziemlich in der Kehle brannte. Mein Gott, was hatte Ecki in der kurzen Zeit, in der wir uns nicht gesehen hatten, denn noch alles erledigt?

Zu seiner Verteidigung grummelte er: »Ja, so macht man das in unserem Alter, wenn man sich mag. Da heiratet man nun mal. Aber davon verstehen die jungen Leute ja nichts mehr. Die haben doch nur noch Beziehungsprobleme.«

»Und ob ich was davon verstehe. Gerade eben hat mir mein Chef zum Beispiel einen Heiratsantrag gemacht.« Ups, das hätte mir jetzt vielleicht nicht so angeberisch herausrutschen sollen.

»Wirklich? Haste dat jehört, Eckhart. Dat ist ja wunderbar, komm Mädsche, darauf trinke mer noch einen.«

Eben genau deswegen.

»Nicht zu voreilig, Nati. Und was haben Sie darauf gesagt?«, fragte Ecki. Ich schaute ihn zerknirscht an. Das war unfair, niederschmetternd, absolut deprimierend. Sogar Ecki schaffte es noch in seinem Alter, seiner ganzen Widerborstigkeit, seiner Kauzigkeit, die Frau zu heiraten, die zu ihm passte. Vermutlich hatte sie ihm sogar den Antrag gemacht, und er hatte nur so etwas gebrummt wie, ›meinetwegen, aber nur, wenn der Termin auf dem Standesamt außerhalb meiner Öffnungszeiten liegt‹. Und schon verbrachten sie den Lebensabend miteinander auf Mallorca. Und was machte ich? Ich baumelte irgendwo zwischen zwei Beziehungen. Zwischen Hannes und Tim. Zwischen dem, der mich fragte, und dem, der sich nicht getraut hatte, zu fragen. Ich konnte noch nicht einmal genau sagen, wer von den beiden der Dritte war. Betrog ich meinen Freund mit meinem Ex, oder hatte sich Hannes in eine Beziehungspause zwischen Tim und mir gedrängt? Gott, warum hatte ich keine Nati, die alles in die Hand nahm und Entscheidungen für zwei traf.

»Haste nein jesaat?«, fragte Nati mitfühlend.

»Nicht ganz …«, seufzte ich und wurde bei der Erinnerung an vorhin schon wieder rot. O mein Gott, hatte ich Hannes ernsthaft mit den Worten stehen lassen, »Das wäre auf jeden Fall eine Grundvoraussetzung dafür«? Ja, das klang nach mir. Er sagte: »Ich will dich heiraten und ich würde mich freuen, wenn du das auch willst.« Und ich hatte keine bessere Antwort parat als: »Das wäre zumindest eine Grundvoraussetzung dafür.« Ausgezeichnet. Was hatte ich mir nur dabei gedacht? In erster Linie wohl gar nichts, das war ja das Problem.

»Na ja, ich denke, ich habe nicht ganz das gesagt, was Hannes von mir erwartet hat«, erklärte ich kryptisch und schob Renate trotzdem mein Schnapsglas hin.

»Richtig so, Kindchen, et es wie et es!« Ich hatte schon befürchtet, dass ich jetzt ein paar kölsche Stammtischweisheiten über mich ergehen lassen musste. Et kütt wie et kütt, et hätt noch immer jot jejange und wat fott es es fott. Aber zum Glück rettete Ecki mich davor und schickte seine Frischvermählte wieder in den Verkaufsraum, um Nachtisch zu besorgen.

Ich leerte das Schnapsglas in einem Zug und schüttelte mich danach, so als könnte ich die Erinnerung an den Antrag damit ebenfalls abschütteln. Aber Ecki sah mich ernst an.

»Sie können Tim nicht ewig hinterhertrauern.«

Wenn er wüsste, was ich alles konnte. Aber ich nickte brav.

»Oder ist Ihr Chef nicht der Richtige?«

»O doch. Er ist toll. Er ist perfekt.«

»Also? Was ist dann das Problem?«

»Dass ich es nicht bin.«

Unperfekt

Ich war sogar ziemlich unperfekt. Besonders am nächsten Morgen, als ich mit mindestens zwanzig Nägeln im Kopf und einem ziemlich ekelhaften Geschmack im Mund auf Hannes' Sofa zu mir kam.

Ich schlug die Augen auf und sah neben mir auf dem Couchtisch einen riesigen Berg von Chipstüten, Gummibärchen, Keksen, Erdnüssen und weißen Mäusen. Sofort war mir schlecht. Ich schloss die Augen schnell wieder und wagte erst, sie ein zweites Mal zu öffnen, als mir ein ermutigender Kaffeegeruch in die Nase stieg. Hannes stellte eine volle Tasse neben den Junkfood-Berg, und ich versuchte, mich mit partiellem Sehen auf die pechschwarze Brühe zu konzentrieren, um weiteren Übelkeitsanfällen vorzubeugen.

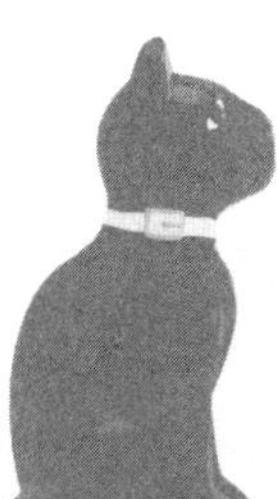

»War ich sehr betrunken?«, krächzte ich heiser.

»Nein.« Hannes beugte sich lächelnd zu mir herunter und gab mir einen Kuss auf die Stirn, dabei musste ich doch nach einem ganzen Schnapsladen stinken. »Du hast mir die Chipsladung in die Hände gedrückt und mir versichert, dass du zwar eine nicht unwesentliche Menge Alkohol zu dir genommen hättest, es aber ganz bestimmt nicht so sei, wie es aussähe, wobei ich mir nicht sicher war, wie es denn aussehen sollte.«

»Okay, wenn ich den Satz prophylaktisch einfüge, dann war ich sehr betrunken.«

»Das tut mir leid, ich hoffe, es war nicht wegen mir?«

Ich sah ihn irritiert an. »Ähm, nee?! Ich musste auf Eckis Nicht-Tod und langen Lebensabend auf Mallorca mit seiner neuen Flamme Nati anstoßen.«

»Klingt nach einem netten Abend.«

Ich nickte. Aber irgendetwas Unangenehmes schwebte im Raum. Ich wusste nur noch nicht was. »Habe ich irgendetwas Peinliches gemacht?«

»Du meinst, Heiratsanträge angenommen oder so was in der Art? Nein, keine Angst.«

Das war es. Der Heiratsantrag. Stimmt ja, den hatte ich mir erfolgreich aus dem Gedächtnis getrunken. Und jetzt saß der Antragsteller direkt vor mir und erwartete mit Sicherheit eine bessere Antwort als beim ersten Mal.

»O Gott, Hannes, es tut mir leid. Meine Reaktion war total … fehl am Platz.« Zeit gewinnen. Ich musste Zeit gewinnen. Aber merkwürdigerweise kam Hannes mir sogar zu Hilfe.

»Nein, du hattest absolut recht. Es war der falsche Zeitpunkt. Natürlich hätte ich dich besser bei einem unserer – ähm, wie hattest du sie gestern Abend noch mal genannt – ›scheißromantischen‹ Momente in Rom oder in den Alpen fragen sollen.«

»›Scheißromantisch‹, habe ich das wirklich gesagt?«

»Ja, und dass du unseren Kindern schließlich später nicht erzählen kannst, dass wir uns gerade gestritten haben, als der Antrag kam.«

Kinder? Ich hatte von »unseren Kindern« geredet? Ich starrte Hannes entsetzt an. Das fiel für mich eindeutig in die Kategorie peinlich, die ich eben angesprochen hatte. Ich zog mir die Decke über den Kopf und wollte von meinen weiteren Peinlichkeiten gar nichts mehr hören. Aber Hannes blieb unerbittlich.

»Als du dann anfangen wolltest, den Heiratsantrag zu annullieren, was, nebenbei gesagt, juristisch nicht möglich ist, weil so ein Antrag nicht bindend ist, bist du irgendwie eingeschlafen. Ich hätte dich gerne ins Bett gebracht, aber dann hätte ich dich quasi schon über die Schwelle getragen und das wollte ich nicht ohne dein Einverständnis tun, denn das ist ja, wie du schon richtigerweise erwähnt hattest, die Grundvoraussetzung für so eine Hochzeit.«

Ihm machte es sichtlich Spaß, in meinen Fettnäpfchen herumzustampfen.

»Es tut mir wirklich, wirklich leid«, murmelte ich unter der Bettdecke und wünschte mir inständig, sie den Rest des Tages über dem Kopf behalten zu dürfen, um Hannes nicht in die Augen sehen zu müssen. Aber das hätte in der Redaktion vermutlich für blöde Fragen gesorgt. Hannes hob die Decke ein Stück an und sagte: »Ehrlich gesagt, warst du mir nur zu schwer.« Das war zwar auch nicht viel besser, aber wenigstens nahm er die Sache noch mit Humor. Der würde ihm allerdings gleich vergehen, wenn ich ihm erst mal den Grund für meine zögerliche Antwort gesagt hätte, der zum größten Teil, wenn auch nicht ausschließlich, aus Tim bestand. Ich konnte Hannes schlecht heiraten, ohne ihm meine heimlichen Treffen mit

Tim gebeichtet zu haben. Und wenn ich es getan hatte, konnte ich ihn vermutlich auch nicht mehr heiraten, weil er dann seinen Antrag zurückziehen würde. So oder so würde dieser Morgen übel enden, und ich wünschte mir mehr denn je eine Fernbedienung für mein Leben. Ich wollte zurückspulen, und zwar zu dem Zeitpunkt, als eine Aussprache noch möglich gewesen wäre. Wieder einmal hatte ich den Moment verpasst und gehofft, mein merkwürdiges Parallelleben würde sich irgendwie von selbst regeln. Aber das tat es wie üblich nicht. Stattdessen konnte ich gleich barfuß über die Scherben meiner zerbrochenen Beziehung schleichen und mich dann schluchzend aus Hannes' Haus und Leben verabschieden. Es schnürte mir jetzt schon den Magen zusammen. Gott, wann wurde ich endlich erwachsen? Nie vermutlich! Oder jetzt vielleicht? Ich schlug entschlossen die Bettdecke zurück.

»Hannes, ich muss dir …« Aber bevor ich weiterreden konnte, unterbrach Hannes mich, als wäre es ein Wink des Schicksals.

»Es stimmt, Karina. Ich war feige.«

Wie bitte? *Er* war feige? Wie war denn dann der Begriff für das, was ich war? Ich sah ihn verblüfft an.

»Natürlich wollte ich dir in Rom den Antrag machen, weil ich eben kein Schnösel mit zu viel Geld und zu wenig Gelegenheiten bin, es auszugeben. Aber ich habe einen Rückzieher gemacht, weil ich nicht wusste, ob ich schon so weit war. Ich weiß, dass du noch nicht so weit bist. Aber ich haue diese Anträge auch nicht jeden Tag raus.«

Er sah mich eindringlich an, und mir wurde schon wieder mulmig zumute. Dieses Mal lag es allerdings nicht am Restalkohol. Hannes nahm meine Hand und spielte nervös mit meinen Fingern, während er fortfuhr: »Mir ist meine Freiheit genauso wichtig wie dir, und wenn ich mich jetzt dazu durchgerungen habe, dir einen Antrag zu machen, dann, weil ich denke, dass wir unsere Freiheit zusammen verbringen sollten. Weil es mit dir einfach viel mehr Spaß macht. Ich verspreche dir, dass du mir nichts versprechen musst, Karina. Das Einzige, was wir uns versprechen müssten, so will es, glaube ich, die Tradition, wäre so etwas wie Liebe bis zum Ende unserer Tage, aber ich denke, selbst da könnte man einen Kompromiss finden.«

Ich sah Hannes mit offenem Mund an und vergaß über seiner Liebeserklärung sogar meinen Kater. Na gut, er war Journalist, ich musste davon ausgehen, dass er mit Worten manipulierte. Aber verdammt, warum fand er immer genau die richtigen?

»Du musst jetzt nichts darauf antworten, Karina.« Dieser Hinweis war total überflüssig, weil ich darauf sowieso nichts antworten konnte. In diesem Moment hätte meine Antwort nur albern klingen können, und vielleicht war genau deswegen Hannes der Chef und ich nur eine einfache Redakteurin.

»Und du musst den Antrag auch nicht gleich annehmen«, fügte er noch hinzu. »Nur für den Fall, dass du die Regeln noch nicht kennst. Dir steht eine Bedenkzeit zu.«

Allmählich erwachte ich aus meiner Ehrfurcht. »Wirklich?«

»Ja. Vorausgesetzt die Bedenkzeit überschreitet nicht das Ende der Sommerpause. Ich würde die Flitterwochen ungern zwischen zwei Bundesligaspielen einschieben.«

»Du bist verrückt.«

»Ist das jetzt ein Ja oder ein Nein?«

»Was ist mit meiner Bedenkzeit?«

»Okay, aber es ist ein Pluspunkt, oder?«

Ich schüttelte fassungslos den Kopf. Aber Hannes bohrte weiter nach:

»Ein klitzekleiner wenigstens?«

»Du brauchst keine Pluspunkte mehr!« Und das meinte ich verdammt ernst.

»Aber?«

Ich schluckte. »Ich brauche eine Aspirin!« Und diese verfluchte Fernbedienung.

Contra-Pro-Duktiv

Trotz der gewährten Bedenkzeit war ich nervös. Ich hatte das Gefühl, bei jedem Gespräch mit Hannes, ob beruflich oder privat, auf der Hut sein zu müssen, damit mir bloß kein Ja im falschen Zusammenhang rausrutschte. »Kannst du den Artikel noch mal um ein Drittel kürzen?« Und schon suchte ich nach den passenden Worten. »Natürlich.« Ich stellte fest, dass es jede Menge Synonyme für ja gab, die nicht so eng mit Traualtar und Eheversprechen verbunden waren. *Sicher, selbstverständlich, kein Problem, durchaus im Bereich des Möglichen.* Es gab hundert Umschreibungen, um bloß nicht diese zwei Buchstaben von sich geben zu müssen, aber das änderte nichts daran, dass ich im Grunde größere Probleme hatte, als mich mit der Vielfalt der deutschen Sprache auseinanderzusetzen. Leider machte mir dabei die Vielfalt der deutschen Schulferien einen Strich durch die Rechnung. Es waren Pfingstferien, und Tim besuchte mit Kai Sarahs Eltern. Das machte eine Aussprache mit ihm unmöglich, und ich wusste nicht,

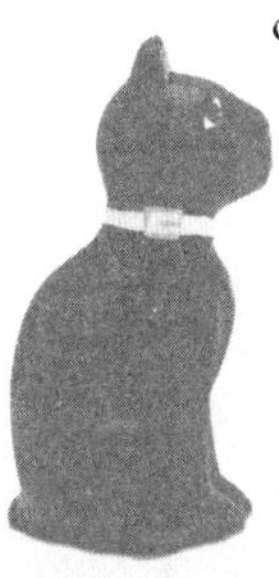

wie lange ich die Bedenkzeit ausreizen durfte, ohne unhöflich zu wirken. Irgendwann würde Hannes sich vermutlich selbst so seine Gedanken machen. Und dann würde er meine ausweichenden Antworten vielleicht nicht mehr mit Humor nehmen. Er konnte ja nicht ahnen, dass er in meinem Kopf, na ja und, zugegeben, woanders auch, immer noch mit Tim konkurrierte.

Wollte ich Hannes oder Tim? Wollte Tim mich oder Sarah? Würde Hannes mich noch wollen, wenn er von Tim wusste? Würde ich Tim noch wollen, wenn diese Option zur Verfügung stünde? Meine Gedanken bewegten sich wie in einer Gummizelle und wurden ständig wieder auf mich zurückgeworfen. Einen Heiratsantrag anzunehmen war für mich schon schwer genug, ohne dass Tim mir dazwischenfunkte. Mit ihm war es undenkbar. Es war klar, dass mir in dieser Situation nur Tina helfen konnte, aber mit der war ich leider noch wegen Hannes, Sarah und Tim zerstritten.

Irgendwann hielt ich es nicht mehr aus. Eine von uns musste sowieso früher oder später über ihren Schatten springen. Ich stattete ihr in der Mittagspause in ihrem Beauty-Salon einen Besuch ab und fragte als Erstes verschwörerisch, ob sie alleine sei. Tina bejahte irritiert: »Eigentlich habe ich heute sogar geschlossen, Schätzchen.«

»Das ist gut. Es wird nämlich länger dauern. Hannes hat mir einen Heiratsantrag gemacht.«

Die erwartete Kreisch-Reaktion kam – allerdings nicht von ihr, sondern von Özlem, die in dem Moment aus dem Hinterraum auf mich zuschoss. »Endlich, endlich, endlich, das ist doch Spitze.« Das sagte sie vermutlich nur, weil sie im Kopf schon überschlug, wann sie dann in etwa mit den Einnahmen aus meiner Online-Scheidung zu rechnen hatte.

Ich sah Tina entnervt an. »Ich dachte, du bist allein.«

»Ist doch nur Özlem«, erwiderte sie ernsthaft überrascht, dass mich das überraschte, als wäre Özlem ihr Alter Ego und kein eigenständiges Individuum. Aber das Alter Ego zerrte an meinem Arm und sprudelte auf mich ein, bis ich in aller Ausführlichkeit von dem besagten Heiratsantrag erzählt hatte. Özlem war total aufgeregt, was mich wunderte, für eine Frau, die ihren Lebensunterhalt mit dem Gegenteil von Heiratsanträgen verdiente. Tina dagegen stand rauchend im Türrahmen und hörte sich alles schweigend an, mit einer Miene, die eigentlich nur eins ausdrückte: »Ich habe es dir ja gesagt.«

Als ich mit meinen Ausführungen fertig war, schaute ich hilfesuchend zu Tina, aber die gab vor, jetzt doch urplötzlich etwas ganz Dringendes in ihrem geschlossenen Laden erledigen zu müssen. Stattdessen bot sich ihr Alter Ego als Problemlöser an.

»Also gut, bis wann musst du die Antwort haben?«, fragte Özlem pragmatisch, wie es nur eine gelernte Juristin tun konnte. Als ginge es um ein Preisausschreiben, bei dem man nur lange genug im Internet nach der richtigen Lösung recherchieren musste.

»Ähm, ich habe da, glaube ich, keinen Einsendeschluss, Özlem«, erwiderte ich sarkastisch.

»Schon klar, schon klar.« Özlem nickte verständnisvoll, dabei konnte sie nicht annähernd den Umfang meiner Hochzeitsproblematik erahnen. »Weißt du was?«, erklärte sie hilfsbereit wie immer. »Wir machen eine Liste, Pro und Contra. Was spricht für und was gegen die Hochzeit mit Hannes, vielleicht fällt dir dann die Entscheidung leichter.«

War das etwa eine verbreitete juristische Methode? Wurde so in ihrer Welt über Schuld und Unschuld entschieden? Contra: Der Mann hat eine Bank überfallen und dabei zwei Geiseln erschossen! Pro: Aber er hat auch ein unglaublich süßes Lächeln. Zack, zwei Jahre auf Bewährung. Die nächste Pro-Contra-Liste bitte …

Aber solange Tina sich noch ihrer Pflicht als beste Freundin, einen Rat beizusteuern, verweigerte, musste ich mich wohl oder übel mit Özlems Methode zufriedengeben.

»Also, Pro?« Özlem hatte bereits eine Linie quer über einen von Tinas Quittungsblöcken gezogen und sah mich herausfordernd an.

Pro Hannes? Das war einfach. »Er ist intelligent, verständnisvoll, attraktiv, erwachsen.« Ups, das hörte sich fast so an, als würde ich sonst nur mit unreifen Jungs ausgehen. Aber es stimmte irgendwie, Hannes war erwachsen, im Gegensatz zu Tim, der manchmal ziemlich kindisch sein konnte.

»Er steckt voller netter Überraschungen, ist faul, wenn er darf, ein Langschläfer und Kaffeetrinker. Und unsportlich!« Der Einfachheit halber hätte ich auch sagen können, er ist das Gegenteil von Tim, aber das verfälschte die Pro-Liste ein wenig.

»Gleiche Hobbys, hm, ist wichtig in einer Beziehung«, murmelte Özlem, während sie schrieb, und schöpfte dabei wahrscheinlich aus ihrem reichhaltigen Trennungsschatz. Auch wenn ich Kaffeetrinken und unsportlich sein nicht unbedingt als Hobbys bezeichnet hätte.

»Hannes kommt gut mit Kai klar. Mag Kinder. Und … er wird bald Chefredakteur.«

Das hatte zwar nicht direkt etwas mit seinen positiven Eigenschaften zu tun, aber es eignete sich ungemein, wenn ich mit ihm angeben wollte. Mein Mann ist Chefredakteur. Mein Mann ist gerade verhindert, er ist nämlich Chefredakteur von Kölns größter Tageszeitung. Ich werde es meinem Mann ausrichten, sobald er mit seinem Chefredakteur-Sein fertig ist. Andererseits gehörte es vielleicht auch auf die Contra-Liste, weil neben dem Chefredakteur wenig Ehemann übrig blieb.

»Ach, lass das Letzte einfach weg.« Ich überlegte weiter.

»Liebhaberqualitäten?«, warf Özlem als Stichwort ein.

»Pro.«

»Okay, jetzt die Contra-Punkte. Warum solltest du ihn nicht heiraten?«

Genau, was sprach dagegen? Was waren Hannes' schlechte Eigenschaften? Er musste schlechte haben, mindestens eine, sonst konnte ich ihn mit meiner Ansammlung von schlechten Eigenschaften erst recht nicht heiraten. »Er … er … er ist ein schlechter …«

Mir fiel nichts ein.

»Ja?«, fragte Özlem mit gespannt gezücktem Kugelschreiber.

»Ich denke ja schon nach«, sagte ich genervt, »er ist ein schlechter … Koch.« Na bitte.

»Aber du kannst doch auch nicht kochen?«, warf Özlem vorsichtig ein.

»Ja, aber um mich geht es hier ja zum Glück nicht. Also schreib auf.«

Gehorsam schrieb Özlem die schlechte Pseudo-Eigenschaft auf. Dann schauten wir gemeinsam auf die etwas einseitige Liste und merkten gar nicht, dass Tina sie hinter unserem Rücken ebenfalls studierte. Özlem und ich zuckten richtig zusammen, als

Tina plötzlich sagte: »Ich habe noch was für die Contra-Seite.« Sie nahm Özlem den Stift aus der Hand und schrieb »Affäre mit Tim« quer über die Seite.

Özlem starrte auf den Zettel und gab ein schrilles »Was, du hast eine Affäre mit Tim?« von sich.

»Nein, ach was, Blödsinn«, erwiderte ich schnell. »Es ist keine ... ich meine, wir haben uns getroffen, manchmal, weil ... weil ... weil man sich eben trifft, wenn man ein gemeinsames Kind hat ...«

»... um schnell noch ein zweites gemeinsames Kind zu machen!«, unterbrach mich Tina sarkastisch.

»Nein!« Ich sah sie wütend an. »Um Sachen zu besprechen. Oder Geburtstagsgeschenke zusammenzubauen! Aber man kann Gefühle nun mal nicht einfach so abstellen, wenn man sich zufällig ...«

»... auf meinem Dachboden trifft.«

»Fünfmal, wir haben uns allerhöchstens fünfmal da getroffen, das ist keine Affäre.«

Die arme Özlem kam überhaupt nicht mehr hinterher, während Tina und ich uns wütend anblafften. »Was? Ich habt euch heimlich bei Tina getroffen?«

»Zum Reden. Und dann ist es irgendwie ...« »... außer Kontrolle geraten.« »... persönlich geworden.«

»Das Wort ist intim, Schätzchen, intim.« »Nein, es war reine Gewohnheit.«

»Du meinst, wenn du Tims Hintern siehst, musst du automatisch seine Gürtelschnalle öffnen?«

»Ja, so ungefähr.« »Das ist ja wohl die dämlichste Erklärung für eine Affäre, die ich jemals von dir gehört habe, Karina!«

»Aber so war es!«

»War? Das heißt, es ist vorbei?«

»Ich weiß es nicht, wir konnten noch nicht darüber reden. Vielleicht ist auch … alles andere vorbei.«

Und genauso schnell, wie das Feuerwerk losgegangen war, war es auch wieder erloschen. Tina sah mich nachdenklich an, dann kritzelte sie mit dem Kugelschreiber erneut auf meiner Liste herum. Ich schaute irritiert auf den Block und sah, dass sie »Affäre mit Tim« nun auch auf die Pro-Seite geschrieben hatte.

»Nicht witzig.«

Tina zündete sich eine weitere Zigarette an. »Nein, ich meine es ja auch ernst. Im Grunde ist deine Affäre mit Tim auch ein weiterer guter Grund, den Heiratsantrag von Hannes anzunehmen. Es ist vielleicht sogar der beste Grund!«

Selbst Özlem, die für solche Logikakrobatik sonst zuständig war, kam nicht mehr mit. Wir hingen beide völlig verdattert an Tinas Lippen. »Durch die Hochzeit mit Hannes könntest du endlich, endlich von Tim loskommen und neu anfangen. Denn scheinbar brauchst du ja so eine Art Ultimatum, um dein Beziehungsleben auf die Reihe zu bekommen und diesen Abschied auf Raten von Tim zu beenden. Also, ich bin absolut pro, ja, du solltest Hannes heiraten. Und zwar so schnell wie möglich.«

Ich starrte Tina immer noch mit offenem Mund an und versuchte, ihre Argumentation in die richtigen Bahnen zu lenken. Ich sollte Hannes also heiraten, weil ich immer noch etwas mit Tim hatte? Das bedeutete im Umkehrschluss, wenn ich nichts mit Tim hätte, müsste ich den Antrag nicht annehmen, weil ich dann auch ohne Hochzeit mein Leben auf die Reihe bekäme. Ah ja, jetzt lichtete sich der Nebel. So merkwürdig es auch klang,

Tina hatte mich durchschaut. Ich brauchte ein Druckmittel, um mit Tim Klartext zu reden, und ein Heiratsantrag von Hannes war genau das Richtige.

»Und was ist jetzt mit den Contra-Punkten?«, warf ich schwach ein.

»Schätzchen, du wirst schon darüber hinwegkommen, dass er schlecht kocht, dein Magen ist ja so einiges gewöhnt, und was die Affäre angeht …«

»Es war keine Affäre!«

»Also ist es doch vorbei!«

»Nein, aber …«

»Stopp!« Dieses Mal griff Özlem ein, bevor Tina und ich unsere Module hochgefahren hatten. »Nicht schon wieder. Ich würde sagen, was die Affäre angeht, greifen mildernde Umstände. Wenn sie dazu führt, dass Karina Hannes heiratet, wird sie komplett aus dem Strafregister gelöscht.«

»Sehr gnädig. Heißt das, ich soll Hannes nichts davon erzählen?«, fragte ich überrumpelt.

Özlem schüttelte den Kopf. »Auf gar keinen Fall. Wenn du ihn heiraten willst, würde es eure Beziehung nur unnötig belasten. Und wenn du ihn nicht heiraten willst, hast du sein Herz sowieso gebrochen. Da musst du es ihm ja nicht noch schwerer machen als nötig.« Sehr ermutigend, aber Tina sah es genauso. »In Sachen Hochzeit wäre es zumindest Contra-Pro-Duktiv.«

Familienfotos

Auch wenn die Pro-und-Contra-Liste eindeutig und meine Hochzeit mit Hannes, wenn es nach Özlem und Tina ginge, bereits beschlossene Sache war, musste Hannes noch weiter mit meinen ausweichenden Antworten bei Ja-Nein-Fragen leben. Er erinnerte mich kein einziges Mal daran, dass da noch ein anderes Ja oder Nein im Hintergrund lauerte, sondern vertraute offenbar darauf, dass es mir nicht entfallen war. Aber ich hatte komischerweise das Gefühl, es wäre ungerecht, die Entscheidung ohne Rücksprache mit Tim zu fällen. Es war albern, welche Frau musste schon ihren Exfreund fragen, ob sie den Heiratsantrag ihres neuen Freundes annehmen durfte? Zumal Tim und ich uns seit Kais Geburtstag nicht mehr zum Übereinanderherfallen getroffen hatten, und das, wie ich vermutete, nicht nur, weil wir keinen Zugang mehr zu Tinas Haus hatten. Vielleicht war unsere Nichtaffäre doch versandet, vielleicht hatte Tim sich bereits entschieden und war nicht so rücksichtsvoll wie ich, es vorher mit mir abzusprechen. Vielleicht … vielleicht hatte aber auch dieses winzige irrationale

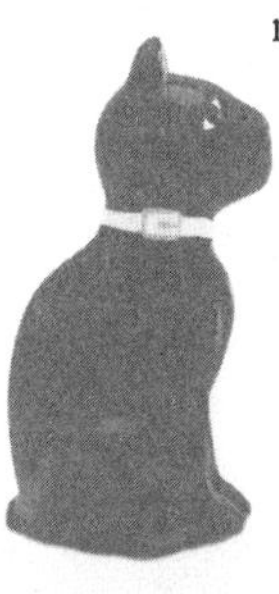

Fleckchen in meinem Hinterkopf recht, das mir sagte, dass Tim und ich noch nicht fertig waren. Miteinander.

Welches *vielleicht* es auch immer war, es wurde durch einen Anruf von Kais Kindergartenleiterin absolut bedeutungslos. Kai war vom Klettergerüst gefallen und auf dem Weg ins Krankenhaus. Ein Albtraum. Zitternd legte ich den Hörer wieder auf, und meine Augen füllten sich mit Tränen. Interviewtermine, Abgabetermine, die Wochenendausgabe – das alles war mit einem Mal aus meinem Kopf verschwunden. Ich packte noch nicht einmal meine Sachen zusammen, sondern rannte, so wie ich war, zum Parkplatz. Auf der Fahrt schnauzte ich die arme Sekretärin von Tims Schule an, dass es mir völlig egal war, ob Herr Norlinger die 12b, a oder c bei ihrer völlig unwichtigen Abi-Mathe-Klausur beaufsichtigte, sie solle ihn jetzt gefälligst auf der Stelle ausrufen und zum Krankenhaus schicken! Ich stellte den Wagen im Halteverbot ab, rannte in die Notaufnahme und sprach den erstbesten Menschen in Weiß an, wo mein Sohn sei und wie es ihm gehe. Nachdem ich dreimal weiterverwiesen worden war, war ich bereit, das gesamte Krankenhaus zusammenzuschreien, aber da kam eine freundliche Schwester auf mich zu.

»Sind Sie die Mutter von Kai Schneider?«

»Ja, was ist mit ihm?«

»Machen Sie sich keine Sorgen, er wird gerade operiert.«

Die Schwester hatte ja keine Ahnung, dass die Worte *operiert* und *keine Sorgen machen* ganz und gar nicht zusammen in einen Satz gehörten. Nicht, wenn es um das eigene Kind ging. Kai wurde operiert?! Und ob ich mir da Sorgen machte. Und das ließ ich die freundliche Schwester auch deutlich spüren. So lange, bis sie mich an einen Arzt weitervermittelte, der mir wenigstens einen Teil der Sorgen nehmen konnte. »Sein Arm ist gebrochen und muss gerichtet werden. Aber sonst hat er Glück gehabt. Nur eine Platzwunde am Kopf, eine leichte Gehirnerschütterung wahrscheinlich und ein paar Prellungen.« Mein Gott, die Liste wurde immer länger, und das nannte er Glück gehabt? Ich folgte ihm mit einem tauben Gefühl im ganzen Körper bis zum Wartebereich vor den OPs und blieb dort geschockt stehen. Die Hektik um mich herum nahm ich nur noch gedämpft wahr. Ich hatte das Gefühl, es dauerte ewig, bis Tim endlich kam. Er nahm mich sofort in den Arm. Minutenlang blieben wir so stehen. Er strich mir tröstend über die Haare, weil ich immer wieder schluchzen musste. Er musste denken, unser Sohn ringe im OP gerade um sein Leben, aber Tim war genauso fertig wie ich, als ich ihm schließlich erzählen konnte, dass Kais schlimmste Verletzung ein gebrochener Arm war.

Kurz darauf kam die Leiterin seines Kindergartens aus dem OP-Bereich zu uns und erklärte uns nicht weniger aufgelöst als wir, dass Kai auf das Dach der Rutsche geklettert war, was er nicht durfte, und das wüsste er auch, aber als sie einen Moment lang nicht geschaut hatte, war er schon oben und dann genauso schnell wieder unten gewesen. Es täte ihr wirklich leid. Das glaubte ich ihr gerne, denn vor lauter Sorge standen ihre sonst so gepflegten Haare in alle Richtungen ab, und sie hatte nervöse rote Flecken im Gesicht. Ich hatte plötzlich das Bedürfnis, sie trösten zu müssen, und beruhigte sie in demselben Krankenschwesterntonfall, der meine Geduld eben aufs Äußerste strapaziert hatte. Anscheinend nahm man in einem Krankenhaus automatisch eine Wattebauschstimme an. Meine Gutmütigkeit war aber schnell wieder verflogen, als Kai endlich, allerdings noch unter Narkose, aus dem OP geschoben wurde. Sofort schossen mir wieder Tränen in die Augen, und Tim drückte automatisch meine Hand. Wir liefen zu ihm, und ich strich Kai ununterbrochen über seine weichen blassen Wangen. Schlafend sah er schon unglaublich schutzbedürftig aus. Unter Narkose und mit einem dicken Verband um sein kleines Ärmchen brachte er meinen Beschützerinstinkt in Sekundenschnelle in allergrößte Alarmbereitschaft. Ich war bereit, jeden Arzt, der sich meinem Sohn näherte, in die Flucht zu schlagen.

Der behandelnde Arzt schien meine ausgefahrenen Krallen zu spüren und wandte sich vorsichtshalber an Tim.

»Er wird in ein paar Minuten wieder aufwachen. Wir würden Ihren Sohn aber gerne für einen Tag zur Beobachtung hierbehalten.«

Ich ließ Tim noch nicht einmal die Gelegenheit, den Mund aufzumachen, und fuhr den Arzt schrill an: »Wieso zur Beobachtung? Was wollen Sie denn beobachten?«

»Er hat eine leichte Gehirnerschütterung, da ist es üblich, dass wir die Patienten zur Beobachtung hierbehalten«, versuchte der Arzt vergeblich, mich zu beruhigen.

»Wenn Sie ihn zur Beobachtung hierbehalten wollen, dann heißt es doch auch, dass es was zu beobachten gibt, oder etwa nicht?«

Der Arzt sah Tim hilfesuchend an, der mir auch gleich beruhigend seine Hand auf die Schulter legte. »Es ist wirklich nur Routine, Karina.«

»Ihr Mann hat recht. Morgen springt Ihr Sohn schon wieder rum. Kinder erholen sich sehr schnell.«

»Na gut«, gab ich schließlich nach, aber nur, weil ich davon abgelenkt war, dass er Tim als meinen Mann bezeichnet hatte. Der Arzt verabschiedete sich, und Tim und ich sahen uns etwas verlegen an, bevor wir der Krankenschwester in Kais Zimmer folgten. Es war ein Einzelzimmer. Der Vorteil einer Privatversicherung, obwohl ich das bei Kindern ziemlich übertrieben fand. Die langweilten sich doch viel zu schnell, wenn sie keinen hatten, mit dem sie Rollstuhlrennen veranstalten konnten. Die Schwester ließ uns mit dem immer noch schlummernden Kai allein, und eine Weile wussten Tim und ich nicht, was wir sagen sollten. Es war vermutlich der Schock, oder die Erleichterung, dass es nicht schlimmer war. Oder die Tatsache, dass einiges Ungeklärtes zwischen uns im Raum lag, das dort auch noch eine Weile liegen bleiben würde, da es weder der geeignete Ort noch Zeitpunkt für ein Gespräch über Hochzeitsanträge und dergleichen war. Tim rettete sich schließlich in Floskeln darüber, dass man Kinder nun mal nicht immer beschützen könnte und dass so etwas zum Kindsein dazugehörte.

Wieder streichelte ich Kais Gesicht, bis er benommen seine Augen aufschlug. Leise flüsterte ich, dass alles gut sei, Mami und Papi jetzt bei ihm seien und er keine Angst haben müsse. Auch das waren Floskeln, aber sie kamen von Herzen, und ich wusste, dass Kai jetzt genau so etwas hören wollte. Er fing an zu weinen, und Tim und ich überschlugen uns fast im Trösten. Kai war kein weinerliches Kind. Im Gegenteil, meistens war er sogar stolz auf seine »Kriegsverletzungen« und präsentierte mir gerne seine Kratzer und aufgeschlagenen Knie, die er sich beim Spielen zugezogen hatte. Aber natürlich musste er den Schock über seinen Unfall und alles, was danach passiert war, erst mal verdauen. Normalerweise war Papa beim Trösten seine erste Wahl. Aber dieses Mal verlangte er ausdrücklich nach mir, seiner Mama, die ihn in den Arm nehmen sollte. Ich krabbelte zu ihm unter die Bettdecke und drückte seinen kleinen Körper an mich, und schon ging es auch mir besser. Tim machte sich ganz dünn und quetschte sich auf der anderen Seite neben Kai ins Bett. Wir lächelten uns zu, als Kai allmählich aufhörte zu weinen. Und für einen ganz kurzen Moment schoss mir derselbe Gedanke durch den Kopf, den ich früher manchmal gehabt hatte, wenn wir drei zusammen im Bett lagen oder es uns auf dem Sofa gemütlich machten oder auf dem Küchenboden herumtobten. Momente, in denen ich mir wie ein Teil einer ganz besonderen Einheit vorkam, die nichts auseinanderbringen könnte. Momente, von denen ich am liebsten ein mentales Foto gemacht hätte, um es mir in anderen Momenten zu zeigen, wie jenem, als Tim von seiner Klassenfahrt zurückgekommen war. Und um mir dann in solchen weniger angenehmen Momenten zu sagen, lass den Scheiß, schau dir dieses Foto an, so glücklich könnt ihr zusammen sein. Statt Kai strich Tim nun mir kurz über den Kopf, und ich musste tief durchatmen, um die Tränen unten zu behalten. Warum konnte es nicht immer so sein? So einfach, nur wir drei? Warum mussten sich so viele Leute mit auf das Foto quetschen?

Wir schwiegen eine Weile, bis Kai sagte, dass er Hunger hätte und Tim und ich uns erleichtert anlachten. Kai hatte eigentlich immer Hunger und war nur deshalb so dünn, weil er nur eins lieber tat als essen, nämlich herumtoben. Wenn er jetzt an Essen dachte, dann musste es ihm schon wieder besser gehen. Tim stand auf. Er musste noch mal zurück zur Schule, versicherte aber, dass er nachher einen Riesenberg Eis mitbringen würde.

Ich klingelte nach der Schwester und bestellte ein Mittagessen, während Tim sich von Kai mit einem Küsschen verabschiedete, mir dann etwas ungelenk über die Wange strich und aus dem Zimmer eilte.

Bis nach Dortmund

Während Kai sein an sich ungenießbares Mittagessen mampfte, erledigte ich ein paar Anrufe.

»Wieso hast du mir nicht Bescheid gesagt?«, rief Hannes halb besorgt und halb vorwurfsvoll in den Hörer, als ich ihm gestand, dass die Wochenendausgabe ohne mein Interview erscheinen müsste. Dabei galt seine Sorge ausschließlich Kai und nicht der möglichen Lücke im Sportteil. Er bot sogar an, später im Krankenhaus vorbeizukommen, aber ich konnte es ihm ausreden. Ich hatte das Gefühl, Kais Unfall ging nur Tim und mich etwas an.

Kai schaffte nur den halben Kinderteller, aber das war für jemanden, der vor einer Stunde noch unter Narkose gestanden hatte, eine beachtliche Leistung, versicherte mir die Krankenschwester. Ich legte mich wieder zu Kai ins Bett und versuchte vorsichtig herauszufinden, warum er diese waghalsige Kletteraktion unternommen hatte. Ich hatte nicht vor, ihm dafür noch eine Standpauke zu halten. Er wusste jetzt sicherlich, warum es nicht gut war, auf das Dach der Rutsche zu klettern, be-

vor man dreizehn, größer und aus Prinzip gegen alles war. Aber ich wollte wenigstens seine Beweggründe kennen, damit ich vorbereitet war, wenn mich die Kindergartenleiterin zu dem Elterngespräch einberief, das zwangsläufig nach so einem Dienstunfall folgen würde.

»Hat dich jemand gezwungen, da hochzuklettern? Einer von den Großen?« Die Großen waren in Kais Kindergarten die Vorschulkinder, aber der Blickwinkel war schließlich entscheidend, und der konnte aus Sechsjährigen schon mal tonangebende Bandenführer machen.

Kai schüttelte den Kopf. »Ich wollte doch nur Dortmund sehen.«

Diese Antwort war zwar nicht die, die ich von einem Vierjährigen, der vom Klettergerüst gefallen war, erwartet hätte. Aber es war vollkommen logisch, dass man auf das Dach der Rutsche klettern musste, um Dortmund zu sehen.

»Du meinst Dortmund, die Stadt Dortmund?«

Kai nickte. »Papa hat gesagt, dass man Dortmund von Köln fast sehen kann.«

»Aha, und warum hat Papa das gesagt?«

»Na, weil wir doch dahingehen.«

Nach Dortmund? Wir? Wer, wir? Ich mit Sicherheit nicht. Ich hatte mit Dortmund nichts am Hut. In Dortmund waren Westfalen. Dickköpfige, einsilbige Westfalen. Wieso Dortmund? Und wer waren »wir«?

Kai schaute mich mit großen Augen an, als würde er meine Gedanken erraten. »Du kommst doch mit nach Dortmund, Mama, oder?«

Ich schluckte. So schnell konnte es gehen. Eben hatte ich noch einen »So glücklich können wir sein«-Augenblick fürs mentale Fotoalbum, und jetzt entglitt mir das Glück Richtung Dortmund. Ich musste mich zusammenreißen, um Kai nicht mit Fragen zu bombardieren, die er erstens nicht beantworten konnte und ihm zweitens nur Angst einjagen würden. Stattdessen antwortete ich relativ diplomatisch: »Ähm, ja, nein, also, ich meine, ich weiß noch nicht so genau, aber vielleicht geht Papa ja auch gar nicht mehr nach Dortmund. Weißt du was, wir warten erst mal ab, okay?«

Was genau wir erst mal abwarten sollten, wusste ich zwar nicht, aber Kai fand das in Ordnung.

Als Tim ein paar Stunden später mit dem versprochenen Eis wiederkam, konnte ich an nichts anderes mehr denken als Dortmund. Allerdings konnte ich ihn auch nicht zur Rede stellen, da irgendwann meine besorgte Mutter, dann Sarah und zuguterletzt doch noch Hannes auftauchten, um nach Kai zu sehen. Da Sarah lange Zeit keine Anstalten machte zu gehen, war ich nun sogar froh, dass Hannes sich gegen meine ausdrückliche Ansage durchgesetzt hatte. Es war schon spät, als wieder Ruhe in Kais Krankenzimmer einkehrte. Kai schlief völlig erschöpft ein, und als Letzte ließ uns Sarah endlich allein. Ich deckte Kai noch einmal sorgfältig zu und tat so, als müsste ich auch noch sein Kopfkissen richten. Als es nichts mehr für meine mütterliche Fürsorge zu tun gab, drehte ich mich zu Tim um und sagte nur ein Wort: »Dortmund?!«

Er wusste sofort Bescheid, denn er atmete laut ein und nickte beim Ausatmen bedrückt. »Wir haben darüber nachgedacht. Sarah hat eine Stelle in Dortmund, und ich werde nach dem zweiten Staatsexamen zunächst nur ein paar Aushilfsstunden an meiner alten Schule machen können. Dafür könnte ich auch pendeln.«

Das klang aber nach einem ziemlich ausdifferenzierten Plan für ein einfaches »darüber nachgedacht«. Mit dem Schönheitsfehler, dass ich in diesem Plan nicht vorkam. Ich schüttelte sprachlos den Kopf.

»Und wann hattest du vor, mir davon zu erzählen?«

Tims Gesichtsausdruck wurde härter. »Wann wolltest du mir denn von eurer Hochzeit erzählen?«

Jetzt musste ich nach Luft schnappen. Tina, natürlich. Der konnte man auch kein Geheimnis mehr anvertrauen.

»Özlem ist es rausgerutscht, als ich sie zufällig auf der Straße getroffen habe«, klärte Tim den Weg der stillen Post jedoch auf. Mir lag ein ironisches »Wir haben darüber nachgedacht« auf der Zunge. Aber stattdessen erklärte ich stockend: »Hannes hat mir einen Antrag gemacht.«

Das war überflüssig, weil Tim sich vermutlich dachte, dass die Idee nicht von mir stammte. »Und was hast du geantwortet?«, fragte er merkwürdig ruhig.

Wieso interessierte ihn das jetzt überhaupt noch? Meine Antwort konnte ihm doch scheißegal sein, wenn er erst mal in Dortmund hockte. Oder wollte er für ein Stelldichein mit mir etwa auch pendeln?

Es war letztendlich doch nur ein Abschied auf Raten gewesen. Und offensichtlich brauchten wir ein Dortmund oder einen Heiratsantrag, um uns das bewusst zu machen. Schon fast gruselig, wie genau Tinas Vorhersagen eintrafen. Ich sah Tim an und sagte leise: »Wir haben uns doch die ganze Zeit nur etwas vorgemacht, Tim. Als wir mit der … mit unseren Treffen angefangen haben, haben wir gesagt, wir schauen, wo es uns hinführt. Aber es führt nirgendwo hin, oder? Es führt nur dazu, dass wir alle betrügen. Und wenn wir mal ehrlich sind, betrügen wir uns selbst am allermeisten. Hannes meint es wirklich ernst mit mir ... und Sarah will nach Dortmund – und Kinder.« Ich blickte Tim dabei prüfend an, um zu sehen, ob ihn diese Neuigkeit überraschte. Das tat sie nicht, und damit war der Punkt auch geklärt. Vermutlich hatten sie darüber auch mal eben so nebenbei nachgedacht. Tim ging gar nicht weiter darauf ein. Er wiederholte nur noch mal seine Frage: »Was hast du Hannes geantwortet?«

Ich atmete tief durch und schaute Tim gequält an. »Wir können nicht ewig so weitermachen, Tim. Kai braucht endlich klare Verhältnisse. Und wir auch.« Ich sah ihn forschend an und zwang ihn dazu, meinen Blick zu erwidern. Meine Stimme zitterte plötzlich, als ich Tim vor die Wahl stellte, vor die ich ihn schon längst hätte stellen sollen. »Das mit uns geht nur ganz oder gar nicht, Tim.«

Tim nickte traurig und gab die Entscheidung postwendend an mich zurück. »Also hast du ja gesagt?«

Er schaute mich dabei durchdringend an, als versuchte er, mich mit seinem Blick zu einer Antwort zu zwingen. Aber was genau wollte er eigentlich hören? Er war schließlich derjenige, der darüber nachdachte, mit seiner neuen Freundin nach Dortmund zu gehen. Er war derjenige, der Pläne ohne mich machte. Ich hatte Hannes aus Rücksicht auf Tim schon viel zu lange hingehalten. Jetzt konnte ich mit einem Wort klare Verhältnisse schaffen und spürte die Tränen in mir hochsteigen. Dann stieß ich ein tonloses »Ja« hervor. Tim schien von meiner Antwort überrascht zu sein, obwohl er sie mir regelrecht in den Mund gelegt hatte. Er warf mir einen kurzen betroffenen Blick zu und nickte dabei mechanisch. Dann war er verschwunden.

Getrennte Wege

Ich weiß nicht, wie lange ich da stand und auf die weiße Tür starrte, während meine Gedanken immer wieder die gleichen Stationen abliefen. Mein Ja zu Hannes war die richtige Entscheidung. Tim wollte die volle Familiendröhnung, noch mehr Kinder, ein Häuschen in der Vorstadt, gemeinsame Spieleabende vor dem Kamin. Ich brauchte die Stadt, meinen Beruf, meine Freiheit. Es passte nicht mehr. An irgendeinem Punkt hatten unsere Lebensträume getrennte Wege eingeschlagen, und es wurde immer schwerer, noch eine Brücke dazwischen zu bauen. Besser, man riss sie irgendwann komplett ein. Es war doch offensichtlich. Sarah passte besser zu Tim und Hannes zu mir. Tim und ich hatten vielleicht die längere Vergangenheit und ein Kind, aber Hannes und ich die aussichtsreichere Zukunft. Natürlich wäre es für Kai schöner gewesen, wenn Mama und Papa wieder zusammengekommen wären, aber als Scheidungskind hatte ich mir längst geschworen, dass mein Sohn niemals als Familienkitt würde herhalten müssen. Das Hin und Her musste aufhören,

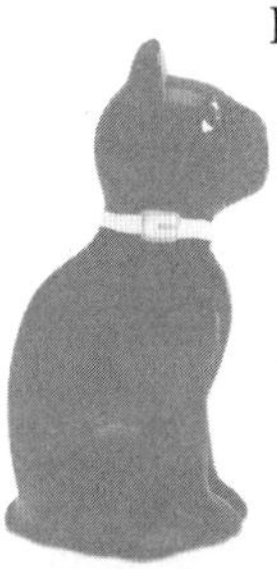

Kai brauchte ein vernünftiges Zuhause, nicht zwei halbe, und das konnten Tim und Sarah ihm sicherlich besser bieten als ich. Auch wenn es mir unglaublich schwerfiel, mir das einzugestehen.

Ich starrte immer noch auf die weiße Tür und versuchte, mir meine Entscheidung mit all diesen Argumenten wieder und wieder verständlich zu machen. Aber es änderte nichts daran, dass sie verdammt wehtat.

Ich zog mir den Pyjama an, den Hannes mir vorausschauend mitgebracht hatte, putzte mir die Zähne und legte mich zu Kai ins Bett, auch wenn die Schwester netterweise ein Klappbett danebengestellt hatte. Ich drückte meine Wange an seine weichen Haare und fing stumm an zu weinen. Irgendwann konnte ich das Schluchzen nicht mehr unterdrücken und weckte damit Kai. »Weinst du, Mami?«

Ich wischte mir die Tränen aus dem Gesicht. »Ja, ein bisschen.«

»Weil ich auf das Dach geklettert bin?«

Ich musste lächeln und schüttelte den Kopf. »Nein, mein Schatz. Nicht deswegen. Obwohl wir uns vielleicht darauf einigen können, dass du das nicht noch mal ausprobieren musst, ja?«

Er nickte ernst. »Warum weinst du dann?«

»Weil ich traurig bin.«

»Warum?«

Kai war leider allmählich im Warum-Alter und ließ sich nicht mehr mit einfachen Antworten abspeisen. Ich drückte ihn ganz fest an mich.

»Kai, ich habe dich und deinen Papa wirklich ganz, ganz doll lieb, okay?«

Kai nickte. Ich holte schluchzend Luft: »Aber ich kann nicht mit euch nach Dortmund kommen.«

»Warum nicht?«

»Weil ich hier bleiben muss.«

»Bei Hannes?«

Ich nickte.

»Hast du Hannes mehr lieb als Papa?«

Mir lag ein »Das ist nicht so einfach, mein Schatz, das verstehst du noch nicht« oder irgendsoeine Ausflucht auf der Zunge, die man als Kind von seinen Eltern immer gehasst hatte und jetzt selbst viel zu oft benutzte, um ein unliebsames Thema für beendet zu erklären. Aber ich entschied mich für ein klares »Nein«. Weil es nun mal nicht stimmte.

»Und warum kommst du dann nicht mit uns nach Dortmund?«

Kinderlogik war manchmal so viel klarer als Erwachsenenlogik. Wieso hörte man eigentlich irgendwann auf, die Welt in diesen verständlichen Kategorien zu sehen?

»Weil Papa Sarah mehr mag als mich, denke ich.«

Das konnte Kai zumindest verstehen.

»Magst du Sarah auch?«, fragte ich ihn.

Kai überlegte und nickte dann. »Sie lässt mich immer ihren Nachtisch aufessen, weil sie sonst zu dick wird, hat sie gesagt. Und ich darf auf ihrer Gitarre spielen.«

Ich schluckte, es hörte sich nach einem harmonischen Familienleben an. Aber das hatte Kai nach dem ganzen Hin und Her auch verdient. Also sagte ich bemüht fröhlich: »Das ist aber sehr lieb von ihr.«

»Ja, aber ich habe ihr gesagt, dass sie nicht meine neue Mama sein kann.«

Wieder schossen mir Tränen in die Augen, und ich schluchzte

erneut. Ich holte ein paarmal tief Luft und gab Kai einen Kuss auf die Haare. »Das ist gut. Ich komme dich in Dortmund nämlich ganz oft besuchen. Und du kommst Hannes und mich auch ganz oft besuchen, okay?«

»Mmmh, ist gut.«

Er wirkte sehr erwachsen in der Art, wie er nachdachte und die Situation für akzeptabel befand.

»Was hältst du eigentlich davon, wenn ich Hannes heirate, mein Schatz?«

»Gibt es dann Kuchen?«, fragte Kai kritisch nach.

Ich musste lachen. »Ja, dann gibt es auch Kuchen.«

Und damit war die Hochzeit auch von Kai abgesegnet.

Kein Grund zur Panik

Kai durfte schon am nächsten Morgen wieder gehen, und als Tim ihn zusammen mit Sarah abholte, fühlte ich mich erstaunlich gut sortiert. Tim und ich benahmen uns so wie immer. Kein Blick, keine Geste verriet, dass wir uns gestern Nacht gerade zum zweiten Mal endgültig getrennt hatten. Ich war noch nicht einmal wütend auf Sarah, obwohl sie meine beiden Männer nach Dortmund entführte. Im Gegenteil, ich erkundigte mich sogar nach ihrem neuen Job, über den sie selbst nicht so glücklich war, weil sie lieber in Köln geblieben wäre und es ihr leidtat, mir wegen Kai Unannehmlichkeiten zu bereiten. Tim versprach, Kai selbstverständlich, so oft es ging, bei mir vorbeizubringen. Und ich versicherte ihm, dass ich ohnehin viel in der Gegend unterwegs war und problemlos auch öfter in Dortmund vorbeikommen konnte. Ich fand mich erwachsen und großzügig, wollte weder Tim noch Sarah eine Szene machen, vor allem nicht vor Kai.

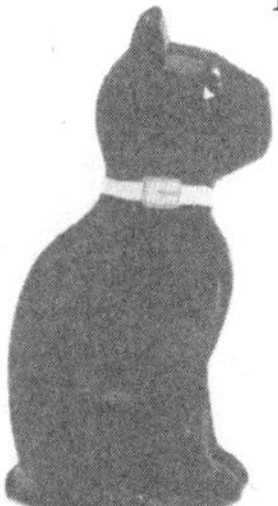

Tim und ich sprachen noch einmal mit dem Arzt, der meinte, dass Kai nach ein paar Tagen

Ruhe wieder zum Kindergarten gehen dürfe und noch einmal vier Wochen später seinen Gips los sein würde. Doch der schien ihn schon jetzt nicht mehr zu stören, denn er hampelte bereits herum wie eh und je. Dann suchten wir gemeinsam seine Sachen zusammen und verabschiedeten uns harmonisch voneinander, als wären wir eine große Familie. Kai fuhr mit Tim und Sarah nach Hause. Ich fuhr zur Redaktion.

Ich stellte den Wagen auf dem Parkplatz ab, doch statt reinzugehen, ging ich zum Türken gegenüber und holte mir einen Kaffee. Ich setzte mich mit dem Plastikbecher auf eine Mauer direkt vor dem türkischen Coffeeshop und betrachtete meinen Arbeitsplatz. Wie so oft, wenn ich eine schwierige Entscheidung hinter mich gebracht hatte, bekam ich plötzlich eine andere Sicht auf mein Leben. Meistens hielt dieser Zustand nicht lange an, aber es war so, als wäre die Perspektive ein winziges Stück verschoben worden. Ich fühlte mich freier, und in gewisser Weise war ich es auch. Ich konnte meine Zukunft planen, mit Hannes. Ich hatte tatsächlich eine Art Ultimatum gebraucht, um mein Beziehungsleben zu regeln. Und jetzt, als ich es geregelt hatte, war ich erleichtert. Traurig, aber erleichtert. Es war gut so. Hannes war der Richtige. Für mich. In dieser Situation. Ohne Tim.

Ich nahm den letzten bitteren Schluck aus dem Becher und warf ihn in den Mülleimer vor unserer Redaktion. Dann stieß ich die Eingangstür auf. Ich war viel zu spät dran, aber Hannes erwartete ohnehin nicht, dass ich heute arbeitete. Er dachte sicher, dass ich mit Kai das Wochenende noch im Krankenhaus verbringen müsste. Deswegen ging ich auch nicht direkt zu ihm, als ich ins Büro kam. Ich setzte mich an meinen Computer, ohne ihn anzumachen. Hannes war in seinem Büro, aber ich konnte ihn hinter den Lamellen nur erahnen. Ich wünschte mir einen Röntgenblick, denn im Kopf ging ich gerade die verschiedenen Varianten meiner Antwort zu seiner Frage durch und hätte den Ernstfall gerne so authentisch wie möglich simuliert.

So, dann heiratete ich Hannes also. Das hatte ich wohl mit meinem Ja gegenüber Tim besiegelt. Jetzt musste ich nur noch meinen Zukünftigen davon in Kenntnis setzen. Am besten, bevor er es von meinem Ex erfuhr. An unserer Beziehung würde es vermutlich sowieso wenig ändern. Es hätte keine Auswirkungen auf unser Zusammenleben. Aber es hatte eine gewisse Symbolkraft. Es hatte eine Ernsthaftigkeit, eine – im Zeitalter der Online-Scheidungen zwar nur bedingte – Endgültigkeit, die mir nach dem Herumgestocher in den letzten Monaten plötzlich sehr reizvoll erschien. Nicht zuletzt um mir zu beweisen, dass ich nicht mehr zurückschauen musste. Ich schaltete meinen Computer jetzt doch ein und dachte gleichzeitig über die andere Option nach. Ein Nein würde Hannes nicht vollständig abschrecken, solange es gut begründet war. Die Affäre mit Tim wäre vielleicht keine akzeptable Erklärung gewesen, aber so etwas Klassisches, wie »Wozu brauchen wir einen Trauschein?«, »Lass uns doch nichts überstürzen« oder »Wenn wir erst mal verheiratet sind, geht unser Sexleben bestimmt den Bach runter« würde es sicherlich tun. Allerdings brachte mich das automatisch wieder zu meinem ursprünglichen Problem. Hannes konnte ich ein Nein vielleicht noch verkaufen, bei Tim wurde es schon schwieriger. Er würde sofort wissen, dass ich ihn belogen hatte und unser Spiel ging von Neuem los.

Ich öffnete das hausinterne E-Mail-Programm und sah, dass
sich an dem einen Tag, den ich abwesend gewesen war, bereits

eine Menge angesammelt hatte. Das meiste musste ich nur lesen und konnte es danach in den Papierkorb schicken, weil die Info bereits wieder veraltet war. Auf zwei Mails musste ich ausführlicher antworten, und dann wartete ein leerer Entwurf an Hannes auf mich. Eigentlich wollte ich ihn nur fragen, ob wir später zusammen essen gehen wollten. Aber stattdessen tippte ich zwei Buchstaben ein: JA! Nur zur Probe. Ich horchte in mich hinein. Wie fühlte ich mich? Kribbelig, dabei hatte ich es noch nicht mal abgeschickt. Abgesehen davon, dass Hannes die zusammenhanglose Nachricht vermutlich nicht verstehen würde. Aber es war ein positives Kribbeln, in das sich sogar etwas Stolz und Überheblichkeit mischten. Ich würde den Chef heiraten. Gut, das war bei einem Kollegenkreis, der zu sechzig Prozent verheiratet war und zu fünfundneunzig Prozent männlich, nicht gerade eine herausragende Leistung. Aber dieser attraktive, aufstrebende, intelligente Mann dort hinten auf dem Chefsessel der Sportabteilung, der bald Chefredakteur dieser Zeitung sein würde und damit vermutlich zu Deutschlands gefragtesten Junggesellen zählte, wollte mich zu seiner Frau! Irgendwann war ich so angetan von dem Gedanken, dass ich auf *senden* drückte. Augenblicklich fing mein Puls an zu rasen, und meine Kehle war wie ausgetrocknet. Ich hatte erste Anzeichen einer Panikattacke. Ruhig Karina, es ist alles in Ordnung. Du hast nur das getan, was schon Millionen andere Frauen vor dir getan haben. Du hast dich für einen Mann entschieden, und zwar für einen, der für den Rest des Lebens halten soll. Kein Problem, so etwas tut man eben in einem gewissen Alter, keiner wird dich deswegen blöd angucken, keiner unangenehme Fragen stellen, im Gegenteil, du hast dich quasi in null Komma nix vom schwarzen Schaf der Familie in die Pole

Position katapultiert. Alle werden dir zu deiner Wahl gratulieren. Willkommen in der Welt der Verheirateten!

Andererseits, woher sollte Hannes wissen, dass ich mit der Mail seinen Heiratsantrag meinte? Ganz sicher würde er es damit gar nicht in Verbindung bringen. Viel zu unromantisch und albern. Wer nahm schon einen Heiratsantrag per E-Mail an?! Glück gehabt, alles noch offen. Ich würde ihn jetzt zum Essen einladen und dann heute Abend bei Kerzenschein und Rotwein, wie es so meine Art war, kein Wort über die Lippen bringen, sondern hoffen, dass er die Message auch so verstand. Noch während mein Puls zu seinem Normaltempo zurückfand und ich mich davon überzeugte, dass weder Hannes noch sonst irgendwer mich darauf festnageln konnte, mit dieser Mail seinen Heiratsantrag angenommen zu haben, stürzte Hannes aus seinem Büro auf mich zu, beugte sich quer über meinen Schreibtisch und rollte meinen Stuhl zu sich heran, um mir vor allen Kollegen einen Kuss zu geben, der definitiv den Rahmen eines normalen Arbeitsverhältnisses sprengte. Als er seine Lippen gefühlte drei Minuten später wieder von meinen löste, lief er genauso eilig und wortlos in sein Büro zurück und ließ mich mit den überraschten bis sarkastischen Kommentaren meiner Kollegen alleine. Ich verkroch mich in meinem Stuhl, so weit es ging, und spürte, wie ich dunkelrot anlief. Gut, dann hatte Hannes die Mail eben doch richtig gedeutet, und mir blieb das Hintertürchen verschlossen. War vielleicht auch besser so. Ich drehte mich meinen Kollegen zu, die mich immer noch angrinsten, und zuckte mit den Schultern. »Scheint so, als hätte ihm mein letzter Artikel gut gefallen.«

Perfekte Kopie

Dann ging alles ganz schnell.

Ich hatte eigentlich erwartet, dass ich mich nach einem angenommenen Heiratsantrag erst mal erholen dürfte. Körper und Seele Zeit geben dürfte, sich der neuen Situation anzupassen. Ich hatte immer gedacht, die Vorbereitungen für eine Hochzeit wären nur deswegen so langwierig und das Standesamt nur aus dem Grunde so lang im Voraus ausgebucht, weil sich das zukünftige Ehepaar in Ruhe auf den neuen Status einstellen, letzte Partnerschaftstests durchführen und den Ernstfall simulieren sollte. Nicht so, wenn man eine Freundin wie Tina hatte, der ich damit das letzte Puzzlestück zu ihrer ansonsten perfekten Kopie ihrer perfekten ersten Hochzeit lieferte. Dementsprechend war ihre natürliche Reaktion auf meine Neuigkeit auch kein überschäumendes: »Das wird auch mal Zeit«, sondern lediglich ein: »Gott sei Dank! Doppelhochzeit!«

»Mir reicht es, wenn ich eine Hochzeit ohne Probleme durchstehe«, lehnte ich dankend ab.

»Mensch Karina, verstehst du denn nicht?«

»Nein, aber ich finde die Idee präventiv schon mal nicht gut.«

»Als Aygün und ich das erste Mal geheiratet haben, hat doch Özlem mit uns zusammen geheiratet.«

»Und sich ein Jahr später wieder scheiden lassen.«

»Ja, aber das tut doch jetzt gar nichts zur Sache.«

»Ich finde schon, wenn ich deine neue Özlem werden soll, nur damit alles genauso wird wie beim ersten Mal.« Sonst legte Tina doch auch jedes gute und schlechte Omen auf die Goldwaage.

»Glaub mir, es ist Schicksal. Wir beide müssen zusammen heiraten.«

Gut, dass ich nicht so sehr an Schicksal glaubte wie Tina, denn dann wäre Özlems Scheidung definitiv ein schlechtes Omen gewesen. Aber so fand ich Tinas Idee doch nicht so schlecht wie befürchtet. Sie war im Gegenteil sogar ideal für eine Hochzeitsphobikerin wie mich. Ich musste die Last der Hochzeit nicht allein tragen, stand nicht allein im Mittelpunkt der Feier und konnte jederzeit Tina vorschicken, wenn es darum ging, bei irgendwelchen albernen Hochzeitsspielchen mitzumachen. Ich konnte mich an sie festketten, wenn ich befürchtete, plötzliche Fluchtgedanken zu bekommen, sie konnte meine Hand führen, wenn ich die obligatorische Unterschrift leisten musste und meine Finger zu sehr zitterten, sie konnte mir notfalls an der richtigen Stelle sogar das Ja soufflieren, wenn ich einen totalen Blackout hatte. Sie war die perfekte Hochzeitssitterin für mich, deswegen nahm ich ihren Vorschlag, der ohnehin nicht als Vorschlag, sondern vielmehr als beschlossene Tatsache gedacht war, schließlich doch an.

»Also gut, dann machen wir eine Doppelhochzeit.«

Tina umarmte mich aufgeregt und schrie völlig unangebracht: »Das wird die schönste Hochzeit, die wir jemals hatten.« Ich wollte sie daran erinnern, dass es für mich die erste war, und ich auch nicht vorhatte, den Vorgang mehrmals zu wiederholen. Aber stattdessen erinnerte Tina mich an etwas ganz anderes: »Jetzt müssen wir nur noch zusehen, dass wir dich in drei Wochen hochzeitsfertig kriegen!«

»Unsere Hochzeit ist in drei Wochen!?«

»Natürlich, Schätzchen, oder hast du meine Einladung nicht gelesen?«

»Doch, sicher«, log ich und befand mich schon mitten in der ersten großen Hochzeitspanik.

Hannes hatte nichts gegen eine Hochzeit in drei Wochen. Er stand sowieso eher auf die spontane, unkomplizierte Variante, lud drei Freunde, seinen Bruder und seine Mutter ein, ließ sich einen klassischen schwarzen Anzug maßschneidern und war froh, dass Tina uns bereits alles Organisatorische abgenommen hatte. Er hätte auch schon nach drei Tagen heiraten können, während ich von einer Krise in die nächste schlitterte. Die »Wen lade ich ein-Krise« verlief noch relativ harmlos, da Tina und ich uns viele Bekannte teilten, die ohnehin bereits eingeladen waren. Meine Exfreunde ließ ich nach Tinas dringlichem Rat lieber außen vor, und von meiner Verwandtschaft kamen nur noch die Wenigen in Frage, die sich noch nicht von mir und meiner verrückten Familie distanziert hatten. Die »Was ziehe ich um Gottes willen an-Krise« brachte dagegen sogar Tina fast an den Rand des Wahnsinns. Klassisch weiß war fehl am Platz und stand mir noch dazu überhaupt nicht. In feierlichen Abendkleidern kam ich mir immer vor wie ein C-Promi auf dem roten Teppich, der sich in solchen Roben nicht ordentlich bewegen konnte. Und Hosenanzug ging laut Tina schon mal gar nicht. Nachdem ich zwei Wochen lang von ihr fast täglich durch ein neues Geschäft gezerrt worden war, hatte ich mich schon damit abgefunden, in Jeans und T-Shirt zu heiraten. Da entdeckte ich auf dem Flohmarkt bei der Suche nach einem Hochzeitsgeschenk für Hannes doch noch das perfekte Kleid. Es war samtig-grün und passte gut zu meinen roten Haaren, außerdem war es schlicht, so dass ich nicht über diverse Rüschen stolperte, und saß wie angegossen. Ich erzählte Tina, dass ich es mir nach einer Vorlage aus einem ihrer unzähligen Kataloge hatte schneidern lassen, und sie gab sich damit zufrieden. Das Hochzeitsgeschenk für Hannes, die »Spiegel«-Ausgabe seines Geburtsjahres, bestellte ich schließlich im Internet.

Die letzte Krise blieb unbewältigt. Es war die »Trauzeugen-Krise«. Tina hatte wie angekündigt genau wie bei ihrer ersten Hochzeit mich und Tim gefragt. Damals, als wir zwar noch zerstritten waren, aber noch keinen außerplanmäßigen Sex gehabt hatten. Mir zuliebe wollte sie Tim wieder ausladen, aber das hätte ich unhöflich gefunden. Ich versicherte ihr, dass Tim und ich im Guten auseinandergegangen waren und wir das wie zwei vernünftige Erwachsene durchstehen würden. Aber Tina befürchtete, dass wir uns auf dem Standesamt in irgendeine Besenkammer stehlen würden, um alten Gewohnheiten zu frönen. Ich wurde wütend und erklärte, dass ich Hannes dann ja wohl nicht heiraten würde. Tina pflichtete mir bei und sagte, genau das sei ja ihre Sorge. Ich bezeichnete sie als blöde Kuh, sie mich als beleidigte Ziege. Und so blieb diese Krise schließlich unbewältigt.

Der richtige Zeitpunkt

»Hannes? Karina? Wo steckt ihr?«, rief Tina zielsicher die Treppe zu Hannes' Schlafzimmer hoch. Es war halb acht morgens, Hannes hatte mich gerade mit einem Frühstück im Bett überrascht, und jetzt befanden wir uns definitiv in einer Situation, in der man selbst der besten Freundin nicht unbedingt erzählen wollte, wo man gerade steckte. Tina stapfte energisch durch Hannes' Wohnzimmer, während wir überrascht innehielten.

»Wir kommen gleich«, rief Hannes etwas gepresst, und wir mussten trotz der abgedroschenen Doppeldeutigkeit kichern.

»Wieso hat Tina überhaupt einen Schlüssel zu deiner Wohnung?«, flüsterte ich.

»Na ja, ich habe sie als Babysitterin herbestellt, für den Fall, dass du kalte Füße bekommst. Ich muss gleich nämlich noch mal in die Redaktion.«

»Sehr rücksichtsvoll.«

Hannes grinste mich etwas verkrampft an. »Können wir das hier trotzdem zu Ende bringen?

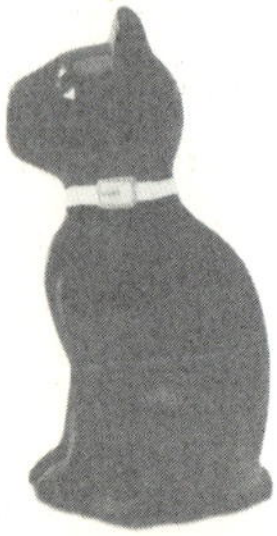

Es wäre vielleicht kein gutes Omen, wenn unser letztes Mal vor der Ehe so … unvollständig bleibt.«

»Ist da etwa jemand abergläubisch?«, zog ich Hannes auf, aber er konnte im Moment nur bedingt auf meine Stichelei eingehen.

»Karina?!«, stöhnte Hannes, und es war eindeutig kein zufriedenes Stöhnen.

»Aber natürlich, Liebling, schließlich muss ich ab heute meine ehelichen Pflichten erfüllen.« Hannes verdrehte die Augen, während Tina sich unten einen Kaffee eingoss.

»Was ist denn nun?«, rief sie ungeduldig zu uns hoch.

»Äh, Tina, kannst du dir mal mein Kleid angucken? Ich befürchte, es hat eine Laufmasche.« Oder gab es die nur bei Strumpfhosen? Egal. »Auf jeden Fall stimmt da irgendetwas nicht. Wir müssen gerade noch …« Ich sah Hannes hilfesuchend an.

»Ähm, unsere Reden zu Ende schreiben!«

Tina stürzte mit einem theatralischen »O Gott, eine Laufmasche, das ist ja der Hochzeitssupergau« hinüber in meine Wohnung und ließ Hannes und mir freie Bahn für einen gelungenen Start in unseren Hochzeitstag.

Als ich zehn Minuten später zu ihr stieß, hing mein Hochzeitskleid völlig intakt an meinem Schrank und Tina grinste mich breit an. Sie wusste genau, was wir da oben noch zu Ende gebracht hatten, ließ sich aber nichts anmerken. »Das Kleid ist wieder in Ordnung.«

»Gut. Und was machen wir jetzt?«, fragte ich möglichst unschuldig.

»Heiraten, Schätzchen.«

Mit einem Mal mussten wir beide lachen. Tina gluckste los: »Dass ich das noch erleben darf, du vor dem Traualtar!«

»Standesamt, Tina, wir heiraten nur standesamtlich.«

»Es ist trotzdem bindend, ich hoffe, das hat man dir vorher gesagt!«

»Ha ha«, aber ich konnte mich trotzdem vor Lachen nicht mehr halten. Es war vermutlich eher ein hysterisches Lachen, aber entgegen aller Befürchtungen freute ich mich sogar auf meine Hochzeit. »Außerdem, wer von uns beiden ist denn hier schon geschieden?«

»Aus Liebe, ich habe mich nur aus Liebe scheiden lassen.«

»Sicher, das macht es natürlich weniger verrückt.«

Wir kicherten weiter etwas debil vor uns hin, und ich wusste, dass Tina trotz ihrer Erfahrung in diesen Dingen genauso aufgeregt war wie ich. Wir kriegten uns erst wieder ein, als Hannes sich frisch geduscht, rasiert und mit dem Hochzeitsanzug über dem Arm bei mir verabschiedete. »Wir sehen uns dann um Viertel vor zwei vorm Standesamt.«

Ich hatte das Gefühl, für ihn war unsere Hochzeit nur ein weiterer Termin in seinem vollgestopften Terminkalender, aber gerade das fand ich so angenehm. Ich wollte kein großes Brimborium, keine Limo, die mich abholte, keine Rosenblätter auf dem Weg zum Standesamt. Ich wollte einfach nur heiraten. Aber Tina sah das anders: »So Schätzchen, jetzt ab unter die Dusche, dann geht es zu Henning, unserem Haarstylisten, dann treffen wir Özlem zum Mini-Junggesellinnenabschied im Café Sehnsucht, dann fahren wir zu mir, ziehen uns um und machen uns schick, und dann kommt Aygüns Bruder vorbei und holt uns ab, dann gehen wir mit Aygüns Familie zu Mittag essen, Henning wirft noch einen letzten Blick auf unsere Frisuren und dann ist es auch schon so weit.«

»Wow, und das schaffen wir alles noch vor der Hochzeit?«

»Natürlich, das ist doch das Gute bei einer Doppelhochzeit. Wir machen alles …«

»Doppelt?«

»Zusammen, Schätzchen, zusammen! Also los.«

Als Tina und ich schließlich pünktlich um halb zwei in der üppig geschmückten Stretch-Limo, in der Aygüns ganze Familie Platz hatte, vor dem Standesamt vorfuhren, hatte ich das Gefühl, mindestens einen Marathon, wenn nicht gar Triathlon hinter mir zu haben. Ich war froh, die restliche halbe Stunde bis zur Hochzeit im Kreise meiner Familie verbringen zu dürfen, die nicht so traditionsbewusst war. Hier reichten ein paar halbgare Umarmungen, im Gegensatz zu den Kuss-und-Knuddel-Orgien, denen ich bei Tinas neuer türkischer Verwandtschaft ausgesetzt war. Meine Mutter grinste mich frech an und dachte vermutlich das Gleiche wie alle anderen aus meiner Familie, die heute hier waren: dass sie das noch erleben durfte. Mein Vater war wie immer in ein Gespräch mit Chris vertieft, und ich bewunderte meine Mutter für ihre Gelassenheit. Ich hätte an ihrer Stelle längst befürchtet, mein Ex wolle mir meinen Neuen ausspannen. Ich sah mich um. Hannes' und mein Teil der Hochzeitsgesellschaft war recht übersichtlich. Die etwas gebrechlich wirkende Dame hinter der großen Sonnenbrille war Hannes' Mutter, vermutete ich, und der Mann an ihrem Arm sein Bruder. Ich wollte aber warten, bis Hannes da war und die Vorstellungsrunde übernehmen konnte. Dann sah ich, dass Ecki und seine Nati meiner Einladung tatsächlich gefolgt waren und etwas abseits standen. Ich ging zu ihnen. Renate umarmte mich sofort herzlich. »Isch han et dir ja direk jesaat, Eckhart, irjendwann triff et jeden.« Ecki sah in seinen Sonntagsklamotten ungewohnt aus und fühlte sich darin wohl auch so. Er brummte, dass er nur Nati zuliebe hier sei. Er könnte schließlich nicht ständig zum Standesamt laufen, nur weil mal wieder einer seiner Kunden heiratete.

»Ich habe Sie ja auch nur eingeladen, damit Sie mit eigenen Augen sehen können, dass ich durchaus in der Lage bin zu heiraten«, konterte ich.

»Na, da bin ich aber gespannt. Welchen der jungen Männer trifft es denn?«

Wie auf Befehl sprang Hannes aus dem Taxi und sah sich suchend um. Ich winkte ihn zu uns, und nachdem ich ihm Ecki vorgestellt und unsere tiefe Hassliebe erläutert hatte, nahm Hannes das gegrummelte »Viel Glück« meines Kioskverkäufers recht gelassen. Er entschuldigte uns bei Ecki und Nati und zog mich mit sich zu seiner Mutter, die mich unbedingt noch kennenlernen sollte, bevor wir uns das Ja-Wort gaben. Es war wie erwartet die etwas versnobt anmutende Berliner Dame, die mich auch lediglich mit einem unterkühlten »So so, Sie haben es also geschafft, meinen Sohn zur Vernunft zu bringen« begrüßte. Ich wollte schon erwidern, dass es vielmehr umgekehrt gewesen war, aber Hannes drückte unauffällig meinen Arm, und ich setzte stattdessen ein ungenaues Lächeln auf. Hannes' jüngerer Bruder dagegen begrüßte ihn herzlich, wie es sich für eine Familie gehörte. »Na Alter, haste endlich eine gefunden, die dich nimmt.« Dann wandte er sich mir zu: »Hallo, ich bin übrigens Felix und die bessere Partie.«

»Zu spät«, grinste Hannes. »Du hast es schon zweimal vermasselt. Hier hast du die Ringe. Und denk gar nicht erst daran, sie zum Pfandleiher zu bringen.«

Okay, wenigstens musste ich mich wegen meiner Familie in diesem Kreis nicht schämen. Ich hatte das Gefühl, dass die Schneiders und die Josts sich gut verstehen würden, und erledigte mit Hannes auch gleich die erforderliche Familienzusammenführung. Hannes drückte mich an sich, als wir einen kurzen Moment für uns hatten. »Mach dir keine Sorgen wegen meiner Mutter.«

»Du meinst, sie wird mich schon noch in ihr Herz schließen?«

»Auf gar keinen Fall«, grinste Hannes, »aber sie verlässt ihre Heimatstadt nur in äußersten Notfällen. Du wirst sie also kaum zu Gesicht bekommen.«

Ich lachte und gab ihm einen flüchtigen Kuss. Dann sah ich mich etwas nervös nach Tim um, den ich noch nicht entdeckt hatte. Die Hochzeitsgesellschaft bewegte sich bereits Richtung Standesamt.

»Alles klar?«, fragte Hannes aufgeregt.

Ich nickte, aber allmählich fragte ich mich doch, wo Tim, Sarah und Kai blieben. Ich wollte nicht ohne meinen Sohn heiraten.

»Gut, ich führe dann meine Mutter mal zu ihrem Platz. Wir sehen uns drinnen.«

»Ja, gut.«

Tina kam zu mir und hielt ebenfalls nach Tim Ausschau, wobei sie sich mehr um ihre Ringe als um Kai Sorgen machte. »Wo bleiben die denn?«, fragte sie ausgerechnet mich, dabei hatte ich doch quasi von ihr eine Kontaktsperre zu Tim auferlegt bekommen. Selbst Aygüns Familie war inzwischen vollständig im Standesamt verschwunden und von Tim immer noch keine Spur. Tina zückte ihr Handy, da sah ich zwei Gestalten über den Rathausplatz hetzen. Eine große und eine kleine. »Da sind sie … ähm, zumindest zum Teil.«

Tina starrte mit mir Richtung Tim und Kai und murmelte: »Das ist nicht gut, das ist nicht gut. Das ist ganz bestimmt nicht gut.«

Die beiden blieben außer Atem vor uns stehen, doch statt nach Sarah erkundigte Tina sich zuerst nach den Ringen. Tim klopfte nach Luft hechelnd auf seine Brusttasche.

»Wo ist Sarah?«, fragte ich, aber Tim schüttelte nur den Kopf, während Kai in seiner kindlichen Ehrlichkeit antwortete: »Die wollte nicht.«

»Sehr rücksichtsvoll von ihr. Dann können wir ja endlich reingehen«, drängte Tina uns Richtung Eingang, aber Tim griff plötzlich nach meiner Hand. »Warte, Karina. Kann ich dich kurz sprechen?«

Ich drehte mich überrascht zu ihm um. Solche Zwischenfälle hatte Tina vermutlich befürchtet, als sie Tim vorsorglich wieder ausladen wollte. »Auf gar keinen Fall«, antwortete sie denn auch an meiner Stelle.

»Hat das nicht bis nach der Hochzeit Zeit?«, unterstützte ich sie etwas weniger rabiat.

»Nein, es dauert auch nicht lange«, versicherte Tim Tina, als wäre sie meine Mutter, die er um Erlaubnis bitten musste.

Tina warf mir einen warnenden Blick zu, aber ich nickte ihr beruhigend zu. »Geh schon mal mit Kai vor.«

Sie zögerte immer noch. »Wenn du Hilfe brauchst, rufst du mich, okay?!«

 Kai sah mich mit großen Augen an. »Aber Papa tut dir doch gar nichts, Mama.«

»Nein, natürlich nicht, mein Schatz.« Ich drückte Kai kurz an mich und schickte ihn dann mit Tina ins Rathaus. Tim wartete, bis sie reingegangen waren. Ich sah ihn unsicher an, aber Tim fackelte nicht lange: »Willst du mich heiraten?«

»???!!!«

Mit weit aufgerissenen Augen und einem genauso weit offen stehenden Mund starrte ich Tim an. Endlich fand ich die Sprache wieder, brachte aber nicht mehr als ein viel zu hohes, piepsiges »Was?« hervor. Das hier war definitiv nicht die Sorte von Zwischenfällen, die Tina befürchtet hatte. Es war schlimmer. Viel schlimmer.

»Willst du meine Frau werden?«, wiederholte Tim wie selbstverständlich.

Das konnte er doch nicht ernst meinen! Ihm konnte unmöglich entgangen sein, zu welchem Anlass wir uns hier gerade alle versammelt hatten! Ich holte tief Luft: »Verstehe ich das jetzt richtig, Tim? Wir waren fast fünf Jahre zusammen. Du hattest tausend Gelegenheiten, mir einen Antrag zu machen. Aber du wartest bis zu meiner Hochzeit mit einem anderen Mann, um mich das zu fragen?«

»Es ist noch nicht zu spät, oder?«

»Was? Na...na...natürlich ist es das.« Es war unglaublich. Er verzog keine Miene. Dabei erwartete ich jeden Moment, dass die komplette Hochzeitsgesellschaft lachend aus dem Rathaus stürzte und mir zurief, April, April, reingelegt, einmal lächeln bitte für die versteckte Kamera. Wütend fuhr ich Tim an: »Wie ... wie ... kommst du überhaupt darauf? Und wieso jetzt, heute, zwei Minuten vor meiner Hochzeit? Wieso nicht damals, als du intelligenterweise zuerst Tina gefragt hast, ob du mich fragen sollst?«

»Weil es nicht der richtige Zeitpunkt war«, antwortete Tim seelenruhig.

»Ach, und jetzt ist es natürlich der richtige Zeitpunkt. Verdammt, Tim, da drinnen wartet jemand, der mich wirklich, wirklich liebt, auf mein Ja-Wort.«

»Ich weiß. Es tut mir ja auch leid. Aber ich meine es ernst, Karina.«

Ich fasste es nicht. Tim fand sein Verhalten offenbar noch nicht einmal fehl am Platz. Er erwartete jetzt allen Ernstes eine Antwort von mir. Dabei wäre ich ihm am liebsten an die Gurgel gegangen.

»Was ist denn passiert, hat Sarah dich plötzlich sitzen lassen, oder ist sie einfach nur schlecht im Bett? Fehlt dir unser Sex? Unser toller, unkomplizierter Sex, ohne Verantwortung oder Verpflichtungen?«

Tim sah betroffen auf den Boden und schüttelte den Kopf. »Das war es nicht, Karina. Wirklich nicht. Deswegen habe ich nicht diese Affäre mit dir angefangen. Ich dachte, es wäre vielleicht eine letzte Chance für uns.«

Ich gab ein wütendes Schnauben von mir und wusste nicht, ob ich in hysterisches Lachen oder in Tränen ausbrechen sollte. »Das verstehe ich nicht. Wenn du uns doch noch eine Chance geben wolltest, warum haben wir es dann nicht einfach noch mal zusammen versucht? Und zwar als es noch ging? Als Hannes und Sarah noch nicht ihre Zukunft mit uns geplant hatten?«

»Weil es ohne Hannes und Sarah nicht stattgefunden hätte, Karina.« Jetzt konnte ich ihm endgültig nicht mehr folgen. Dachte er wirklich, dass wir nur als Affäre miteinander funktionierten? Und war das dann nicht erst recht ein Grund, auf gar keinen Fall zu heiraten? Tim atmete einmal schwer ein und aus und sagte dann ruhiger: »Ich weiß, dass die Affäre keine tolle Idee war, aber wir haben uns zum ersten Mal wieder Zeit füreinander genommen. Es war gestohlene Zeit, das gebe ich zu, aber wenigsten hatten wir sie. Und zwar nur für uns beide. Wir hatten endlich wieder Spaß miteinander, ohne die Arbeit, dringende Termine oder irgendeinen wichtigen Anruf übers Handy. Wir haben miteinander geredet oder miteinander geschwiegen. Wir haben gekuschelt, gelacht, diskutiert. Alles, was wir davor irgendwie verlernt hatten.«

Fassungslos sah ich ihn an. Wie konnte er es wagen, mir diese ganzen tollen Sachen an den Kopf zu werfen, hier und jetzt, vor dem Standesamt, während drinnen meine Trauung längst angefangen hatte?

Er lächelte mich schwach an. »Du hattest recht, das mit uns geht nur ganz oder gar nicht. Also bitte heirate mich und nicht ihn.«

Mit einem Mal hatte ich das Gefühl, unendlich müde zu sein. Wieso war es so schwer, einen Schlussstrich unter uns zu ziehen? Wieso kam immer dann alles wieder hoch, wenn ich sicher war, alles hinter mir gelassen zu haben? Ich wollte das nicht mehr. Und ich konnte das auch nicht mehr. Erschöpft frage ich ihn: »Warum machst du es mir so schwer? Warum lässt du mich nicht einfach heiraten?«

Tim sah mich lange an, bevor er darauf antwortete. »Weil ich Kai gestern, als er mich gefragt hat, warum ich Sarah mehr mag als dich, keine Antwort geben konnte.« Er schüttelte den Kopf und sah auf den Boden, während er schwerfällig nach den richtigen Worten suchte. »Es stimmt, es ist unkomplizierter mit Sarah, und ich hatte eine nette Zeit mit ihr. Aber es ist nicht das, was wir hatten. Ich habe keine Patentlösung für uns, Karina. Es wird immer schwierig sein. Aber unsere Affäre hat mir gezeigt, dass wir immer noch glücklich zusammen sein können, wenn wir wollen. Ich weiß jetzt, dass ich es kompliziert will. Ich will unsere Aufs und Abs. Ich will unsere Streitereien und Versöhnungen. Ich will dich.«

Ich stand vor ihm, beide Arme in die Seiten gestemmt, und war von seinen Worten wie gelähmt. »Und hast du …«, begann ich heiser. »Hast du dabei vielleicht auch mal daran gedacht, was ich will?«

Tim atmete tief durch und legte seine warmen Hände um meine nackten Schultern. Er zwang mich, ihn anzuschauen. Er bohrte seine Augen regelrecht in meine, als hätte er Angst, ich könnte ihn falsch verstehen. »Wenn du dir und mir gegenüber ehrlich sagen kannst, dass du Hannes und dich selbst nicht betrügst, wenn du ihn jetzt heiratest, dann mische ich mich nie wieder in dein Leben ein.«

Sein Gesicht verschwamm vor meinen Augen. Ich versuchte, die Tränen wegzublinzeln und schüttelte unablässig den Kopf, als müsste ich mich selbst davon überzeugen, dass Tim falsch lag. »Du bist so ein Arschloch«, zischte ich ihm leise zu und befreite mich aus seinem Griff. Ich hasste ihn für alles, was er gerade gesagt hatte. Für seine Liebeserklärung. Seine verfluchte Ehrlichkeit. Jetzt in diesem Moment hasste ich ihn zutiefst. Hätte ich doch bloß auf Tina gehört und ihn ausgeladen. Wie konnte er nur!

»Es tut mir leid«, flüsterte Tim gequält. »Es ist nicht fair, ich weiß, aber ich kann nicht anders. Was willst du jetzt machen?«

Ich unterdrückte ein hysterisches Kreischen. Was *ich* jetzt machen wollte? Nachdem er alles getan hatte, um mir diesen schönen Moment mit Hannes zu versauen, hatte er noch den Mut zu fragen, was *ich* jetzt machen wollte? Am liebsten hätte ich mich mit lautem Geschrei auf ihn gestürzt und ihn verprügelt, wenn er nicht der Stärkere von uns beiden gewesen wäre und drinnen nicht gerade dreißig Leute plus Tina auf uns warteten. Verdammt, was ich jetzt machen wollte? Heiraten, was sonst?

Alles noch möglich

Er war spät dran. Vielleicht hatte ihn eine Konferenz aufgehalten. Oder ein anderer wichtiger Termin. Ich hatte Mühe, nicht die nächstbeste Zeitung in die Hand zu nehmen oder mein Handy hervorzuholen. Es war schwer, nichts zu tun. Das hatte ich offenbar verlernt in der Zeit, als der Tag nicht genug Stunden hatte, um alles darin unterzubringen. Als jede freie Minute ausgenutzt werden musste. Meinen Laptop, sonst ein treuer Begleiter, hatte ich bewusst zu Hause gelassen. Mein Handy auf lautlos gestellt. Nicht mal Stift und Zettel hatte ich dabei. Keine Ablenkung, das war wichtig. Das hatte ich in den letzten Wochen eingesehen. Ich musste mich mit mir selbst beschäftigen, zur Abwechslung. Ruhe in mein Leben bringen, einfach mal auf Stopp drücken.

Ich hatte nicht geheiratet. Keinen von beiden. Und ich ging normalerweise nicht sehr verschwenderisch mit dieser Kategorie um, aber es war der schlimmste Tag meines Lebens gewesen. Als ich nach meinem Streit mit Tim das Standesamt betreten hatte, ging nichts mehr. Ich sah die erwartungsvol-

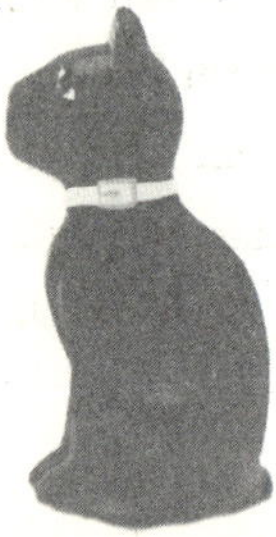

len Gesichter in den Stuhlreihen, Tina und Aygün vorne beim Standesbeamten, Hannes, der auf mich zukam und mir seine Hand reichte, um mit mir ebenfalls zum Standesbeamten zu gehen. Stattdessen zog ich ihn mit mir auf den Flur. Ich brauchte gar nicht viel zu sagen. Hannes hatte Tim gesehen, mein bleiches Gesicht und wusste, dass wir an diesem Tag das Standesamt nicht als Ehepaar verlassen würden. Tina kam zu mir und redete noch mal auf mich ein. Ob Tim es wert sei, meine und im Grunde auch ihre Hochzeit platzen zu lassen. Tim kam ebenfalls dazu, ich gab ihm eine schallende Ohrfeige und rannte aus dem Standesamt. Was danach passiert war, wusste ich nur aus Tinas Erzählungen. Offenbar lieferten sich Tim und Hannes noch eine Schlägerei, aus der Tim mit gebrochener Nase und Hannes mit einem blauen Auge hervorgingen. Tinas türkische Verwandtschaft schien das nicht zu stören, sie waren wilde Hochzeiten gewöhnt. Tina überlegte kurz, ob sie ihre Hochzeit wegen des schlechten Omens und des nun fehlenden Teils der Doppelhochzeit auch absagen sollte, aber sie zog es Aygüns Familie zu Liebe durch. Schließlich war es nicht einfach gewesen, die zwanzigköpfige Verwandtschaft geschlossen nach Deutschland zu verfrachten. Obwohl Tina sich am Telefon bemüht hatte, die unangenehmen Stellen mit ein paar Witzen aufzulockern, konnte ich nicht darüber lachen. Ich hatte mich direkt nach meiner geplatzten Hochzeit hinters Steuer meines Wagens gesetzt und war losgefahren. Ziellos und ohne jegliches Gepäck. Erst nach Frankreich, wo ich irgendwann in der Normandie gelandet war. Ich wollte das Meer sehen, weil ich das Gefühl brauchte, dass es etwas Größeres, Wichtigeres als meine Beziehungskatastrophen gab. Etwas, auf dessen stoische, immer wiederkehrende

Kraft man sich verlassen konnte. Ich setzte mich an den Strand und beobachtete die Wellen. Ohne an irgendwas zu denken. Dann fuhr ich jeden Tag ein Stück weiter. Die Küste entlang. Bis nach Südfrankreich, über die Pyrenäen, durch Spanien, Portugal, wieder Spanien. Die Ostküste hoch zurück. Dann wieder Frankreich, Belgien, Köln. Manchmal blieb ich ein paar Tage an einem Ort, wenn er mir gefiel, aber meistens fuhr ich schon am nächsten Tag weiter. Das Reisen an sich war für mich die ideale Gelegenheit, um über mich selbst nachzudenken. Ich war unterwegs, keiner konnte mich erreichen, es gab keine Ablenkung, nicht mal ein Telefon, nachdem mein Handy schließlich keinen Saft mehr hatte. Es gab nur mich, die Straße und ab und zu das Meer. Es tat gut, einfach mal alles hinter sich zu lassen, und ich hätte es schon viel früher machen sollen. Bevor ich mich in dieses Beziehungschaos gestürzt hatte, bevor ich mit Hannes etwas angefangen, geschweige denn seinen Heiratsantrag angenommen hatte. Bis Bordeaux bemitleidete ich mich selbst, verfluchte Tim und wagte gar nicht, an Hannes' Gefühlszustand zu denken. Auf der Höhe von Porto schlug mein Selbstmitleid in Wut um. *Ich* war an allem schuld, ich alleine, ich hatte mich zu schnell von Sarah verjagen lassen, zu schnell in Hannes verliebt, zu schnell auf die Affäre mit Tim eingelassen und diese letztendlich mit einer voreiligen Hochzeit mit Hannes versucht zu beenden. Wo immer es auf dem Weg eine Abbiegung in Richtung Katastrophe gegeben hatte, hatte ich sie genommen. Bis Malaga trauerte ich Hannes nach und der vertanen Chance, mit ihm einen Neuanfang zu wagen. Bis Valencia schrieb ich immer wieder *Ich hasse Tim* auf irgendwelche Steine und warf sie ins Meer, weil ich mal gehört hatte, dass es half, wenn man seinen Ballast wortwörtlich abwarf. Bis Barcelona war ich mir nicht mehr sicher, ob ich Tim hasste oder doch eher liebte und er mich und Hannes nur vor einem großen Fehler bewahrt hatte. In Marseille hatte ich langsam wieder Frieden mit Tim, Hannes und mir geschlossen und ließ erste zaghafte Gedanken darüber zu, dass noch nichts verloren und alles noch möglich war. Mit nicht viel mehr als dieser Erkenntnis im Gepäck wagte ich mich langsam auf den Heimweg und kam zweieinhalb Wochen nach meinem Hochzeitseklat wieder in Köln an.

Endlich betrat er das Café. Er sah gut aus. Mein Bauch fing ohne Vorankündigung an zu kribbeln, als er zu mir herüberkam.

»Hallo, ist hier noch frei?«

»Ja, wenn du die Rechnung übernimmst.«

»Tut mir leid, wartest du schon lange?«

»Für zwei Latte macchiato hat es auf jeden Fall gereicht.«

»Na gut, das kann ich mir gerade noch leisten.«

Tim lächelte mich an, und ich lächelte unsicher zurück.

Mein Blick fiel automatisch auf seine Nase. Er bemerkte es und befühlte sie mit einem leidenden Gesichtsausdruck. »Ist schon fast wieder in Ordnung. Deine Ohrfeige hat mehr weh getan.«

»Das sollte sie auch«, sagte ich und meinte es ehrlich.

Tim nickte zufrieden. Er wirkte richtig glücklich. Wir hingen beide unseren Gedanken nach, bis ich mich schließlich dazu durchrang, nach Sarah zu fragen, der vierten Leidtragenden in unserem Beziehungschaos. »Sie ist schon nach Dortmund gezogen. Hat vorgestern ihre Sachen abgeholt. Ich habe ihr meine andere Wange angeboten, aber sie wollte nicht.«

Ich schüttelte den Kopf, konnte mir aber ein Schmunzeln nicht verkneifen.

»Warst du schon bei ihm?«, fragte Tim vorsichtig, und sofort spürte ich wieder das beklemmende Gefühl in der Brust. Genau wie vorgestern, als ich Hannes in seiner Wohnung aufgesucht hatte. Ich hatte mein Kommen angekündigt, per E-Mail. Ich wollte, dass er sich auf unser Zusammentreffen vorbereiten konnte. Ich hatte es auch versucht, aber auf solche Wiedersehen konnte man sich nicht vorbereiten. Als Hannes die Tür aufmachte, an der ich geklingelt hatte, obwohl ich immer noch die Schlüssel besaß, stiegen mir augenblicklich Tränen in die Augen. Hannes wirkte gefasster als ich. Er ließ mir Zeit, meine Tränen in den Griff zu bekommen, bot mir sogar ein Glas Wein an, das ich aber ablehnte. Ich konnte es mir nicht bei ihm gemütlich machen und ihm dann die knallharte Wahrheit über Tim und mich erzählen. Die ganze Wahrheit erzählte ich trotzdem nicht. Ich wollte es ihm nicht schwerer machen, als es war.

»Ich kann dir gar nicht sagen, wie leid es mit tut, Hannes. Ich hätte nie gedacht, dass ich dir mal so wehtun würde. Ich … ich habe es ernst gemeint … Ich hätte dich so gerne geheiratet, aber …« Ich konnte nicht mehr weiterreden. Hannes hatte eine Erklärung verdient, aber ich hatte keine parat. Er hatte sich mein Gestotter ruhig angehört und nickte dann etwas schwerfällig. »Komischerweise hatte ich es immer geahnt. Tim stand einfach im Weg. Egal wie oft ich versucht habe, an ihm vorbeizukommen.«

»Ja, er hat sich ganz schön breit gemacht«, stimmte ich ihm zu und ergänzte innerlich: ›In meinem Leben.‹ Dann sagte ich leise: »Die Hochzeit wäre nicht richtig gewesen.«

»Nein, vermutlich nicht«, sagte Hannes nachdenklich. Wir sahen uns danach lange an, ohne etwas zu sagen. Dann nahm er meine Hand und rang sich ein angedeutetes Lächeln ab. »Es war trotzdem eine schöne Zeit.«

»Ja, das war es.«

Wir konnten uns zum Abschied sogar wieder umarmen. »Was willst du jetzt machen?«, fragte Hannes, als ich schon fast zur Tür raus war.

Ich zuckte mit den Schultern. »Ich weiß nicht, aber irgendetwas wird mir schon einfallen.«

»Davon bin ich überzeugt.«

Einen Vorteil, wenn man den eigenen Chef vor dem Standesamt stehen ließ, hatte es wenigstens. Es war klar, wer von uns beiden die Redaktion verlassen musste. Und mir tat es nicht leid, die Zwölfstundentage für eine Weile gegen eine Auszeit einzutauschen. Es war schön, sich einfach mal wieder treiben zu lassen und den Tag wie heute im Café zu verbringen.

Tim schlug die Karte auf und studierte sorgfältig das Angebot. Ich schüttelte den Kopf. »Warum liest du die Karte überhaupt, du bestellst doch sowieso ein Wasser ohne Kohlensäure?«

Tim grinste mich frech an. »Ach ja? Das kannst du gar nicht wissen, schließlich ist das unser erstes Date.« Stimmt, so hatten wir es verabredet. Ein Neuanfang, ganz langsam, ohne etwas zu überstürzen. Mit mehr ehrlicher Zeit für uns. Keine gestohlene mehr. »Und wer weiß«, fuhr Tim fort, »vielleicht kann ich dich ja noch überraschen.«

»Wenn ich ehrlich bin, habe ich von deinen Überraschungen erst mal genug.«

Tim lachte und bestellte mutig eine Apfelschorle. Dann sah

er mich verliebt an und ich hatte mit einem Mal ein Kribbeln im Bauch. Tim wirkte ebenfalls etwas nervös, als wir uns wie Teenager angrinsten und nicht wussten, was wir sagen sollten. Aus Angst vor der Stille platzten wir plötzlich beide gleichzeitig los:

»Wie läuft es in der Schule?«

»Was macht die Jobsuche?«

»Du zuerst!«

»Ladies first.«

»Ich bin heißbegehrt«, erklärte ich schließlich lachend.

»Das ist mir klar.«

»Zwei Tageszeitungen und ein Wochenmagazin reißen sich um mich.«

»Es ist immer gut, eine Auswahl zu haben.«

»Ich überlege aber, es als Freie zu versuchen, weil ich dann eben … freier bin.«

»Klingt gut. Dann bist du dein eigener Chef«, grinste Tim.

»Höre ich da etwa einen versteckten Vorwurf heraus?«

»Nein, ich denke nur, es hat was für sich, sein eigener Chef zu sein, weil …« Er überlegte.

»Weil man dann nicht mehr riskiert, sich in ihn zu verlieben?«

»Das habe ich nicht gesagt …«

»Aber gedacht.«

Wir stockten und mussten dann beide über unsere alte Gewohnheit lachen. Von da an lief das Gespräch ganz von alleine. Irgendwann schaute Tim entsetzt auf die Uhr und sprang auf, weil er Kai vom Kindergarten abholen musste.

Wir sahen uns plötzlich wieder verkrampft an, weil wir uns

normalerweise jetzt zum Abschied geküsst hätten. Aber das gehörte sich für ein erstes Date vielleicht noch nicht.

»Das lief doch gut, oder?«, fragte Tim angespannt.

»Ja, finde ich auch.«

»Also können wir es wiederholen?«, bohrte er weiter nach.

Ich lächelte. »Bestimmt, irgendwann.«

»Und wann ist irgendwann?«

»Bald.«

»Bald wie in drei Monaten oder eher bald wie in drei Tagen oder bald wie in drei Stunden?«, versuchte Tim es weiter einzugrenzen.

»Ich habe in den nächsten Tagen ein paar Vorstellungsgespräche«, wich ich aus.

»Also bald wie in so bald wie möglich?«

»Bald wie in: Ich rufe dich bald an.«

»Okay. Also, bis bald.« Tim warf mir einen sehnsüchtigen Blick zu und ging.

Ich sah ihm nach. Und musste ununterbrochen lächeln. Ich hatte meinen Job, mein Zuhause und meinen perfekten Ehemann verloren, aber wenn ich Tinas Frage jetzt beantworten müsste, könnte ich mit hundertprozentiger Sicherheit sagen, Tim war es wert.

Dann holte ich mein Handy hervor. »Karina?«, meldete sich Tim irritiert am anderen Ende. Eine zufriedene Ruhe breitete sich mit einem Mal in meinem ganzen Körper aus. Dann stürzte ich aus dem Café und rief ins Handy: »Bald wie in: Warte, ich komme mit.«

Sabine Leipert

Wackelkontakte

Kein Sex geht gar nicht

Roman

Band 18387

Frisch wie Kölsch

In Köln knallen die Korken. Endlich weiß Karina Schneider, was sie will: ein Jahr lang keinen Sex. Jetzt muss sie nur noch ihren neuen Nachbarn überzeugen. Gar nicht so einfach, wenn man dauernd seine Hilfe braucht. Ein herrlicher Debütroman, voller komischer Momente à la Bridget Jones.

»Diese Wackelkontakte sind super:
Man steht ständig unter Strom!«
Steffi von Wolff

Fischer Taschenbuch Verlag

fi 18387 / 1

Sabine Leipert

Geheimnummer

Kein Sex nach Plan

Roman

Band 18388

Suche One-Night-Stand für meinen Kerl

Karina Schneider ist oft planlos, aber nie ohne gute Vorsätze. Sie will für ausgleichende Gerechtigkeit in ihrer Beziehung sorgen. Tim hat noch nicht genug erlebt, meint Karina und sucht heimlich nach einer Gelegenheit zum Fremdgehen für ihn. Doch das dicke Ende kommt zuletzt, und das Fazit kann nur lauten: kein Sex nach Plan.

»Urkomische Situationen.
Lockerleichter Lesespaß.«
HÖRZU

Fischer Taschenbuch Verlag

fi 18388 / 1